निराकार

कुल-मूल-लक्ष्य

सरश्री द्वारा रचित श्रेष्ठ पुस्तकें

१. इन पुस्तकों द्वारा आध्यात्मिक विकास करें
- निःशब्द संवाद का जादू – जीवन की १११ जिज्ञासाओं का समाधान
- विचार नियम – द पावर ऑफ हॅपी थॉट्स
- संपूर्ण ध्यान – २२२ सवाल
- तुम्हें जो लगे अच्छा वही मेरी इच्छा – भक्ति नियामत
- पहेली रामायण – राम बनजारे रहस्य
- मोक्ष – अंतिम सफलता का राजमार्ग
- सुनहरा नियम – रिश्तों में नई सुगंध
- रामायण – वनवास रहस्य
- शिष्य उपनिषद् – कथाएँ गुरु और शिष्य साक्षात्कार कीं

२. इन पुस्तकों द्वारा स्वमदद करें
- संपूर्ण लक्ष्य – संपूर्ण विकास कैसे करें
- अवचेतन मन की शक्ति के पीछे आत्मबल
- धीरज का जादू – संतुलित जीवन संगीत
- आपके जीवन का पहला इंटरवल – अपनी क्षमता बढ़ाएँ
- नींव नाइन्टी – नैतिक मूल्यों की संपत्ति
- स्वीकार का जादू
- संपूर्ण सफलता का लक्ष्य

३. इन पुस्तकों द्वारा हर समस्या का समाधान पाएँ
- स्वास्थ्य त्रिकोण – स्वास्थ्य संपन्न
- खुशी का रहस्य – सुख पाएँ, दुःख भगाएँ : ३० दिन में
- रिश्तों में नई रोशनी
- रचनात्मक विचार सूत्र – जीवन में न्यूटर्न-यूटर्न लाने की युक्ति

४. इन आध्यात्मिक उपन्यासों द्वारा जीवन के गहरे सत्य जानें
- मृत्यु पर विजय – मृत्युंजय
- स्वयं का सामना – हरक्युलिस की आंतरिक खोज
- कैसे करें ईश्वर की नौकरी – एक जिम्मेदार इंसान की कहानी, समझ मिलने के बाद
- कर्म का कानून – कर्मजीवन सरश्री और आप
- तनाव का डॉक्टर आपके अंदर – नया जीवन, नई राहें
- बड़ों के लिए गर्भ संस्कार – १० अवतार का जन्म आपके अंदर
- सन ऑफ बुद्धा – जागृति का सूरज

निराकार
कुल - मूल - लक्ष्य

खाली होने की कला – स्वज्ञान की विधि

FORM OF THE FORMLESS

बेस्टसेलर पुस्तक 'विचार नियम' के रचयिता
सरश्री

निराकार– कुल–मूल–लक्ष्य

© Tejgyan Global Foundation
All Rights Reserved 2012.
Tejgyan Global Foundation is a non-profit, educational organization with its headquarters in Pune, India.
सर्वाधिकार सुरक्षित

वॉव पब्लिशिंग् प्रा. लि. द्वारा प्रकाशित यह पुस्तक इस शर्त पर विक्रय की जा रही है कि प्रकाशक की लिखित पूर्वानुमति के बिना इसे व्यावसायिक अथवा अन्य किसी भी रूप में उपयोग नहीं किया जा सकता। इसे पुनः प्रकाशित कर बेचा या किराए पर नहीं दिया जा सकता तथा जिल्दबंद या खुले किसी भी अन्य रूप में पाठकों के मध्य इसका परिचालन नहीं किया जा सकता। ये सभी शर्तें पुस्तक के खरीददार पर भी लागू होंगी। इस संदर्भ में सभी प्रकाशनाधिकार सुरक्षित हैं। इस पुस्तक का आंशिक रूप में पुनः प्रकाशन या पुनः प्रकाशनार्थ अपने रिकॉर्ड में सुरक्षित रखने, इसे पुनः प्रस्तुत करने की प्रति अपनाने, इसका अनूदित रूप तैयार करने अथवा इलेक्ट्रॉनिक, मैकेनिकल, फोटोकॉपी और रिकॉर्डिंग आदि किसी भी पद्धति से इसका उपयोग करने हेतु समस्त प्रकाशनाधिकार रखनेवाले अधिकारी तथा पुस्तक के प्रकाशक की पूर्वानुमति लेना अनिवार्य है।

प्रथम आवृत्ति : जनवरी २०१२
रीप्रिंट : अक्तूबर २०१६

Niraakaar - Kul Mul Lakshya
by **Sirshree** Tejparkhi

सत्य के प्यासे खोजियों को
समर्पित
जो आसमान के मोती पाकर
कुल-मूल-लक्ष्य
-क.म.ल.-
पाना चाहते हैं।

वी.सी.डी. द्वारा उपलब्ध मार्गदर्शन

सत्य के खोजियों के लिए

* God Realisation – ईश्वर प्राप्ति के ८ कदम
* The मन– कैसे बने मन : नमन, सुमन, अमन और अकंप
* एक भाव, एक दिशा – एक से व्यवहार असली अध्यात्म है
* मृत्यु उपरांत जीवन – Life After Death
* वर्तमान में कैसे रहें – आओ आश्चर्य करना सीखें
* संपूर्ण अध्यात्म
* आज़ादी का आनंद
* महाआसन – सीक्रेट इज सी ग्रेट
* पृथ्वी प्रतिसाद – पृथ्वी पर जीने के चार तरीके
* मोक्ष – कब, क्यों, कहाँ और कैसे
* आपका गुरु कौन – अपने गुरु को पहचानें
* मूर्तिपूजा करें या न करें – मूर्तिपूजा रहस्य
* सबसे बड़ी दौलत कैसे प्राप्त करें – चेतना के सात स्तर

ध्यान त्रिकोण

* दिशा ध्यान – Attention Directed Meditation
* सुरक्षित ध्यान – पूर्व और अपूर्व तैयारी
* संपूर्ण ध्यान – The Complete Meditation

सभी के लिए

* स्वीकार का जादू – तुरंत खुशी कैसे पाएँ Instant Happiness
* आत्मविश्वास कैसे प्राप्त करें – Greatest Vibration on Earth
* जो कर हँसकर कर – अपनी मदद करने के लिए ईश्वर की मदद कैसे करें
* हर काश से मुक्ति
* क्वालिटी लाइफ
* क्षमा का जादू
* तू का राम मी का नाही
* स्वसंवाद का जादू – अपना रिमोट कंट्रोल कैसे प्राप्त करें
* निर्णय लेने की कला – वचनबद्ध निर्णय और जिम्मेदारी कैसे लें
* पंचमुखी पिंज़रे से आज़ादी
* रिश्तों में मधुरता कैसे लाएँ
* धीरज का जादू
* अभिमान से मुक्ति

विषय सूची

प्रस्तावना	आसमान के मोती – हंस, चातक और सीप का तरीका	11
भाग – १	**कुल–मूल लक्ष्य...कमल**	**13**
१	खोज के तरीके	13
२	असली लक्ष्य	17
३	आपकी ही कहानी	22
४	जादूगर का खेल ही ईश्वर की लीला	26
५	संसार ईश्वर का ही चित्र है	29
भाग – २	**निराकार का आकार**	**35**
६	निराकार के अंदर सब कुछ है	35
७	निमित्त के बहाने अनुभव को जानें	39
८	आकारी निराकार	43
९	नाव चलाने का सही तरीका	46
१०	शरीर को मंदिर बनाएँ	49
भाग – ३	**महाशून्य**	**54**
११	खाली होने की कला	54
१२	कुछ नहीं को निरर्थक न समझ	58
१३	अंदर के ईश्वर को जगाएँ	59
१४	शरीर महाशून्य का आइना है	62
१५	कुछ नहीं या सब कुछ	64
१६	मौन संकेत और पारखी	68
भाग – ४	**स्वज्ञान की विधि**	**72**
१७	अपनी पूछताछ समझ के साथ	72
१८	सत्य की खूबसूरती	76
१९	'मैं कौन हूँ?' यह पूछनेवाला कौन?	81

२०	अनुभव की जीत	86
भाग – ५	ब्रह्माण्ड का खेल – ऐसे जीओ जैसे अभिनय	92
२१	सुनने का सबसे महत्वपूर्ण तरीका	92
२२	खेल के नियम	96
२३	भाषा ही मन है	98
२४	आपकी (सेल्फ) इच्छा पूर्ण हो	102
२५	संतुलित समझ	104
२६	तेजपारखी ऐक्टिंग स्कूल	106
२७	चार किरदार	108
२८	आप अभिनय कर रहे हैं	111
२९	सपने का टूटना	115
३०	सब अतार्किक है	118
३१	हर घटना एक इशारा है	122
परिशिष्ट – १		129
	भाग –१ प्रज्ञा की शक्ति –अंदर बाहर के बाहर	129
	भाग –२ सबसे आध्यात्मिक दिन – १ अप्रैल	131
	भाग –३ आश्रम की ओर जाएँ – मजदूर दिवस	134
परिशिष्ट – २		137
	सरश्री – एक अल्प परिचय	137
	तेजज्ञान फाउण्डेशन की जानकारी	138-144

निराकार का लाभ कैसे लें

१. इस पुस्तक की प्रस्तावना 'आसमान के मोती' विशेष महत्व रखती है इसलिए पठन की शुरुआत में इसे अवश्य पढ़ें।

२. प्रस्तुत पुस्तक में प्रकाशित किए गए प्रवचनों द्वारा अध्यात्म की अनेकों गहरी और जटिल बातों को खोजियों के लिए सरश्री द्वारा आसान करके बताया गया है। प्रवचनों द्वारा दिया गया यह तेजज्ञान हमारे अंदर गहराई तक जाने के लिए इस पुस्तक का पठन कम से कम दो बार तो अवश्य करें।

३. इस पुस्तक में सरश्री द्वारा दिए गए पाँच आध्यात्मिक प्रवचनों का समावेश किया गया है। ये प्रवचन उन खोजियों के लिए हैं जो सत्य की तलाश में भटक रहे हैं या बहुत भटक चुके हैं।

४. इस पुस्तक के साथ आपको प्रवचनों की वी.सी.डी. भी दी जा रही है, जिसका श्रवण पुस्तक समझने में लाभदायक है।

प्रस्तावना

आसमान के मोती
हंस, चातक और सीप का तरीका

जीवन हमेशा दो पहलुओं में बात करता है- सुख-दुःख, मान-अपमान, जीवन-मृत्यु, दिन-रात। हमारा मन भी दो पहलुओं में काम करता है। जो सोचना हमसे होता है वह नकारात्मक है या सकारात्मक। जो भक्ति हमसे होती है वह अंध भक्ति है या उच्च भक्ति। जो ज्ञान हमें मिलता है वह सांसारिक ज्ञान होता है या ईश्वरीय ज्ञान।

जो क्रियाएँ, कर्म हम करते हैं, उनके भी दो पहलू हैं। वे भी दो तरीकों से किए जाते हैं। एक कार्य कठिनाई से होता है और एक सहजता से होता है। मगर समझने लायक पहलू, जो इन दो से परे, नकारात्मक-सकारात्मक से परे, अंध भक्ति-उच्च भक्ति से परे, ज्ञान-अज्ञान से परे है, वह है तेज निराकार...।

जब यह 'तेज' हमारे हृदय में प्रकट होता है तब हमारा जीवन 'तेज जीवन' बनता है। इस तेज निराकार की आप सराहना करें, इस 'तेज' से आप प्रेम करें। इस 'तेज' को अपने जीवन में स्थान दें। तब यह 'तेज' आपको पूरा बदल देगा। यह उत्तम तरीका है।

इंसान अज्ञान की वजह से अपने तरीके को ही उत्तम मानता है लेकिन उसका तरीका मन के क्षेत्र का है। मन के परे उसकी पहुँच नहीं है। गुरु मन के परे कार्य करते हैं इसलिए उनका तरीका हमारे जीवन में उत्तम सिद्ध होता है। गुरु अपने तरीके को उत्तम नहीं बल्कि साधारण बताते हैं क्योंकि लोग सत्य नहीं जानते इसलिए उन्हें वह तरीका असाधारण लगता है।

जब बारिश होती है तब उसका पानी किसी मटके में, किसी नदी में, किसी तालाब में आ गिरता है। एक कौआ मटके में गिरा हुआ पानी पीने के लिए उसमें कुछ पत्थर डालता है ताकि वह पानी ऊपर तक आए। वह बड़ी कठिनाई से पानी

को ऊपर लाकर उसका सेवन करता है। यह उसका तरीका है। दूसरा कौआ एक स्ट्रॉ (पाईप) पानी में डालकर पानी पीता है, अपनी प्यास बुझाता है। मगर एक ऐसा पक्षी है जिसे चातक कहते हैं, यह पक्षी अशुद्ध पानी नहीं पीता। वह ऐसा पानी नहीं पीता, जो किसी और के संपर्क में आया हो। वह शुद्ध जल पीता है। बारिश का पानी जब गिर रहा होता है तो वह आसमान की ओर नजर लगाए रखता है। जब तक बारिश नहीं गिरती तब तक वह प्यासा ही रहता है और बारिश होने पर बारिश की बूँदों का ही सीधे सेवन करता है। उस शुद्धता के साथ, प्रेम के साथ जिस कारण वह सालभर प्यासा था, अपनी प्यास बुझाता है।

यह तीसरा तरीका है जिसमें न पत्थर डालने पड़े, न पाईप डालनी पड़ी, सीधे आसमान से गिरनेवाली बूँद को अपने अंदर ले लिया गया। इस तरह शुद्ध बूँद का सेवन करके जो आनंद प्राप्त होता है, उसे चातक ही बता सकता है।

समुंदर में सीप भी इंतजार कर रही है, बारिश के बूँद की जो उसके अंदर समाकर मोती बनेगी। जब बारिश की बूँद सीप के अंदर गिरती है, तब वह मोती बनती है और वह मोती हंस चुगता है। हंस, चातक या सीप का जो तरीका है वह तेज है, दो से परे का है। ऐसा तरीका सीखने के लिए आध्यात्मिक पुस्तकें पढ़ें।

ये पुस्तकें (बूदें) तेजज्ञान सागर के वे अनमोल मोती हैं, जिन्हें हंस बनकर हमें चुगना है। कौआ बनकर बहुत जी लिए, अब हंस बनकर जीना है। अपने अंदर के आसमान के मोती पहचान कर पारखी बनें। ऐसा पारस आपको मिले, जिससे मोती बनाए जा सकें। अगर ऐसा कोई तरीका विश्व में उपलब्ध है तो उसे सीखकर पारस की परख पाएँ। हृदय ही वह स्थान है, जो सच्चे पारस की पहचान रखता है। इसलिए...

हृदय से पढ़ें और तेज को अपनाएँ...
आकार से शुरू कर, निराकार को पाएँ...
संसार में रहकर, कमल को पाएँ...
कुछ नहीं पाकर, सब कुछ पाएँ...
'मैं कौन हूँ' पूछकर, ईश्वर कौन जान जाएँ...
बाहर-अंदर के अंदर जाकर,
अंदर-बाहर के बाहर हो जाएँ...

...सरश्री

भाग १

कुल-मूल लक्ष्य

क.म.ल.

१४ जून २००९ को सरश्री द्वारा लिया गया प्रवचन।

1

खोज के तरीके

खोज के तरीके

हृदय से खोज करनेवाले प्यारे खोजियो,

आप सभी को शुभेच्छा, हॅपी थॉट्स।

खोज के तरीके : खोज दो तरीके से होती है - दिमाग से और हृदय से। सत्य के प्यासे खोजी हृदय से खोज करते हैं। जो लोग दिमाग से यानी बुद्धि का इस्तेमाल करके खोज करते हैं वे बाद में उन बातों को भूल जाते हैं। इसके विपरीत जो लोग हृदय से खोज करते हैं, सत्य का श्रवण करते हैं, वे कभी अपनी खोज को भूलते नहीं। उन्हें अपनी खोज बाय हार्ट याद रहती है क्योंकि उन्होंने उस चीज (अंतिम सत्य) का अनुभव किया होता है। हम जिन चीजों का अनुभव करते हैं, वे हमेशा हमारे साथ रहती हैं। इंसान जब किसी भी चीज को दिमाग से देखता है तो समय के साथ वह उसे भूल जाता है।

बड़ों के मुकाबले बच्चे जल्दी सीख पाते हैं। अगर बच्चों को कोई कविता याद करने के लिए दी जाए तो वे तुरंत याद कर लेते हैं। वही कविता अगर किसी

बड़े को याद करने के लिए दी जाए तो समय लगता है। बच्चा कोई भी काम हृदय से (बाय हार्ट) करता है क्योंकि वह हृदय के नजदीक होता है। जबकि बड़े लोग सिर्फ दिमाग से ही सोचते हैं। इसलिए बड़ों को दिमाग से हृदय पर आने के लिए प्रशिक्षण की आवश्यकता होती है, तब कहीं जाकर उनका हृदय खुलता है। यहाँ हम शारीरिक हृदय की नहीं बल्कि उस आंतरिक हृदय की बात कर रहे हैं, जो बचपन में हुई कुछ दुःखद घटनाओं की वजह से बंद हो चुका है। जीवन में कभी ऐसे लोग मिले, जिनकी वजह से इंसान डर के मारे सिकुड़ जाता है, उसका आंतरिक हृदय, भावनाएँ बंद हो जाती हैं। फिर आगे के जीवन में वह उसी तरह सिकुड़कर जीता है। वह भावनाओं को महसूस करने के बजाए सिर्फ सोचता रहता है यानी वह लगातार दिमाग में ही रहता है।

फिर इंसान जब खोज करता है, सत्य के साथ जुड़ता है तब उसका हृदय फिर से खुलने लगता है। तब भक्ति शुरू होती है और वह भावनाओं को महसूस करने लगता है। पहले वह ज्यादा समय दिमाग में रहता था इसलिए भक्ति की भावना नहीं थी। तब वहाँ सिर्फ श्रेय लेनेवाला मन था। 'यह मैंने किया, वह मैंने किया' ऐसे विचार रखनेवाला तोलू मन (तुलना करनेवाला मन) था इसलिए हृदय खुलने की संभावना ही नहीं थी। मगर सत्य से प्रेम होने की वजह से अब उसका हृदय खुलने लगता है। उसे समझ में आता है कि हृदय बंद रहेगा तो हम दिमाग में ही अटके रहेंगे।

दिमाग से हृदय पर आने के बारे में बात हुई तो आपको उसका महत्व समझ में आया और आप खुलने को राजी हो गए। वरना इंसान डर के मारे खुलना ही नहीं चाहता। खास तौर पर वे लोग, जिनके साथ बचपन में कुछ बुरी घटनाएँ हुई, कुछ बुरे अनुभव मिले, जिसकी वजह से उन्होंने लोगों पर विश्वास करना ही बंद कर दिया और यह सोच लिया कि 'लोग बुरे हैं और दुनिया गलत है।' बचपन में हुई कुछ दुःखद घटनाओं की वजह से आंतरिक हृदय बंद होता है, उस समय बच्चा अपनी सुरक्षा के लिए सिकुड़कर जी रहा होता है। छोटा होने की वजह से उसकी सुरक्षा जरूरी थी। मगर वही बच्चा जब बड़ा हो जाता है तो आप उसे कहते हैं, 'अब तुम्हें उतना डरने की आवश्यकता नहीं है। तुम अपना ख्याल रख सकते हो।' लेकिन 'अब मैं बड़ा हो गया हूँ', यह बात समझने में उसे समय लगता है। बचपन में उसकी क्लास के कुछ शरारती बच्चे उसे परेशान करते थे। उनसे बचने के लिए और समाज में सहजता से जीने के लिए उसने सिकुड़कर जीना शुरू किया था। मगर बड़ा होने के बाद अब वह डर रखने की जरूरत नहीं है। यह समझ मिलने के बाद

वह अपना हृदय खोलने लगता है।

हमारा अस्तित्व शरीर से परे है : जीवन के एक रास्ते को हमने इस डर से बंद कर दिया कि कहीं उस रास्ते से चोर न आ जाए जबकि उसी रास्ते से सत्य भी आता है। जिस खिड़की से चोर घर के अंदर आता है, उसी खिड़की से सूरज का प्रकाश भी आता है। अगर हम डर के मारे खिड़की बंद रखते हैं तो प्रकाश आना भी बंद हो जाता है। हमें बहुत देर बाद पता चलता है कि यह हमने महँगा सौदा किया है। आपने उस वक्त की जरूरत के अनुसार सिकुड़कर जीना शुरू किया मगर क्या आज भी उसी तरह डर-डरकर जीने की, सिकुड़कर जीने की आवश्यकता है? क्या यह जरूरी है कि आज भी हम अपने शरीर को अस्वीकार करते हुए ही जीएँ कि मेरा शरीर नाटा है, मोटा है, काला है। आप आज तक जैसे जीते आए हैं, वैसे ही जीना चाहते हैं या फिर जो सत्य मिला है उस तरह से जीना चाहते हैं? हम शरीर नहीं हैं, यह सत्य अब हम जान रहे हैं। हमारा अस्तित्व तो शरीर से परे है। स्वयं के अनुभव को सिर्फ महसूस करना है, उसके बारे में सोचना नहीं है। बुद्धि के पार जाकर ही हम इस बात को समझ पाएँगे। सिकुड़ा हुआ, बंद हृदयवाला इंसान कहेगा, 'मैं अनुभव के बारे में सोचकर उसे जान लूँगा।' मगर उसे कहा जाएगा, 'उस अनुभव को सोचकर नहीं सिर्फ होकर ही जान सकते हैं।'

समझ के साथ आंतरिक हृदय खोलें : जिस चीज को आप जानना चाहते हैं, वह बनकर ही आप उसे जान सकते हैं। उसके बारे में सोचकर जाना नहीं जा सकता। आपने यह विज्ञापन तो सुना ही होगा कि 'मेलडी खाओ, खुद जान जाओ।' अनुभव करें और खुद जानें। उसके बारे में सोचना नहीं है क्योंकि यह विषय ऐसा नहीं है कि इस पर आप सोचें। यह आर्ट ऑफ बीइंग यानी अपने होने का एहसास है। अपने होने के एहसास को जानकर वहाँ से अभिव्यक्ति करनी है, वहाँ से क्रियाएँ करनी हैं और वहाँ से क्रियाएँ समर्पित करनी हैं। इसलिए सभी को यह समझ मिलनी चाहिए कि खिड़की तो बंद कर दी मगर इसी खिड़की से सूरज का प्रकाश भी आता है। जब खिड़की बंद थी तब अंधेरा था, डर था मगर अब सूरज उग आया है इसलिए खिड़की खोल लेनी चाहिए। जब छोटे थे तब अज्ञान था, दुनिया क्या है यह मालूम नहीं था। लेकिन अब बड़े हो गए हैं तो समझ के साथ हृदय खोलें। हृदय खुलते ही आप देखेंगे कि जिस डर को हम पकड़कर बैठे हैं, अब उसकी कोई जरूरत नहीं है। अब यह महँगा सौदा करने की कोई आवश्यकता नहीं है।

महँगा सौदा न करें : मान लें कि आप दुकान से कोई चीज खरीदकर लाते हैं। दुकानदार ने आपसे उस चीज के ज्यादा पैसे लिए इसलिए घर का कोई सदस्य कहता

है, 'दुकानदार ने यह चीज बहुत महँगी दी है और यह चीज हमें नहीं चाहिए थी। तुम गलत चीज लेकर आए हो, जाकर वापस कर दो।' यह सुनकर आप कहते हैं, 'मैं नहीं जाऊँगा, आप मुझे चीजें खरीदने के लिए भेजते क्यों हैं?' 'चीज वापस करेंगे तो दुकानदार क्या कहेगा?' यह सोचकर आपको हिचकिचाहट होती है इसलिए आप जाना नहीं चाहते। फिर जब कोई कहता है, 'अच्छा मैं भी साथ चलता हूँ।' यह सुनकर आप जाने के लिए तैयार हो जाते हैं। सरश्री कहते हैं, 'चलो साथ में चलते हैं। आपने जो महँगा सौदा किया है, उसे कैंसल करवाते हैं।' यानी आपने ऐसी कौन सी गलत प्रार्थनाएँ की हैं, जिस वजह से जीवन में दुःख आकर्षित हुआ है? क्योंकि हर इंसान जाने-अनजाने में कुछ गलत प्रार्थनाएँ कर बैठता है।

प्रार्थना समझ के साथ हो : एक नया अस्पताल खुला और एक आदमी वह देखने के लिए गया। अस्पताल देखकर वह सोचने लगा कि 'कितना बढ़िया अस्पताल है, मैं यहाँ रहूँगा तो कितना अच्छा लगेगा।' इस तरह अनजाने में ही उसने एक प्रार्थना कर डाली। उसे खुद भी पता नहीं कि यह प्रार्थना काम करेगी। कई सारे लोग ऐसी गलत प्रार्थना की वजह से अस्पताल पहुँच जाते हैं। लोग फिल्में देखकर, टी.वी. पर समाचार देखकर अज्ञान में ऐसी प्रार्थना कर बैठते हैं, जिससे उनके जीवन में गलत चीजें आ जाती हैं। आपके द्वारा कुछ अच्छी प्रार्थनाएँ भी हुईं, सही प्रार्थनाएँ भी हुईं, जिसकी वजह से आपको सत्य की खबर मिली। खबर मिलने के बाद आपसे क्रिया भी हुई और आप यहाँ पहुँच गए। आपसे कुछ ऐसी प्रार्थनाएँ हुईं, जिनकी वजह से आपको तेजलाभ (लाभ और हानि से परे) मिल रहा है। आपसे कुछ ऐसी प्रार्थनाएँ हुईं जिनसे केवल लाभ मिल रहा है और कुछ ऐसी प्रार्थनाएँ हुईं जिनसे नुकसान हो रहा है, हानि हो रही है। जिन प्रार्थनाओं से हानि हो रही है, वे सारे ऑर्डस कैंसल करने चाहिए। वे सारे ऑर्डस खत्म होने चाहिए।

आपका क.म.ल. आपको मिले : हृदय बंद करके आपने महँगा सौदा किया है मगर अब यह हृदय खोलना है। अब जब दुकानदार के पास जाएँगे तो उसे बताएँगे कि 'देखो यह इंसान आपकी दुकान से यह चीज लेकर गया था लेकिन हमें यह चीज नहीं चाहिए थी। हमारा कुल-मूल लक्ष्य अलग है। हमारा कुल-मूल उद्देश्य अलग है। दरअसल हमें कुछ और चाहिए था इसलिए यह सौदा कैंसल कर दो।' दुकानदार पहले तो इन्कार करेगा। वह कहेगा, 'ऐसा नहीं होता, वैसा नहीं होता।' फिर उसे समझाएँगे कि उसकी दुकान पर आने का हमारा उद्देश्य क्या था। अगर आपको ही उद्देश्य मालूम नहीं होगा तो आप उसे कैसे राजी कर पाएँगे? उल्टा दुकानदार ही

प्रार्थना में क्रियावी विश्वास (faith in action) होना आवश्यक है।

आपको कनविंस करेगा। इसलिए पहले आपको अपना कुल-मूल लक्ष्य पता होना चाहिए। कुल-मूल लक्ष्य... क.म.ल.। आपका क.म.ल. आपको मिलना चाहिए।

आइए 'कुल-मूल लक्ष्य' का अर्थ गहराई में समझते हैं।

2

असली लक्ष्य

हर इंसान अलग-अलग लक्ष्य मानकर बैठा है। कोई यह लक्ष्य मानकर बैठा है कि मुझे बच्चों को बड़ा करना है। कोई मानकर बैठा है कि स्वास्थ्य अच्छा रखना है, रिश्तों में प्रेम हो तकरार न हो, घर चलाने के लिए पैसे आने चाहिए। लेकिन ध्यान रहे कि इनमें से कोई भी लक्ष्य कुल-मूल लक्ष्य नहीं है। इनमें ऐसा कौनसा लक्ष्य है, जिसे यदि पूरा नहीं किया तो जीवन के अंत में समाधान नहीं होगा? मरते वक्त इंसान कहता है, 'कुछ तो रह गया, कुछ तो कमी रह गई।' ऐसा इसलिए कहता है क्योंकि उसने कुल-मूल लक्ष्य प्राप्त नहीं किया है। यह लक्ष्य लापता हो चुका है, अब उसे फिर से उजागर करना चाहिए।

जो ज्ञान लुप्त हो जाता है, उसे दोबारा उजागर करना चाहिए। उस ज्ञान को फिर से लोगों के सामने रखना चाहिए कि यह असली अध्यात्म है, यह असली ज्ञान है, यह असली लक्ष्य है, यह क.म.ल. है। अन्य कोई लक्ष्य नहीं मिला और यदि कुल-मूल लक्ष्य मिल गया तो समाधान होगा। लेकिन अगर यह नहीं मिला और बाकी सब मिल गया तो भी समाधान नहीं होगा। कुल-मूल लक्ष्य की प्राप्ति के बाद ही समाधान मिलता है, पूर्ण संतोष होता है। जब आप दुकानदार को बताएँगे कि 'यह चीज खरीदने के पीछे हमारा यह उद्देश्य था।' तो वह इन्कार नहीं कर पाएगा। यानी इस पृथ्वी पर आने का उद्देश्य आपको पता होना चाहिए।

कुल-मूल लक्ष्य स्पष्ट करें : हर एक अपने आपसे यह सवाल पूछे कि 'मैं इस पृथ्वी पर क्यों आया हूँ? मेरा पृथ्वी लक्ष्य क्या है?' पूरी बात समझने के बाद आपसे क्रियाएँ पहले जैसी नहीं होंगी। अब आपके निर्णय अलग होंगे, बदल जाएँगे। अब वे ज्यादा प्रेमयुक्त और भक्तियुक्त होंगे। अब आपका कोई भी निर्णय व्यक्तियुक्त नहीं होगा। व्यक्तियुक्त निर्णय वे होते हैं, जिनमें व्यक्ति सिर्फ अपने बारे में सोचता है और भक्तियुक्त निर्णय वे होते हैं, जिनमें इंसान अव्यक्तिगत (इम्पर्सनल) होकर सोचता है। यह निःस्वार्थ सेवा का भाव होता है। यह बात समझने के बाद आप चाहेंगे कि हमारा कुल-मूल लक्ष्य हमारे सामने जल्द से जल्द स्पष्ट हो जाए और हम

उस पर तुरंत कार्य शुरू करें।

कुछ लोग मरते समय वसीयत लिखते हैं कि मेरी यह चीज इसे दी जाए... वह चीज उसे दी जाए... मेरी गाय इसे मिले... कार उसे मिले... अँगूठी उसे मिले... गहने इसे मिले...। लोग संतुष्टि पाने के लिए ऐसा करते हैं। लेकिन फिर भी उन्हें संतुष्टि का एहसास नहीं होता। इसका कारण स्पष्ट है कि उन्हें कुल-मूल लक्ष्य मालूम नहीं है। हमें उस लापता चीज का पता लगाना है, सामने लाना है। लक्ष्य बहुत सहज और सरल है लेकिन इतनी सरल चीज ही कठिन हो जाती है क्योंकि सालों तक किसी ने उस पर बात ही नहीं की।

आज तक आपने लोगों को कुल-मूल लक्ष्य पर बात करते हुए सुना ही नहीं। सभी को यही कहते हुए सुना कि 'पैसा कमाना है... शादी करनी है... बच्चे पैदा करने हैं... उन्हें बड़ा करना है... स्कूल भेजना है... नौकरी पर लगाना है... उनकी शादी करवानी है और उनके बच्चों को पालना है।' यही सब करते हुए उनकी जिंदगी खतम हो जाती है। मगर जब क.म.ल. यानी कुल-मूल लक्ष्य पर बात होगी तब आप मनन करेंगे कि हाँ यही सबसे महत्त्वपूर्ण लक्ष्य है, यही हमारा पृथ्वी पर आने का लक्ष्य है।

कुल-मूल लक्ष्य के पत्ते : किसी महापुरुष से पूछा गया, 'जंगल में इतने सारे पेड़ हैं, पत्ते हैं, फूल हैं, फल हैं, अगर हमें इनके बारे में जानकारी प्राप्त करनी है तो कितनी जानकारी होनी जरूरी है?' यह सुनने के बाद उस महापुरुष ने हाथ में कुछ पत्ते उठाए और कहा, 'इन पत्तों जितनी जानकारी होनी चाहिए। इन पत्तों को जान गए तो पूरे जंगल को जान गए और अगर इन्हें नहीं जाना तो सब कुछ जानकर भी अधूरापन महसूस होगा।' महापुरुष के कहने का अर्थ क्या था? वे पत्ते कौन से हैं? वे कुल-मूल लक्ष्य और उसे पाने के उपायों के पत्ते हैं, जिन्हें जानना पहले आवश्यक है। जिन्हें जानने के बाद आप सब कुछ जान जाते हैं।

इस उदाहरण से आप यह समझ गए होंगे कि आपको कौन सी जानकारी होनी चाहिए। 'मैं कौन हूँ' यह जानकर ही संतुष्टि मिलती है, सारी बातें टैली होती हैं। अगर यही नहीं जाना, रेफरेंस प्वाईंट ही गलत है, संदर्भ ही गलत है तो सारी बातें सीखने के बाद भी लगेगा कि जीवनभर जो भी गणित किया, वह गलत ही किया। जिस कैलक्युलेटर पर टू प्लस टू, फाइव (२+२ = ५) आता है, उस कैलक्युलेटर पर जीवनभर जो भी हिसाब-किताब किया, जो भी जवाब मिले, सारे गलत ही निकले क्योंकि कैलक्युलेटर ही गलत था। आपने अपना जो लक्ष्य मान लिया था

वह गलत था इसलिए सब कुछ करने के बाद भी पूर्ण संतुष्टि नहीं मिली, बातें टैली नहीं हुईं। इसलिए जब भी आप कुछ ऑर्डर देते हैं, प्रार्थना करते हैं तो उस समय यह मनन कर लेना चाहिए कि मैं जीवन में क्या चाहता हूँ।

नया ऑर्डर नई समझ के साथ : मान लें, आप किसी होटल में खाना खाने के लिए गए हैं। वहाँ आप वेटर को चावल और सूखी सब्जी लाने का ऑर्डर देते हैं। थोड़ी देर बाद आप सोचते हैं, 'इन दो चीजों का कोई मेल नहीं है। यह तो टैली नहीं होगा।' लेकिन यह बात तो आपको ऑर्डर देते वक्त ही समझ लेनी चाहिए थी। अब वेटर को फिर से बताना पड़ेगा कि पुराना ऑर्डर कैंसल करके चावल के साथ कोई रसेदार सब्जी लेकर आओ। ऐसा तब हुआ, जब आपको यह रियलाइज (महसूस) हुआ कि हम जिन चीजों को लेकर बैठे हैं, उनका कोई तालमेल नहीं है। ठीक इसी तरह जब हम ईश्वर से प्रार्थना करते हैं तो वह हमें कुल-मूल लक्ष्य को ध्यान में रखकर करनी चाहिए। अगर आपने आज तक यह नहीं किया है तो अब आप नया ऑर्डर नई समझ के साथ दें, तभी आपको आपका लक्ष्य मिलेगा। फिर आप नई दिशा से दोबारा कार्य शुरू करेंगे और उस चीज की खोज में आगे बढ़ेंगे, जो आप सचमुच चाहते हैं। मगर अब आप हृदय से खोज करेंगे। अब यह खोज हृदय से होनेवाली है कि सिर्फ ईश्वर को ही नहीं पाना है बल्कि महाईश्वर को पाना है, महा-बलि-ईश्वर को पाना है।

जैसे अगर आप महाबलेश्वर जाते हैं और आपको वहाँ पर सनप्वाईंट दिखाया जाता है कि देखो सूर्य कैसे उगता है। वह देखकर आपको बहुत आनंद आता है। लेकिन अगर आपको वहाँ पर सिर्फ खड़ा कर दिया जाए और आपको मालूम ही नहीं है कि वह सनप्वाईंट है तो आपको उतना आनंद महसूस नहीं होगा। जब आपको बताया जाता है कि यह सनप्वाईंट है, जिसे देखने के लिए दूर-दूर से, सभी जगह से लोग आते हैं, तो वहाँ खड़े होकर आपको बहुत ज्यादा आनंद आएगा। हालाँकि जगह वही है, सिर्फ ज्ञान का ही फर्क है। अर्थात ऐसा तब होता है, जब आप तेजस्थान (अंदर-बाहर से परे का स्थान) पर तो गए मगर उसके बारे में आपको कोई जानकारी नहीं थी।

एक ही अनुभव की चर्चा : कोई नया शब्द आए तो भ्रमित नहीं होना है। समझ यह होनी चाहिए कि नए शब्दों में उसी एक अनुभव की बात हो रही है। अनुभव कोई अलग नहीं है। जब भी चर्चा होगी, उसी अनुभव की होगी। आज से हजारों साल पहले भी उसी अनुभव की बात होती थी और आज से हजारों साल बाद भी उसी अनुभव की बात होनेवाली है। सिर्फ शब्द बदल जाते हैं। जैसा कि आप जानते हैं

शब्द तो कुल्फी की डंडी जैसे होते हैं। जिस तरह कुल्फी खाने के बाद आप डंडी को फेंक देते हैं, जमा करके नहीं रखते। डंडी का काम था वह कुल्फी आप तक पहुँचाना। उसी तरह शब्द भी आपको स्वयं तक पहुँचाने के लिए माध्यम हैं। शब्द अगर अपना काम कर रहे हैं तो वे काम के हैं। वे अपना काम नहीं कर रहे हैं तो उन्हें बाजू में रखना है, पार्किंग (मस्तिष्क के पार्किंग में रखना कि बाद में इन शब्दों पर सोचेंगे) में रखना है। जिन शब्दों से हम अनुभव पर जा पाते हैं, कुल-मूल लक्ष्य को जान पाते हैं, वे शब्द ज्ञान हैं।

जब भी आप अमृत या प्रसाद पाते हैं तो सभी को बाँटते हैं क्योंकि आप चाहते हैं कि इसका स्वाद और खुशबू सभी के अंदर हों। आप चाहते हैं कि जो अनुभव आपने प्राप्त किया है, वह सभी को मिले। इस तरह जब आप निमित्त बनते हैं, तब ज्यादा आनंद मिलता है। कुल-मूल लक्ष्य का एक हिस्सा, एक अंश यह भी है कि इंसान जब अपना लक्ष्य प्राप्त करता है, तब वह सत्य के लिए निमित्त बनने लगता है। इस बात को समझाने के लिए आपको एक ऐनालॉजी (उपमा) बताएँगे- एक छोटी सी कहानी, जिससे आप समझ पाएँगे कि कुल-मूल लक्ष्य क्या है।

मैजिशियन की ऐनालॉजी : मान लें, आप एक मैजिक शो यानी जादू का खेल देखने के लिए गए हैं। आप हॉल में बैठकर खेल शुरू होने का इंतजार कर रहे हैं। मगर खेल शुरू होने से पहले ही आपको यह समाचार मिलता है कि कुछ मवालियों ने, बुरे लोगों ने उस शो पर कब्जा कर लिया है, उसकी बाग-डोर अपने हाथ में ले ली है और अब वे ही स्टेज पर आनेवाले हैं। आप सोचेंगे कि 'अरे! हम जो जादू का खेल देखने आए थे, वह तो होनेवाला ही नहीं है। अब कुछ और ही खेल होगा, जिसे हमें भुगतना है।' और जब तक सत्य का पता नहीं चलता, तब तक हम भुगतते रहते हैं।

आप हॉल में बैठे हैं और मवालियों ने उनका खेल शुरू किया। अब एक-एक मवाली स्टेज पर आता है, टपोरी भाषा में बात करता है और आपको यह धमकी भी देता है कि अगर ताली नहीं बजाई तो पिटाई होगी इसलिए लोग मजबूरी में ताली बजा रहे हैं। आपकी ऐसी हालत है और उस वक्त आपके अंदर यही भाव रहेगा कि एक तो हम वह सब देख रहे हैं, जो हम देखना नहीं चाहते। दिनभर बिठाकर रखा गया और ऊपर से ताली भी बजानी पड़ रही है। किसी को मेन गेट से बाहर निकलने की छूट भी नहीं दी गई है इसलिए लोग मजबूरी में बैठकर खेल देख रहे हैं। सब टपोरी अपना-अपना प्रोग्राम पेश कर रहे हैं और जब भी ताली बजाने का इशारा किया जाता है तो आप ताली बजाने लगते हैं।

इसी तरह खेल चलता रहता है और जब रात होने को आई तो कोई स्टेज

पर आकर कहता है, 'आप जिस जादूगर का खेल देखने आए हैं, उसका प्रोग्राम हम एक घंटे के लिए रखते हैं।' यह सुनकर आपको खुशी होती है कि चलो एक घंटे के लिए ही सही जादूगर का खेल तो देखने को मिलेगा। हम तो दिनभर खेल देखने के लिए आए थे मगर अब एक घंटा ही सही देखने में मजा तो आएगा। आप जानते ही हैं कि स्टेज पर किसी के भाषण या प्रोग्राम से पहले कोई आकर परिचय देता है। वैसे ही एक टपोरी आकर जादूगर का परिचय देने लगता है। पाँच मिनट हो गए... दस मिनट हो गए... पंद्रह मिनट हो गए... वह बोलता ही जा रहा है। अब आपकी हालत कैसी होगी? आप सोचेंगे, 'प्रोग्राम कब शुरू होगा? आधे घंटे से तो यही सब चल रहा है।' इसके बाद वह मवाली जाते-जाते कहता है, 'अब जादूगर आएगा मगर सभी को आँखें बंद करके बैठना है। आधा घंटा जो भी शो होगा, उसमें सभी को आँखें बंद करके ही बैठना है। किसी को भी आँखें नहीं खोलनी हैं वरना अंजाम बहुत बुरा होगा।' डर के मारे लोग आँखें बंद करके बैठ जाते हैं और सोचते हैं कि चलो जादूगर की आवाज तो सुनेंगे।

इसके बाद जादूगर आता है लेकिन इस बीच आँख बंद किए-किए ही आपको नींद आ जाती है। सुबह उठने पर आपने देखा कि दोबारा मवालियों ने वे ही प्रोग्राम्स शुरू किए, जो आपने पिछले दिन देखे थे। उन्होंने उसमें सिर्फ थोड़ा सा हेरफेर किया है। बीच में इंटरवल भी होता है, जिसमें आपको फ्रेश होने के लिए सीमित समय दिया गया है।

हालाँकि कोई भी मेन गेट से बाहर नहीं जा सकता इसलिए सभी फ्रेश होकर एक-दूसरे से बात कर रहे हैं, 'अरे, क्या हालत हो गई है। तुम्हारी हालत कैसी है?' सभी एक-दूसरे को अपनी-अपनी हालत बता रहे हैं। जैसे लोग आपस में मिलते हैं तो कहते हैं, 'बहुत ही खराब हालत चल रही है। ऑफिस में बॉस ऐसा है, शादी के बाद बहुत दिक्कत हो गई है।' हर एक अपनी-अपनी परेशानियाँ बताता है।

लोगों की यह मजबूरी होती है कि उन्हें वापस हॉल में जाकर बैठना है, मवालियों का प्रोग्राम सुनना है। हम पहले ऐनालॉजी समझ लेते हैं कि इसमें आपके लिए क्या संदेश है और कुल-मूल लक्ष्य क्या है।

लोग अंदर आकर बैठ गए और फिर वे ही प्रोग्राम्स शुरू हो गए। फिर से मजबूरी में ताली बजाई जा रही है। फिर दिन के अंत में वही अनाऊंसमेंट हुई कि चलो एक घंटे के लिए जादूगर को बुलाते हैं। उसके बाद परिचय करवाने का सिलसिला शुरू हो जाता है। फिर वे ही बातें दोहराई जाती हैं। आपने आँखें बंद की, जादूगर

का टॉक शुरू हुआ और फिर यह पता ही नहीं चला कि कब नींद में चले गए। फिर सुबह उठकर देखा तो वही कहानी दोबारा शुरू हो गई। आपके साथ हर दिन यही हो रहा है।

3
आपकी ही कहानी

इस कहानी का असली अर्थ समझें। : जादूगर : ईश्वर।

मनाली स्टेशन : जहाँ इंसान मन को अपना गुरु बनाने की गलती करता है।

मवाली, टपोरी : अज्ञान, बेहोशी, गलत वृत्तियाँ, विकार, मान्यताएँ।

कुल-मूल लक्ष्य : हमारा इस पृथ्वी पर आने का उद्देश्य।

हॉल : पृथ्वी।

तेजस्थान : हृदय, वह स्थान जो अंदर-बाहर से बाहर है।

अभिव्यक्ति : सेल्फ के गुणों को शरीर द्वारा अभिव्यक्त करना।

तोलू मन : हर घटना में तुलना करनेवाला मन।

जादू का खेल : पृथ्वी पर चलनेवाला नाटक।

तेजलाभ : लाभ और हानि से परे।

इंटरवल : खाली समय।

आपको जो कहानी बताई गई वह किसी और की कहानी है ऐसा मत समझना, यह आपकी ही कहानी है। इस कहानी पर गौर करेंगे तो पता चलेगा कि यह कहानी कैसे चलती आई है। कैसे मनाली स्टेशन (जहाँ इंसान मन को अपना गुरु बनाने की गलती करता है।) पर माया के मवाली आते हैं और प्रोग्राम्स पर कब्जा कर लेते हैं। जिस तरह किसी को किडनैप किया जाता है, उसी तरह ये जीवन पर कब्जा कर लेते हैं। अब ये हमारी स्टेज पर उन्हें जो करना है, कहना है, दिखाना है, दिखाते हैं। माया अपना खेल इसी तरह शुरू करती है। सुबह आँख खुली नहीं कि आप देखते हैं, वे ही प्रोग्राम्स शुरू हो गए। लगभग वैसे ही प्रोग्राम्स होते हैं, जैसे हर दिन होते रहते हैं। सुबह आँख खुलते ही मन के खेल शुरू हो जाते हैं। बहुत सारे विचार शुरू हो जाते हैं। हम कौन हैं? हमारा पृथ्वी पर आने का लक्ष्य यानी कुल-मूल

लक्ष्य क्या है? पृथ्वी पर हम क्या सीखने के लिए आए हैं? यह मालूम न होने की वजह से हम खुद को शरीर मानकर माया में उलझ जाते हैं। गलत संस्कार और गलत वृत्तियाँ हम पर हावी हो जाती हैं।

आप देखते हैं कि सब कुछ लगभग वैसे ही चल रहा होता है लेकिन मजबूरी में आपको वाह!-वाह! करनी पड़ती है, ताली बजानी पड़ती है। बीच में कोई आकर आपकी तारीफ भी करता है और आप 'थैंक यू, थैंक यू' बोलते रहते हैं। आप भी वही डायलॉग बोलते रहते हैं, जो सेट हो चुके हैं। आपको बचपन से जो ट्रेनिंग मिल चुकी है, वैसे ही करते रहते हैं। अगर आपने वैसा नहीं किया तो सामनेवाला नाराज हो जाता है। पत्नी-पति से, पति-पत्नी से, बच्चे अपने माता-पिता से, माता-पिता अपने बच्चे से, सास-बहू से, बहू-सास से इसी तरह व्यवहार करते हैं। मजबूरी में सभी को वैसा ही प्रतिसाद देना पड़ता है।

फिर अंत में जब आप रात को नींद में जाते हैं तो उस जादूगर से मुलाकात होती है यानी आप स्वअनुभव पर जाते हैं। मूल बात यह थी कि आप उस हॉल में यानी पृथ्वी पर अनुभव के खेल देखने आए थे। आप हॉल में जादूगर (ईश्वर) का खेल देखने आए थे, आप स्वअनुभव को प्राप्त करने आए थे। मगर ठीक उल्टा हुआ, बाकी सब कुछ हो गया लेकिन अनुभव ही नहीं मिला। और जब वह अनुभव एक घंटे के लिए आया तो उसमें से भी बहुत सारा समय मवालियों ने ले लिया। इसका अर्थ सोने से पहले मन के विचार बहुत सारा समय ले लेते हैं। जिससे सेल्फ पर जाने का समय कम मिलता है। जैसे कोई आपको स्टेज पर बुलाकर कहे कि 'भजन गाओ।' लेकिन इसके बाद परिचय देते हुए वह आपके बारे में बोलता ही चला जाए और आपको गाने का मौका ही न दे तो आपकी कैसी हालत होगी? सेल्फ को जब अपने आप पर जाने का मौका नहीं मिलता है, तब हर इंसान के अंदर सेल्फ की वैसी ही हालत होती है।

सेल्फ, सेल्फ का अनुभव करता है : सेल्फ को तब प्रकट होने का मौका मिलता है जब वह अपने आप पर जाता है यानी अनुभव, अनुभव पर शिफ्ट होता है, तेजस्थान पर जाता है। हर एक इंसान में यह होता है, जब वह गहरी नींद में जाता है। गहरी नींद में शरीर का एहसास गायब हो जाता है और सुबह उठकर आप ताजा हो जाते हैं, एकदम फ्रेश। यदि ऐसा नहीं होता यानी इंसान को नींद ही नहीं मिलती तो वह पागल हो जाता। अगर थोड़े से समय के लिए भी सेल्फ, सेल्फ पर नहीं जा पाता तो मजबूरी में सेल्फ वह शरीर छोड़ देता।

जब लोग बूढ़े हो जाते हैं, तब वह शरीर किसी काम का नहीं रहता है तो

सेल्फ उस शरीर से अलग हो जाता है। यानी अब उस शरीर से कोई उद्देश्य पूरा नहीं हो रहा है। सेल्फ कुल-मूल लक्ष्य चाहता है इसीलिए तो वह शरीर से जुड़ा है। सेल्फ, सेल्फ पर जाए, अपना अनुभव करे, यही कुल-मूल लक्ष्य का पहला हिस्सा है। जिस इंसान को ज्ञान नहीं है, जिसे सत्य नहीं मिला है, उसके लिए तो यह अनुभव सिर्फ रात के समय ही आता है।

रात का ही समय होता है, जब नींद में सेल्फ को आराम मिलता है और वह अपने आप पर जाता है। मगर उसमें से भी बहुत सारा समय सपनों में चला जाता है। सपनों में समय चला जाता है यानी कोई आकर परिचय दे रहा है, आपकी ही बात कर रहा है। सेल्फ चाहता है, 'दिनभर तो बड़बड़ करते रहे, अब तो चुप हो जाओ।' इंसान दिनभर ऐसे कौन से कार्य कर रहा है जिससे सेल्फ, सेल्फ पर जाए? वह ऐसे कार्य करता ही नहीं। वह दिनभर माया की बातों को ही देख रहा है। यहाँ तक तो ठीक है मगर कम से कम सोते समय तो वह अनुभव पर रहे। लेकिन उसमें भी दिनभर के कार्यों का, घटनाओं का असर होता है और सपने आते रहते हैं। जो अपूर्णता दिनभर थी, वही सपनों में भी चली आती है। इस तरह सेल्फ का बहुत सारा समय यह तोलू मन खा लेता है।

कुल-मूल लक्ष्य का विस्तार : कुल-मूल लक्ष्य में पहली बात तो यह है कि सेल्फ चाहता है कि मैं अपने आप पर जाऊँ, अपना अनुभव करूँ। हर रात ऐसा होता भी है, हम अपने अनुभव पर होते हैं। परंतु पूरा दिन हम सेल्फ की यह चाहत पूरी नहीं कर पाते। आइए कुछ क्षणों के लिए हम आँख बंद करके अपने तेजस्थान पर जाएँ और कुल-मूल लक्ष्य प्राप्त करें।

(कुछ क्षण सरश्री मौन में बैठे हैं, आप भी आँखें बंद करके मौन में बैठें और स्वयं से पूछते रहें। 'थहे रा ख?' मैं कौन हूँ? हेड से निकलकर हृदय पर, तेजस्थान पर उपस्थित रहें। आप शरीर नहीं हैं। You are nothing and everything. Nothing with the potential of everything. आप कुछ नहीं हो मगर सब कुछ होने की संभावना रखते हो।') मौन उपरांत अपनी आँखें खोलें।

मौन के उपरांत : अपनी आँखें खोलकर पढ़ना जारी रखें,

जब सेल्फ की चाहत पूरी होती है यानी जब अपने अनुभव पर जाते हैं तो कैसा लगता है? अनुभव पर गए तो सभी को आनंद महसूस हुआ। सभी को लगा हमारा जन्मदिन है क्योंकि जो असली 'मैं' है, वह तो कभी जाग्रत हुआ ही नहीं, उसे कभी मौका मिला ही नहीं। अब पहली बार मौका मिलने लगा है। यहाँ पर ऐसे कई सारे

लोग होंगे जो अलग-अलग ध्यान विधियों से जाकर आए हैं इसलिए बीच-बीच में वे अनुभव पर जाते रहे हैं। मगर पूरी समझ न होने की वजह से, क.म.ल. स्पष्ट न होने की वजह से वही कार्य प्रयास लगता है। समझ मिलने के बाद फिर वही कार्य प्रिय प्रयास हो जाता है, प्रिय आस होता है, प्रिय हो जाता है, भक्तियुक्त और आनंद देनेवाला हो जाता है। लेकिन अगर समझ नहीं है तो वही कार्य कठिन तथा तकलीफदायक लगता है। कुछ लोगों को ध्यान में बैठना कष्टकारी लगता है। किसी ने उनसे कहा, 'ध्यान करेंगे तो तुम्हारा ब्लड प्रेशर नॉर्मल होगा।' इसलिए मजबूरी में वे ध्यान करते हैं। मगर ध्यान करने के पीछे कुल-मूल लक्ष्य यही है कि सेल्फ, सेल्फ पर जाए ताकि ईश्वरीय गुण प्रकट हो पाएँ।

दिनभर हम मैजिक शो न देखकर सिर्फ टपोरियों का खेल ही देखते रहे यानी माया का खेल देखते रहे इसलिए हम अपने लक्ष्य से दूर हैं। इस कहानी से यह समझ में आया कि उस हॉल में बैठे-बैठे जब जादूगर की आवाज आई, तब तो कम से कम इंसान को माया की बातों में नहीं अटकना चाहिए था। वरना लोग रात को सोते वक्त भी यही सोचते हैं कि 'मेरे इस काम का क्या हुआ? उस काम का क्या हुआ?' सारी तनावभरी बातें रात को सोते समय ही सोचेंगे तो क्या होगा? सेल्फ को अपने आप पर जाने के लिए जो थोड़ा-बहुत समय मिला था, वह भी इन विचारों में ही बीत गया। होना तो यह चाहिए था कि कम से कम रात को सोते वक्त तो इंसान इन विचारों को निकालकर, फ्रेश होकर प्रार्थना करके सोता, भजन गाकर सोता ताकि कम से कम उतना समय तो सेल्फ, सेल्फ पर जाए मगर ऐसा नहीं हुआ। जब तक अज्ञान है, तब तक ऐसे ही चलते रहेगा।

माया के खेल में भी आनंद : फिर पहले इंटरवल में जब आप उस हॉल से बाहर आते हैं तो देखते हैं कि एक इंसान दो-चार लोगों को कुछ बता रहा है, उनसे बातचीत कर रहा है। फिर दूसरे इंटरवल में आप देखते हैं कि उस इंसान के पास अब पहले से भी ज्यादा लोग खड़े हैं। यह देखकर आपकी उत्सुकता जगती है कि वह इंसान ऐसा क्या बता रहा है? आपको सुनाई तो नहीं दे रहा है, होठों-होठों में, आँखों-आँखों में बातें हो रही हैं। आप सोचते हैं कि 'पता नहीं क्या बता रहा है? मुझे तो सुनाई नहीं दे रहा है।' इंसान जब तक सत्य के प्रति ग्रहणशील नहीं है, तब तक उसे सुनाई नहीं देता अर्थात गुरु की बातें समझ में नहीं आती।

आप देखते हैं कि जिन लोगों के साथ वह इंसान बीतचीत कर रहा था, वे लोग अब हॉल में आकर खेल का आनंद ले रहे हैं। हालाँकि खेल तो टपोरियों का चल रहा है मगर लोग बहुत ज्यादा आनंद ले रहे हैं। यह देखकर आप सोचने लगते हैं

कि 'इन्होंने ऐसा क्या पाया है, जिसकी वजह से माया के खेल में भी इतना आनंद ले रहे हैं?'

अगले इंटरवल में आप उस इंसान के पास जाकर पूछते हैं, 'आप क्या बताते रहते हैं?' वह इंसान कहता है, 'जिसके पास कान हैं, वे ही सुन सकते हैं। क्या तुम्हें मेरी यह बात सुनाई दी?' आप कहते हैं, 'हाँ, मुझे सुनाई दिया।' इस पर वह इंसान कहता है, 'तुम्हें सुनाई दे रहा है यानी अब सुधार हो रहा है। वरना इतना भी सुनाई नहीं देगा तो कोई क्या कर पाएगा?' मवाली कुछ भी कहें आप तो एक ही चीज देखेंगे। अर्थात सत्य के प्रति ग्रहणशील होने के बाद अब हम माया में न उलझते हुए अपना ध्यान सत्य पर ही लगाएँगे। वापस जब आप उस इंसान के पास जाते हैं जो गुरु का रोल कर रहा है, वह यही कहता है कि 'अब तुम्हें कुछ सुनाई देने लगा है इसलिए अब तुम सीक्रेट भी सुन लो।'

जब हमारे जीवन में सही गुरु आते हैं तो अहंकार की वजह से पहले तो हम सत्य श्रवण के लिए तैयार नहीं होते। कुछ लोगों को जब हम सत्य श्रवण करके आनंद प्राप्त करते हुए देखते हैं तो फिर हम सत्य के प्रति ग्रहणशील होते हैं। इस प्रकार सही गुरु हमें माया से निकालकर सत्य में स्थापित होने का सीक्रेट बताते हैं।

4
जादूगर का खेल ही है ईश्वर की लीला

अब सीक्रेट क्या है, इसे समझेंगे। अब जब आप हॉल के अंदर जाएँगे तो स्टेज पर मैजिक शो की जगह मवाली लोग आएंगे। वे अपना प्रोग्राम दिखा रहे हैं लेकिन आपको उनकी तरफ से ध्यान हटाकर उनके पीछे जो मैजिक शो चल रहा है, वह देखना है। जादूगर (ईश्वर) वहीं पर खड़ा है। उसने पीछेवाले पर्दे जैसी ड्रेस पहनी है इसलिए वह किसी को दिखाई नहीं दे रहा है। मवालियों को भी नहीं दिख रहा है कि ठीक उनके पीछे ही जादूगर (ईश्वर) अपना शो दिखा रहा है। जादूगर अपना खेल, खेल ही रहा है। ईश्वर की लीला चल ही रही है। वह जादूगर यानी ईश्वर ऐसा क्यों कर रहा है? वह यह लीला कैसे कर पा रहा है? इन सवालों का जवाब यही हो सकता है कि वह जादूगर है।

अब आपने यह सीक्रेट समझ लिया कि ईश्वर की लीला कैसे चल रही है। अब आप वापस हॉल में जाएँगे तो आपका ध्यान कहाँ पर होगा? पहले आप सिर्फ मवालियों को ही देखते रहते थे। उनके चेहरे पर जख्मों के निशान ही दिखते थे,

उनकी सोने की चेन ही दिखती थी। आप उनकी वेशभूषा और सूरत में ही अटकते थे। अब आपका फोकस मवालियों पर न होकर उनके पीछे चला गया। कितना आसान है! अर्थात अब जब आप माया में जाएँगे तो फिर से आपका ध्यान माया में ही चला जाएगा या लोगों के चेहरे में अटकेगा, तब आपको वहाँ से फोकस हटाकर ईश्वर की लीला पर ध्यान देना है।

रियलाइजेशन का अर्थ क्या है? शिफ्टिंग का अर्थ क्या है? आपसे कहा गया, 'अपने सामने एक अँगुली रखो और उसे देखो।' फिर आपसे कहा गया, 'अँगुली के पीछे जो लोग बैठे हैं, उन्हें देखो।' इसके लिए आपको क्या करना पड़ा? सिर्फ नजर की शिफ्टिंग हुई। इसमें कितना समय लगता है? अँगुली की तरफ से ध्यान हटाकर उसके पीछे बैठे लोगों की तरफ देखने के लिए बहुत ही कम समय लगता है। आत्मसाक्षात्कार दरअसल इतना ही आसान है। समझ मिलते ही सत्य तक पहुँचना इतना ही आसान है। लेकिन समझ नहीं है तो लोग जीवनभर दिमाग से ही खोज करते हैं। मगर खोज हृदय (बाय हार्ट) से होनी चाहिए। अब आपने सीक्रेट भी समझ लिया है। आपको यह परम रहस्य बताया गया।

बहू को सास, सास को बहू न दिखे : आपको यह परम रहस्य बताया गया कि दुनिया में रहते हुए माया से फोकस हटाकर ईश्वर की जो लीला चल रही है उसे देखो। ईश्वर की लीला, स्वअनुभव सुबह से चल ही रहा है। ऐसा नहीं है कि वह सिर्फ एक घंटे के लिए या रात को नींद में ही आएगा बल्कि ईश्वर का खेल तो चलता ही रहता है। अब माया में रहकर भी आप खुश रह पाएँगे। लोगों को आश्चर्य होगा कि आप खुश कैसे रह पा रहे हैं। मगर आप तो दुनिया के सबसे बड़े मैजिशियन के खेल को देखकर खुश हो रहे हैं।

सभी के अंदर वही अनुभव, चैतन्य, ईश्वर है इसलिए आपको यह स्पष्ट होना चाहिए कि आप किसके साथ व्यवहार कर रहे हैं। अब बहू को सास न दिखे, सास को बहू न दिखे बल्कि उन्हें वह दिखे जो सास और बहू दोनों के अंदर है। टीचर को विद्यार्थी न दिखे, विद्यार्थी को टीचर न दिखे, डॉक्टर को मरीज न दिखे, मरीज को डॉक्टर न दिखे। उन्हें तो वह दिखाई दे जो सामनेवाले के पीछे है। जादूगर को देखने के बाद अब आप दिनभर कितने आनंद में रहेंगे! रात को सोते समय जब आँख बंद करके मैजिक शो सुनने के लिए कहा जाएगा, तब वह सुनना कैसा होगा? उसमें भी बहुत आनंद आएगा क्योंकि अब दिनभर जादूगर (ईश्वर) को ही देखा है।

पहले जादूगर को देखा ही नहीं था, सिर्फ उसकी आवाज सुनी थी। लेकिन उससे संतुष्टि नहीं होती थी मगर अब पूर्ण संतुष्टि होगी। अब आप रात को पूर्ण

संतुष्टि के साथ सोएँगे और दिनभर भी आनंद ही रहेगा। क्योंकि अब दिनभर आपने जादूगर को देखा, इंटरवल में सत्य श्रवण किया। इसलिए आपसे कहा जाता है कि 'सत्य श्रवण बंद न करें, उसे जारी रखें।' माया का श्रवण तो चल ही रहा है, टी.वी. पर प्रोग्राम्स देख ही रहे हैं, लोगों की बातें भी सुन ही रहे हैं। जब माया का श्रवण लगातार चल रहा है तो सत्य का श्रवण क्यों बंद करना! सत्य का श्रवण तो ज्यादा जरूरी है क्योंकि वही माया के श्रवण को बैलन्स करेगा। अगर दिनभर जादूगर ही दिखता रहा तो रात को भी संतुष्टि होगी। जादूगर की आवाज सुनते हुए आनंद के साथ नींद में जाएँगे। अब मवालियों की तरफ न देखते हुए उनके पीछे जो सत्य है, उसे देखेंगे।

खाली समय और मैजिक शो : कुछ लोग इंटरवल में यानी ब्रेक पीरियड में सत्य नहीं सुनते बल्कि कुछ ऐसी बातें सुनते हैं, जिसकी वजह से हॉल में आने के बाद परेशानी और बढ़ जाती है। कुछ लोग दिनभर न्यूज चैनल और क्रिकेट ही देखते रहते हैं। ऐसे लोग हॉल के अंदर आकर बैठेंगे तो कुर्सियाँ ही तोड़नेवाले हैं। लोग क्या–क्या करते हैं, क्रिकेट देखकर टी. वी. तोड़ डालते हैं। इतने उत्तेजित हो जाते हैं कि होश ही नहीं रहता। लोग अनजाने में गलत प्रार्थनाएँ करते हैं और उनके जीवन में वैसी ही बातें आ जाती हैं। इसीलिए लोगों को बताया जाता है कि ऐसी बातों में, टपोरियों में, माया में न उलझें बल्कि उसके पीछे जो सत्य है, उस पर नजर रखें। इसके लिए थोड़ी सी ट्रेनिंग की आवश्यकता है।

जैसे ही समझ में आ गया कि अँगुली सामने है लेकिन उसके पीछे कोई है। सामने कोई खड़ा है, उसके पीछे जो खेल चल रहा है वह देखना है, वह लीला देखनी है। फिर हँसी भी आएगी और दिल से हँसेंगे, जबकि पहले बुद्धि से हँसते थे। मगर अब दिल से हँसी आएगी क्योंकि अब खेल समझ में आ रहा है। अब असली हँसी होगी, असली हास्य निकलेगा।

अब सामनेवाले ने अगर कोई चुटकुला सुनाया तो आप बहुत हँसेंगे। सामनेवाला कहेगा, 'चुटकुला तो इतना अच्छा नहीं था फिर इतना क्यों हँस रहे हो?' आप कहेंगे, 'मैं आपके चुटकुले पर कहाँ हँस रहा हूँ?' वैसे बेहतर होगा कि आप सामनेवाले को यह बात न बताएँ। यह आपकी अंदर की बात है कि आपको मालूम है असली हँसी क्या है। आप ईश्वर की लीला को देख रहे हैं, समझ रहे हैं इसलिए ऐसी हँसी आ रही है। पहले समझते नहीं थे इसलिए होठों की हँसी हँसते थे। यह हँसी हृदय से या पेट से कभी नहीं आती थी। दर्द, आँसू छिपाने के लिए हँसते थे। अब असली हँसी आएगी क्योंकि सीक्रेट जान चुके हैं। अब यह रहस्य मालूम हो

चुका है कि मवाली लोग तो आते रहेंगे लेकिन उससे कुछ फर्क नहीं पड़ता। हम फिर भी मैजिक शो देख सकते हैं।

जादूगर के साथ ट्यून्ड हो जाए, तालमेल बैठ जाए तो हमारी नजर सदा उस पर ही रहेगी। इससे हम दिनभर फ्रेश रहेंगे, तनाव बिलकुल नहीं रहेगा और इंटरवल में फिर सत्य श्रवण करेंगे। इंटरवल का समय अच्छी तरह बिताएँगे, गलत लोगों में नहीं उलझेंगे, गलत संघ नहीं करेंगे। गलत लोगों के संघ में इंसान भी वैसा ही बनने लगता है, उस पर गलत रंग चढ़ने लगता है। अगर कोई गाली देनेवाला मित्र है तो आप देखेंगे कि कुछ दिनों के बाद आपकी भी जुबान पर गालियाँ आने लग गई हैं। हालाँकि आपने इस दिशा में कोई कोशिश नहीं की, यह तो खुद-ब-खुद हो गया। जैसा संघ होता है, वैसा ही रंग चढ़ता जाता है इसलिए खाली समय में सही संघ में रहें।

5
संसार ईश्वर का ही चित्र है

कुल-मूल-लक्ष्य का पहला हिस्सा : कुछ लोग अध्यात्म के नाम पर गलत ट्रेनिंग देते हैं। गलत नहीं तो सही ट्रेनिंग भी नहीं देते। कुछ अध्यात्म में लोग जाते हैं तो माया से फोकस हटाने के लिए उनसे कहा जाता है कि 'सामने जो टपोरी खड़ा है, मवाली खड़ा है उसके जख्म मत देखो, उसकी सोने की चेन देखो, उसी पर ध्यान फोकस करो।' इस तरह माया से फोकस हटाकर फिर से माया पर ही लगाया जाता है। ऐसे अध्यात्म से आपको लाभ तो होगा मगर तेजलाभ नहीं होगा। ऐसी बहुत सारी विधियाँ हैं। कोई कहेगा, 'आँख बंद करके रोशनी देखो।' कोई कहेगा, 'ऐसी संवेदना देखो।' कोई कहेगा, 'इस तरह का अमृतपान करो।' कोई कहेगा, 'अंदर ऐसी आवाज आएगी, ऐसे नगाड़े बजेंगे उसे सुनो।' अलग-अलग तरह की विधियाँ हैं, जिनमें अलग-अलग बातें बताई जाती हैं। तीसरे नेत्र पर देखो, ऐसा प्रकाश दिखा कि नहीं, पहले पीला था अब नीला हो गया कि नहीं? अभी देखो कौन से रंग में जा रहा है? अभी क्या...? आज हमने ऐसी लाइट देखी, आज वैसा हुआ। लोग कई बार तो जिंदगीभर यही करते रहते हैं। मगर इस लाइट को देखनेवाला कौन था? जब जाननेवाला जाना जाएगा, तब असली अध्यात्म प्रकट होगा। जो अनुभव है, जो सेल्फ है, जो साक्षी है, उसे ही जानना है। सेल्फ, सेल्फ पर जाए यही असली बात है, यही कुल-मूल लक्ष्य का पहला हिस्सा है।

कुल-मूल लक्ष्य प्राप्त करना : आप कुल-मूल लक्ष्य को कैसे प्राप्त करेंगे? कुल-मूल लक्ष्य का पहला महत्त्वपूर्ण हिस्सा है : सेल्फ, सेल्फ पर जाए। सेल्फ की इच्छा पूरी हो। 'ढहूळश्रश्र लश वेपश, तुम्हारी इच्छा पूर्ण हो।' कोई कहता है, 'जो हुक्म।' कोई कहता है, 'इंशा अल्ला।' कोई कहता है, 'तेरा तुझको अर्पण।' एक ही चीज है। सभी यही चाहते हैं कि सेल्फ की इच्छा पूरी हो। सेल्फ की पहली चाहत है अपने आप पर जाना और यही चाहत पूरी नहीं हो रही थी। सबसे पहले यह स्पष्ट हो, फिर अपने आप पर जाकर अभिव्यक्ति हो। अभिव्यक्ति यानी सेल्फ के गुणों को अभिव्यक्त करना, प्रकट करना।

सेल्फ की अभिव्यक्ति : सेल्फ का गुण प्रेम है तो अपने शरीर द्वारा प्रेम को अभिव्यक्त करना। सेल्फ का गुण आनंद है तो आनंद को अभिव्यक्त करना। सेल्फ क्रिएटिवीटी, रचनात्मकता है तो उसे अभिव्यक्त करना। सेल्फ के अंदर बहुत सारे गुण हैं क्योंकि वह चित्रकार है इसलिए उसमें बहुत सारे चित्र हैं। वह अलग-अलग चित्र बनाता है, यह उसकी अभिव्यक्ति है। यह संसार ईश्वर का ही चित्र है। नए-नए चित्र बनते जा रहे हैं यानी ईश्वर की अभिव्यक्ति हो रही है। 'ऐसा क्यों हो रहा है? वैसा क्यों हो रहा है?' यह सोचकर व्यक्ति ख्वाहमख्वाह परेशान होता है।

तुम हो कि नहीं यह पक्का करो : कुछ लोग नास्तिक हो जाते हैं क्योंकि उनके पास अधूरा ज्ञान होता है। वे कहते हैं, 'क्या पता ईश्वर है भी या नहीं?' इस पर आप कहेंगे, 'पहले तुम हो कि नहीं यह पक्का करो, पता करो। ईश्वर की बात तो बाद में आएगी। पहले तुम कौन हो, यह पता करो। ईश्वर का पता तो बाद में चल जाएगा, पहले अपना पता लगा लो।' यह पते की बात हर नास्तिक को पता चल जाए तो असली अध्यात्म लापता नहीं होगा, वह खो नहीं जाएगा। फिर खोज हृदय से होने लगेगी।

ईश्वर के गुणों की अभिव्यक्ति : कुल-मूल लक्ष्य का दूसरा हिस्सा है : ईश्वर के गुणों की अभिव्यक्ति। जब आप स्वयं को जान जाते हैं तो आपका व्यवहार ईश्वरीय गुणों से होता है। इन्हीं गुणों को जानने के लिए ही मूर्तिपूजा थी। मूर्तिपूजा के पीछे यही रहस्य था। लोग ईश्वर के गुणों पर मनन करने के लिए मूर्ति के सामने बैठते थे। अगर गणेश की मूर्ति है तो गणेश के कान इतने बड़े क्यों हैं? इस पर मनन करते थे। अज्ञान होगा तो इंसान कहेगा, 'गणेश के कान बड़े हैं इसलिए वह हमारी प्रार्थना जल्दी सुनते हैं। बाकी भगवानों के कान तो छोटे-छोटे हैं।' इस तरह की बातों से मूर्तिपूजा का असली लक्ष्य बाजू हट गया। असली लक्ष्य यह था कि बड़े कान देखकर आपको अपने कान बड़े करने हैं यानी अपने कान खोलने हैं, सत्य श्रवण

करना है। सुनने की कला (क्वालिटी) बढ़ानी है।

अब सुबह जब गणेश की आरती करके निकलेंगे तो खुद से कहेंगे, 'मुझे अपने कान खोलने हैं यानी मुझे दूसरों की बातें भी सुननी हैं। किसी से मिलते ही अपनी बड़बड़ शुरू नहीं करनी है। लोगों से मिलने पर मैं उनकी बात सुनूँगा और उसमें सत्य की बात को खोजूँगा।' क्योंकि सूक्ष्म बात जल्दी पकड़ में नहीं आती है। जो भी कहा जा रहा है, उसमें क्या इशारा छिपा है? कर्म संकेत दिया जा रहा है कि आपको संसार में किस तरह जीना है। चारों तरफ कैसे लोग हैं? कैसी बातें करते हैं? उस सुननेवाले के पीछे कौन है? उस कहनेवाले के पीछे कौन है? मूर्ति गणेश की हो या शिव की, गुणों पर मनन करवाना असली उद्देश्य था। शिव का तीसरा नेत्र खुले यानी आपका तीसरा नेत्र खुले, आपकी समझ की आँख खुले, आप ज्ञान को सँभाल पाए। ध्यान रहे, सिर्फ ज्ञान ही भक्ति नहीं है। जब इंसान को थोड़ा ज्ञान हो जाता है तो वह ज्ञानी बनकर दूसरों को सिखाने लगता है। उसका खुद का जीवन वैसा का वैसा ही रहता है। वह खुद उलझा रहता है और दूसरों को ज्ञान की बातें बताता है। आपको ऐसे कई सारे लोग मिलेंगे मगर आपको उनमें नहीं उलझना है।

बहुत से लोग ज्ञान की बातें तो करते हैं मगर घर में देखें तो सब पर चिल्ला रहे हैं, सबसे झगड़ रहे हैं। सभी उससे परेशान हैं। शिव ने गंगा को सँभाला यानी आप उस ज्ञान की गंगा को सँभाल पाएँ, बाँध पाएँ। उसे कितना बहने देना है, यह समझ पाएँ। उसे सँभालने के लिए पात्रता तैयार की जाती है। इस तरह आपने समझा कि कुल-मूल लक्ष्य का पहला हिस्सा है, ईश्वर, ईश्वर को अनुभव करे। अनुभव, अनुभव को अनुभव करे। सेल्फ, सेल्फ को अनुभव करे। कुल-मूल लक्ष्य का दूसरा हिस्सा है, ईश्वर के गुणों (प्रेम, आनंद, मौन इत्यादि) की अभिव्यक्ति।

शरीर आइना है : आप शरीर (मनोशरीर यंत्र) नहीं हैं, शरीर से अलग हैं। शरीर तो आपका आइना है। आप आइने के सामने खड़े होते हैं तो खुद को देखना है इसलिए आइने से दूर खड़े होते हैं, उससे नाक लगाकर खड़े नहीं होते। थोड़ा दूर खड़े होने पर ही अपना दर्शन होता है। इसी तरह शरीर के साथ रहते हुए भी उससे थोड़ा दूर रहेंगे तो अपना अनुभव होगा। खुद को अगर शरीर ही मानेंगे तो स्वयं का दर्शन कैसे होगा? इसीलिए सुबह से लेकर रात तक बार-बार खुद को यह याद दिलाएँ कि 'मैं कौन हूँ और मैं क्या नहीं हूँ।' कभी गुस्सा आया, बोरियत हुई, नफरत जगी तो खुद से पूछना है, 'नफरत किसे हो रही है? यह क्रोध मुझे है या जिस आइने को मैं देख रहा हूँ उसे है?' यह सवाल पूछने पर आपको पता चलेगा कि आपके आइने (मन)

में क्रोध है, आप आइने से अलग हैं।

जैसे अगर कोई आइना गरम हो तो क्या वह आपको आपकी शक्ल नहीं दिखाएगा? जरूर दिखाएगा। आप कहेंगे, 'यह आइना गरम है मगर मुझे मेरा अनुभव तो हो रहा है।' आइने पर पानी डालकर उसे गीला कर दो, तब क्या आपको अपना अनुभव नहीं होगा? बिलकुल होगा। आप कहेंगे, 'आइना गीला है, मैं नहीं।' क्रोध आया तो भी अपने आप पर जाएँगे तो देखेंगे कि आइना ठंढा होने लग गया, शीतल होने लग गया। जब शरीर से दूरी रखेंगे तो सब बदलते जाएगा। सिर्फ अपने आपको याद दिलाना है, सवाल पूछना है कि 'यह क्रोध किसे आ रहा है और इस क्रोध से शरीर में क्या हो रहा है?' सिर्फ साक्षी बनकर, आप जो हो वह बनकर देखें। यह कला है। एग्जॅक्टली क्या हो रहा है? यानी निश्चित क्या हो रहा है और किसे हो रहा है? तब आपको दिखेगा कि शरीर गरम हो गया है, शरीर को कपकपी हो रही है, मुझे नहीं। अपने आप पर जाएँगे तो देखेंगे कि कपकपी खतम होने लग जाएगी। इस प्रकार कोई भी विकार जागने पर जब आप यह सवाल पूछेंगे कि 'निश्चित क्या हो रहा है और किसे हो रहा है?' तब कुछ समय के बाद देखेंगे कि आप सभी विकारों से मुक्त हो गए। दसों विकारों से मुक्त हो गए, रावण के दस चेहरों से मुक्त हो गए। दस विकारों से मुक्त हुए इसका अर्थ है कि जब भी विकार जागेगा, आप जाग्रत हो जाएँगे कि यह किसे हो रहा है? एग्जॅक्टली क्या हो रहा है? तब आप शरीर से अलग हो पाएँगे।

आपने इस प्रवचन में जो भी बातें समझीं उसमें सबसे मुख्य बात है, क.म.ल.। हमारा क.म.ल. हमें मिले। हमारा जीवन उस कमल की तरह हो जो पानी में है, कीचड़ में है मगर पानी की एक बूँद भी अपने ऊपर टिकने नहीं देता। बूँद (बुराई) तुरंत नीचे फिसल जाती है। इसी तरह तेजसंसारी (संन्यास और संसार से परे) भी इसी संसार में रहता है मगर कीचड़ से बाहर है।

कुल-मूल लक्ष्य के साथ अब आपको नया ऑर्डर देना है, नई प्रार्थनाएँ करनी हैं। नई प्रार्थनाएँ होंगी तो हमारे जीवन में नई चीजें आएँगी। हम प्रार्थनाएँ सही दिशा में करें। पहले हम खुद को व्यक्ति मानकर प्रार्थनाएँ करते थे मगर अब खुद को जानकर प्रार्थनाएँ हों ताकि असली लक्ष्य प्राप्त हो क्योंकि कुल-मूल लक्ष्य का पहला हिस्सा है, स्वयं पर जाना। दूसरा हिस्सा है, सेल्फ की अभिव्यक्ति होना। सेल्फ, सेल्फ पर जाए और फिर सेल्फ के गुणों की अभिव्यक्ति हो। क्रोध, नफरत, द्वेष ये सेल्फ के गुण नहीं हैं। ये गुण तो व्यक्ति के हैं। यह तो व्यक्ति चालीसा है, हनुमान चालीसा नहीं है। व्यक्ति के चालीस चोर होते हैं। हनुमान चालीसा भक्ति के साथ

है। प्रेम सेल्फ का गुण है इसलिए यदि हमारे द्वारा प्रेम की अभिव्यक्ति हो रही है तो ही हम कुल-मूल लक्ष्य पर काम कर रहे हैं। अब हर दिन आप यह जरूर देखें कि आपने कुल-मूल लक्ष्य पर कितना काम किया है।

एक कुली भी बोझ उठाता है और जो अपनी बॉडी बना रहा है, वह भी बोझ उठाता है। मगर एक को वह व्यायाम लगता है, अभिव्यक्ति लगती है और दूसरे को बोझ लगता है। हम इस तरह कार्य करनेवाले हैं कि वह बोझ न लगे। आपने ये सारी बातें सुनी और फिर आपको एक ऐनालॉजी भी बताई गई। आपको आपकी ही कहानी बताई गई कि सुबह से लेकर रात तक क्या-क्या होता रहता था। दिनभर माया की बातें देख-देखकर कितना गड़बड़ घोटाला होता था। फिर असली लक्ष्य पता चला कि माया के खेल से ध्यान हटाकर उसके पीछे जो जादूगर का खेल चल रहा है, उसे देखना है। बस इतने में ही शिफ्टिंग मिल गई। शिफ्टिंग में सिर्फ इतना ही कार्य करना है कि अब सबके पीछे ईश्वर देखना है। ईश्वर के खेल को देखेंगे तो आनंद आएगा। उस आनंद से जो भी होगा, उसमें सेल्फ की अभिव्यक्ति होगी और कुल-मूल लक्ष्य पूरा होगा।

आप सभी ने यहाँ आकर जो सेवा का मौका दिया उसके लिए धन्यवाद।

हॅपी थॉट्स!

सारांश

आइए इस प्रवचन द्वारा समझी गई महत्त्वपूर्ण बातों को सारांश में समझें।

१. सत्य के प्यासे खोजी हृदय से खोज करते हैं।

२. इंसान जब खोज करता है, सत्य के साथ जुड़ता है तब उसका हृदय फिर से खुलने लगता है।

३. हमारा अस्तित्व तो शरीर से परे है। स्वयं के अनुभव को सिर्फ महसूस करना है, उसके बारे में सोचना नहीं है।

४. सरश्री कहते हैं, 'चलो साथ में चलते हैं। आपने जो महँगा सौदा किया है, उसे कैंसल करवाते हैं।' यानी आपने ऐसी कौन सी गलत प्रार्थनाएँ की हैं, जिस वजह से जीवन में दुःख आकर्षित हुआ है?

५. पहले आपको अपना कुल-मूल लक्ष्य पता होना चाहिए। कुल-मूल लक्ष्य... क.म.ल.। कुल-मूल लक्ष्य की प्राप्ति के बाद ही समाधान मिलता है, पूर्ण

संतोष होता है।

६. कुल-मूल लक्ष्य का एक हिस्सा, एक अंश यह भी है कि इंसान सत्य के लिए निमित्त बनने लगता है। जब वह अपना लक्ष्य प्राप्त करता है, तब वह निमित्त बनने लगता है।

७. सेल्फ, सेल्फ पर जाए, अपना अनुभव करे, यही कुल-मूल लक्ष्य का पहला हिस्सा है। इंसान दिनभर ऐसे कौन से कार्य कर रहा है जिससे सेल्फ, सेल्फ पर जाए? वह ऐसे कार्य करता ही नहीं।

८. आपको यह परम रहस्य बताया गया कि जाकर हॉल (संसार) में बैठो, टपोरियों और मवालियों से फोकस हटाओ और ठीक उनके पीछे जादूगर का जो खेल चल रहा है, उसे देखो।

९. सभी के अंदर वही चीज (सत्य) है इसलिए आपको स्पष्ट होना चाहिए कि आप किसके साथ व्यवहार कर रहे हैं।

१०. सत्य का श्रवण तो ज्यादा जरूरी है क्योंकि वही माया के श्रवण को बैलन्स करेगा।

११. जादूगर के साथ ट्यूनिंग हो जाए, तालमेल बैठ जाए तो हमारी नजर सदा उस पर ही रहेगी।

१२. कुल-मूल लक्ष्य का पहला महत्त्वपूर्ण हिस्सा है : सेल्फ, सेल्फ पर जाए। कुल-मूल लक्ष्य का दूसरा हिस्सा है : ईश्वर के गुणों (प्रेम, आनंद, मौन इत्यादि।) की अभिव्यक्ति।

१३. यह संसार ईश्वर का ही चित्र है। नए-नए चित्र बनते जा रहे हैं यानी ईश्वर की अभिव्यक्ति हो रही है।

१४. आप शरीर नहीं हैं, शरीर से अलग हैं। शरीर तो आइना है।

१५. हमारा जीवन उस कमल की तरह हो जो पानी में है, कीचड़ में है मगर पानी की एक बूँद भी अपने ऊपर टिकने नहीं देता। बूँद (बुराई) तुरंत नीचे फिसल जाती है।

भाग २

निराकार का आकार

२३ नवंबर २००८ को सरश्री द्वारा लिया गया प्रवचन।

6
निराकार के अंदर सब कुछ है

प्यारे खोजियो,

आप सभी को शुभेच्छा, हॅपी थॉट्स।

आज के संदेश का नाम है निराकार। निराकार को समझना क्यों जरूरी है? निराकार यानी जो इंसान के बुद्धि की पहुँच से दूर है। निराकार यानी जहाँ बुद्धि नहीं पहुँच सकती क्योंकि बुद्धि को कुछ भी जानना है तो उसके लिए आकार की आवश्यकता होती है। आपको कोई चीज आकार में दिखाई जाए तो आप कहेंगे, 'यह मुझे समझ में आ रही है।' जो चीज तर्क संगत होती है, वह बुद्धि के तर्क में बैठ जाती है। मगर कोई चीज अदृश्य में हो और बिना आकार के आपके सामने रखी जाए तो उसे समझने में दिक्कत हो जाती है। अगर आपसे कहा जाए कि 'देखो आप ऐसा विचार कर रहे हैं, जिस वजह से अदृश्य में कुछ बातें आपकी तरफ आकर्षित होना शुरू हो गई हैं। इसी वजह से आपको दु:ख या खुशी महसूस होती है।' इस पर आप कहेंगे, 'मुझे तो कुछ दिखाई नहीं दे रहा है। मैं अपने विचार कैसे बंद करूँ? मैं तो ऐसे ही विचार करते रहूँगा। मुझे लोग बुरे दिख रहे हैं क्योंकि लोग सीधे नहीं हैं। लोग गलत हैं, मैं सही हूँ।' क्योंकि आज तक यही देखा गया है।

आप जो भी शब्द बोलते हैं, जो भी सोचते हैं, जो भी भावना रखते हैं, उस वजह से हर दिन कुछ चीजें आपकी तरफ आकर्षित होती हैं। इनमें से कुछ चीजें आनंद ला सकती है तो कुछ दुःख ला सकती हैं। कुछ चीजें ऐसी हैं जो आपके जीवन में सुख-दुःख से परे की खुशी भी ला सकती हैं। मगर दिक्कत यह है कि ये चीजें दिखाई नहीं देतीं इसलिए लोग इन्हें मानने को तैयार नहीं होते और ये बातें तर्क में नहीं बैठती। निराकार की बातें ऐसी ही हैं इसलिए लोगों को शुरुआत में ही बताई नहीं जा सकती। पहले सत्संग में सत्य श्रवण द्वारा तैयारी करवाई जाती है ताकि लोग निराकार की बातें समझते हुए जीवन में सही निर्णय ले पाएँ।

जो प्रकट हुआ, वह पहले से ही था : मनाली स्टेशन (जहाँ पर इंसान मन को अपना गुरु बनाने की गलती करता है।) पर एक इंसान ट्रेन से नीचे उतरकर नारियल पानी पीकर आया और कहने लगा, 'अगर आपको नारियल पानी पीना है तो इस स्टेशन पर नहीं बल्कि अगले स्टेशन पर पीएँ। अगली स्टेशन आने तक इंतजार करें क्योंकि मनाली स्टेशन पर जो नारियल है, वह रियल नहीं है, असली नहीं है। इससे आपकी प्यास नहीं बुझेगी। हालाँकि वह असली लगता है लेकिन है नहीं।' जैसे रेगिस्तान में भ्रम होता है कि दूर पानी है मगर लोग जब प्यास से बेहाल होकर, दौड़कर उस जगह पहुँचते हैं तो देखते हैं कि वहाँ पर पानी नहीं है। यह तो माया है, भ्रम है, मिराज है, मृगमरीचिका है। दिखता है, पर है नहीं।

उसी तरह अँधेरे में टँगे कोट को देखकर लगता है कि कोई चोर खड़ा है। ऐसा लगता है कि शायद कोई चोर आ गया है। लेकिन हकीकत में जैसा दिख रहा था, वैसा कुछ भी नहीं था। वहाँ सिर्फ कोट टँगा था। नजदीक जाकर प्रकाश में देखेंगे तो कहेंगे, 'चोर तो भाग गया।' वास्तव में चोर भागा नहीं है, वह तो था ही नहीं। जो प्रकट हुआ वह पहले से ही था, जो भाग गया वह था ही नहीं।

'कुछ नहीं' के अंदर सब कुछ है : जब सत्य जानने लगेंगे तब कहेंगे, 'पहले मुझे यह-यह दिख रहा था लेकिन अभी नहीं दिख रहा है।' इसका मतलब है कि वह पहले से ही नहीं था। सत्य प्रकट होने पर आप कहेंगे, 'जो अभी प्रकट हुआ, वह पहले से ही था।' निराकार में हमें कुछ भी नया नहीं मिलता। मगर सत्य से प्रेम है इसलिए हम इस बात के लिए तैयार हो जाते हैं कि कुछ भी नहीं मिलेगा तो चलेगा। वह निराकार, वह 'कुछ नहीं', कुछ नहीं, नहीं है। यह वह 'कुछ नहीं' है, जो हर बीज में है। बीज को जमीन में बोने से पहले उसे तोड़कर देखें कि उसमें क्या है। आप कहेंगे, 'बीज के अंदर तो कुछ नहीं है।' मगर आपको मालूम है कि इसी 'कुछ नहीं' से एक बड़ा पेड़ निकल आता है।

निराकार क्या है? कुछ नहीं हैं मगर उसी में सब कुछ है। उस एक बीज में पूरा जंगल है, हरियाली है। पूरे विश्व की हरियाली उस एक बीज में है। हरियाली है, ग्रहणशीलता पाने के लिए। उस बीज में तो कुछ नहीं है मगर यह वह 'कुछ नहीं' है, जिसके अंदर सब कुछ होने की संभावना है। आपके खिलने-खुलने की संभावना भी है। लेकिन यह संभावना तभी है, जब आप सत्य श्रवण करते हैं, गुरु की आज्ञा में रहते हैं। बीज से पौधा बाहर आते ही अगर बकरियों को अपने पास बुलाए तो आप जानते हैं कि उस पौधे के साथ क्या होगा। वह पौधा बकरी की मैं-मैं सीख जाएगा, गायब हो जाएगा। इसलिए उस पौधे से कहा जाएगा, 'अपनी चारों तरफ थोड़ी बाड़ लगाओ, तार लगाओ और खुद को बचाओ।'

गुरु जानते हैं कि लोग गलत विचारों के द्वारा गलत चीजों को अपने जीवन में आमंत्रित करते हैं। गुरु हमारी आगे की संभावनाओं को देख पाते हैं इसलिए उन पर विश्वास रखकर उनकी आज्ञा का पालन करेंगे तो हमारी संभावना खुलती है। गुरु पर दृढ़ विश्वास होगा तभी हम आगे बढ़ पाएँगे। विश्वास का महत्व इसलिए आता है वरना विश्वास की आवश्यकता नहीं थी। अगर सभी को ज्ञान होता, सभी को अदृश्य में दिखता, निराकार दिखता तो किसी विश्वास की आवश्यकता नहीं है। क्योंकि हमें दिख रहा है कि यह चीज मेरी तरफ आ ही रही है इसलिए हमें रोने-धोने की जरूरत ही नहीं है।

इंसान को यह सब नहीं दिखता है इसीलिए वह कहता है, 'पता नहीं मेरे साथ क्या होगा? यह चीज मिलेगी कि नहीं मिलेगी? खुशी आएगी कि नहीं आएगी? नौकरी मिलेगी कि नहीं मिलेगी? यह बीमारी ठीक होगी कि नहीं होगी?' निराकार के अंदर सब कुछ है मगर कुछ दिखता नहीं है इसलिए निराकार की बातें गुरु के अलावा कोई नहीं करता।

निराकार से ही सारे आकार आते हैं : पहले निराकार ही विद्यमान रहता है। निराकार में आकार बाद में आते हैं। निराकार से जो भी आकार आता है वह निराकार की वजह से ही आता है। वह शक्ति भी निराकार की ही है इसलिए आकार बाद में आता है। इतने सारे लोग, जानवर, प्रजातियाँ, जीवों के प्रकार, आकार, इतनी सारी वस्तुएँ कहाँ से आईं? किससे निकलीं? इतने सारे आकार जिससे निकले, उसका आकार था कि नहीं था?

एक गधे ने बच्चा पैदा किया और एक कौए ने पक्षी पैदा किया, दोनों का आकार कैसा होगा? गधा, गधा ही पैदा करता है। कौआ, कौआ ही पैदा करता है। निराकार क्या पैदा करता है? अगर निराकार को कोई आकार होता तो उससे एक

ही तरह का आकार तैयार होता। लेकिन हमारे आस-पास इतने भिन्न-भिन्न आकार हैं, ये कैसे आए? यही सबूत है कि जहाँ से ये पैदा हुए वह निराकार है। वरना इतने सारे आकार हो ही नहीं सकते थे।

लोगों के इस संदर्भ में कई सारे सवाल होते हैं। लोग निराकार को बुद्धि से जानने का प्रयास करते हैं। मगर निराकार को जानने के लिए सही गुरु का मार्गदर्शन, सत्य का श्रवण होना आवश्यक है। आप निराकार को देख नहीं सकते, उसे अनुभव कर सकते हैं। अपना होना अनुभव कर सकते हैं।

अनुभव के प्रति मान्यताएँ : अनुभव पाने के बाद भी उसके प्रति लोगों की अलग-अलग मान्यताएँ होने की वजह से वे मानने को ही तैयार नहीं होते कि यह इतना सहज हो सकता है। लोग सोचते हैं कि 'स्वयं का अनुभव इतना सरल, आसान कैसे हो सकता है? इस-इस तरह का कुछ न कुछ चमत्कार होना चाहिए... अनुभव हो तो ऐसा एहसास हो कि मेरा शरीर गायब हो जाए... कोई प्रकाश दिखे... कोई सुगंध आए... कोई नायाब स्वाद मिले... कोई ऐसी अनुभूति हो जैसे मैं हवा में उड़ रहा हूँ... तीसरे नेत्र पर ऐसा-ऐसा रंग दिखे... शरीर के सातों चक्र खुल जाएँ... पानी पर चलने लगूँ...।' आदि।

जीवन में कुछ चमत्कार होने चाहिए, कुछ तो विशेष होना चाहिए, ऐसी मान्यता रखनेवाले लोग वास्तव में अध्यात्म को समझ ही नहीं पाते। वे सिद्धियों के मार्ग को ही अध्यात्म मान लेते हैं। चक्राज की बातें, त्राटक की बातें, शरीर पर संवेदना देखने की बातें, साँस की कसरत करनेवाली बातें, इन चीजों का अपना महत्व है लेकिन असली अध्यात्म से इनका लेना-देना नहीं है। शारीरिक स्वास्थ्य के लिए, मन को शांत करने के लिए प्राणायाम जरूर कर सकते हैं। इनके कई लाभ हैं मगर इन बातों को ही असली अध्यात्म मानकर बैठ गए तो यात्रा बीच में ही रुक जाती है। यह यात्रा रुकनी नहीं चाहिए, अंत तक चलनी चाहिए।

पहली पहेली पहले सुलझाएँ : ये बातें इसीलिए बताई जा रही हैं ताकि समझ में आए कि आपसे क्या-क्या गलतियाँ होती हैं। सबसे पहले- पहला लाओ। अर्थात पहले इस पहेली को सुलझाओ कि आप कौन हो? फिर न कोई पहला रहेगा, न दूसरा। अगर पहेली सुलझ गई, अगर आप पूरी बात समझ गए तो पहले या दूसरे का सवाल ही नहीं रहता। मगर जब तक पहेली सुलझी नहीं है, तब तक कुछ बताया जाना आवश्यक है। तब तक खोजी को दिमाग से हृदय पर लाने के लिए कुछ बताना जरूरी है। निराकार हृदय के प्वाईंट से जुड़ा है, हृदय उसका प्वाईंट ऑफ कॉन्टेक्ट है। अगर आप बुद्धि में ही अटक जाएँगे तो सोर्स (तेजस्थान) पर पहुँच नहीं पाएँगे।

मान लें, एक समुंदर है। उसमें एक लहर उठी है और उस लहर के ऊपर एक नाव है। अब बताएँ, वह लहर नाव के किस प्वाईंट से जुड़ी है? हालाँकि नाव तो समुंदर से ही जुड़ी है लेकिन बीच में है लहर और लहर पर है, नाव। वह लहर नाव के जिस हिस्से से जुड़ी है उसे कहते हैं, प्वाईंट ऑफ कॉन्टेक्ट, तेजस्थान, हृदयस्थान, फाइनस्थान। यह वह स्थान है जहाँ से समुंदर और नाव दोनों से संपर्क हो सकता है। उसी स्थान को तेजस्थान कहा जाता है। तेजस्थान आकार से भी जुड़ा है और निराकार से भी। आकार और निराकार दोनों जहाँ पर जुड़े हैं, वही तेजस्थान है। इस स्थान का महत्व धीरे-धीरे खुलता जाता है।

7

निमित्त के बहाने अनुभव को जानें

कोई त्राटक करता है, कोई तीसरे नेत्र पर ध्यान एकाग्र करता है, ये भी अलग-अलग साधनाएँ हैं। इनका अपना महत्व, अपना उद्‌देश्य है। लेकिन अगर आपके मन में असली अध्यात्म, तेजसत्य पाने की चाहत है तो आपको ऐसी साधनाओं की जरूरत ही नहीं है। तेजसत्य में 'तेज' शब्द इसलिए जोड़ा गया है क्योंकि 'सत्य' शब्द इस्तेमाल कर-करके घिस चुका है। लोग बिना सोचे-समझे इस शब्द का इस्तेमाल करने लगे। लोग तो यही कहते हैं, 'अभी शाम है, यह सत्य है।' वे इसे भी सत्य समझते हैं। जबकि सच्चाई यह है कि इस वक्त शाम है यह सत्य भारत में तो ठीक है मगर अमेरिका में नहीं क्योंकि वहाँ उस वक्त सुबह होगी।

समय, स्थान से परे असली सत्य : जगह बदलने से जो बदल जाए, वह असली सत्य नहीं होता। ऐसा कभी नहीं होता कि समय बदल गया इसलिए सत्य भी बदल गया। हजार साल पहले सत्य कुछ अलग था, अभी अलग है, ऐसा नहीं होता। समय के साथ जो बदल जाए वह असली सत्य नहीं है। पाषाण युग में भी सेल्फ तेजस्थान से ही जुड़ा था। आज भी उसी से जुड़ा है, आगे भी उसी से ही जुड़ा रहेगा। जो सत्य स्थान, समय, काल, मान्यताओं से नहीं बदलता है वही असली सत्य होता है। इसीलिए इसे तेजसत्य कहा गया है।

जिन्हें तेजसत्य पाने की अत्याधिक प्यास होती है, रुचि होती है, उन्हें तेजस्थान से ही इस राह पर आगे बढ़ने की प्रेरणा मिलती है। उनके लिए निराकार की बातें समझना आवश्यक है। उनके लिए ही यह मार्गदर्शन दिया जा रहा है कि कैसे निराकार और आकार जुड़े, प्वॉईंट ऑफ कॉन्टेक्ट कहाँ है। तेजस्थान पर,

अनुभव पर जाने के बाद भी पहले तो लगेगा ही नहीं कि यह इतना आसान होगा। अनुभव पाने के बाद भी लोग कहेंगे, 'कुछ हुआ ही नहीं।' वे सभी से यही सवाल पूछते रहेंगे, 'कुछ हुआ? कुछ हुआ?' कुछ नहीं हुआ तो भी अदृश्य में बहुत कुछ हो रहा है, यह लोगों को मालूम ही नहीं है।

'कुछ नहीं' कुछ नहीं, नहीं है : कछुए और खरगोश की कहानी में आप जानते ही है कि कछुआ जीत गया और खरगोश हार गया। हालाँकि कछुए को देखकर लोगों को लग रहा था कि यह तो कुछ नहीं कर सकता मगर उसके द्वारा बहुत कुछ हो गया। इसलिए 'कुछ नहीं' को कुछ नहीं मत समझना। निराकार को मन का कुछ नहीं मत समझना। मन तो 'कुछ नहीं' सुनकर उदास हो जाता है। लेकिन यह वह कुछ नहीं, नहीं है, जिससे मन उदास होता है। निराकार के संदेश से तो आप खुल जाते हैं, खिल जाते हैं। जबकि पहले सिकुड़े हुए थे।

इस समुंदर और नाव के रूपक से आपने क्या अनुभव लिया? समुंदर दिखता है इसलिए जो दिखता है उसी से ही सत्य ज्ञान समझाया जा सकता है ताकि आसानी से समझ पाए।

सूरज, चाँद, तारे सारे निमित्त हैं : आकाश कैसा है? पूरा है, चारों तरफ वही है। मगर जब तक चाँद, तारे नहीं लाए जाएँ तब तक आकाश नहीं दिखता। चाँद तारे नहीं होते तो इंसान आसमान की तरफ कभी देखता ही नहीं। आसमान में न सूरज है, न चाँद है, न तारे हैं, फिर कोई ऊपर कहाँ देखता और क्यों देखता? सूरज, चाँद, तारे निमित्त हैं। आसमान की तरफ देखने के लिए, निराकार की तरफ ध्यान दिलाने के लिए सूरज, चाँद और तारे निमित्त बन जाते हैं। मगर जो सिर्फ निमित्त है, उसे ही सब कुछ मानकर आज-कल लोग झगड़ने लगे हैं, 'हमारा चाँद महान, हमारा सूरज महान। हम चाँद को माननेवाले, हम सूरज को माननेवाले, हम तारों को माननेवाले।' सभी ने किसी अलग बात को पकड़ लिया। किसी ने असली कारण समझा ही नहीं कि ये सब तो निमित्त हैं। निमित्त के बहाने आसमान को देखना है, निराकार को जानना है। मगर अज्ञान की वजह से लोग निमित्त पर ही अटक जाते हैं।

शरीर निमित्त है : शरीर क्या है? निमित्त। शब्द क्या हैं? निमित्त। इस शरीर को निमित्त बनाकर ही स्वयं को, निराकार को जान सकते हैं। पुरानी सोच को बाजू में रखकर, नए तरीके से सोचने की आदत नहीं है, मनन करने और अनुभव पर टिकने की एकाग्रता नहीं है इसलिए लोग उलझ जाते हैं और सांप्रदायिक झगड़े होते रहते हैं। अज्ञान में लोग यही सोचते हैं कि 'हम ज्यादा श्रेष्ठ हैं क्योंकि हम फलाँ-फलाँ धर्म को मानते हैं। बाकी लोगों को समझ नहीं है, सिर्फ हमें ही समझ है, सभी को

हमारी तरह ही करना चाहिए।' इस तरह मन गलत बात को पकड़ लेता है।

मगर जब आप असली अर्थ समझेंगे तब यही कहेंगे कि 'ऊपर देखने के बाद सूरज, चाँद, तारों पर ही नहीं अटकना, वहीं मत उलझ जाना। उसके बहाने आकाश को देखना है। चाँद, तारे तो निमित्त हैं। निमित्त के बहाने आसमानी संदेश (तेजसत्य) सुनना है।' यह तो एक ऐनालॉजी है मगर यह अनुभव की बातें हैं। निमित्त के बहाने अनुभव को, निराकार को जानना है। समुंदर दिखता है लेकिन उसका पूरा आकार एक साथ नहीं दिखता मगर लहर और नाव का तो आकार है।

समुंदर की ऐनालॉजी : एक समुंदर है, जिसमें बहुत सारी लहरे हैं। सभी लहरों पर एक-एक नाव (शरीर) है। हर नाव दूसरी नाव से बात कर रही है। हर नाव में नौ छिद्र हैं। ये छिद्र यानी हमारी इंद्रियाँ। इन छिद्रों से जो संसार प्रकट हुआ, लोग उसी में ही लग गए हैं। हर नाव स्वयं को अलग मानकर एक-दूसरे से बात कर रही है। इन नावों को यह पता नहीं है कि वे एक ही समुंदर से जुड़ी हैं। उनका स्त्रोत एक ही है।

जिसे यह पूरा दृश्य दिख रहा है, उसे पता चल जाएगा कि ये सभी नावें समुद्र से जुड़ी हैं, ये समुद्र का हिस्सा हैं, अलग नहीं हैं। अर्थात सभी के अंदर वही चैतन्य है। सभी उस निराकार के ही आकार हैं। यह रहस्य जानने के बाद सभी लोग एक-दूसरे को कैसे देखेंगे? एक-दूसरे से आदरयुक्त बात करेंगे। लोगों को 'आदरणीय' बोलकर तो देखें। बच्चों से ऐसा कहकर तो देखें कि 'आदरणीय बेटे, होमवर्क कर लो।' वरना हमारे कुछ कहते ही सामनेवाला सिकुड़ जाता है और हमें पता भी नहीं चलता। जैसे ही हम कहते हैं, 'तुम गलत हो, तुम में कमी है।' यह सुनकर सामनेवाला सिकुड़ जाता है।

जब आपको आप जो हो वही कहा जाता है तब आप खुल जाते हैं। पूरी संभावना खुल गई यानी सोर्स के संपर्क में आ गए। सोर्स के संपर्क में आते ही अहंकार गिर जाता है। सिकुड़ा हुआ इंसान, लिमिटेड कंपनी चलानेवाला (स्वयं को सीमित समझनेवाला) इंसान तब नहीं बचता।

प्राइवेट लिमिटेड यानी बाहरी आकार। आइने में अपना आकार देखेंगे तो अपने शरीर की जो आउटलाइन दिखेगी वह सब केवल बाहरी रूपरेखा है। इसे ही लोग मैं मान लेते हैं कि यह आकार मैं हूँ। सब लोग इसी बाहरी लाइन की तरफ खिंचते हैं। वे ऐसा समझते हैं कि इस चमड़ी के अंदर जो है, वही वास्तविक मैं है और इसके बाहर की चीजें दूसरी हैं। टेबल है, पुस्तक है, पंखा है, यह कुछ अलग।

मेरा इनके साथ संबंध नहीं है, यह मैं नहीं। कोई आपसे कहे, 'आप कारपेट हो क्योंकि आप उस पर बैठे हुए हो।' आप कहेंगे, 'मैं इस कारपेट पर बैठा हूँ लेकिन यह मैं कैसे हो सकता हूँ? इस चमड़ी के बाहर जो भी है वह दूसरा है और इसके अंदर जो है वही मैं है।' 'मैं कौन हूँ?' इस पर कभी मनन किया ही नहीं इसलिए बात समझ में नहीं आई।

इस उदाहरण से यह समझ मिलती है कि हर नाव का एक आकार है और वह आकार दूसरे आकार से बात करता है। उस आकार के अंदर क्या है, प्वॉईंट ऑफ कॉन्टेक्ट क्या है, यह दिख ही नहीं रहा है। समुंदर का संपर्क नाव से दिख ही नहीं रहा है। फिर अनुभव कैसे होगा? हमें अनुभव चाहिए और वह भी पक्का इसलिए हम धीरे-धीरे निराकार की तरफ शिफ्ट होने लगते हैं। जब सोर्स से संपर्क होता है तब वहाँ से देखते हैं कि लिमिटेड कंपनी पूरी की पूरी गायब हो गई। अब तक हम खुद को सीमित मान रहे थे, शरीर को ही मैं मान रहे थे लेकिन अब स्वयं को, उस असीम को जान रहे हैं। उसे जानते ही अब पर्सनल इम्पर्सनल हो गया। यानी व्यक्तिगत अव्यक्तिगत हो गया।

सेल्फ का शरीर से जुड़ने का उद्‌देश्य : जब भी इंसान सत्य जान जाता है, तब उसका जीवन अव्यक्तिगत हो जाता है। अव्यक्तिगत जीवन जीनेवाले लोग ही कह पाते हैं कि हमने जीवन का उद्‌देश्य पूरा किया यानी उन शरीरों के द्वारा सेल्फ का उद्‌देश्य पूरा हुआ। सेल्फ नाव के साथ क्यों जुड़ा? सेल्फ शरीर के साथ क्यों जुड़ा? क्या करने के लिए जुड़ा? लोग आज तक जो करते आए हैं, प्राय: जो करते रहते हैं, वही सब करने के लिए? नहीं, ऐसा नहीं है। वह सब तो बोनस में मिला है। वह करने के लिए सेल्फ नाव के साथ नहीं जुड़ा था। इस नाव में नौ छिद्र हैं। उन छिद्रों से सेल्फ को स्वयं का अनुभव करना था इसलिए वह नाव के साथ जुड़ गया।

मगर सेल्फ के जुड़ते ही बोनस में इंद्रियाँ भी आ गईं। इंद्रियों के आते ही आँख बाहर का दृश्य देखने लग गई, नाक बाहर की सुगंध सूँघने लग गया, कान बाहर की आवाजें सुनने लग गए, जुबान स्वाद लेने लग गई, त्वचा स्पर्श करने लग गई। जिस वजह से दुनिया हम पर हावी होती चली गई। फिर हम उन्हीं बातों में उलझ गए, 'उसका क्या, इसका क्या? यह पड़ोसी ऐसा क्यों है? पहले कहाँ रहता था? उधर से क्यों शिफ्ट हुआ?' ऐसी बातों में उलझने के बजाय पहले आपको स्वयं पर शिफ्ट होना है।

स्वयं को जानकर ही हम माया से मुक्त हो सकते हैं। इसीलिए आपको कहा जाता है कि पहले, पहले-पहला लाओ। पहले यह पहेली सुलझाओ कि आप कौन

हो? आप जो हो वह बनकर वहाँ से देखेंगे तो सब सवाल खतम हो जाएँगे। अब जीवन जीया जाएगा वरना तो जीवन क्या है यह पता ही नहीं था इसलिए आनंद की अभिव्यक्ति नहीं हो रही थी।

8
आकारी निराकार

आकार ही निराकार है : पक्षी गीत गाते हैं क्योंकि पक्षियों के अंदर जो जीवन है, वह अपना अनुभव कर रहा है और शरीर से अभिव्यक्त भी कर रहा है। पक्षी की तरह इंसान सुबह आँख खुलते ही गीत नहीं गा पाता है क्योंकि सुबह उठकर वह सोचने लगता है, 'ऑफिस में आज क्या काम है? आज खाने में क्या बना है? स्कूल में कौन सा होमवर्क है?' सुबह नींद से जागने पर जो अभिव्यक्ति होनी चाहिए थी, वह नहीं होती है। सुबह आँख खोलते ही यह याद आना चाहिए कि वही निराकार सभी में है, और उसी से सारे आकार निकले हैं। इंसान के शरीर द्वारा उस निराकार के गुणों (प्रेम, आनंद, मौन) की अभिव्यक्ति होनी चाहिए थी। वह निराकार कैसा निराकार है, जिससे सारे आकार (शरीर) प्रकट हुए हैं। यानी आकार ही निराकार है।

कुछ लोग निराकार को माननेवाले होते हैं और कुछ लोग आकार को माननेवाले। कुछ लोग मूर्तिपूजा को माननेवाले होते हैं तो कुछ लोग मूर्ति तोड़नेवाले। सब तरह के लोग हैं। कुछ लोग भक्ति को माननेवाले होते हैं तो कुछ ज्ञान को माननेवाले मगर दोनों के पास अधूरा ज्ञान है।

आकारी निराकार : इसे यूँ भी कहा जा सकता है- आकारी निराकार। निराकार ही जिसका आकार है, निर्गुण ही उसका गुण है। यह कोई साधारण निराकार नहीं है, यह है आकारी निराकार है।

आकारी निराकार अर्थात वह जो आकार पैदा करता है। वह इतने सारे आकार पैदा करता है इसीलिए निराकार है। निराकार रहकर ही कोई इतने सारे आकार पैदा कर सकता है। कोई आकार होगा, तो वह अपने जैसा ही आकार बना सकता है। जैसे कौआ अपने जैसा ही आकार बनाएगा। गधा अपने जैसा ही आकार बनाएगा। तोता अपने जैसा ही आकार बनाएगा। मगर जो निराकार है वही इतने सारे अलग-अलग आकार बना सकता है क्योंकि वह आकारी निराकार है।

'नॉलेरियन्स' यह नया शब्द आप पहली बार सुन रहे हैं। यह शब्द आपने

आज से पहले कभी नहीं सुना था। यह नया शब्द बनाना पड़ा क्योंकि शब्दों की दिक्कत यही है कि एक शब्द में अर्थ बैठता ही नहीं इसलिए 'नॉलेरियन्स' शब्द बना। नॉलेरियन्स शब्द इसलिए बना क्योंकि कुछ लोग नॉलेज (ज्ञान) की बात करते हैं तो कुछ लोग एक्सपीरियन्स (अनुभव) की बात करते हैं। कुछ लोग कहते हैं, 'नॉलेज ही सब कुछ है' तो कुछ लोग कहते हैं, 'नहीं एक्सपीरियन्स ही सब कुछ है।' इसलिए इन दोनों शब्दों को जोड़कर 'नॉलेरियन्स' यह शब्द बनाया गया है। वैसे ही निराकार 'आकारी निराकार' को समझें।

ईश्वर जैसा है, वैसा है : अनुभव को शब्द देने के लिए अलग-अलग लोगों ने अलग-अलग परिभाषाएँ दी हैं। जब उस अनुभव के बारे में कबीर से सवाल पूछा गया तो उन्होंने कई बातें बताई। सब बताने के बाद उन्होंने कहा, 'यह भी गलत है।' मगर उनसे सवाल पूछा गया, 'ईश्वर कैसा है? अनुभव कैसा है? तुम्हारा राम कैसा है?' अंत में उन्होंने कहा कि 'वह जैसा है वैसा है। यही अंतिम जवाब है।' इस पंक्ति से लोग ईश्वर (अनुभव) को कैसे समझ पाएँगे? मगर शब्दों में बताना है, इसलिए ऐसे ही बताया जा सकता है क्योंकि यह अनुभव करने की बात है।

अनुभव के बारे में कुछ लोगों ने शब्दों में बताने का प्रयास किया। मगर लोग उन शब्दों में अटककर असली अर्थ भूल जाते हैं। इसीलिए वे आपस में झगड़ रहे हैं, 'मेरा ही जवाब सही, मेरी मूर्ति सही।' निराकार को माननेवाला मूर्तियाँ तोड़ रहा है और कह रहा है, 'नहीं-नहीं, ईश्वर निराकार है।' अपनी-अपनी जगह दोनों सही हैं मगर दोनों कहाँ से देख रहे हैं? उन्हें तो हेलिकॉप्टर (उच्च चेतना) से देखना चाहिए। यानी अपनी चेतना का स्तर बढ़ाकर वहाँ से देखना चाहिए। चेतना का स्तर बढ़ाना ही उपाय है, लक्ष्य है।

हर घटना को उच्च चेतना से देखें : तेजज्ञान फाउण्डेशन का लक्ष्य है, लोगों की चेतना के स्तर को बढ़ाना, उच्चतम विकसित समाज का निर्माण करना। लोग हमेशा सवाल पूछते हैं, 'ऐसा हो तो क्या करूँ? वैसा हो तो क्या करूँ? बच्चा होमवर्क नहीं कर रहा है, परेशान करता है तो उस पर हाथ उठाऊँ कि नहीं उठाऊँ?' उन्हें जवाब दिया जाता है, 'किसी भी परिस्थिति में आपका हाथ उठना सही और गलत तब साबित होगा, जब हाथ उठने से पहले आपकी चेतना उठे। आपकी चेतना अगर पहले उठी तो जो होगा वह सही निर्णय होगा। इसलिए पहले अपनी चेतना के स्तर को ऊपर उठाएँ।' कुछ लोग पूछते हैं कि 'पड़ोसी ऐसा-ऐसा करता है तो उससे बात करते वक्त क्या हम उस पर चिल्लाएँ? अपनी आवाज बढ़ाकर उससे बात करें?' तब उन्हें बताया जाता है कि 'आवाज बढ़ाओ लेकिन पहले अपनी चेतना के स्तर को

बढ़ाओ। चाहे घटना, परिस्थिति कैसी भी हो, उस समय अगर आप चेतना के स्तर को बढ़ाएँगे तो पता चलेगा कि इस परिस्थिति में सामनेवाले से आपका व्यवहार कैसा होना चाहिए। उस समय आप चेतना गिराकर जो भी करेंगे, गलत ही सिद्ध होगा।' जब चेतना उठती है तब बहुत सारे विकल्प दिखते हैं। इसके विपरित चेतना गिरती है तब एक ही विकल्प दिखता है।

तेजस्थान से निर्णय लें : कोई डॉक्टर कहेगा, 'मैं यह ऑपरेशन करूँ कि नहीं करूँ?' उनके लिए भी जवाब यही है, 'पहले अपनी चेतना के स्तर को ऊपर उठाएँ। वहाँ से सब कुछ साफ-साफ दिखाई देगा।' हर परिस्थिति अलग-अलग होती है। किसी परिस्थिति में ऑपरेशन जरूरी होता है और किसी परिस्थिति में जरूरी नहीं होता। संसार में एक जैसा कुछ भी नहीं है, हर पल घटना बदलते रहती है। उच्च चेतना से लिया गया निर्णय नितनूतन, ताजा, तेज, फ्रेश होता है। जब उच्च चेतना से देखेंगे तब हर बात सही, जैसी है वैसी और पूरी दिखाई देगी। कुएँ (निम्न दृष्टिकोण) से देखेंगे तो आधा सत्य ही दिखाई देगा, बाकी सब छिप जाएगा। इसीलिए अगर आपको सही निर्णय लेना है तो तेजस्थान (हृदय) से निर्णय लें। जब भी आपको कोई निर्णय लेना हो, कोई उलझन हो, कुछ याद न आए, परीक्षा का तनाव हो, कोई दुविधा हो तो पहले तेजस्थान पर जाएँ।

जब कोई कंप्यूटर हैंग हो जाता है, कोई मशीन बंद हो जाती है, रुक जाती है तो आप तुरंत उसका स्वीच ऑफ कर देते हैं। कुछ देर बाद उसे फिर से चालू किया जाता है तो गड़बड़ दूर हो जाती है। मशीन को पहले बंद करके फिर चालू किया तो समस्या दूर हो गई। उसी तरह जब भी कोई उलझन हो तो मन में कहें, 'पहले मन में उठनेवाले विचारों को ऑफ कर देते हैं और आँख बंद करके तेजस्थान पर जाते हैं, पूर्व अवस्था में जाते हैं।' पूर्व अवस्था यानी ओरीजिनल अवस्था। वहाँ जाकर फिर ऑन हो जाएँ। तब आप देखेंगे कि निर्णय लेना आसान हो गया, आइडिया मिल गई, तनाव कम हो गया।

आजकल तनाव इतना बढ़ चुका है कि इंसान हैंग हो गया है। उसे समझ में नहीं रहा है कि क्या करूँ। जब भी ऐसा हो तो पहले ऑफ हो जाएँ। वरना कुछ भी समझ में नहीं आएगा, अटके ही रह जाएँगे। यह इतनी छोटी सी बात है मगर इंसान को खुद को ऑफ करना, रिवाईंड करना नहीं आता है। उसे अपने आपको रिवाईंड करके पूर्व अवस्था पर पहुँचना नहीं आता। शुरुआत से शुरू करेंगे तो फिर वहाँ से सब कुछ शीशे की तरह साफ हो जाएगा। तब सब कुछ दोबारा ठीक-ठीक दिखाई देने लगेगा। पता चलेगा कि इतना तनाव लेने की आवश्यकता नहीं है।

पूर्व अवस्था में जाएँगे तो साफ-साफ दिखाई देगा कि यह 'मैं' करनेवाला नहीं है। पहले लग रहा था कि 'मुझे ही सब करना है। लेकिन अब भ्रम दूर हो गया। अब यह करनेवाला 'मैं' नहीं है। फिर तो वही बचा, वही करेगा, सब सुलझ गया पर इंसान भूल जाता है इसलिए वह सब कुछ ऑफ करके तेजस्थान पर जाकर फिर से ऑन होता है।

इस तरह आपके द्वारा उठाया गया एक छोटा सा कदम, थोड़ी सी समझ बड़ा काम कर सकती है।

9
नाव को चलाने का सही तरीका

समुंदर की ऐनालॉजी (उपमा) के द्वारा आपने समझा कि समुंदर की निराकार लहर एक आकार है। सारे आकार उस निराकार से ही आते हैं। हर शरीर के अंदर वही सेल्फ, चैतन्य, ईश्वर है। मगर यह बात भूल जाने की वजह से लोग एक-दूसरे से झगड़ने लगते हैं। जैसे-जैसे स्वयं को जानने लगते हैं, उलझना कम होते जाता है।

स्वयं को जानना ही लक्ष्य है : जैसे हर रात लहर वापस समुंदर में जाती है। वैसे ही रात को जब हम नींद में जाते हैं तो उस समय सेल्फ, सेल्फ पर लौट जाता है। नींद में पूरी दुनिया गायब हो जाती है। यह अनुभव हर एक को मिलता है क्योंकि यह हर एक के साथ होता है। मगर सुबह इंद्रियों के जागते ही फिर से दुनिया प्रकट होती है। ठीक वैसे ही जिस तरह रात को समुंदर पूरी तरह शांत होता हो और सुबह उसमें फिर से लहरें उठने लगती हैं। शांत समुंदर यानी उसमें एक भी लहर नहीं उठती। जैसे यह दुनिया बनने से पहले सिर्फ निराकार था। उस निराकार में कोई आकार नहीं था मगर अनुभव था। इसलिए कहा कि अनुभव कहीं गया नहीं है, वह तब भी था, अब भी है और हमेशा रहेगा। समुंदर ने अपना अनुभव करने के लिए लहरें पैदा कीं। समुंदर को अगर अपना अनुभव नहीं करना होता तो लहरें पैदा नहीं होतीं। हर एक को उस पूर्व अवस्था का, महाशिवरात्रि का स्वाद रोज मिलता ही है।

महाशिवरात्रि यानी वह रात्रि जब शिव ऐक्शन में आया। समुंदर में लहरें उठीं, शिव की शक्ति जागी, उसे कहते हैं महाशिवरात्रि। वरना शिव (अनुभव) था, शव नहीं था। शव यानी शरीर। शरीर नहीं था मगर शिव तो था। कैलाश था, लाश नहीं थी।

वर्तमान की नाव : रात को जब आप नींद में चले जाते हैं तब लहर समुंदर में समा जाती है यानी शरीर, विचार, दुनिया सब कुछ गायब हो जाता है। सुबह आप कहते हैं, 'नींद में शरीर का एहसास ही गायब हो गया था।' यह अनुभव सभी को होता है। शरीर में कितना भी दर्द हो, सब गायब हो जाता है। फिर सुबह वह लहर नाव के साथ उठती है। अब आपको सिर्फ नाव को चलाने का सही तरीका सीखना है। नाव कैसे चलानी है? क्शीश रपव छु, छु (नाव) रपव क्शीश. इसके लिए सबसे पहले आपको वर्तमान में रहने की कला सीखनी है।

गलत वृत्तियों को तोड़ें : जब आप वर्तमान में रहने लगेंगे तब जानेंगे कि यह अनुभव सोर्स से हो ही रहा है। हमें सिर्फ यह आदत डालने की जरूरत है कि हर नया काम शुरू करने से पहले तेजस्थान पर जाना है और फिर कार्य शुरू करना है। 'मैं कौन हूँ?' यह आप वहीं से देख रहे हैं। जैसे ही आप कहते हैं कि 'मैं कौन हूँ?' तो अनुभव पर चले जाते हैं। अनुभव पर जाने के लिए पहले तो हमें शरीर की गलत वृत्तियों को तोड़ना होगा। हमारा शरीर वृत्तियों (आदतें) से भरा हुआ है। सुबह-सुबह आँख खुलते ही आदत के मुताबिक इंसान पहले तो घड़ी का अलार्म बंद करेगा, चादर हटाएगा, फैन बंद करेगा, लाइट जलाएगा या यह सोचेगा कि 'आज दिनभर मुझे कौन से काम करने हैं?' सालों से यही सब करने की आदत पड़ चुकी है इसलिए वह यही करते रहता है। मगर अब आपको एक नई आदत डालनी है। अगर आप नई आदत नहीं डालेंगे तो जिस लक्ष्य को प्राप्त करने के लिए इस पृथ्वी पर आए हैं, वह लक्ष्य पूरा नहीं होगा।

लोभी चोर को अलोभी बनाएँ : मान लें आपको एक बड़ा खजाना चाहिए लेकिन आप उस खजाने तक पहुँच नहीं पा रहे हैं। अब आप एक चोर को नियुक्त करते हैं और उसे कहते हैं, 'जाओ मेरे लिए वह खजाना लेकर आओ।' इसके बाद चोर वह खजाना लेने जाता है लेकिन खजाना लेकर वह वापस आपके पास नहीं आता। आप कहेंगे कि 'उस चोर ने ऐसा क्यों किया?' तब लोग यही जवाब देंगे, 'क्योंकि वह चोर है, चोरी ही करेगा। तुम खुद ही तो कहते हो कि उस चोर को मैंने ही भेजा है, वह मेरे लिए चोरी करेगा।' फिर आप कहेंगे, 'अब मैं एक ऐसा चोर ढूँढता हूँ, जो लोभी न हो। अलोभी चोर, जिसे लोभ न हो। वह पहलेवाला चोर तो लोभी था, सारा माल खुद ही डकार गया।' अलोभी चोर की खूब तलाश की गई लेकिन मिला ही नहीं क्योंकि जो अलोभी होगा वह चोरी क्यों करेगा? हमारा शरीर भी उस लोभी चोर की तरह ही है।

सेल्फ, मनोशरीरयंत्र और खजाना : सेल्फ को, निराकार को, समुंदर को चाहिए था

अपना अनुभव यानी वह खजाना। वही तो असली खजाना है और किस खजाने की बात करेंगे? इस खजाने को प्राप्त करने के लिए सेल्फ ने जिस चोर को नियुक्त किया वह है, हमारा शरीर (मनोशरीरयंत्र)। पृथ्वी पर जाकर हमारा शरीर इस अनुभव (चैतन्य) को अनुभव करने में मदद कर पाए। मगर ठीक उल्टा हुआ, वही अनुभव को डकार गया। यानी आज शरीर की इंद्रियाँ, उनका संसार हमारी चेतना पूरी खींच लेती हैं। खजाने की बात याद ही नहीं आती। जीवन के अंत तक उस खजाने का पता ही नहीं चलता। स्वयं का अनुभव करने के लिए शरीर को लाया गया, नियुक्त भी किया गया, फिर भी कुछ नहीं हुआ।

लोगों को यही भ्रम है कि इस शरीर को बच्चे पैदा करने के लिए, नौकरी करने के लिए, बच्चों के बच्चों को सँभालने के लिए, स्कूल जाने के लिए, अलग-अलग विषय सीखने के लिए नियुक्त किया गया है। लेकिन वे भूल रहे हैं कि यह सब तो बोनस में मिला है। शरीर को नियुक्त करने के पीछे सेल्फ का मूल उद्देश्य यही है कि इस शरीर द्वारा स्वयं का अनुभव कर पाए और अपने गुणों (प्रेम, आनंद, मौन) की अभिव्यक्ति कर पाए। लेकिन शरीर ने पूरा खजाना ही डकार लिया। यह याद ही नहीं रहा कि उस खजाने को प्राप्त करना ही हमारा लक्ष्य है।

शरीर को अलोभी बनाएँ : अगर आपने ये बातें नहीं समझी होतीं तो आपका जीवन कैसा होता? असली खजाने के बारे में मालूम ही नहीं था इसलिए आप माया में अटक रहे थे। जिस खजाने को प्राप्त करने के लिए शरीर दिया गया, पृथ्वी पर आए, वही नहीं किया। जो करने आए थे वही नहीं किया, बाकी सब किया। इसलिए बताया जाता है कि 'पहले पहला काम करें, पहले स्वयं को जानने की पहेली सुलझाएँ।' फिर न कोई पहला, न कोई दूसरा होगा। मूल बात है सेंटर, तेजस्थान (केंद्र) पर जाना। सेंटर को पकड़ा तो वहाँ से सब चीजें आसान हो जाएँगी। जब हम सेंटर से हिल जाते हैं तब केवल बाहरी शरीर दिखाई देता है और मन उसी को देखकर तुलना-तौलना करता है कि यह शरीर छोटा, यह शरीर बड़ा है। इसलिए सेंटर पर रहकर हर एक को देखने की कला सीखें।

तेजस्थान को जानना कठिन नहीं है मगर उसे जानने के लिए शरीर यानी चोर अलोभी चाहिए। अलोभी यानी गलत संस्कार और गलत वृत्तियों से मुक्त शरीर होना, इसी के लिए वृत्तियों को तोड़ने के लिए कहा जाता है। 'चोर को सुधारो, चोर को सुधारो' ऐसा कहने से पहले ही चोर को सुधारें, उसकी गलत आदतें तोड़ें।

अलग-अलग घटनाएँ हो रही हैं जो मन को पसंद नहीं आतीं मगर आपको आदतें तोड़नी हैं। इसलिए हर दिन गौर करें कि सुबह आप कैसे उठते हैं, किसी

ने कुछ कह दिया तो उसे कैसे जवाब देते हैं? अग्र, उग्र, नम्र, सब्र, विप्र कौन सा प्रतिसाद देते हैं? घटनाएँ कैसी भी हों, आप क्रोध के बजाय प्रेमयुक्त प्रतिसाद देना सीख रहे हैं यानी चोर को अलोभी बना रहे हैं। शरीर अलोभी बनेगा तो वह चोर ही नहीं रहेगा और हमारा काम भी जरूर करेगा।

कबीर ने इस शरीर को शब्द दिया, चदरिया। कबीर ने कहा, 'झीनी-झीनी चदरिया, जैसी की तैसी दीनी चदरिया।' यानी ईश्वर ने हमें जो चादर दी उसे मैंने ऐसा पहना कि जब वापस किया तो वह वैसी की वैसी ही थी। उस चादर को इतने जतन से पहना, जैसे हम कपड़े पहनते हैं। अगर कपड़े सही ढंग से, सलीके से नहीं पहने तो फट जाते हैं, खराब हो जाते हैं, उस पर दाग लग जाते हैं। कबीर कहते हैं, 'ईश्वर द्वारा दी गई चादर पर एक भी दाग नहीं लगने दिया। मैंने उसे बड़े जतन से पहना, समझ से पहना, होश में पहना।' आपको भी ईश्वर द्वारा जो चदरिया मिली है उसे ईश्वर को जैसी थी वैसी ही वापस करनी है।

10
शरीर को मंदिर बनाएँ

बच्चे का मन निर्मल होता है, उसमें थोड़ीसी भी मैल नहीं होती। जिन शरीरों में यह समझ आती है कि शरीर और मन को निर्मल बनाना है, वहाँ शरीर से मैल निकालने का काम तुरंत शुरू हो जाता है। अनुभव मिला, खजाने तक पहुँच भी गए मगर शरीर की आदतें, वृत्तियाँ अनुभव से दूर ले जा सकती हैं, उस खजाने को चुरा सकती हैं। इसलिए शरीर पर काम होना बहुत जरूरी है। हमें जो शरीर मिला है, उसे मंदिर बनाना है। चाहे हम बाहर ईंट, पत्थरों से मंदिर न बना पाएँ मगर अपने शरीर को तो मंदिर बना ही सकते हैं। निराकार का मंदिर पवित्र, निर्मल होना चाहिए। उसमें नफरत और द्वेष की मैल नहीं होनी चाहिए। जब निराकार के प्रति प्रेम जगता है तब यह कार्य होता है। प्रेम नहीं है तो यह कार्य नहीं होता।

निराकार के प्रति बेशर्त भक्ति : सत्य के प्रति वैसा ही प्रेम होना चाहिए, जैसे माँ का अपने बच्चे के लिए होता है। यह 'तेजप्रेम' होता है। तेजप्रेम में कोई शर्त नहीं होती, वह बेशर्त होता है। बच्चा मेरी बात मानेगा तो ही मैं उसे खाना खिलाऊँगी, बड़ा करूँगी, ऐसी कोई शर्त नहीं होती। निराकार के प्रति वैसी ही बेशर्त, बेशक भक्ति जगनी चाहिए। यह प्राइवेट लिमिटेड कंपनी नहीं है, निराकार की कोई हद नहीं है बल्कि वह अनहद है। जिसे अनहद नाद कहा गया है, वह हर रात को होता

है और समाधि में इसी का ही अनुभव किया जाता है। आपको समाधि में वही अनुभव मिलता है जो समय के पहले, दुनिया बनने से पहले था। शिवरात्रि के पहले जो अनुभव था, सरस्वती आने से पहले जो अनुभव था, उसे ही आज की भाषा में कहा गया है, तेजज्ञान। तेजज्ञान को ही पहले सरस्वती कहा जाता था।

सरस्वती का अर्थ एक ही वाक्य में बताएँ तो जो सिर से स्व में स्थित कराए, वह सरस्वती। मगर हमने सरस्वती शब्द का अर्थ इस तरह से कभी लिया ही नहीं। सरस्वती कहा तो तुरंत आँखों के सामने एक आकार आता है। हालाँकि जिन लोगों ने आत्मसाक्षात्कार प्राप्त किया उन्होंने ही उस अनुभव, सत्य, ईश्वर के बारे में लोगों को समझाने के लिए मजबूरी में मूर्तियों का निर्माण किया।

आज संसार में जो भी त्योहार हैं, मूर्तियाँ हैं, उन्ही लोगों के द्वारा बनाई गई, जिन्हें वह अनुभव मिला। उस अनुभव पर रहते हुए, लोगों के दुःखों को देखते हुए उन्होंने मजबूरी में कुछ आकार दिया ताकि लोग अष्टमाया से निकलकर निराकार को जानने की यात्रा तो शुरू कर पाएँ। त्योहार और मूर्तियों के बहाने लोग शुरुआत तो करेंगे। आगे चलकर उन्हें समझ में आएगा कि निराकार को जानने के लिए ही ये मूर्तियाँ और त्योहार बनाए गए हैं। सरस्वती का आकार ऐसा, शिव का आकार ऐसा, कुछ तो अलग आकार देंगे तो ही लोग समझ पाएँगे वरना समझ ही नहीं पाएँगे। आकार के साथ यही मजबूरी है। निराकार को समझना है, आकार के द्वारा। मौन को समझना है, शब्दों के द्वारा।

शब्द जो अनुभव पर ले जाएँ : मौन को समझाने के लिए 'मौन' शब्द कहा तो भी मौन टूट जाता है। मौन को तो मौन से ही समझा सकते हैं। मगर फिर भी इंसान पूछेगा, 'मौन यानी क्या? मुझे बताओ कैसे बैठूँ, क्या करूँ?' लोगों को समझाने के लिए कुछ शब्द इस्तेमाल किए जाते हैं। इसलिए कहा गया कि जो शब्द आपको अनुभव पर लेकर जाएँ वे शास्त्र हैं, धर्मग्रंथ हैं, वेद हैं, कुरान हैं, वेदान्त हैं और जो शब्द झगड़े करवाएँ, वे गलत हैं। लोग कुरान और गीता पढ़ने के बाद भी उसमें बताई गई बातों का गलत अर्थ पकड़कर आपस में झगड़ने लगते हैं। हमें यह ध्यान जरूर रखना है कि शब्द अपने आप में न सही हैं, न गलत। महत्त्वपूर्ण तो यह है कि पढ़नेवाला उन शब्दों का सही अर्थ समझ पा रहा है या नहीं। एक फिल्मी गाना सुनकर भी अगर आप अनुभव पर चले जाते हैं तो वह भजन है और भजन सुनकर भी अगर मनोरंजन करने लग जाएँ तो वह मनोरंजन है।

लोग जागरण करते हैं और कहते हैं, 'आज माता का जागरण है तो खाना -पीना तो होगा ही।' इस तरह से जागरण होता रहता है। प्रायः जागरण के बाद लोग

घर आकर कुछ इस तरह की बातें करने लगते हैं, 'प्रसाद में जो छोले दिए गए थे वे अच्छे नहीं बने थे। फलाँ-फलाँ ऐसी ड्रेस पहनकर क्यों आया? फलाँ के कपड़े ऐसे थे, वैसे थे।' अगर इस तरह की बातें चल रही हैं तो वह जागरण नहीं सिर्फ मनोरंजन था। इसी तरह एक फिल्मी गाना भी भजन बन सकता है और एक भजन भी फिल्मी गाना बन सकता है। भजन मनोरंजन के लिए नहीं बल्कि मन के भंजन के लिए होता है। ये बातें जब आपको पकड़ में आएँगी तब निराकार के प्रति आपका प्रेम बढ़ेगा क्योंकि वह आकार ही निराकार है। फिर जो भी आकार दिखेगा, आपको समझ में आएगा कि यह सोर्स से ही जुड़ा हुआ है यानी मुझसे ही जुड़ा हुआ है। यह जानने के बाद लोगों के झगड़े, शिकायतें सब खतम होंगे।

ईश्वर की लीला : अगर आप अपने हाथ में एक कठपुतली लेकर उसके मुँह से कहेंगे, 'तुम गधे हो' तो क्या उस कठपुतली पर आपको गुस्सा आएगा? क्या आप उसे मारेंगे? नहीं। क्योंकि अब आप जानते हैं कि यह तो आपसे जुड़ा हुआ है, उसके द्वारा आप ही बोल रहे हैं। दो नाव आपस में बात कर रही हैं, दोनों एक-दूसरे से समुंदर द्वारा जुड़ी हुई हैं। यही तो लीला है। इसी को ही तो 'लीला' शब्द कहा गया है। जब कुछ समझ में नहीं आता तब आप कहते हैं, 'लीला! यह ईश्वर की लीला है, इसे ही लीला कहते हैं।' एक शरीर प्रवचन देगा, एक शरीर सुनेगा, यही तो लीला है और क्या है! यही तो मजा है। जब ईश्वर की लीला को समझने लगेंगे तब फिर यह दुःख नहीं होगा कि उसने ऐसा कहा, उसने वैसा कहा। बल्कि तब तो ये विचार आएँगे कि 'हाँ यह तो होगा ही, यही तो उसकी अभिव्यक्ति है। किसी ने बुराई की अभिव्यक्ति की मगर अच्छाई को उठाने के लिए।'

ब्लैक बोर्ड और सफेद चॉक : आप ब्लैक बोर्ड रखते हैं, सफेद चॉक को उठाने के लिए, उसे उभारने के लिए। अगर आप कहेंगे, 'ब्लैक बोर्ड मत बनाओ' तो आपसे यही कहा जाएगा कि 'ब्लैक बोर्ड से भी वही काम कर रहा है और चॉक से भी वही काम कर रहा है। दोनों तरफ निराकार ही काम कर रहा है। मगर उसका उद्देश्य है, सफेद चॉक से जो लिखा जा रहा है, जो चित्र बनाया जा रहा है, उसे उठाना, उभारना। बुराई को उठाने के लिए नहीं बल्कि अच्छाई को उठाने के लिए। क्योंकि उस निराकार का गुण है, अच्छाई।'

ईश्वर के गुण : सिर्फ अच्छाई ही निराकार का गुण नहीं है। प्रेम, साहस, रचनात्मकता, भक्ति, आनंद, मौन ये सारे गुण उसके ही हैं। आपके शरीर के द्वारा जब भी समझ के साथ इन गुणों की अभिव्यक्ति होगी तो समझ जाना कि ईश्वर की ही अभिव्यक्ति हो रही है। कुछ शरीरों के द्वारा वह बेहोशी में काम कर रहा है और

कुछ शरीरों में वह जाग्रत होता है। हर शरीर से निराकार ही अभिव्यक्ति कर रहा है मगर जिन शरीरों में यह ज्ञान नहीं है, वहाँ बड़ा तनाव रहता है कि ऐसा क्यों हो रहा है? वैसा क्यों हो रहा है? ऐसे लोग जिंदगीभर यही सोचते रहते हैं, 'ईश्वर ने ऐसा क्यों किया? वैसा क्यों किया? संसार में ऐसा चल रहा है, वैसा चल रहा है।' टी.वी. पर न्यूज देख-देखकर लोग और नास्तिक बनते जाते हैं। तब उन्हें बताया जाता है कि 'खुलें, आस्तिक बनें।' लोग जब सत्य श्रवण करेंगे तो धीरे-धीरे उन्हें समझ में आने लगेगा कि सब ईश्वर की लीला है।

इस प्रवचन से आपने समझा कि सामनेवाले ने आपको कुछ बुरा कहा या कोई दुःख दिया तो अब उसे कैसे देखना है? सामनेवाले ने कहा यानी किसने कहा? अब उसके पीछे देखें, छिद्र के पीछे देखें। मुँह एक छिद्र है, नाव का छेद है मगर इसके पीछे कौन है? लहर में घुसकर सोर्स पर पहुँचेंगे तो हँसी आएगी कि पहले कितना बुरा लग रहा था, अब नहीं लग रहा है। तब सत्य प्रकट होगा कि ईश्वर ही बोल रहा है। यह जानते ही पहले जो तनाव आता था, वह खत्म हो गया। निराकार ही बोल रहा है। निराकार ही निराकार। जब समझ बढ़ेगी तब आप कहेंगे, 'आकार ही निराकार, आकार ही निराकार, आकार ही निराकार। जो आकार है, वही निराकार है।' पहले शब्द आया निर आकारी, निराकार, आकार ही निराकार, आकारी निराकार, फिर कहा आकार ही निराकार।

आप देखेंगे कि समझ के साथ शब्द कैसे बदलते जाएँगे। समझ के साथ प्रार्थना बदल जाएगी, सब बदलता जाएगा। ज्ञान बदल गया। जैसे-जैसे उच्च ज्ञान मिलता जाएगा, के.जी. के अध्यात्म से ऊपर उठेंगे तो सारे जवाब बदल जाएँगे। इस समझ के साथ सभी को काम करना है।

आप सभी ने यहाँ आकर जो सेवा का मौका दिया उसके लिए सभी को बहुत-बहुत धन्यवाद।

हॅपी थॉट्स!

सारांश

आइए इस प्रवचन द्वारा समझी गई महत्त्वपूर्ण बातों को सारांश में समझें।

१. निराकार यानी जहाँ बुद्धि नहीं पहुँच सकती क्योंकि बुद्धि को कुछ भी जानना है तो उसके लिए आकार की आवश्यकता होती है।

२. वह निराकार, वह 'कुछ नहीं', कुछ नहीं, नहीं है। यह वह 'कुछ नहीं' है, जो

हर बीज में है।

३. निराकार के अंदर सब कुछ है मगर कुछ दिखता नहीं है इसलिए निराकार की बातें गुरु के अलावा कोई नहीं करता।

४. निराकार से जो भी आकार आता है, वह निराकार की वजह से ही आता है।

५. आप निराकार को देख नहीं सकते, उसे अनुभव कर सकते हैं। अपना होना अनुभव कर सकते हैं।

६. निराकार हृदय के प्वाईंट से जुड़ा है। हृदय उसका प्वाईंट ऑफ कॉन्टेक्ट है।

७. जो सत्य स्थान, समय, काल, मान्यताओं से नहीं बदलता है, वही असली सत्य होता है।

८. शरीर को निमित्त बनाकर ही स्वयं को, निराकार को जान सकते हैं।

९. स्वयं को जानकर ही हम माया से मुक्त हो सकते हैं। इसीलिए आपको कहा जाता है कि पहले, पहले-पहला लाओ। पहले यह पहेली सुलझाओ कि आप कौन हो?

१०. आपको सही निर्णय लेना है तो तेजस्थान (हृदय) से निर्णय लें।

११. सेल्फ को, निराकार को, समुंदर को चाहिए था अपना अनुभव यानी वह खजाना। इस खजाने को प्राप्त करने के लिए सेल्फ ने जिस चोर को नियुक्त किया वह है, हमारा शरीर (मनोशरीरयंत्र)।

१२. शरीर की आदतें, वृत्तियाँ अनुभव से दूर ले जा सकती हैं, उस खजाने को चुरा सकती हैं इसलिए शरीर पर काम होना बहुत जरूरी है।

१३. आपको समाधि में वही अनुभव मिलता है जो समय के पहले, दुनिया बनने से पहले था।

१४. निराकार को समझना है, आकार के द्वारा। मौन को समझना है, शब्दों के द्वारा।

१५. दो नाव आपस में बात कर रही हैं, दोनों एक-दूसरे से सागर द्वारा जुड़ी हुई हैं। यही तो लीला है। एक शरीर प्रवचन देगा, एक शरीर सुनेगा, यही तो ईश्वर की लीला है।

भाग ३

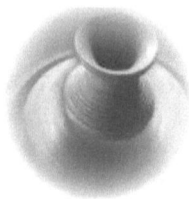

महाशून्य

२ मई २०१० को सरश्री द्वारा लिया गया प्रवचन।

11
खाली होने की कला

प्यारे खोजियो,

आप सभी को शुभेच्छा हॅपी थॉट्स।

दस इच्छाएँ : इंसान जब अपने जीवन की यात्रा शुरू करता है, तब उसके पास खरीददारी की एक लंबी सूची (शॉपिंग लिस्ट) होती है। इस सूची में आमतौर पर दस बातें या इच्छाएँ होती हैं, जिन्हें वह हासिल करना चाहता है। वे दस बातें या इच्छाएँ कौन सी होती हैं? पहली इच्छा यह होती है कि वह अच्छी तरह पढ़-लिख जाए। दूसरी इच्छा कि कोई हुनर आ जाए। तीसरी, मैं खूब पैसे कमाऊँ। चौथी, सभी से मेरे रिश्ते अच्छे हो जाएँ। पाँचवें नंबर पर अच्छा स्वास्थ्य हो सकता है। छठे पर ऊँचा पद आ सकता है। ऐसा नहीं है कि इच्छाओं का क्रम इसी तरह ही होगा बल्कि इन इच्छाओं का क्रम आगे-पीछे भी हो सकता है। जिन लोगों का स्वास्थ्य खराब होगा वे निश्चित रूप से स्वास्थ्य को पहले स्थान पर रखना चाहेंगे। सातवीं इच्छा यह होती है कि मान-सम्मान, प्रतिष्ठा मिले। आठवीं यह कि मैं पूरी दुनिया घूम लूँ, सारी खूबसूरत जगहें देख लूँ। नौवीं इच्छा मनोरंजन की हो सकती है यानी जिंदगी में भरपूर मनोरंजन और मौज-मस्ती रहे। दसवीं इच्छा कुछ विशेष

सिध्दि प्राप्त करने की हो सकती है। इन दस इच्छाओं की तरफ कदम उठाते-उठाते ही इंसान का जीवन बीत जाता है और ग्यारहवें का नंबर कभी आ ही नहीं पाता। हालाँकि ग्यारहवाँ सबसे महत्त्वपूर्ण है। इंसान को इसे पहले स्थान पर ही रखना चाहिए।

सबसे महत्त्वपूर्ण है ग्यारहवीं इच्छा : ग्यारहवीं इच्छा कौन सी है? खाली होने की इच्छा। अगर कोई यह कहे कि 'इस इच्छा को पहले या दूसरे स्थान पर रखो' तो इसके लिए कोई तैयार नहीं होगा। कोई इक्का-दुक्का लोग ही इसके लिए तैयार होंगे क्योंकि इंसान खाली होना ही नहीं चाहता। उल्टा वह तो खुद को भरना चाहता है। वह अपने घर में, अपने जीवन में नई-नई चीजें भरना चाहता है। वह अपने चारों तरफ देखता है कि लोग कैसे नई-नई चीजें भर रहे हैं। वह सोचता है, 'मैं भी अपने जीवन में कुछ भरूँ। रिश्ते-नाते, कुछ ऐसी बातें जोड़ूँ जिससे मैं भर जाऊँ।' इसके बाद वह भरने के काम में इतना ज्यादा व्यस्त हो जाता है कि उसका जीवन गुजर जाता है और ग्यारहवें का नंबर आ ही नहीं पाता।

खाली होने का अनुभव इंसान को पसंद नहीं आता क्योंकि खाली होना क्या है यह उसे पता ही नहीं है। खाली होने का अनुभव उसे प्रेरित नहीं कर पाता। उसे लगता ही नहीं है कि इससे कुछ होनेवाला है। सच तो यह है कि खाली होने का अनुभव शरीर से नहीं किया जा सकता, इसी वजह से इसमें लोगों को बड़ी दिक्कत आती है। खाली होने का अनुभव शरीर पर नहीं होता है। इसे इंद्रियों के उदाहरण से समझते हैं। आप आँख से दृश्य देखते हैं। आँख चाहेगी कि कोई नया दृश्य दिखे, जो पहले नहीं देखा है। आँख ऐसे अनुभव को लेना चाहेगी। कान ऐसा संगीत, ऐसी आवाज सुनना चाहेगा, जो पहले कभी न सुनी हो। कान इसका अनुभव लेने के लिए अपने हिसाब से उन आवाजों को ढूँढ़ेगा।

लोग इंद्रियों के माध्यम से नए-नए अनुभवों की तलाश कर रहे हैं। वे नई चीजों और अनुभवों से अपने जीवन को भरना चाहते हैं। इसीलिए खाली होने का अनुभव उन्हें समझ ही नहीं आता। नाक नई सुगंध की तलाश करेगी, ऐसा इत्र मिले जिसे अब तक सूँघा न हो। लोग इसी तरह की चीजों की तलाश में भटकते रहते हैं। वे विदेश जाकर ढेर सारे क्रीम, सेंट ले आते हैं, जो हमारे देश में नहीं मिलते। लोग हर अनुभव को इंद्रियों से महसूस करना चाहते हैं। जीभ को ऐसा नया स्वाद मिले, जो पहले कभी न मिला हो। त्वचा को ऐसा स्पर्श मिले, जो पहले कभी न हुआ हो। ठंढा या गरम स्पर्श हम त्वचा पर महसूस करते हैं। कोई शाबाशी देता है या तारीफ करता है तो हम उसे भावों से महसूस करते हैं। हम शरीर पर सुख-सुविधा महसूस

करना चाहते हैं, हल्कापन महसूस करना चाहते हैं। हम वॉटर बेड पर सोने का आनंद महसूस करना चाहते हैं। अप्पू घर जाकर बड़े झूले में बैठने का आनंद लेना चाहते हैं। नई गाड़ियाँ तेज रफ्तार से चलाने का अनुभव लेना चाहते हैं। बादलों पर चलने का अनुभव लेना चाहते हैं।

कई लोग तो नए अनुभव लेने के चक्कर में शराब, जुआ, तंबाखू, नशीली दवाईयाँ, सिगरेट आदि व्यसनों के शिकार भी हो जाते हैं। लोग चाहते हैं कि उनके मन में ऐसे विचार आएँ जो आज से पहले कभी नहीं आए। लोग इसी तरह के अनुभव ही लेना चाहते हैं। मगर इन सभी अनुभवों से परे एक ऐसा अनुभव है, जिसे तेज अनुभव कहा गया है। तेज यानी जो दो के पार है। अच्छे-बुरे, जीवन-मृत्यु, सत्य-असत्य, शोर-शांति और दुःख-सुख के पार। चूँकि तेज अनुभव हमारी इंद्रियों पर नहीं होता इसलिए हमारे मन में इसे प्राप्त करने की शुभेच्छा जगती ही नहीं है। मन तुरंत कल्पना करने लगता है कि यह अनुभव अगर शरीर पर मिलता तो ले लेता। उसे यह समझ में ही नहीं आता कि यदि आपको वह अनुभव लेना है, जिसे महाशून्य, परम चेतना या ईश्वर कहा जाता है, तो वह शरीर पर नहीं मिल सकता है।

ईश्वर से संबंधित कल्पनाओं को तोड़े : आप टी.वी. के परदे पर भगवान के अलग-अलग रूप देखते हैं– जैसे श्रीराम, श्रीकृष्ण, जीज़स, गुरु नानक आदि। आप सोचते हैं कि 'हमें भी ऐसे ईश्वर के दर्शन होने चाहिए। हम भी ऐसे ईश्वर का अनुभव करना चाहते हैं।' इस तरह इंसान ईश्वर की कल्पना करके बैठा है। अब यह कैमरे की दिक्कत है कि परदे पर ईश्वर को कैसे दिखाया जाए? डायरेक्टर और कैमरामैन अपनी समझ के अनुसार भगवान श्रीकृष्ण का दिव्य रूप दिखाते हैं और उसे अपनी भाषा में प्रस्तुत करते हैं। दिव्य दृष्टि मिलने के बाद ही जो दर्शन होता है, उसे कैमरामैन आपको परदे पर सीधे-सीधे दिखा देता है। न तो कैमरामैन के पास वह दिव्य दृष्टि है और न ही उस धारावाहिक को बनानेवाले डायरेक्टर के पास है। मगर उन्हें तो आपको दर्शन करवाना ही है। यह तो कैमरे की मजबूरी है, शब्दों की सीमा है कि वे उससे ज्यादा नहीं दिखा सकते। लेकिन ईश्वर का अनुभव तो स्वअनुभव से ही हो सकता है, यह आँखों या शब्दों से कैसे संभव है? इसलिए इस गलत धारणा को तोड़ दें कि परदे पर ईश्वर का जो रूप दिखाया जाता है, ईश्वर सचमुच वैसा ही होता है।

अनुभवकर्ता, अनुभव का अनुभव में अनुभव करता है : यह स्वअनुभव तो अनुभवकर्ता को ही मिलता है। यानी हमारे अंदर जो जिंदा चीज (चैतन्य) है, जो खुद अनुभव है, वही खुद अनुभव का अनुभव करता है। एक ही पंक्ति में कहें तो

'अनुभवकर्ता, अनुभव का अनुभव में अनुभव करता है।' यह सुनकर लोग कहेंगे कि 'हमें तो कुछ समझ में नहीं आया।' इसीलिए लोगों की सुविधा के लिए कहा गया कि अनुभवकर्ता यानी अनुभव करनेवाला। हम सबके अंदर जो अनुभव करनेवाला है, वह एक ही है। वही अनुभवकर्ता, अनुभव का अनुभव में अनुभव करता है। इस तरह के शब्द तब बनते हैं, जब शब्दों के परे की चीज (सत्य) बताई जाती है। जब अनुभव शब्दातीत हो तो शब्दों को नए तरीके से कहने की जरूरत पड़ती है। अगर कोई पूछे, 'ईश्वर अंदर है या बाहर है?' तो जवाब यह होगा कि 'ईश्वर अंदर-बाहर के बाहर है।' अंदर-बाहर के बाहर यानी कौन सी अवस्था, यह मन और शरीर को समझ में नहीं आता। शरीर को यह नहीं मिल सकता।

जिंदा होने का अनुभव ही हमारा होना है : एक मरीज डॉक्टर के पास जाकर कहता है, 'रात में बड़ी सर्दी थी, बहुत ही ठंढ लग रही थी।' डॉक्टर ने लक्षण जानने के लिए पूछा, 'क्या तुम्हारे दाँत बज रहे थे? सर्दी में लोगों के दाँत बजने लगते हैं।' मरीज बोला, 'पता नहीं, वे तो टेबल पर पड़े थे।' देखिए, अगर दाँत नकली हैं तो दाँतों को ठंढ का वैसा अनुभव नहीं होनेवाला, जैसा उस मरीज को हो रहा था क्योंकि नकली दाँत वह अनुभव नहीं कर सकते। इसी तरह शरीर उस अनुभव का अनुभव नहीं कर सकता। यह सुनकर इंसान दुःखी होकर सोचेगा, 'अगर शरीर को अनुभव ही नहीं मिलेगा तो फिर क्या फायदा?' ध्यान देनेवाली बात यह है कि जो अपने आपको शरीर मानता है, वही दुःखी होता है।

जब इंसान अपने आपको शरीर मानता है, तब वह यही चाहता है कि हर अनुभव शरीर पर हो। मगर जब वह उस कल्पना से, उस मान्यता से ऊपर उठता है, तब उसे समझ में आता है कि जिंदा होने का अनुभव ही हमारा होना है। हम खुद को शरीर मानकर, आकार मानकर उलझ गए हैं। जब आप खुद को जान जाएँगे, तब इस अनुभव को ज्यादा महत्व देने लगेंगे। जो अनुभव शरीर पर नहीं होता है, उसे महत्व देंगे। जिस इच्छा को आपने ग्यारहवें नंबर पर रखा है, उसे सूची में ऊपर लाएँगे।

जब इंसान खाली होने के अनुभव को, महाशून्य के अनुभव को पाने की इच्छा को सातवें नंबर पर लाता है, तब वह खोजी (सत्य की खोज करनेवाला) बनता है। जैसे-जैसे उसकी समझ बढ़ती जाती है, उसकी सूची में इस इच्छा का क्रम ऊपर की तरफ बढ़ने लगता है यानी अब उसके जीवन में तेजसत्य (जो सत्य और असत्य से परे है) महत्त्वपूर्ण होने लगता है। फिर खोजी के रूप में आपकी यात्रा आगे बढ़ती है। इस यात्रा में आप यह सीखते हैं कि अब तक जो भी भर दिया गया है उसे खाली

करना है क्योंकि अब आपको खाली होने का महत्व समझ में आ गया है।

12
'कुछ नहीं' को निरर्थक न समझें

एक इंसान था, जिसका अपना छोटा सा जहाज था। उस जहाज से वह नजदीक के शहरों में जाकर सस्ते में कुछ चीजें खरीदता था और दूसरे शहरों में जाकर बेचता था। इस तरह उसकी थोड़ी-बहुत कमाई हो जाती थी। एक दिन उस इंसान के मन में यह विचार आया कि इससे भी ज्यादा कमाई होनी चाहिए। फिर उसने अपना जहाज एक बड़े शहर के बंदरगाह पर खड़ा कर दिया और वहाँ के परिचितों की मदद से खूब खरीददारी की। कुछ मित्रों ने उसे समझाया, 'अब तुम बड़ी यात्रा करने जा रहे हो इसलिए तैरना सीख लो। मुसीबत के समय बहुत काम आएगा। अब तक तुम्हें इसकी जरूरत नहीं थी क्योंकि तुम छोटी-छोटी यात्राएँ कर रहे थे। लेकिन अब तुम महासागर में महायात्रा पर जा रहे हो।' उस इंसान ने कहा, 'मेरे पास सिर्फ सात दिन का ही समय बचा है। इतने कम समय में मैं तैरना कैसे सीख पाऊँगा? इसके अलावा मेरे पास वक्त ही कहाँ है? अभी बहुत सी खरीददारी करनी है, जहाज की मरम्मत करवानी है, अभी यह काम है, वह काम है।' इस तरह कुछ और दिन निकल गए।

दो दिन बाद कुछ मित्रों ने दोबारा उससे कहा, 'अभी भी पाँच दिन बचे हैं।' मगर जहाज के मालिक ने कहा, 'नहीं, अभी मुझे दूसरे जरूरी काम निबटाने हैं।' उससे कहा गया कि 'बहुत कम अवधि में तुम तैरना सीख सकते हो। सीखोगे तो आगे काम आएगा।' लेकिन वह नहीं माना। कोई न कोई बहाना बनाता रहा और फिर महायात्रा पर जाने का समय आ गया। तब उसके परम मित्र ने उसे एक खाली ड्रम लाकर दिया और कहा कि 'तुमने तैरना तो सीखा नहीं इसलिए कम से कम इसे तो अपने साथ लेकर जाओ। मुसीबत के वक्त इससे तैरने में मदद मिलेगी।' जहाज का मालिक मान गया और वह ड्रम जहाज पर रख लिया।

फिर एक दिन ऐसा हुआ कि उस महायात्रा के दौरान सचमुच तूफान आ गया और उसका जहाज डूबने लगा। उसने महायात्रा में छोटे-छोटे पड़ाव डालकर बहुत धन-दौलत कमाई थी। परंतु अब तूफान में सब कुछ डूब रहा था। तभी उसे मित्र का दिया हुआ ड्रम याद आया। जहाज डूबने ही वाला था लेकिन इस खतरे की घड़ी में भी उसने ड्रम में सोना-चाँदी और पैसे भरे और खुद समुद्र में कूद पड़ा। आपको

हँसी आ रही होगी कि वह कैसी मूर्खता कर रहा है? वह ड्रम उसे तैरने में मददगार साबित हो सकता था। दरअसल जिसे खाली रखना था, उसे भर दिया गया। जो खाली है उसे तो खाली ही रखना चाहिए।

हमारे जीवन में भी यही हो रहा है। जो हिस्सा खाली रखना चाहिए, उसे यदि खाली नहीं रखा गया तो इंसान डूब जाता है। अगर वह यह बात जानता तो ऐसी गलती कभी नहीं करता। हमारे अंदर ऐसा क्या है, जिसे खाली रखना है? और हम उसमें क्या भरते चले जा रहे हैं? इस पर कुछ पल मनन करें, सोचें।

इस उदाहरण से यह सीख मिल रही है कि 'महाशून्य', 'कुछ नहीं' की अवस्था को कायम रहने दिया जाए। इस 'कुछ नहीं' को निरर्थक न समझें। आप कहेंगे, 'यह कैसी अजीब बात है? 'कुछ नहीं' भी बोल रहे हैं, फिर यह भी बोल रहे हैं कि 'इसे निरर्थक न समझें।' खाली है, फिर भी कह रहे हैं, 'खाली न समझें।' हमें तो कुछ समझ में नहीं आ रहा है।'

इसे आप एक उदाहरण से समझें। मान लीजिए, आप बाजार से फ्रिज लेकर आते हैं। उस फ्रिज के अंदर जरा सी भी खाली जगह नहीं है। वह पूरी तरह धातु, लोहे और पतरे से भरा हुआ है। उसमें चीजें रखने के लिए जगह ही नहीं है। अब ऐसे में अगर आप कहते हैं कि 'मैं बढ़िया फ्रिज लेकर आया हूँ', तो घरवाले कहेंगे, 'इसे किसी कबाड़ी को दे दो। यह किसी काम का नहीं है क्योंकि इसमें खाली जगह नहीं है, वह शून्य नहीं है, जिसके कारण इसे महत्व प्राप्त होता है।' दरअसल कीमत उस खाली जगह की ही होती है। अगर आप अलमारी लेकर आते हैं तो उसके अंदर जो खाली जगह है, कीमत उसी की है, महत्व उसी का है। आपको घर में बैठने के लिए खाली जगह मिली है, अगर जगह न होती तो आप कहते कि 'यह घर किसी काम का नहीं है।' जो खाली जगह है, वही उपयोग में आती है इसलिए खाली को खाली रखें।

13

अंदर के ईश्वर को जगाएँ

हमारा शरीर चार मीनार है और इसके बीच में है खाली जगह। चार मीनार यानी अन्नमयी शरीर (हमारा बाहरी शरीर), प्राणमयी शरीर, मनमयी शरीर और विवेकमयी शरीर। इन चार शरीरों के बीच में जो पाँचवाँ (चैतन्य) है, उसके लिए अगर जगह न रहे तो शरीर को जला दिया जाता है क्योंकि अब वह शरीर किसी काम का नहीं रहा। उसका तुरंत क्रियाकर्म हो जाता है। जब तक खाली जगह है, तब तक

उसकी कीमत होती है। इससे आपको समझ में आ गया होगा कि जो 'कुछ नहीं' है वह महाशून्य है। इस अनुभव को आत्मसाक्षात्कार, स्वबोध, स्वअनुभव, स्वसाक्षी या चैतन्य ऐसे अलग-अलग नाम दिए गए हैं। मगर हमें शब्दों में नहीं अटकना है। शब्द तो सिर्फ कुल्फी की डंडी हैं। कुल्फी खाने के लिए डंडी को पकड़ना जरूरी है। जब तक कुल्फी खतम नहीं हो जाती, डंडी का उपयोग होता है। यहाँ आपने समझा कि पाँचवाँ ही सबसे महत्त्वपूर्ण है।

खाली समय में विश्वास बीज डालें : आपको खाली होने का अभ्यास रोज करना है क्योंकि हमारे भीतर हर दिन कुछ न कुछ भरा जा रहा है– पुरानी आदतें, वृत्तियाँ। इंसान की आदतें कौन-कौन सी हैं? इंसान खाली हुआ नहीं कि मन की फ्रिज से कुछ न कुछ (पुराने विचार, घटनाएँ, अनुभव) निकालकर खाने लगता है। लोगों को देखो कि जब उनके पास खाली समय होता है और करने के लिए कोई काम भी नहीं होता है, तब वे क्या करते हैं? खुद से भी पूछें कि 'खाली समय में पहले हम क्या करते थे?' खाली समय मिला तो तुरंत टी.वी., रेडियो ऑन कर देंगे... मैगजीन पढ़ेंगे... कुछ न कुछ सोचने लग जाएँगे... मन की कलाबाजियाँ चलती रहेंगी... अतीत में जाएँगे और बीती घटनाओं को याद करेंगे... भविष्य की चिंता करेंगे... इसके बिना चैन ही नहीं आता यानी खाली समय में भी इंसान खाली नहीं होता। इंसान बस इतना सीख जाए कि खाली समय में खाली हो पाए। खाली समय में वह ऐसे बीज डाल पाए, जिससे महाफल आए।

यह बीज है, विश्वास बीज। जिससे हम महाफल प्राप्ति तक पहुँचते हैं। महाफल जिसे आत्मसाक्षात्कार या महाशून्य कहते हैं।

कर्म करो, महाफल की इच्छा रखो : आज तक आपने यही सुना है कि 'कर्म करो, फल की इच्छा मत रखो।' और अभी आप समझ रहे हैं कि 'कर्म करो और महाफल की इच्छा रखो।' लोग जब कर्म करके फल में अटकते हैं, तब वे खुद से, महाफल से दूर चले जाते हैं। इंसान फल में अटकता है। वह जब पैसा, पद पाने के लिए प्रयास शुरू करता है तब चूँकि उसके पास फल नहीं आया होता, इसलिए वह सबसे अच्छी तरह बात करता है, अच्छा व्यवहार करता है। फल आने के बाद यानी पद, प्रतिष्ठा मिलने पर वह सबसे अकड़कर बात करने लगता है। ऐसा क्यों हुआ? क्योंकि वह फल में अटक गया। हमें खाली समय में खाली होना है। खाली समय में बीज डालना है। जिसे यह कला आ गई, उसका जीवन तेज जीवन बन जाता है।

इंसान को अगर होश नहीं है तो पुरानी आदतों की वजह से वही काँटोंवाला बीज बोया जाता है। नफरत, हिंसा, क्रोध, अहंकार, लालच, द्वेष और डर के बीज

बोए जाते हैं। बेहोशी में ख्याल ही नहीं रहता कि कैसे बीज डाले जा रहे हैं। इसलिए सजगता लाने की जरूरत है। यह समझने की जरूरत है कि महाशून्य क्यों ढँक गया? इसने काम करना क्यों बंद कर दिया?

हमारे अंदर जो चीज (सत्य) है, वह अनलिमिटेड है, असीम (ईश्वर) है। इंसान ने काम करना कम कर दिया तो वह लिमिटेड बन गया। उसकी प्राइवेट लिमिटेड कंपनी शुरू हो जाती है। जब वह लिमिटेशन टूटती है तब फिर से असीम काम करने लगता है। जब असीम काम करने लगेगा तब हमारा जीवन कैसा होगा? यह हमें तभी समझ में आएगा जब हम उस तरह जीवन जीने लगेंगे। आपसे लिमिटेड बनने की गलती न हो इसलिए आपको ये बातें बताई जा रही हैं। आदत की वजह से हाथ जेब में जाएगा, पुराना बीज निकालेगा और जमीन में डालना चाहेगा। तब आप स्वयं को रोकेंगे कि यह बीज मुझे नहीं डालना है। जब यह होश जगेगा तब आप देखेंगे कि महाशून्य अवस्था फिर से प्रकट होने लग गई। इसीलिए आपको ये बातें बताई जा रही हैं कि अंदर के महाशून्य को, अंदर के ईश्वर को जगाएँ। बाहर के ईश्वर को जगाने के लिए तो लोग तैयार रहते हैं। लेकिन आपको बाहर के ईश्वर को नहीं बल्कि अंदर के ईश्वर को जगाना है। क्योंकि वह जागा तो सब आसान हो जाएगा।

शुरुआत सही ढंग से होनी चाहिए। अंदर की वास्तविक अवस्था जाननी जरूरी है। उसके लिए कोई बहाना नहीं बनाना चाहिए। जैसे उस जहाज के मालिक का बहाना था कि तैरना सीखने के लिए उसके पास समय नहीं है। उसे यह बहाना जरूर सही लगा होगा। बहाने सही लगते हैं इसीलिए हम उन्हें बनाते रहते हैं। उसका बहाना था कि 'इतनी सारी खरीददारी करनी है, जहाज की मरम्मत करवानी है, अभी यार-दोस्तों से मिलना-जुलना है, उनके साथ पार्टी रखी है। यह सब जरूरी है। पता नहीं, अब कितने महीनों के बाद उनसे मुलाकात हो पाएगी?' अपने दृष्टिकोण से उसे ये बातें सही लग रही हैं मगर तैरना सीखना उसे सही नहीं लगा। बहाना उसे बहाकर ले गया। बहानों में वह बह गया। इसे और एक उदाहरण से समझें।

बहानों में तैरना सीखें : एक आदमी होटल में गया और उसने आलू का पराठा मँगवाया। पराठा देखकर वह बड़ा नाराज हुआ। उसने वेटर को बुलाकर कहा, 'यह कैसा आलू का पराठा है? इसके अंदर आलू तो है ही नहीं।' वेटर ने फौरन एक बहाना गढ़ लिया, 'आलू के पराठे में आलू हो, यह जरूरी तो नहीं। क्या कश्मीरी पुलाव में कश्मीर ढूँढ़ोगे?' बहाना कितना भी सही लगे मगर है तो बहाना ही। इंसान जो भी बहाने बना रहा है, वे चाहे जितने भी सही लगें, होते तो बहाने ही हैं। हमें

बहानों में तैरना सीखना है वरना उस जहाज के मालिक की तरह हम भी बहानों में बह जाएँगे। अंदर के महाशून्य को जगाने के लिए सब बहाने बाजू में रखकर हमें पहले समझना है कि यह महाशून्य क्यों बंद हुआ? उसमें ऐसा क्या भर दिया गया, जिससे वह बंद हुआ?

14

शरीर महाशून्य का आइना है

ईश्वर की मूल अवस्था का अनुभव : ईश्वर की मूल अवस्था का अनुभव कैसा है? जब आप बच्चे थे, तब उसी अनुभव में थे। तब आप भरे हुए नहीं बल्कि खाली थे, कोरे थे। उस वक्त क्या आप पालने में बोर होते थे? बिलकुल नहीं। बच्चों को अगर आप गौर से देखेंगे तो २४ घंटे में वे एक मिनट भी बोर नहीं होते। जैसे ही बोरियत आई कि उन्हें नींद आने लगती है। वे सो जाते हैं यानी नींद का आनंद लेते हैं। वे एक सेकण्ड भी बोर नहीं होना चाहते। वह अवस्था खुली हुई अवस्था है। मगर बाद में लोग इसे भरना शुरू कर देते हैं। वे अज्ञान में यह सोच लेते हैं कि बच्चा पालने में इतनी देर से लेटा हुआ है और छत की तरफ देख रहा है इसलिए वह बोर हो गया होगा। तब वे उसके सामने झुनझुना बजाते हैं। उससे बातें करते हैं, 'अरे इस तरफ देखो, ऊपर देखो।' उन्हें लगता है कि वे बच्चे का मनोरंजन कर रहे हैं। लेकिन दरअसल वे खुद का ही मनोरंजन कर रहे होते हैं। बच्चा तो पहले से ही आनंद में है। अगर वह बोल पाता तो यही कहता कि 'यह सब रहने दो, मैं तो पहले ही आनंद में हूँ।' बच्चों से बातचीत करके आपको इस बात का पता चलेगा कि उन्हें इस प्रकार के मनोरंजन की आवश्यकता नहीं है क्योंकि वे खुद को शरीर नहीं समझते।

महाशून्य अवस्था : एक छोटी लड़की है, जिसकी एक बहन है। जब उससे किसी ने पूछा, 'तुम्हारी कितनी बहनें हैं?' वह जवाब देती है, 'मेरी एक बहन है।' फिर उससे पूछा जाता है, 'क्या तुम्हारी बहन की भी कोई बहन है?' इस पर वह लड़की कहती है, 'नहीं, उसकी कोई बहन नहीं है।' वह ऐसा इसलिए कहती है क्योंकि उसे अपनी तरफ कोई शरीर नहीं दिखता। सामने सब शरीर हैं मगर इस तरफ भी कोई शरीर है, ऐसा उसे लगता ही नहीं। क्योंकि वह उसी अनुभव से देख रही है, उसी महाशून्य अवस्था से देख रही है। बच्चे इसी महाशून्य अवस्था में होते हैं। हमें भी फिर से बच्चा बनना है यानी उस अवस्था को प्राप्त करना है।

जीज़स ने कहा है, 'जो बच्चे हैं वे ही प्रभु के राज्य में प्रवेश पा सकते हैं।' बच्चे यानी कि शक्ल-सूरत या हाइट से नहीं बल्कि अनुभव की अवस्था से जो बच्चे बनेंगे, वे ही प्रभु के राज्य में प्रवेश कर पाएँगे। उस वक्त की भाषा अलग थी, आज की भाषा अलग है। सभी एक ही बात कहेंगे मगर शब्द अलग-अलग होंगे। इस तरह आपने समझा कि महाशून्य की अवस्था इसलिए बंद हुई क्योंकि लोगों ने खुद को खाली करने के बजाय भरना शुरू कर दिया।

भरना शुरू करते ही भूलना शुरू हो जाता है : जब बच्चा दो-ढाई साल का हो जाता है तब वह अपनी मूल अवस्था को भूलने लगता है। जैसे-जैसे वह खुद को भरना शुरू करता है, भूलना शुरू हो जाता है। फिर वह खुद भी स्वयं को अलग मानने लगता है और जब तक उसके जीवन में सत्य नहीं आता है, तब तक वह खुद को अलग मानकर, शरीर मानकर ही जीता है। कई लोगों के जीवन में सत्य आता ही नहीं, वैसी प्रार्थना उठती ही नहीं इसलिए वे वैसे के वैसे रह जाते हैं। आपके जीवन में सत्य आ गया है इसलिए सजग रहें कि अब आपसे ऐसी गलती न हो। हम अपने अंदर जो भर रहे हैं, उसके बारे में चेतन रहें।

हमारे अंदर खाली स्थान तैयार हो जाए। लोग सोचते हैं कि हमारे लिए एक अलग स्थान होना चाहिए। हर एक यही कहता है कि 'मेरे लिए अलग स्थान हो।' अलग प्रांत, अलग जाति, अलग राशि- हर एक अलग बनकर अपने अनुभव से दूर हो रहा है। अब दोबारा उस अनुभव तक पहुँचना है, जिसे भर दिया गया है। कैसे भर दिया? यह खाली स्थान 'मैं' के विचार के साथ भरना शुरू होता है। इस महाशून्य में ऐसी कौन सी चीज आती है, जो उसे झूठ से भर देती है? जब इंसान के अंदर का ईश्वर अपने आपको अलग मानने लगता है, तब यह सब शुरू होता है क्योंकि सब ईश्वर के द्वारा ही हो रहा है।

जब इंसान के लिए 'मैं' शब्द कहा जाता है तो वह झूठ बनता है और अहंकार का निर्माण होता है। जब दो चीजें जुड़ती हैं, जब दो रंग जुड़ते हैं तो बीच में तीसरा रंग दिखाई देता है। अगर आप दो कलर प्लेट्स् एक-दूसरे के ऊपर आधी-आधी रखेंगे तो तीसरा रंग बीच में दिखाई देगा। यह तीसरा रंग ही अहंकार है। शरीर था, ईश्वर था, दोनों के मिलन से अहंकार भी निर्मित हुआ, जो सत्य नहीं है। दरअसल महाशून्य शरीर के साथ स्वअनुभव करने के लिए जुड़ा। स्वअनुभव करने के लिए निमित्त चाहिए, बिना निमित्त के अपना अनुभव नहीं किया जा सकता। बिना आइने के आप अपनी आँख को नहीं देख सकते। आँख, आँख को ही देखना चाहे तो इसके लिए आइना चाहिए। महाशून्य को जब अपना अनुभव करना था, तब उसने

शरीर का निर्माण किया। शरीर यानी महाशून्य का आइना।

आइने (शरीर) के सामने वह चीज (चैतन्य) अपना अनुभव करने के लिए आई मगर हुआ क्या? यह शरीर कितना बड़ा आश्चर्य है! अजूबा है! इसकी इंद्रियों की दुनिया है। शरीर के साथ आँख है इसलिए आँख की दुनिया आ गई, दृश्य की दुनिया। कान हैं इसलिए आवाज की दुनिया प्रकट हो गई। नाक है इसलिए सुगंध, जुबान है इसलिए स्वाद, त्वचा है इसलिए स्पर्श की दुनिया। शरीर से जुड़ते ही उसकी पाँचों दुनिया दिखने लग गईं और अनुभव (चैतन्य) भी खुद को भूलकर उन दुनियाओं में चला गया, असली बात भूल गया। अब कोई उसे यह याद दिलाए कि वह अपने आप पर लौटे। स्वयं पर लौटना तभी संभव होगा जब 'स्व' की याद आएगी यानी जब 'मैं कौन हूँ?' का स्मरण होगा। जब वह खुद से सवाल पूछना शुरू करेगा, तब जो कुछ भर दिया गया है, वह खाली होने लग जाएगा।

15

कुछ नहीं या सब कुछ

सत्य जानते ही अफवाह मिट जाती है : किसी भी चीज का कारण समझ में आते ही आप निवारण अपने आप समझ जाएँगे। दुःख है, दुःख का कारण है, निवारण है, दुःख मुक्ति की अवस्था है। उसी तरह आनंद है, आनंद का कारण है, आनंद प्राप्त करने का साधन है, आनंद प्राप्त की हुई अवस्था भी है। यह सत्य सामने आते ही आप 'मैं कौन हूँ?' पूछना शुरू करेंगे। पहले समझ में नहीं आएगा कि यह पूछने से क्या होगा क्योंकि शुरुआत में रटे-रटाए, सुने-सुनाए जवाब आएँगे। मैं मराठी हूँ, गुजराती हूँ, पंजाबी हूँ, भारतीय हूँ, भाई, बहन, स्त्री, पुरुष, काला, गोरा, पड़ोसी, कर्मचारी, बॉस, पिताजी, बेटा, सास, बहू हूँ, पहले तो ऐसे ही जवाब आएँगे। लेकिन ये सारे जवाब अफवाहें हैं। सत्य जानते ही अफवाहें खतम हो जाती हैं, मिट जाती हैं। कभी अफवाह फैलती है कि मुहल्ले में एक डायन घूम रही है। यह बात सुनकर सभी डर जाते हैं। लेकिन जब मालूम पड़ता है कि यह तो सिर्फ अफवाह थी, तब सभी का डर खतम हो जाता है। ऐसी अफवाहें अक्सर फैलती रहती हैं और लोग सुनते रहते हैं।

कितने सालों से यह अफवाह फैल रही है कि फलाँ-फलाँ साल में दुनिया खतम हो जाएगी, अगले साल में खतम हो जाएगी। वह तारीख आती है और चली जाती है, दुनिया खतम नहीं होती। लेकिन फिर कोई दोबारा अफवाह फैलाने लगता

है। ऐसी अफवाहें फैलती रहती हैं और लोग उन पर यकीन करके डरते रहते हैं। अब आप अफवाहों पर विश्वास करना बंद कर दें क्योंकि अब आप समझ गए हैं कि मैं यह जो कह रहा हूँ, 'मैं यह हूँ, मैं वह हूँ' वह वास्तव में अफवाह है। जब आप ध्यान में यह प्रयोग करके देखेंगे कि वास्तव में ऐसा है या नहीं तब आप अनुभव से जानेंगे कि 'मैं कौन हूँ?' इस तरह आप अनुभव पर जाने लग जाएँगे, यही अनुभव की खूबसूरती है।

'मैं कौन हूँ?' यह कोई सवाल नहीं है, यह तो जवाब है। धीरे-धीरे आप उस अनुभव को जानने लगेंगे और फिर कहेंगे, 'यह सवाल नहीं जवाब है, बहुत बड़ा मंत्र है, महामंत्र है, यह तो अंदर अनुभव पर पहुँचा रहा है।' सही समझ नहीं होती तो लोग इस सवाल को पूछने के बाद भी पुराने जवाबों पर ही मोहर लगा देते हैं। जैसे 'मैं तो इंसान हूँ, मैं यह हूँ, मैं समाज सेवक हूँ' ऐसा कोई भी पुराना जवाब पकड़कर बैठ जाएँगे। मगर यहाँ हम उस जवाब के बारे में बात कर रहे हैं, जो आप अनुभव से जानेंगे। शब्दों के द्वारा हमने शून्य को भरा है और उन शब्दों में सबसे महत्त्वपूर्ण शब्द है 'मैं'। अब यह 'मैं' है कौन? यह शब्द नहीं डाला होता तो शून्य नहीं भरता। मैं, मेरा, मुझे जैसे शब्द ही महाशून्य को भर देते हैं। यही शब्द अंदर जाकर फूल जाते हैं, बड़े हो जाते हैं।

अब आपको कारण समझ में आया कि अंदर से 'मैं-मैं' का यह जाप कैसे शुरू हुआ। मैंने यह किया, वह किया, मैं-मैं की क्रेडिट लेना शुरू हो गया। यही 'मैं' फूल-फूलकर इतना बड़ा हो गया, इतना मोटा हो गया कि शून्य भर गया। दूसरी तरफ, यदि शून्य खाली हो जाए तो कोई मान्यता नहीं, न स्त्री न पुरुष, न ऊँचा न नीचा, न यह जाति न वह जाति, न शूद्र न ब्राह्मण। कोई राशि नहीं, कोई जाति नहीं। राशि अगर पकड़नी ही है तो १३ वीं राशि को पकड़ें- तेजराशि, जो सब राशियों से मुक्त है। आप ऐसा भी कह सकते हैं, 'या तो सारी राशियाँ मेरी हैं या फिर कोई भी नहीं है।'

लोग अगर पूछें, 'आपका धर्म कौन सा?' तो आप कहेंगे, 'या तो सारे धर्म मेरे हैं या एक भी नहीं है। या तो कुछ नहीं या फिर सब।' यही हमारा धर्म है, कुछ नहीं या सब कुछ। या तो कुछ नहीं हूँ या फिर सब कुछ हूँ। शून्य, महाशून्य, धर्म, ये तो शब्द हैं। समझ यह है कि जब हम कुछ पकड़ते या भरते हैं तो लिमिटेड (सीमित) हो जाते हैं, छोड़ते हैं या खाली करते हैं तो अनलिमिटेड (असीम) बन जाते हैं, जो तुम हो ही। समाज ने सिर्फ कुछ विचारों से, मान्यताओं से तुम्हें भर दिया है, जिसे सच मानकर तुम जीने लग गए हो।

मान्यता और कल्पनाओं की शैवाल हटे : आप जानते हैं कि पानी पर शैवाल आ जाती है। शैवाल यानी एक खास तरह की हरी घास, जो पानी को ढँक देती है। दूर से ऐसा लगता है जैसे वहाँ पानी नहीं, समतल जमीन हो। अब अगर आपको पानी देखना हो तो शैवाल को हटाना जरूरी है। मान्यताओं की, कल्पनाओं की शैवाल हट गई तो पानी पहले से ही मौजूद है। शैवाल हटाते ही पानी अपने आप नजर आने लगेगा। पानी है तो उसमें चाँद भी दिखेगा। तब आप कहेंगे कि 'अच्छा चाँद ऐसा होता है क्या?' फिर आप गर्दन उठाकर आसमान में असली चाँद को देखेंगे। लेकिन अगर शैवाल हटी ही नहीं, पूरा फोकस, पूरी दृष्टि शैवाल पर ही रही तो जीवन में असली चाँद का दर्शन नहीं हो पाएगा। असली चाँद (सत्य) का दर्शन करवाने के लिए ज्ञान आता है, भक्ति आती है, जिसकी वजह से इंसान खाली होने लगता है।

भक्ति में समर्पण सहजता से होता है और कर्ताभाव यानी मैं, मेरा, मुझे, खतम हो जाता है। दरअसल समर्पण होने के बाद ही इंसान खाली होने लगता है, नमन होने लगता है। नमन यानी न मन। तब विनम्रता अपने आप आ जाती है। किसी भी बात का श्रेय लेना बंद हो जाता है। यह शैवाल हट जाए तो मनुष्य जान जाता है कि यह शरीर है और शरीर का हम उपयोग कर रहे हैं, लेकिन हम शरीर नहीं हैं।

जैसे, अगर आपकी शर्ट फट जाए तो आप यह नहीं कहते कि मैं फट गया। आप कहते हैं, 'मेरी शर्ट फट गई।' फिर अगर आपका शरीर बीमार है तो आप यह क्यों कहते हैं कि 'मैं बीमार हूँ।' हालाँकि शरीर बीमार है, निमित्त बीमार है, जिसके द्वारा हम अपना अनुभव कर रहे हैं, वह आइना बीमार है। मान लें, सुबह-सुबह आप आइने के सामने जाते हैं और आइने को हाथ लगाने पर आपको पता चलता है कि वह गरम है। तब क्या आपको चिंता होगी कि 'आइना गरम क्यों है?' नहीं। आप तो यह सोचेंगे कि 'आइना गरम है तो क्या हुआ, उसके बावजूद भी मेरी शक्ल तो दिख रही है।' गरम आइना भी तो आपको आपकी शक्ल दिखाएगा। शरीर अलग-अलग अवस्थाओं से गुजरता है। इसका मतलब यह नहीं है कि अगर शरीर बीमार है तो उसका इलाज नहीं करना है। अगर शरीर बीमार है तो उसे दवा खिलाओ, आराम दो मगर आपको पता होना चाहिए कि यह निमित्त बीमार हुआ है। जो अनुभवकर्ता है, वह तो अनुभव में अनुभव का अनुभव कर ही रहा है।

अब सवाल यह है कि यह भूलना कैसे खतम किया जाए? स्वयं की याद बनी रहने के लिए बार-बार संकेत, रिमाइंडर्स मिलने जरूरी हैं। एक छोटा सा रिमाइंडर भी आपको अपनी याद दिला सकता है। तब हमें एहसास होता है कि हम खुद को क्या मानकर बैठे हैं? तब यह आश्चर्यजनक भेद खुलता है कि हम वह नहीं हैं, जो

हमारा नाम है।

मान लीजिए, किसी का नाम श्रीवास्तव है। उससे यह कहा जाएगा कि 'पहले तुम आए हो और तुम्हारा नाम बाद में आया है इसलिए वास्तव में तुम श्रीवास्तव हो ही नहीं। अगर तुम पहले आए हो और नाम बाद में रखा गया है, तो तुम श्रीवास्तव कैसे हो सकते हो? तुम्हारे आने के बाद जो आया, वह तुम कैसे हो सकते हो? वह तो तुम हो ही नहीं सकते।' सामान्य ज्ञान की बात है कि जो तुम्हारे बाद में आया, वह तुम कैसे हो सकते हो? यह तो लेबल है, जो बाद में तुम पर लगाया गया है। बाद में बहुत सारे लेबल लगते गए... लगते गए... लेकिन इंसान को एक पल के लिए भी शंका नहीं हुई क्योंकि लेबल लगानेवाले उसके अपने माता-पिता, टीचर्स, नेता, पड़ोसी और विज्ञापन देनेवाले लोग थे। माता-पिता ने ऐसा क्यों किया? क्योंकि उनके माता-पिता ने भी उनके साथ ऐसा ही किया था और उनके माता-पिता ने भी अपनी संतानों के साथ यही किया था। इस तरह लेबल लगाने का यह चक्र चलता रहा। लेकिन कुछ लोग जागरूक हो जाते हैं और वे नए ढंग से बढ़ते हैं, बच्चों को सत्य की राह पर चलने के लिए निमित्त बनते हैं।

विश्व को ऐसे बच्चों की आवश्यकता है, जो सत्य की समझ के साथ बड़े होते हैं। वे ही बच्चे पृथ्वी पर एक नई चेतना जगा सकते हैं। माँ-बाप की स्पष्टता से बच्चों पर बहुत असर होता है। अब आपके सामने सब स्पष्ट हो रहा है कि जो बाद में आया, वह हम नहीं हो सकते। एक है अंदर से भरना, दूसरा है बाहर से भरना। इन दो कारणों से महाशून्य भर गया, झूठ से भर गया। अंदर से 'मैं' का जाप चलता रहा और बाहर से लोगों ने झूठी मान्यताएँ, कल्पनाएँ थोप दीं, लेबल लगा दिए– 'तुम यह हो, तुम वह हो।' सभी ने शरीर की तरफ इशारा करके कहा, 'यह तुम हो... यह तुम हो... यह तुम हो...।'

खाली होने का पहला तरीका– आत्म-परीक्षण : जब भी कोई आपसे पूछता है कि 'क्या आपने खाना खा लिया?' तो वह दरअसल आपसे यह कह रहा है कि 'आप शरीर हो।' वास्तव में यह पूछना चाहिए कि 'तुम्हारे शरीर ने खाना खाया कि नहीं?' मगर ऐसा कोई नहीं पूछता। सामनेवाला पूछता है, 'तुमने खाना खाया?' आप तुरंत जवाब देते हैं, 'हाँ खा लिया।' इस तरह दोनों तरफ झूठ चलता है लेकिन किसी को पता नहीं चलता। कुछ लोग जाग्रत होते हैं तो बाहर से वे भले ही कह दें, 'हाँ खा लिया।' मगर उनके अंदर यह जाग्रति रहती है कि यह खाना शरीर को खिलाया गया। जिन्हें यह ज्ञान नहीं है वे लोग खुद को शरीर मानकर वैसी ही बातें करते रहेंगे। लेकिन अगर आपके भीतर होश आ गया तो आप देखेंगे कि उनकी

बातें आपके अंदर नहीं जाएँगी, तब भरने का सिलसिला थम जाएगा। इसलिए एक तरीका यह है कि हम आत्म-परीक्षण करना सीखें, अपनी पूछताछ करना सीखें।

खाली होने का दूसरा तरीका : दूसरा तरीका यह है कि कोई बाहरी व्यक्ति खाली होने में हमारी मदद करता है। जैसे अगर आप मकान खाली करके किसी दूसरी जगह रहने जाते हैं तो कुछ लोग शिफ्टिंग में आपकी मदद करने आ जाते हैं। वे आपका सारा कचरा हटाने, फर्नीचर आदि ले जाने में मदद करते हैं। गुरु का रोल यही है कि वे हमारे भीतर का सारा कचरा निकालकर हमें शिफ्ट करते हैं। गुरु कहेंगे, 'चलो, तुमने कहा, मैंने खाना खाया, मैं गया, मैंने सोचा, मैं बहुत बोर हो रहा हूँ, तो इसका क्या अर्थ है?' गुरुजी बताएँगे, 'हर पंक्ति में तुम मन को मैं मान रहे हो। तुम कहते हो, 'मैं उधर गया' तो तुम शरीर को मैं मान रहे हो। तुम कहते हो, 'मैंने सोचा' तो तुम बुद्धि को मैं मान रहे हो। तुमने कहा, 'मेरा बेटा' तो तुम खुद को पिता मान रहे हो।'

गुरुजी हर पंक्ति पर आपको बताएँगे कि 'इस पंक्ति में तुमने खुद को कुछ अलग माना। इन सब में आखिर तुम हो कौन? यह जानने के लिए सेंटर पर आओ, तेजस्थान पर आओ, जो तुम हो।' तेजस्थान यानी वह स्थान, जहाँ से सब प्रकाशित होता है। पहले तो गुरुजी की बात पर यकीन नहीं आएगा। क्योंकि इंसान कह रहा है कि 'मुझे इलाज की जरूरत है' और गुरुजी कहेंगे, 'तुम्हें इलाज की नहीं, अंतिम सत्संग की जरूरत है।' खोजी (सत्य की खोज करनेवाला) कहेगा, 'मेरी जुबान सूख गई है, मुझे ज्यूस पिलाया जाए।' गुरुजी कहेंगे, 'तुम्हें मौन की जरूरत है। बड़बड़ करके तुम्हारी जुबान सूख गई है।' पहले यकीन ही नहीं आएगा कि मौन से कुछ होगा। ऐसा लगेगा कि मौन से तो कुछ नहीं होगा। तब गुरुजी कहेंगे, 'यह 'कुछ नहीं' कुछ नहीं, नहीं है। यह 'कुछ नहीं' ही सब कुछ है। इसी से सब निकलता है।' इस तरह गुरुजी के बार-बार टोकने, रोकने और याद दिलाने से भी इंसान खाली हो सकता है।

ये दो तरीकें हमें खाली होने में मदद कर सकते हैं। जब हर विचार के साथ अपनी पूछताछ होती है, तब तेजस्थान पर जाना आसान हो जाता है।

16
मौन संकेत और पारखी

एक राजा के चार बेटे थे। राजा को समझ में नहीं आ रहा था कि उनमें से किसे राजा बनाया जाए। जब उसने अपने गुरु से यह सवाल पूछा तो गुरु ने कहा,

'तुम चारों राजकुमारों को एक-एक महल और १००-१०० दीनार दे दो। इसके बाद उनसे कहना कि 'जो दीनार तुम्हें दिए गए उनसे इस महल को जो सबसे अच्छी तरह भर पाएगा, सजाएगा उसे इनाम में राजगद्दी मिलेगी।' हर राजकुमार ने अपने तरीके से महल को सजाने की कोशिश की। पहला राजकुमार गया और कबाड़खाने से ढेर सारा कबाड़ उठा लाया। टूटा-फूटा फर्नीचर लाकर पूरे महल में भर दिया।

दूसरा राजकुमार व्यसनी था और उसे जुआ खेलने की लत थी इसलिए वह जुआ खेलने चला गया। उसने जुए में बहुत पैसे कमाएँ और बाजार से अच्छा फर्नीचर खरीदकर पूरे महल को सजा दिया।

तीसरे राजकुमार ने ढेर सारे सुंदर फूल खरीदे और महल को उन फूलों से भर दिया ताकि महल सुगंध से भर जाए।

सभी ने अपना-अपना महल राजा को दिखाते हुए कहा, 'देखिए हमने इसे कितनी अच्छी तरह भरा है।' आप सोचेंगे, 'जिस राजकुमार ने अपना महल फूलों से, सुगंध से भर दिया, उसने कुछ तो अलग किया।' वरना सभी को एक ही तरीका पता था- सजावट की कुछ चीजें लाकर महल को भरना है। यानी तीसरा राजकुमार थोड़े और सूक्ष्म स्तर पर गया।

चौथा राजकुमार वे सिक्के लेकर अपने महल में जाने लगा। अंदर अँधेरे के सिवाय और कुछ भी नहीं था। महल में जाते हुए राजकुमार ने कहा, 'अब मैं अंदर जाता हूँ और थोड़ी देर बाद आप देखना कि क्या होता है।' वह अंदर गया और थोड़ी देर बाद लोगों ने देखा कि पूरा महल प्रकाश से भर गया। राजा, वजीर और गुरुदेव ने अंदर जाकर राजकुमार से पूछा कि 'यह महल प्रकाश से कैसे भर गया?' राजकुमार ने कहा, 'मैंने पूरे महल की जाँच की। मुझे एक अलग स्थान दिखा, जहाँ मैं बैठ गया। थोड़ी ही देर में चारों तरफ की दीवारों से प्रकाश निकलने लगा।'

सिर्फ वही राजकुमार उस स्थान का पता लगा पाया। वह स्थान सभी महलों में था मगर बाकी राजकुमार वह रहस्य नहीं खोल पाएँ। चौथे राजकुमार ने पूरी जाँच की कि महल में कहाँ, कौन सा संकेत छिपा है। उसने संकेत पहचाना, उसे परखा। वह पारखी था। वह उस स्थान पर बैठा क्योंकि वहाँ लिखा था कि इस स्थान पर बैठकर जो मौन में जाएगा, उसके चारों तरफ की दीवारों से प्रकाश निकलेगा। जैसे कि वह स्थान स्विचबोर्ड हो। राजकुमार उस स्थान पर बैठ गया और उसने महल को प्रकाश से भर दिया। उसने राजा की दी हुई १०० दीनारें भी वापस लौटा दीं क्योंकि

उसे उनकी जरूरत नहीं पड़ी। मुफ्त में ही काम हो गया। आखिर चौथे राजकुमार को ही राजद्दी पर बिठाया गया। इस कहानी में एक संदेश छिपा हुआ है। अब आप समझ ही गए होंगे कि यह वह खाली स्थान, तेजस्थान (हृदय) है।

हमारे अंदर जो खाली स्थान है, उस स्थान पर हम रहना नहीं सीख पाते हैं। बहुत से लोग तो वहाँ पहुँच भी नहीं पाते हैं क्योंकि उन्हें परख ही नहीं होती। इसके अलावा उनके पास वहाँ जाने की कोई प्रेरणा भी नहीं होती। जरा सोचें कि आप कोई भी काम क्यों करते हैं? प्रेरणा के कारण। जब हमें कोई प्रेरित करता है कि यह काम करो तो पसंद आनेवाला काम हम तुरंत कर देते हैं और जो काम पसंद नहीं है, वह नहीं करते हैं।

ऐसी कहानियों से हमें यह प्रेरणा मिलती है कि यह खाली स्थान कितना महत्त्वपूर्ण है, हालाँकि लगता नहीं है। रोज के अभ्यास से आप देखेंगे कि तेजस्थान पर रहते-रहते आप खाली होते जाएँगे।

खाली समय में खाली होना सीखें। शुरुआत में आपको कहा जाएगा कि दिनभर में आपको बहुत से काम रहते हैं लेकिन जब आप खाली हैं यानी कोई काम नहीं कर रहे हैं, कम से कम तब तो खाली हो पाए। तब भरना शुरू न करें। जैसे ही खाली समय मिलता है आप आँख बंद करके तेजस्थान पर जाए, 'मैं कौन हूँ' का ध्यान करें। यह ध्यान जब तेजस्थान पर, हृदयस्थान पर ले जाता है, तब खाली होना शुरू होता है।

सारांश

इस प्रवचन में आपको यह बताया गया कि हमने अपने अंदर जो खुद भरा है, उसे कैसे खाली करना है और बाहरी सहयोग व मार्गदर्शन का कैसे लाभ लें। महाशून्य अवस्था क्या है? इस संदर्भ में बताया गया कि यह वही परम चेतना है, जिसे अलग-अलग नाम दिए गए हैं और जिसे इंसान ने अपनी दस इच्छाओं से भर दिया है। दस इच्छाएँ तो मोटी-मोटी बताई गई हैं। इंसान ऐसी हजारों इच्छाएँ जगाता रहता है, भरता रहता है। इच्छाओं के प्रति आसक्ति से वह मोटा होता जाता है इसीलिए पहले आसक्ति तोड़ने के लिए कहा जाता है, मोह छोड़ने के लिए कहा जाता है। इच्छा है यह तो ठीक है मगर उसके साथ आसक्ति नहीं होनी चाहिए। वरना उसके साथ दुःख शुरू हो जाता है। फिर उन दुःखों को दूर करने के लिए हम और कुछ भरते हैं।

दुःख में कुछ लोग ज्यादा खाते हैं, कुछ दूसरों पर चिल्लाते हैं, कुछ थिएटर

में जाकर बैठ जाते हैं। लोग अलग-अलग तरीके से अपना दुःख मिटाना चाहते हैं और यह नहीं समझ पाते हैं कि अनुभव कभी भी शरीर को नहीं होता है।

टेबल पर रखे दाँत आपकी बीमारी नहीं जान सकते। आपने जो घड़ी पहनी है उसका अनुभव आपको तो होगा मगर उस घड़ी को आपका अनुभव नहीं होगा। आपने घड़ी पहनी है इसलिए आपको घड़ी का अनुभव होगा, एहसास होगा। लेकिन क्या घड़ी को आपका अनुभव होगा? आप कहेंगे, 'ऐसा कैसे हो सकता है? घड़ी तो बेजान है।' इसी तरह यह समझ लें कि शरीर शव है, अनुभव शिव है। शरीर है लाश, कैलाश कोई और है। अनुभव ही कैलाश है, अनुभव ही शिव है। शिव की शक्ति से पृथ्वी पर यह नाटक चल रहा है। शिव-शक्ति एक ही हैं, यह मूर्तियों के माध्यम से समझाया गया है। जब समझ खो जाती है तो लोग झगड़ने लगते हैं। मूर्तियों को तोड़नेवाले और मूर्तियों को जोड़नेवाले झगड़ने लगते हैं क्योंकि दोनों के पास अधूरा ज्ञान है। कोई चाँद को लेकर तो कोई सूरज को लेकर झगड़ता है क्योंकि दोनों के पास अधूरा ज्ञान है।

देखना है आसमान, अनंत, असीम मगर लोग सीमित बनकर झगड़ने लगते हैं। वे कहते हैं, 'हम ज्यादा श्रेष्ठ, हमारा धर्म ज्यादा श्रेष्ठ।' यह अज्ञान दूर होना चाहिए। शैवाल हट जाए तो पानी दिखने लगेगा। जब जीवन में असली चाँद (सत्य) का दर्शन होगा तो चेतना ऊपर उठेगी वरना उसी में ही उलझे रह जाएँगे।

खाली होने की इच्छा को सातवें नंबर पर लाए और खोजी बनें। इसके बाद इस इच्छा को सूची में और ऊँचे क्रम पर पहुँचाएँ। जैसे-जैसे आपको परिणाम दिखेंगे आप खुद चाहेंगे कि यह पहली प्राथमिकता बन जाए। क्योंकि आप हृदय स्थान से जो भी निर्णय लेंगे वे सही होंगे। सब कुछ सुधर जाएगा। पूरा संसार ठीक चलने लग जाएगा क्योंकि मूल बात ठीक हो जाएगी। ये बातें आपने समझीं। इस पर आप काम करें। अंदर से मैं-मैं का जो जाप चल रहा था, वह बंद हो जाएगा। अब हम हर दिन स्वयं से पूछें, 'मैं कौन हूँ?' इसी तरह आगे भी काम करते रहें।

यहाँ आकर आपने जो सेवा का मौका दिया, उसके लिए आप सभी को बहुत-बहुत धन्यवाद।

हॅपी थॉट्स।

भाग ४

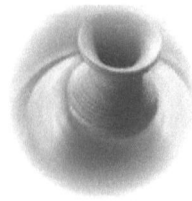

स्वज्ञान की विधि

२९ नवंबर २००९ को सरश्री द्वारा लिया गया प्रवचन।

17
अपनी पूछताछ समझ के साथ

प्यारे खोजियो,

आप सभी को शुभेच्छा, हॅपी थॉट्स।

आज का विषय है, स्वज्ञान की विधि यानी स्वज्ञान का तरीका। इस तरीके को समझने से पहले यह समझें कि जीवन में हमें कौन सी बातों को समझना आवश्यक है? किन लोगों के साथ कपटमुक्त रहना जरूरी है? गॉड, गुरु, ग्रेस ॲन्ड यू यानी ईश्वर, गुरु, कृपा और आप, इन बातों को समझना बहुत जरूरी है। इनके साथ कपट बिलकुल नहीं करना है। अपने साथ भी कपट नहीं करना है, खुद को सच्चाई बतानी है। इसे कहते हैं, सेल्फ इन्क्वायरी विथ ऑनेस्टी यानी अपनी पूछताछ ईमानदारी के साथ।

ईश्वर, गुरु, कृपा और आप : जब ये चीजें हमें समझ में आ जाती हैं, तब आत्म विकास होता है। इस आत्मविकास के लिए हम अनेक मार्गों के बारे में सुनते हैं, जैसे जप, तप, तंत्र, मंत्र का मार्ग। दान, सेवा, धर्म, कर्म, भक्ति, ज्ञान, ध्यान ऐसे अनेक शब्द हम सुनते हैं। अब सवाल यह उठता है कि हमें किस मार्ग से आगे बढ़ना

चाहिए? क्योंकि बुनियादी तौर पर हमें ये चार बातें समझनी हैं- ईश्वर, गुरु, कृपा और आप। अब इन्हें समझने के लिए किस मार्ग से जाएँ? जब समझ मिलती है तो यह पता चलता है कि ये मार्ग अलग-अलग नहीं हैं। जब तक मार्ग अलग-अलग लगते हैं, तब तक लोग आपस में झगड़ते हैं। कोई भगवान कृष्ण को माननेवाला, कोई भगवान राम को, कोई जीज़स को तो कोई गुरु नानक को माननेवाला होता है। जब तक समझ नहीं है, उनकी आपस में तकरार होती रहती है।

फिर जीवन में जब सही गुरु आते हैं तो वे कई मार्गों को थोड़े में लाकर बताते हैं। वे कहेंगे, 'यह ज्ञान मार्ग है, यह कर्म मार्ग है, यह भक्ति मार्ग है।' मगर जब समझ और बढ़ती है तो पता चलता है कि ज्ञानयुक्त कर्म ही भक्ति है। इस तरह ज्ञानयुक्त कर्म और भक्ति दोनों एक ही हो गए। जब आप ज्ञान के साथ कर्म करते हैं तो वह भक्ति होती है। इस तरह ज्ञान, कर्म और भक्ति तीनों एक ही हो गए। कोई भी कर्म करने के लिए ये बातें होनी आवश्यक हैं। इससे यह पता चलता है कि ये तीन नहीं, एक है। मगर शुरू में लोगों को तोड़-तोड़कर समझाना पड़ता है।

जैसे अगर एक शब्द आपको बताया जाए, 'मौनन।' तो आप कहेंगे, 'यह मौनन क्या है?' तब समझाने के लिए इसे तोड़कर दो शब्द बताएँगे, 'मौन और मनन।' मगर ये दो नहीं, एक ही शब्द है। अब 'मौनन' शब्द का अर्थ आपको समझ में आया। ऐसे अनेक शब्द सुनते-सुनते आपका ज्ञान बढ़ता चला जाता है। जब पूरी बात समझ में आएगी तब शब्द फिर से एक हो जाएँगे। हालाँकि अभी तो मार्ग अनेक दिखाई दे रहे हैं मगर समझ आते ही ये एक होते जाएँगे।

बच्चों को कुछ समझाना होता है तो आप तोड़-तोड़कर समझाते हैं। जैसे ए फॉर ऍपल, बी फॉर बैट। उसी तरह पूरी ए. बी. सी. डी. आपको सीखनी है तो तोड़-तोड़कर बताएँगे। बाद में पता चलेगा कि हमें इन शब्दों को जोड़कर अलग-अलग पंक्तियाँ बनानी हैं। इन्हें जोड़कर ईश्वर की सराहना करनी है। उसके बाद यह समझ में आएगा कि हमें सिखाया तोड़कर लेकिन अभिव्यक्ति हुई उन्हें जोड़कर। फिर पक्का होता है कि ये अनेक मार्ग तो कुछ लोगों के स्वभाव को देखते हुए बनाए गए। फलाँ इंसान ज्यादा भक्ति में रह सकता है, फलाँ ज्यादा सोच सकता है, बुद्धि का इस्तेमाल करता है, यह सब देखकर दो मार्ग बनाए गए। आइए इसे एक उदाहरण से समझते हैं।

समर्पण और संकल्प मार्ग : एक बंदर का मार्ग और एक बिल्ली का मार्ग। बंदरिया और बिल्ली अपने बच्चे को कैसे लेकर जाती हैं? बंदरिया एक जगह से दूसरी जगह जाती है तो उसका बच्चा अपनी ताकत से माँ को पकड़कर बैठता है। अगर उसकी

पकड़ छूट जाए तो वह गिर जाएगा। दूसरी ओर, बिल्ली अपने बच्चे को मुँह में पकड़कर ले जाती है, यहाँ बच्चे को कुछ करना नहीं पड़ता। ये दो मार्ग हैं। एक में है समर्पण, बच्चा समर्पित है कि बिल्ली उसे लेकर जाएगी। दूसरे मार्ग में इंसान को अपनी ताकत लगानी होती है, संकल्प करना होता है। वहाँ पर उसे पक्का इरादा रखना पड़ता है, यह भावना लानी पड़ती है कि यह मुझे ही करना है। इस प्रकार दो तरह के लोगों से शुरुआत होती है।

फिर धीरे-धीरे समझ में आता है कि समर्पण और संकल्प भी एक ही फिल्म के दो हिस्से हैं। ज्ञान आने के साथ संकल्प भी होता है क्योंकि अब इंसान के अंदर का ईश्वर ही संकल्प करता है। ईश्वर ही जाग्रत होकर जाग्रत रहना चाहता है इसलिए आगे तो ये जुड़ जाएँगे। मगर जब तक यह पूरी समझ नहीं मिलती तब तक इंसान को अलग-अलग मार्ग देकर काम करवाया जाता है। समर्पण के मार्ग में हर क्रिया समर्पित करते हुए इंसान कार्य करता है और संकल्प के मार्ग पर वह सेल्फ इन्क्वायरी यानी अपनी पूछताछ करता है। यह है, स्वज्ञान की विधि यानी अपनी पूछताछ करना।

स्वज्ञान विधि के दो तरीके: इस स्वज्ञान की विधि में दो तरीके से पूछताछ करनी है, दो तरह से सेल्फ इन्क्वायरी। एक में अपने मनोशरीरयंत्र की पूछताछ और एक में स्व की इन्क्वायरी, अपनी पूछताछ। इन दोनों में लोगों को भ्रम हो जाता है। वे इसे एक ही मान लेते हैं मगर इन दोनों में जो फर्क है, उसे समझ लें।

मनोशरीरयंत्र की पूछताछ में आप शरीर से, मनोशरीर से, मन से संबंधित बातों की पूछताछ करते हैं और सेल्फ इन्क्वायरी में अनुभव की पूछताछ करते हैं। अगर दोनों में फर्क न बताया जाए तो लोग शरीर की पूछताछ करेंगे और कहेंगे, 'मैं अपनी पूछताछ करता हूँ।' ऐसी गलती आपसे न हो इसलिए इन दोनों को अच्छे ढंग से समझ लें। यह मिसिंग लिंक है यानी छूटी हुई कड़ी, लुप्त कड़ी। लोग भूल जाते हैं इसलिए उसका परिणाम मिलना भी बंद हो जाता है।

स्वज्ञान की विधि में आपको मनोशरीरयंत्र और सेल्फ दोनों की पूछताछ करनी है। आपको अपना जासूस बनना है। जिस इंसान की याददाश्त खो जाती है, वह अपनी पूछताछ शुरू करता है, 'मैं कहाँ रहता था?' फिर वह उन जगहों पर जाता है। वह अपनी इन्क्वायरी कर रहा है क्योंकि उसकी याददाश्त खो गई है। इंसान अज्ञान में खुद को शरीर मान लेता है। मगर जब गुरु उस इंसान को बताते हैं कि 'तुम शरीर नहीं हो।' यह सुनकर गुरु द्वारा बताए गए तरीके से 'मैं कौन हूँ?' जानने के लिए वह अपनी पूछताछ शुरू करता है। सबसे पहले वह मनोशरीरयंत्र की जाँच करेगा

यानी मेरा मनोशरीरयंत्र कैसा है? उसमें कौन-कौन से गुण, अवगुण और विकार हैं?

इंसान के मनोशरीरयंत्र में कई सारे अवगुण दिखाई देते हैं। इनमें से ए. से लेकर डी. तक कुछ अवगुणों के बारे में हम जानेंगे।

'ए' अहंकार के लिए है। मनोशरीरयंत्र की पूछताछ करते हुए आप देखेंगे कि 'मेरा अहंकार किसके सामने बढ़ जाता है? किसके सामने मेरे अहंकार को चोट पहुँचती है? बॉस के सामने, बीवी के सामने, बाजार में, कहाँ पर? कुर्सी पर, पद पर, पोस्ट पर, न्यूजपेपर पर, कहाँ पर मेरा अहंकार बढ़ जाता है?'

'बी' का मतलब बोरडम या बोरियत। बोरियत महसूस होने पर इंसान खुद से पूछेगा, 'यह मनोशरीरयंत्र कब-कब बोर होता है?' ध्यान रहें, आप वास्तव में जो हैं, उससे बोरडम का कोई संबंध नहीं है। इसका संबंध तो उस यंत्र से है, जिसका हम इस्तेमाल कर रहे हैं। उसी में ये सब चीजें हैं कि मैं कब-कब बोर होता हूँ और बोर होने पर उससे बचने के लिए क्या-क्या करता हूँ? इन सवालों के जवाब खोजना जरूरी है। वरना इंसान ये सब करते रहता है और उसे पता भी नहीं चलता कि मैं ऐसे बचने की कोशिश करता हूँ... ऐसे पलायन करता हूँ... सत्य से भागता हूँ... फिर संगीत सुनता हूँ... न्यूजपेपर पढ़ता हूँ... टी.वी. देखने लगता हूँ... मित्रों से गपशप करता हूँ... फोन पर बात करता हूँ... मोबाइल पर बात करता हूँ... कुछ तो करता हूँ। इन सब बातों का पता लगाना है। साक्षी बनकर यह देखना है कि देखो यह मेरी पूछताछ चल रही है और बोरडम ने कहाँ सिर उठा लिया है।

'सी' यानी कम्पेरिजन या तुलना। यहाँ पर इंसान देखेगा कि अब मैं किसी से अपनी तुलना कर रहा हूँ कि 'वह मुझसे श्रेष्ठ या फिर मैं ज्यादा श्रेष्ठ। वह ऐसा करता है, मैं ऐसा करता हूँ' जिसे कहा गया है- तुलना, तोलू मन का तोता। तुलना का तोता लोगों को देखकर बड़बड़ करता रहता है इसलिए इसे देखें, इसका साक्षात्कार करें। साक्षात्कार यानी एक है मनोशरीरयंत्र का साक्षात्कार और एक है आत्मसाक्षात्कार यानी जो सेल्फ इन्क्वायरी है, स्व का सिमरन, स्वबोध है।

स्वबोध और मनोशरीरयंत्र के बोध में फर्क : इन दोनों के फर्क को समझ लें। स्वबोध अलग होता है और मनोशरीरयंत्र का बोध अलग होता है। ये दोनों जरूरी हैं क्योंकि दोनों को मिलाकर ही आप अनुभव पर स्थापित होते हैं। शरीर भी आपको अनुभव में स्थापित होने के लिए मदद ही करता है। तोलू मन भी भक्त बनने के बाद मदद करेगा, भजन गाएगा, इसलिए इसे भी साथ में लेकर चलना है। पहले फर्क समझ लें, फिर दोनों को साथ में चलाएँ। इस तरह मनोशरीरयंत्र की इन्क्वायरी करें कि

कहाँ पर तुलना का तोता बोलने लगता है, बड़बड़ करने लगता है।

'डी' यानी डिप्रेशन या निराशा। निराशा महसूस होते ही खुद से पूछना है कि 'मैं निराशा में क्या-क्या करता हूँ? कब-कब निराशा आती है? क्या देखकर निराशा आती है? गुस्से में मैं क्या करता हूँ... नफरत में क्या करता हूँ... द्वेष में क्या करता हूँ... लालच आता है तो क्या करता हूँ... वासना जगती है तो क्या करता हूँ...?' एक-एक बात पर इन्क्वायरी करें। पहले तो एक जगह बैठकर, आँख बंद करके यह पूछताछ करें। फिर बाद में मनोशरीरयंत्र की पूछताछ चलते-फिरते भी होने लगेगी यानी यह इंसान आया, उसने ऐसा-ऐसा कहा इसलिए मैंने उसका काम नहीं किया। वह इंसान आया, उसने ऐसी-ऐसी बात कही इसलिए मैंने उसका काम कर दिया। इस तरह चलते-फिरते भी विचारों द्वारा आप अपने मनोशरीरयंत्र की इन्क्वायरी कर पाएँगे।

फिर आप अपने आपसे पूछेंगे, 'मैंने इसका काम किया और उसका नहीं किया, ऐसा क्यों? यह इंसान मेरी सराहना करता है, कद्र करता है, तारीफ करता है इसलिए मैंने उसका काम कर दिया। वह इंसान मेरे अहंकार को चोट पहुँचाता है इसलिए मैंने उसका काम नहीं किया। यह इंसान आगे काम में आएगा इसलिए इसका काम कर दिया लेकिन वह इंसान काम नहीं आएगा इसलिए उसका काम नहीं किया।' इसका अर्थ आपके कामों में शर्त है, वे बेशर्त नहीं हैं। यही है सही तरह से अपनी पूछताछ करना। इस तरह हर घटना में अपने मनोशरीरयंत्र के स्वभाव को देखना सीखें।

18
सत्य की खूबसूरती

वास्तव में आप यह मनोशरीरयंत्र नहीं हैं मगर आप इसका इस्तेमाल तो कर रहे हैं। जो चीज आप इस्तेमाल कर रहे हैं, उसके बारे में यह जानकारी तो होनी ही चाहिए कि इसके अंदर क्या-क्या भरा हुआ है? कितना लालच है... कितना अहंकार है... कितना क्रोध है... इसके अंदर कितनी नफरत है... कितना द्वेष है... कितनी ईर्ष्या है... लालच और वासना में वह कहाँ जाता है? कैसे डूबता है? आप बाजार में भाव-तोल कर रहे हैं, सामनेवाले को कुछ बता रहे हैं तो बता रहे हैं एक और मन में है कुछ दूसरा। आप बोल रहे हैं अलग बात और मन में रख रहे हैं दूसरी बात। हर घटना में खुद को देखो कि मैं ऐसा करता हूँ। अपने मन मुताबिक काम

करवाने के लिए मैं ऐसा करता हूँ, यह प्रकाश में आए। ये सारी बातें जब प्रकाश में आएँगी, तभी बदलाव शुरू होगा। तब आप देखेंगे कि जो अनावश्यक बातें हैं, वे अपने आप छूटने लगेंगी। जो आवश्यक है, वही बचेगा। यही सत्य के साथ खूबसूरती है।

पहले आपको ऐसे लगता था कि अँधेरे में कोई खड़ा है। डर के मारे आप वहाँ जाते ही नहीं थे, मुँह पर चादर डाल लेते हैं। लेकिन अब आप इन्क्वायरी कर रहे हैं, 'अब तक मुझे लग रहा था कि अँधेरे में कोई खड़ा है मगर अब देखते हैं कि क्या हैं।' नजदीक जाकर देखा तो वहाँ कोट टँगा था, ड्रेस टँगी हुई थी। यह देखकर आप कहेंगे, 'अँधेरे में जो खड़ा था, वह भाग गया।' क्या सचमुच कोई भाग गया? वास्तव में आप जानते हैं कि वहाँ कोई था ही नहीं। सत्य के प्रकाश में यही होता है। सत्य के प्रकाश में हमें यह पता चलता है कि हम जिस अहंकार के वशीभूत होकर इतना कार्य कर रहे थे, वह था ही नहीं। यही एहसास सत्य की खूबसूरती है। जब ये बातें प्रकाश में आएँगी तो तुलना का तोता चुप होने लगेगा। तब आप बोरडम, ईर्ष्या, द्वेष और क्रोध से मुक्त हो जाएँगे। मगर पहले देखना शुरू करना है, खुद को ईमानदारी से बताना है कि 'मेरा मनोशरीरयंत्र ऐसा-ऐसा है। मुझे जैसा भी शरीर मिला है, अभी इसी से ही काम चलवाना है।'

जैसे, कोई इंसान अनाथ आश्रम से बच्चा गोद लेकर आता है। कुछ साल बच्चे की शरारतें देखकर वह कहेगा, 'जैसा भी बच्चा मिला है, अब उसे ही पाल-पोसकर बड़ा करना है। बच्चे के अंदर उसके माँ-बाप की कुछ आदतें होंगी, वृत्तियाँ होंगी मगर इसके बावजूद भी उसे पालना है।' उसी तरह हमारे मनोशरीरयंत्र में जो भी वृत्तियाँ हैं, वे उसके पूर्वजों की वजह से आई हैं। इसलिए अभी जैसा भी मनोशरीरयंत्र मिला है, उसी से काम चलाएँगे। लेकिन पहले यह तो पता चले कि इसके अंदर क्या-क्या भरा हुआ है? जब आप इन्क्वायरी करेंगे तब वे चीजें गायब हो जाएँगी। जैसे-जैसे गहराई में जाएँगे, वे चीजें लुप्त होती जाएँगी। अगर आप पूछताछ नहीं करेंगे तो वे चीजें टिक जाएँगी।

मान लें, किसी पार्टी में कोई बाहरी आदमी घुस आता है। लड़कीवाले सोचते हैं कि 'वह लड़केवालों की तरफ से आया होगा।' लड़केवाले सोचते हैं, 'लड़कीवालों की तरफ से आया होगा।' इस चक्कर में कोई उसकी पूछताछ ही नहीं करता और वह इंसान खा-पीकर मजे से चला जाता है। फिर बाद में अख़बार में आता है कि यह इंसान इस पार्टी में कैसे घुस आया? अगर आप पहले ही इन्क्वायरी करते तो ऐसा नहीं होता। शंका उठते ही आपको उससे पूछताछ करनी चाहिए कि

'तुम लड़कीवालों की तरफ से आए हो या लड़केवालों की तरफ से हो?' फिर लड़केवालों से जाकर पूछना चाहिए, 'यह इंसान कह रहा है कि वह आपकी तरफ से आया है। बस तसल्ली करनी है कि इसकी बात सही है कि नहीं।' जैसे ही कोई उसे पूछेगा, उसकी इन्क्वायरी करेगा, वह भाग जाएगा। वह कहेगा, 'अरे! भागो, पूछताछ शुरू हो गई है।' इस प्रकार हमारे शरीर में जो गलत वृत्तियाँ, गलत आदतें हैं, जो हमारा स्वभाव नहीं है, उसे निकालने का तरीका है, पूछताछ। पूछताछ करेंगे तो वह चीज भाग जाएगी और पूछताछ नहीं करेंगे तो टिक जाएगी। इसे हम एक उदाहरण से समझेंगे।

एक आदमी किसी के घर मेहमान बनकर आया। पति उस समय ऑफिस गया हुआ था इसलिए उसकी बीवी से उस मेहमान ने कहा, 'मैं अंकल जॉन हूँ।' बीवी को लगा कि पति का अंकल है इसलिए उसने उसे बिठाया, प्यार से खिलाया, पिलाया। उसकी बहुत खातिरदारी की। फिर उसने अपने पति को फोन किया, 'अंकल जॉन आए हैं, जल्दी घर आना।' पति को लगा कि बीवी का अंकल होगा इसलिए वह भी जल्दी घर आ गया और अंकल जॉन से पूछने लगा, 'आप कैसे हैं? कैसा चल रहा है? इतने दिन कहाँ थे?' अंकल ने कहा, 'मैं अफ्रीका में था।' वह आगे भी इसी तरह की कहानी बताता रहा। इसके बाद वह दस साल तक उनके साथ उनके घर पर रहा और उन्हें बहुत परेशान करता रहा। उसकी बहुत मनमानी चलती थी।

कुछ सालों बाद जब अंकल जॉन की मौत हुई तब बीवी ने पति से कहा, 'यदि वह तुम्हारा अंकल नहीं होता तो मैं उसे कभी बरदाश्त नहीं करती।' पति ने कहा, 'क्या कह रही हो? वह तो तुम्हारा अंकल था।' अगर यह पहले पूछ लिया होता, यह पूछताछ पहले की होती कि वह किसका अंकल है? तभी पता चल जाता कि वह किसी का अंकल नहीं था। कितनी छोटी सी गलती है और उसकी वजह से कितनी ज्यादा परेशानी झेलनी पड़ती है। इंसान पूछताछ करता ही नहीं और अंकल जॉन यानी तोलु मन जिंदगीभर साथ में रहता है।

अंकल जॉन जीवनभर उन्हें परेशान करता रहा। हर दिन उसकी एक अलग फरमाईश होती थी कि 'आज खाने के लिए यह चाहिए... आज घुमाने ले जाओ... आज यह करो... आज वह करो... और इंसान बरदाश्त किए जा रहा है, किए जा रहा है। जरा पूछताछ तो करें कि यह अंकल जॉन है कौन? कहाँ से आया? कैसे

पैदा हुआ? स्वज्ञान विधि का सीक्रेट यही है कि इन्क्वायरी करें, पूछताछ करें।

लोग बाहर की पूछताछ तो बहुत करते हैं। जैसे फलाँ के घर में आज कौन मेहमान आए थे? क्या वे कार में आए थे? फलाँ ने नई ड्रेस क्यों पहनी थी? इस तरह की इन्क्वायरी चलती रहती है। आजू-बाजू में क्या चल रहा है, इस बारे में पूरी इन्क्वायरी चलती रहती है। अपनी इन्क्वायरी छोड़कर इंसान सभी की इन्क्वायरी कर रहा है। वह टी.वी. पर न्यूज देखकर जानना चाहता है कि दुनिया में क्या चल रहा है? मगर आपके अंदर क्या चल रहा है, उसकी इन्क्वायरी करनी है। क्योंकि ये सारे विकार जब अंकल जॉन की तरह चले जाएँगे, भाग जाएँगे तब आपको मुक्ति का एहसास होगा। जब आप स्वज्ञान की विधि से अपने आपको जानना शुरू कर देंगे, तब साफ-साफ दिखाई देगा कि यह मेरा मनोशरीरयंत्र है और यह मैं हूँ। अब मिले हुए अपने मनोशरीरयंत्र को शुद्ध करें, पवित्र करें, इसकी पूछताछ करके इसे मंदिर बनाएँ।

अपने शरीर को मंदिर बनाए : ईश्वर से प्रेम है, इस भावना के साथ इंसान सेल्फ इन्क्वायरी शुरू करता है। ऐसा नहीं है कि भक्ति और संकल्प का मार्ग अलग है। दोनों का मार्ग एक ही है। भक्ति की वजह से, ईश्वर से प्रेम है, ईश्वर ही है इस वजह से इंसान सेल्फ इन्क्वायरी करने के लिए तैयार होता है। जैसे-जैसे वह इन्क्वायरी करते जाता है, वैसे-वैसे मंदिर (मनोशरीरयंत्र) शुद्ध होते जाता है।

अपने शरीर को मंदिर बनाने के लिए पहले तो इंसान बाहर की उल्टी-सीधी चीजें खाना बंद करता है। फिर वह सोचेगा, 'मंदिर में ऐसी कौन सी चीजें डालें, जिससे इसकी शुद्धता बढ़े?' वह ज्यादा खाना बिलकुल नहीं खाएगा। शरीर को चलाने के लिए जितना खाना आवश्यक है, उतना ही वह खाएगा। ऐसा मत सोचना कि फलाँ-फलाँ चीज खाना ही नॉनव्हेज की श्रेणी में आता है। जरूरत से ज्यादा खाना खा लिया तो वह भी नॉनव्हेज होता है। आगे फिर आपसे इस समझ के साथ कार्य होंगे कि इस शरीर को मंदिर बनाना है तो इसमें कौन सी चीजें डालनी हैं और कौन सी नहीं क्योंकि अब ईश्वर से प्रेम है, भक्ति है।

जब किसी का कोई प्रियजन गुजर जाता है, तब लोग सोचते हैं कि 'जो गुजर गया उसे यह चीज पसंद थी इसलिए अब मैं वह चीज कभी नहीं खाऊँगा।' लोग इस तरह संकल्प करके कोई चीज खाना बंद कर देते हैं। गुजरनेवाले को अगर शकरकंद ज्यादा पसंद था तो जिंदगीभर वे शकरकंद नहीं खाएँगे क्योंकि जब भी शकरकंद सामने आएगा, उस इंसान की याद आएगी। ऐसा लोग प्रेम में करते हैं। इसके साथ प्रेम की ताकत होती है, भक्ति की ताकत होती है। अगर आपके अंदर भक्ति जग

गई तो आप इस शरीर को मंदिर ही बनाना चाहेंगे। आप यही चाहेंगे कि इसके अंदर एक भी व्यसन न बचे। लोग सिगरेट, शराब, जुआ इत्यादि व्यसनों से अपने शरीर को खोखला कर देते हैं। लेकिन भक्ति की वजह से अब आप इन व्यसनों को शरीर से निकालना चाहेंगे। नियमित रूप से हर दिन, हर घटना में शरीर और अपनी इन्क्वायरी करेंगे तो शरीर में मौजूद व्यसन, गलत वृत्तियाँ, आदतें जल्दी प्रकाश में आएँगी। फिर एक नया रास्ता शुरू होगा, जहाँ सब लक्ष्य एक होते हैं।

इन उदाहरणों से यह स्पष्ट होता है कि अपनी इन्क्वायरी से फायदा ही होता है। इन्क्वायरी शुरू होते ही अंकल जॉन (तोलू मन) भी भाग जाता है। जब तक इन्क्वायरी नहीं होती, तब तक वे ही पुरानी बातें चलते रहती हैं।

मैं कौन हूँ? : शरीर की पूछताछ के बाद अब आपको समझना है कि अपनी यानी स्व की, अनुभव की, जो वास्तव में आप हो उसकी पूछताछ कैसे करनी है। इस इन्क्वायरी में जब आप 'मैं कौन हूँ?' 'थहे रा ख?' यह सवाल खुद से पूछेंगे तब पहले अलग-अलग जवाब आएँगे। जैसे, मैं यह शरीर हूँ... मैं काला हूँ... गोरा हूँ... पत्नी हूँ... पति हूँ... हिंदू हूँ... मुसलमान हूँ... टीचर हूँ... बॉस हूँ... विद्यार्थी हूँ... लड़की हूँ... लड़का हूँ... मैं यह हूँ... मैं वह हूँ...। मगर इसके बावजूद भी लगातार थोड़े-थोड़े समय के बाद पूछते रहें, सेल्फ इन्क्वायरी करते रहें। तब पता चलेगा कि जब आप कहते हैं, 'मैं बाजार गया या स्कूल जाऊँगा।' तब आप 'मैं' किसे मान रहे हैं? 'मैं बाजार गया या स्कूल जाऊँगा, ऑफिस जाऊँगा', यह कहते समय आप अपने आपको शरीर मानकर ही बात करते हैं क्योंकि शरीर ही तो हर जगह आता-जाता है। शरीर यहाँ से वहाँ जाता है तो आप कहते हैं, 'मैं गया।' आपका मन बाजार में जाता है तो आप यह नहीं कहते कि 'मैं बाजार गया था।' शरीर को यहाँ से वहाँ जाते हुए देखा तो कहने लगे, 'मैं गया।' कभी आप कहते हैं, 'मैंने सोचा।' उस वक्त आप अपने आपको शरीर नहीं मानते बल्कि बुद्धि मानते हैं। कभी कहते हैं, 'मैं बहुत उदास हूँ।' मगर यहाँ पर कौन उदास है, शरीर या मन? मन ही उदास है। इस तरह कभी आप अपने आपको मन मानते हैं, कभी शरीर मानते हैं तो कभी बुद्धि मानते हैं। हर बार रेफरन्स प्वाईंट (संदर्भ) बदल जाता है, हर बार सेंटर (आपका केंद्र) बदल जाता है।

रेफरन्स प्वाईंट : यदि आप एक गोल बनाएँगे तो उसके बीच में एक सेंटर होता है। मगर लोग वह छोड़कर अलग-अलग सेंटर बनाते रहते हैं, मैं शरीर हूँ, मैं बुद्धि हूँ। सेंटर को छोड़कर सेंटर बनाते हैं, यही गलती होती है। इसे कहते हैं, संदर्भ का विषय। संदर्भ का प्वाईंट क्या है? सेंटर का रेफरन्स प्वाईंट मिल गया तो वहाँ से

सभी चीजें एक जितनी दूरी पर होंगी, सब बराबर दूरी पर होंगी। वहाँ से सब एक जैसा हो जाएगा। ठीक वैसे ही जैसे साइकिल के पहिए की तारें।

दूसरी ओर, अगर सेंटर प्वाईंट ही नहीं मिला, केंद्र ही नहीं मिला तो जीवन में कुछ भी टैली नहीं होता। जीवनभर जो भी हिसाब-किताब किया, जो भी जवाब मिले, सारे गलत ही निकले। ऐसा क्यों हुआ? सारे जवाब गलत क्यों निकले? क्योंकि रेफरन्स प्वाईंट ही गलत है। जिस कैलक्युलेटर में २+२= ५ आता है, उसमें आप जो भी गणित करेंगे, सब गलत ही आएगा। पहले कैलक्युलेटर को ठीक करें फिर हिसाब-किताब करें। पहले सेंटर (हृदय) पर जाएँ फिर जीवन जीएँ। सेंटर (हृदय) पर रहकर जब आप जीवन जीएँगे तब आपका हर निर्णय सही होगा और आप हर समस्या को सही ढंग से सुलझा पाएँगे।

अब आप समझ गए होंगे कि हमें किस तरह की स्पष्टता जरूरी है। आगे से आप जब कहेंगे, 'मुझे जाना है' तो आपको अंदर से स्पष्ट एहसास होगा कि यह मैं शरीर के लिए कह रहा हूँ। इस तरह आपका होश बढ़ेगा क्योंकि आपके आस-पास के लोग कभी ऐसी बातें नहीं करते होंगे। वे तो शरीर को ही मैं मानकर बातचीत करते हैं। इसीलिए यही झूठ हमारे अंदर भी बैठ गया है मगर अब सेल्फ इन्क्वायरी से सत्य को जाग्रत करना है।

19

'मैं कौन हूँ?' यह पूछनेवाला कौन?

मैं खुशी हूँ : जब आप कहते हैं, 'मैं खुश हूँ' तब आप मन को मैं मान लेते हैं। मगर जब आप कहते हैं, 'मैं खुशी हूँ' तब आप उसे मैं मानते हैं, जो आप सचमुच हैं। आज तक आपने हमेशा यही कहा है कि 'मैं खुश हूँ।' जब भी कोई काम मन मुताबिक होता है तब आप कहते हैं कि 'आज मैं बहुत खुश हूँ।' लेकिन आपने आज तक कितनी बार यह कहा कि 'मैं खुशी हूँ?' शायद कभी नहीं कहा होगा। क्योंकि यह कहने के लिए आपको स्व अनुभव पर जाना होता है। वह अनुभव खुद खुशी है, वह अनुभव खुद मौन है। ये उस अनुभव के गुण हैं। प्रेम भी उस अनुभव का ही गुण है। जब आप कहते हैं कि 'मैं प्रेम हूँ।' तब आप यह बात जो आप वास्तव में हैं, उसके लिए कह रहे हैं।

जब आप कहते हैं 'मैं कौन हूँ?' 'Who am I?' तो यह सवाल कौन पूछ रहा है? शरीर पूछ रहा है, बुद्धि पूछ रही है या मन पूछ रहा है? इनमें से कोई भी यह

सवाल नहीं पूछ रहा है। जब आप कहते हैं, 'मैं कौन हूँ?' तब पूछनेवाला ही जवाब होता है क्योंकि इस सवाल का जवाब कौन जानना चाहता है? हमारे अंदर जो जिंदा चैतन्य है, वही तो जानना चाहता है कि 'मैं कौन हूँ?' 'मैं कौन हूँ' यह पूछनेवाला ही जवाब है। जो पूछ रहा है, वही जवाब है। यह सवाल पूछनेवाला कौन है, जो यह रहस्य जान गया, वही इसका सही जवाब दे सकता है कि यहाँ निश्चित किसके साथ क्या हो रहा है, exactly what to whom? जब मन कहता है, 'मैं बोर हो रहा हूँ।' तब तुरंत पूछताछ शुरू हो जाएगी, 'अच्छा, यह बोर कौन हो रहा है? बोर हो रहा है यानी एग्जॅक्टली क्या हो रहा है? नक्की काय होतंय? निश्चित क्या हो रहा है और किसके साथ हो रहा है बताओ?' तब आप कहेंगे, 'यह मेरे साथ नहीं बल्कि मन के साथ हो रहा है।' पहले यह सवाल पूछेंगे, 'क्या हो रहा है?' जवाब आएगा, 'बोर हो रहा हूँ।' फिर सवाल पूछेंगे, 'बोर कौन हो रहा है? तुम या मन?' जवाब आएगा, 'मन बोर हो रहा है।' फिर कहेंगे, 'मन बोर हो रहा है तो होने दो। मन तो ऐसा ही है।' इस तरह आप मन से अलग हो पाएँगे।

मान लें, आप एक तालाब के पास खड़े हैं और उस तालाब के पानी में आपकी परछाई हिल रही है। ऐसे में अगर कोई कहे, 'देखो तुम्हारी परछाई हिल रही है' तो आप यही कहेंगे, 'मेरी परछाई हिल रही है तो हिलने दो, मैं तो नहीं हिल रहा।' जीवन में होनेवाली घटनाओं में भी आप इतना ही साफ-साफ देख पाएँ कि असल में किसके साथ क्या हो रहा है, तब आपके अंदर बहुत बड़ा बदलाव आ जाएगा।

आज तक दुःख महसूस होने पर आप यही मान रहे थे कि 'मैं दुःखी हूँ।' मगर अब आप दुःख महसूस होते ही यह पूछताछ करेंगे कि 'दुःख किसके साथ है?' फिर पता चलेगा कि आज तक आपको दुःख मिला ही नहीं। आप हमेशा मुक्त थे मगर अपने आपको शरीर मानकर हमेशा यही मानते रहे कि 'मैं दुःखी हूँ।' आप दुःखी कैसे हो सकते हैं? क्या आप यह कह सकते हैं कि 'यह सूखा पानी है या इस गिलास में सूखा हुआ पानी है।' आप ऐसा कह ही नहीं सकते। कोई छोटा बच्चा भी इसका जवाब यही देगा कि 'या तो पानी होगा या तो सूखा होगा, दोनों एक साथ कैसे हो सकते हैं?' सूखा पानी आपने कभी देखा है क्या? जिस तरह अगर पानी है तो सूखा नहीं और अगर सूख गया तो वह पानी नहीं रहा, उसी तरह जिसका वास्तविक स्वरूप ही खुशी है, वह दुःखी कैसे हो सकता है? वह दुःखी हो ही नहीं सकता!

जो खुद प्रकाश है, वह अंधकार कैसे बनेगा? प्रकाश जब चला जाता है, तब लोग अंधकार का अस्तित्व महसूस करते हैं। जब तक प्रकाश है, अँधेरा रहता ही

नहीं है। जब आप यह इन्क्वायरी करेंगे, 'exactly what to whom? निश्चित क्या हो रहा है? किसके साथ हो रहा है?' तब आपके अंदर बहुत कुछ बदल जाएगा। जब भी दुःख आए, बोरडम आए, तुलना हो, नफरत हो, क्रोध हो, वासना जगे, लालच जगे, ईर्ष्या हो, तब तुरंत पूछना, 'एग्जॅक्टली क्या हो रहा है? क्रोध आया तो एग्जॅक्टली क्या हो रहा है? शरीर काँप रहा है... गरमी बढ़ रही है... दिल की धड़कन बढ़ गई है... चेहरे पर लाली छाई है... तपा हुआ महसूस हो रहा है... आँखों में लाली आ गई है... क्या है? जो भी हो रहा है, एग्जॅक्टली क्या हो रहा है और किसके साथ हो रहा है?' जब आप पूछताछ करेंगे तो आपके अंदर से यही जवाब आएगा, 'यह मेरे साथ नहीं हो रहा है। यह तो उस मनोशरीरयंत्र के साथ हो रहा है, जिसका मैं इस्तेमाल कर रहा हूँ।'

गरम आइना भी आपको आपका दर्शन करवाता है : जब आप शरीर से अलग होकर देखेंगे तो ठंढक महसूस होने लगेगी। अगर चिपक जाएँगे तो गरमाहट बढ़ती जाएगी। गरम आइने के सामने खड़े होने पर आपको ज्यादा परेशानी नहीं होती। आप कहते हैं, 'आइना गरम हो गया है लेकिन उससे क्या? इसके बावजूद भी यह मुझे मेरा दर्शन तो करवा रहा है।' जिस तरह गरम आइना भी आपको आपका दर्शन करवा सकता है, उसी तरह मनोशरीरयंत्र बीमार हो, स्वस्थ हो, क्रोधित हो, शांत हो, फिर भी हर वक्त वह आपको आपका दर्शन करवा सकता है। शर्त सिर्फ इतनी है कि आपके पास स्व का ज्ञान होना चाहिए। अगर स्व का ज्ञान नहीं है तो आप भी मनोशरीरयंत्र के साथ चिपककर दुःख मनाना शुरू कर देंगे कि 'यह दुःख, मेरा दुःख।' इसलिए पहले इन्क्वायरी के द्वारा दोनों को अलग-अलग जान लें। इसके बाद इन्क्वायरी के साथ आगे बढ़ें क्योंकि सेल्फ इन्क्वायरी करते-करते विकास भी होता जाता है।

सेल्फ इन्क्वायरी की छड़ी : कुछ लोग जब ध्यान करना शुरू करते हैं तो पहले एकाग्रता बढ़ाने के लिए अलग-अलग विधियों का अभ्यास करते हैं। एकाग्रता बढ़ाने के लिए वे त्राटक करेंगे, दीवार पर एक बिंदु बनाएँगे और उसे एकटक देखते रहेंगे। फिर जब मन भटकेगा तो उसे वापस बिंदु पर लाएँगे, फिर भटकेगा तो फिर वापस लाएँगे। ये सब विधियाँ एकाग्रता बढ़ाने के लिए होती हैं। विद्यार्थियों के लिए एकाग्रता आवश्यक है क्योंकि उन्हें पढ़ाई करनी होती है। सेल्फ इन्क्वायरी एकाग्रता तो बढ़ाती ही है लेकिन उसके साथ-साथ आगे आपको अपने लक्ष्य तक भी ले जाती है। जब आप इन्क्वायरी करेंगे, लक्ष्य के प्रति केंद्रित हो जाएँगे तो बोनस में एकाग्रता अपने आप बढ़ जाएगी। एकाग्रता बढ़ाने के लिए आपको अलग से कोशिश करने की आवश्यकता ही नहीं है। जैसे ही आप तेजस्थान पर जाते हैं,

बोनस में आपकी एकाग्रता भी बढ़ जाएगी। हालाँकि आप एकाग्रता बढ़ाने के लिए सेल्फ इन्क्वायरी नहीं कर रहे हैं। आप तो परम सोर्स तक, अनुभव तक पहुँचने के लिए सेल्फ इन्क्वायरी कर रहे हैं। यही आपका लक्ष्य है।

विचारों के पीछे है, मौन : यह समझ नहीं है तो कई सारे लोग केवल एकाग्रता की विधियों पर सालों साल काम करते रहते हैं। यह तो ऐसे हो गया कि यात्रा पर जाने के लिए जूते चमकाए मगर कभी यात्रा पर गए ही नहीं। जूते चमकाना अच्छा था, सही था, लेकिन यात्रा भी तो होनी चाहिए। तलवार को धार तो लगाई मगर युद्ध में गए ही नहीं। मन को एकाग्रित करना है ताकि आगे की यात्रा हो पाए। इस मन को चीरते हुए अंदर जाएँ, विचारों के बीच से गुजर जाएँ क्योंकि विचारों के पीछे है सेल्फ, मौन। उसी मौन से तो सारे विचार निकलते हैं। इसलिए मन को चीरने (मन की गहराई में जाने) के लिए उसे एकाग्रित करने की विधियाँ भी हैं।

मगर कोई सिर्फ विधियों पर ही काम करता रहे और अनुभव पर जाए ही नहीं तो आप उसे कहेंगे, 'यह आप क्या कर रहे हैं? आपने तो मन को एकाग्रित करके अनुभव पर जाने के लिए इन विधियों पर काम करना शुरू किया था मगर आप तो विधियों में ही अटक गए। जूते चमकाने के साथ-साथ यात्रा पर भी जाएँ।' सेल्फ इन्क्वायरी क्या है? इसका मतलब है, चलते-चलते जूते चमकाते जाना। यात्रा भी हो रही है और साथ में जूते चमकाने का कार्य भी चल रहा है। युद्ध के लिए चलते भी जा रहे हैं और तलवार को धार भी लग रही है। मन तीक्ष्ण भी होता जा रहा है, शुद्ध भी होता जा रहा है इसलिए इस विधि का महत्व है। इस तरह आप आगे बढ़ेंगे और आगे चलकर जैसे-जैसे अनुभव पर स्थापित होते जाएँगे, इन्क्वायरी की जरूरत खतम होती जाएगी। मगर पहले ही कोई ज्ञानी बनकर यह सोचे कि 'अब मुझे इन्क्वायरी करने की जरूरत ही नहीं क्योंकि मैं जान गया हूँ कि मैं कौन हूँ।' तो वह अपना नुकसान कर देता है। ऐसा कभी न करें।

जैसे आप होली में सब लकड़ियाँ जलाते हैं तो एक आखिरी लकड़ी अपने हाथ में रखकर उससे सभी लकड़ियों को अंदर धकेलते हैं। कोई कहेगा, 'इस लकड़ी का क्या करेंगे?' आप कहेंगे, 'इसे मैं बाद में जलानेवाला हूँ।' इस पर कोई कहे, 'इस लकड़ी को जलाना ही है तो अभी आग में डाल दो।' तब आप कहेंगे, 'इसे अभी नहीं डालना है। सारी लकड़ियों को आग के हवाले करके अंत में इसे डालेंगे।' सेल्फ इन्क्वायरी भी ऐसी ही छड़ी है। इसका तब तक इस्तेमाल करें जब तक कि सारे अनचाहे अतिथि भाग न जाएँ। जो मेहमान (गलत वृत्तियाँ, आदतें) घुस आए हैं वे आपके रिश्तेदार भी नहीं हैं, जो आपका स्वभाव नहीं, उन सभी को भगाने के

लिए इस छड़ी का इस्तेमाल करें। अर्थात आपके सारे विकार तब भस्म हो जाएँगे, जब आप स्वयं पर स्थापित हो जाएँगे, तभी इस छड़ी को आग के हवाले करना है, पहले नहीं। कुछ लोगों से यह गलती हो जाती है। इसलिए अपनी पूछताछ करें, 'Who am I ?' 'मैं कौन हूँ?' फिर अहंकार का विसर्जन, आकार का विसर्जन, आखिरी छड़ी का विसर्जन होगा।

आकार का विसर्जन : लोग गणपति की मूर्ति लाते हैं, बिठाते हैं और कुछ दिन के बाद उसका भी विसर्जन करते हैं। आकार लाते हैं, दस दिन रखते हैं फिर उसका विसर्जन क्यों करते हैं? क्योंकि जिन्होंने ये प्रथाएँ बनाईं, मूर्तियाँ बनाईं, उन्हें पता था कि मन को एकाग्रित करने के लिए शुरू में आकार की, विधि की, कर्मकाण्ड की आवश्यकता है। इंसान आग जलाएगा, विधि करेगा, शांति से नहा-धोकर, आसन बिछाकर मन को एकाग्र करने की कोशिश करेगा। इन सब चीजों से उसे मदद भी मिलेगी। मगर इन्हीं चीजों को वह ध्यान समझ लेता है। ऐसी गलती इंसान से हो जाती है इसलिए अंत में उस मूर्ति का भी विसर्जन कर देते हैं। पहले ही विधि को छोड़ने की गलती न करें। आपको बुद्धि के जाल में नहीं फँसना है। ये तो अनुभव से जाननेवाली बातें हैं। इन्क्वायरी बंद न हो इसका ख्याल रखें। इन्क्वायरी करते रहेंगे तो धीरे-धीरे समझ में आ जाएगा कि असल में मैं कौन हूँ।

नकली मैं कैसे प्रकट हुआ? : कुछ चीजों को जोड़ दिया तो एक नई चीज लगती है, जबकि वह है ही नहीं। जैसे आप कहते हैं, 'माला।' माला क्या है? धागा लिया, फूल लिया, दोनों को जोड़ दिया तो आप कहते हैं, 'माला बन गई।' मगर वास्तव में माला क्या है? हार क्या है? आपने कुछ न कुछ जोड़ दिया इसलिए एक नया शब्द बन गया। कोई आत्मा कहेगा, कोई परमात्मा कहेगा, कोई पराआत्मा कहेगा। शब्द बनते गए और फिर लोग उन्हीं में उलझकर रह जाते हैं। यहाँ समझ यह है कि असली मैं के साथ कुछ चीजों को जोड़ा गया है। खुद से पूछें, 'क्या यह हाथ मैं हूँ?' आपके अंदर से जवाब आएगा, 'नहीं।' फिर पूछें, 'क्या यह टाँग मैं हूँ?' जवाब आएगा, 'नहीं।' फिर पूछें, 'क्या यह गर्दन मैं हूँ?' जवाब आएगा, 'मैं यह गर्दन भी नहीं हूँ।' इस तरह एक-एक अंग पर आप सवाल पूछते गए और हर जगह यही जवाब मिला कि 'यह मैं नहीं हूँ।' मगर जब सारे अंगों को जोड़ दिया तो आप कहते हैं कि 'यह मैं हूँ।' जब एक-एक अंग पर आप सवाल पूछ रहे थे कि 'क्या यह मैं हूँ?' तब तो आपने नहीं कहा कि 'यह मैं हूँ', जोड़ दिया तो कहते हो कि 'यह मैं हूँ।' तो ऍक्चुली हुआ क्या? तुम कहाँ से प्रकट हो गए? अहंकार (नकली मैं) कहाँ से आ गया? यह है असली सेल्फ इन्क्वायरी, अपनी पूछताछ।

आपने खुद से बार-बार यही सवाल पूछा, 'क्या मैं यह हूँ? क्या मैं यह हूँ?' हर बार यही जवाब आया, 'मैं यह भी नहीं, यह भी नहीं, यह भी नहीं।' इस तरह इन्क्वायरी करते-करते अंत में सेल्फ ही बचता है यानी आप स्वयं पर, अनुभव पर पहुँच जाते हैं। इस तरह आप एक आदत डालेंगे। दिनभर में जब-जब कोई घटना हो, तब तो कम से कम अपने मनोशरीरयंत्र की इन्क्वायरी करें कि 'इस वक्त इस घटना में दुःख आया तो कौन दुःखी हुआ? इस घटना में खुशी हो रही है तो यह खुशी किसे हो रही है? निश्चित क्या हो रहा है? किसके साथ हो रहा है?' पहले दिन में दस घटनाओं पर दस बार इन्क्वायरी करें। शुरू में तो इसके लिए आपको ठहरकर सोचने की जरूरत महसूस होगी लेकिन निरंतर अभ्यास करने के बाद आप यह इन्क्वायरी चलते-फिरते भी कर पाएँगे।

जब आप इस तरह हर घटना में इन्क्वायरी करेंगे तब आपसे सही निर्णय निकलेंगे। इन्क्वायरी नहीं करेंगे तो आप सेंटर (केंद्र) से हिल जाएँगे। सेंटर हिल गया तो आप जो भी कहेंगे, जो भी निर्णय लेंगे, सब गलत ही साबित होंगे। आप जो भी निर्णय लेंगे, उसका फल गलत मिलेगा। आपके द्वारा जो भी कर्म होगा, उसका फल गलत ही आएगा। कर्म हमेशा सेंटर पर रहते हुए करने चाहिए। इसीलिए कहा है कि ज्ञानयुक्त कर्म ही भक्ति है। सबसे पहले सेंटर पर आने का कर्म करेंगे तो इससे आपको अपनी पूछताछ में मदद मिलेगी। आइए इसे हम अगले अध्याय में एक पुरानी कहानी द्वारा समझते हैं।

20
अनुभव की जीत

पुराने जमाने की कहानियाँ यही बातें समझाने के लिए थीं कि लोग तोलू मन के शिकंजे से निकलकर सबसे पहले सेंटर (केंद्र) पर आएँ और फिर कर्म करें। भस्मासुर राक्षस की कहानी आपने सुनी होगी। राक्षसों की जितनी भी कहानियाँ हैं, सब वास्तव में तोलू मन की कहानियाँ हैं। आगे जब भी, जो भी कहानी आप पढ़ेंगे तो समझ जाना कि कहानी बनानेवाले लोग सेल्फ रियलाइज्ड थे। उस समय कहानियाँ बनानेवाले, ईश्वर की मूर्तियाँ बनानेवाले लोग वही थे, जिन्होंने आत्मसाक्षात्कार प्राप्त किया था। उस वक्त की जरूरत के मुताबिक कहानियाँ और मूर्तियाँ बनाई गईं। हर युग की जरूरत अलग-अलग होती है, बदलती रहती है। इसलिए कहानी बनानेवालों ने लोगों को तोलू मन के बारे में अलग-अलग ढंग से समझाने के लिए

अलग और नई कहानियाँ बनाई क्योंकि पुरानी कहानी बार-बार बताने पर लोग बोर हो जाते हैं। वे कहने लगते हैं, 'अरे! यह तो वही कहानी है, मुझे मालूम है।' इसीलिए नए-नए तरीके से कहानियाँ बनाई गईं।

भस्मासुर ने भगवान शिवजी की आराधना की तो शिवजी प्रसन्न हो गए और उन्होंने उसे वर माँगने के लिए कहा। भस्मासुर ने वर माँगा कि 'मैं जिसके ऊपर हाथ रखूँ, वह भस्म हो जाए।' भस्मासुर को शिवजी ने वह वरदान दे दिया। फिर उसने शिवजी से पूछा, 'अब मैं यह प्रयोग सबसे पहले किस पर करूँ? सबसे पहले मैं आपके ऊपर ही हाथ रखकर देखता हूँ।' वह शिवजी के ऊपर हाथ रखने के लिए उनके पीछे भागा। अब शिवजी भाग रहे हैं यानी अनुभव दूर भाग गया और भस्मासुर जाग्रत हो गया यानी तोलू मन जाग्रत हो गया। भस्मासुर जिसके ऊपर हाथ रखना चाहेगा, वह भागेगा या भस्म हो जाएगा यानी मन अनुभव पर हावी होना चाहता है। मन कहता है, 'मैं अनुभव को देखूँ।' इंसान आँख बंद करके बैठेगा, एक आँख खोलकर देखता रहेगा, अनुभव हो रहा है कि नहीं... हो रहा है कि नहीं... कुछ हो रहा है कि नहीं...। जिसके परिणाम स्वरूप अनुभव प्रकट होता ही नहीं क्योंकि जब मन चुप होगा, उसकी बड़बड़ बंद होगी, तभी अनुभव प्रकट होगा।

मन अनुभव (ईश्वर) को देखना चाहता है लेकिन वह अनुभव को कैसे देखे? ऐसे में मन को कहा जाता है, 'तुम्हें दर्शन नहीं होंगे, तुम सिर्फ चुप हो जाओ।' चश्मा आँख को कैसे देखेगा? चश्मा आँख को देख नहीं पाएगा। उसे यह समझ होनी चाहिए कि 'तुम्हारे द्वारा देखा जा रहा है। तुम्हें नहीं देखना है। तुम्हें तो बस चुप होना है।' मन को चुप कराने के लिए पूछताछ जरूरी है।

मन को गिराने के लिए मन का ही उपयोग : सेल्फ इन्क्वायरी में राक्षस (तोलू मन) मरता है। कैसे मरता है? आगे कहानी में भगवान विष्णु मोहिनी अवतार लेकर आ गए और भस्मासुर से कहा, 'नृत्य में मैं जैसा करूँ, तुम भी वैसा ही करना।' कुछ समय बाद भगवान विष्णु ने नृत्य करते-करते अपने सिर पर हाथ रख लिया। भस्मासुर ने भी नृत्य की शैली में अपने ऊपर हाथ रख लिया। इस तरह भस्मासुर का अंत हुआ। यानी सेल्फ इन्क्वायरी में आप अपनी ही पूछताछ करते हैं। मन से ही मन को गिराया जाता है। अब तक मन बहुत बड़बड़ कर रहा था, अब इसे कहा गया, 'अभी सेल्फ इन्क्वायरी करो।' इस तरह मन को गिराने के लिए मन का, बुद्धि का उपयोग करके अनुभव तक पहुँचने की विधि बनाई गई। इस विधि की खूबसूरती तो देखें कि मन को चुप कराने के लिए उसी से ही काम करवाया गया। भस्मासुर को मारना है तो भस्मासुर का ही हाथ उसके ऊपर रखवाना होगा। ऐसी अनेक कहानियाँ

हैं जो प्रतिकात्मक रूप से अनुभव को पाने का मार्ग दर्शाती हैं।

जब आप इस स्वज्ञान विधि को, उसके महत्व को समझ जाएँगे तो इसे करना चाहेंगे। समझ नहीं पाए तो यह विचार ही नहीं आएगा कि 'अरे! वाकई यह इतनी महत्त्वपूर्ण विधि है इसलिए हमें इसका सही उपयोग करना सीखना है।'

विचारों की ट्रेन : जब आप आँख बंद करके विचारों को देखते हैं तो विचारों के ठीक पीछे सेल्फ है, अनुभव है। विचारों की यह गाड़ी चलती रहती है। फिर आप बीच में अपना विचार जोड़ते हैं। ठीक वैसे ही जैसे कोई ट्रेन जा रही है मगर खतम ही नहीं हो रही है। अगर आप बीच में अपनी बोगी जोड़ देंगे तो वह खतम होगी। आपकी बोगी कौन सी है, 'मैं कौन हूँ?' यह आपका (सेल्फ) विचार है। आप अपनी तरफ से विचार जोड़ना सीखें। जब आप आँख बंद करके ध्यान में बैठे हैं और विचार चल रहे हैं तब कहें, 'चलो, अपनी बोगी जोड़ते हैं, अपना विचार जोड़ते हैं।' अपना विचार जोड़ने से ट्रेन का आकार (विचार) कम होने लगता है। पहले ट्रेन लंबी थी, अब छोटी हो जाती है। जैसे ही लगे कि मन में बहुत से विचार घुमड़ रहे हैं तो सेल्फ इन्क्वायरी करें। इस तरह तुरंत पूछताछ की और अपने अनुभव पर चले गए। दो तरह की सेल्फ इन्क्वायरी आपको करनी है– एक अपने मनोशरीरयंत्र की और एक अपनी। इससे सेल्फ रियलाइजेशन और सेल्फ स्टेबिलाइजेशन दोनों पर कार्य होता है। दोनों का फायदा लेना सीखना है।

आप ही सोर्स हैं : सेल्फ स्टेबिलाइजेशन क्यों महत्त्वपूर्ण है? एक है सेल्फ रियलाइजेशन, एक है सेल्फ स्टेबिलाइजेशन। अनुभव प्राप्त करना शुरुआत है और उस पर स्थापित होना आखिरी बात है। अनुभव पर स्थापित होने के लिए इस तरह सभी काम करेंगे। यहाँ आप ध्यान की मिसिंग लिंक समझ रहे हैं कि ध्यान करना असल में क्या होता है। ध्यान में आपको यह समझ में आता है कि आप ध्यान हैं, आप उस सोर्स में हैं, आप ही वह सोर्स हैं, आप ही वह चेतना हैं। फिर आँख खोलकर आप उसी अनुभव के साथ आगे काम-काज में लगते हैं, जिसे अभिव्यक्ति कहते हैं।

अपूर्व तैयारी : अक्सर लोग ध्यान करने के बाद जब उठते हैं तो सब बातें भूलकर दोबारा काम में लग जाते हैं इसलिए यह प्रशिक्षण दिया जाता है कि आँख खोलकर भी ध्यान करें। अपूर्व तैयारी के साथ कार्य करें। एक होती है पूर्व तैयारी यानी पहले से की हुई तैयारी। जब आप ध्यान में बैठते हैं तो इसकी पूर्व तैयारी करते हैं, कैसा आसन हो, कैसी मुद्रा हो, कैसे बैठें? विचार आएँगे तो क्या करेंगे? इत्यादि। स्वच्छ वातावरण में आसन पर सही मुद्रा में बैठ गए यानी पूर्व तैयारी हो गई। अपूर्व तैयारी यानी ध्यान के बाद की तैयारी। यही मिसिंग लिंक है, खोई हुई कड़ी है।

ध्यान के बाद लोग तुरंत दोबारा काम में लग जाते हैं। होना तो यह चाहिए कि ध्यान में, मौन में आपने जो प्राप्त किया है, उस मौन को, उस शांति को बरकरार रखते हुए कार्य करें। इस बात पर गौर करें कि आप स्वअनुभव को कितनी देर याद रख पाते हैं? कितनी देर तक जारी रख पाते हैं? अगर हर बार ध्यान के बाद ऐसा करने की आदत डालेंगे तो स्वअनुभव पर ज्यादा से ज्यादा समय रह पाएँगे। निरंतर अभ्यास के साथ एक वक्त ऐसा आएगा जब आप सभी कार्य इसी तरह स्वअनुभव पर रहते हुए कर पाएँगे।

सारांश

इस प्रवचन में आपको स्वज्ञान की विधि बताई गई। सभी को यह स्वज्ञान की विधि समझ में आई होगी।

आपने गुरु, ग्रेस, गॉड एण्ड यू... इन चारों के बारे में समझा कि इनके साथ कपटमुक्त रहना है। जब आप कपटमुक्त होते हैं, तब सच्चाई सामने आती है।

इसके बाद आपने जाना कि जप, तप, तंत्र, मंत्र आदि अनेक मार्ग हैं मगर सभी मार्ग आगे चलकर एक हो जाते हैं। ज्ञान मार्ग, भक्ति मार्ग, कर्म मार्ग, इन तीन मार्गों को भी हमने इस तरह एक किया कि 'ज्ञानयुक्त कर्म ही भक्ति है।' ये मार्ग अलग-अलग नहीं हैं।

आपने यह भी जाना कि शब्दों को समझने के लिए ही उन्हें तोड़ना पड़ता है वरना उन्हें तोड़ने की कोई जरूरत नहीं है। ज्ञान अखंड है, खंडित नहीं है मगर समझाने के लिए ज्ञान को खंडित करना पड़ता है, तोड़-तोड़कर समझाना पड़ता है। यह मन का पहला खेल है।

दूसरा खेल, यह अष्टमाया, ये आठ हिस्से समझाने के लिए हैं। फिर अंत में आपको यह समझ में आता है कि सब एक ही था। अब आप समझ के साथ अखंड ज्ञान का इस्तेमाल करेंगे, पूर्ण ज्ञान का इस्तेमाल करेंगे।

इसके बाद आपने समझा कि ईश्वर, गुरु, कृपा और स्वयं को समझने के लिए दो तरह के मार्ग हैं, बिल्ली का मार्ग और बंदर का मार्ग यानी समर्पण का मार्ग और संकल्प का मार्ग। संकल्प मार्ग में आपने सेल्फ इन्क्वायरी कैसे करनी है, यह सीखा क्योंकि आप चाहते हैं कि आपका शरीर मंदिर बने और इस शरीर से सारे व्यसन, गलत वृत्तियाँ और गलत आदतें निकल जाएँ।

ज्ञान के प्रकाश में आने के बाद वे सारी चीजें गायब होने लग जाती हैं, जिनकी

आपको आवश्यकता नहीं है। कुछ लोगों ने इस ज्ञान का असर तुरंत देखा है। उन्होंने कहा, 'हमारे लिए गलत वृत्तियों को छोड़ना सहज हो जाएगा और यह काम प्रेम में होगा।' एक इंसान वृत्तियों को जबरदस्ती छोड़ता है और एक प्रेम में छोड़ता है। दोनों में फर्क होता है इसलिए यह कार्य भक्ति के साथ करें।

फिर आपने मनोशरीरयंत्र की पूछताछ और अपनी पूछताछ में क्या फर्क है, यह समझा। अपने मनोशरीरयंत्र की पूछताछ करने का तरीका भी आपने समझा कि हम घटनाओं में स्वयं से पूछेंगे कि 'इस वक्त मेरा शरीर अहंकार में है, बोरडम में है, तुलना का तोता तुलना कर रहा है, लालच है, द्वेष, ईर्ष्या है।' यह पूछताछ आप करते रहेंगे। 'मैं कौन हूँ?' यह ध्यान पद्धति भी आपने सीखी है, उस तरह से ध्यान करते रहेंगे।

कभी आप अपने आपको मन मानते हैं, कभी शरीर मानते हैं तो कभी बुद्धि मानते हैं। हर बार रेफरन्स प्वाईंट (संदर्भ) बदल जाता है, हर बार सेंटर (आपका केंद्र) बदल जाता है। संदर्भ न बदले, सेंटर न बदले, मैं जो हूँ वही बनकर जीऊँ। पूछनेवाला ही वास्तव में जवाब है, यह भी आपने समझा। हर घटना में निश्चित क्या हो रहा है? किसके साथ हो रहा है? यह जानना है।

सेल्फ इन्क्वायरी टू इन वन है। टू इन वन यानी इससे आपकी एकाग्रता भी बढ़ती है और सत्य की यात्रा भी होती है। दोनों काम एक साथ होते हैं। वरना लोग एकाग्रता की विधियाँ सीखने में ही कई साल लगा देते हैं। इतना समय बरबाद करने की कोई जरूरत नहीं है। दोनों काम साथ-साथ चल सकते हैं, यही सेल्फ इन्क्वायरी की खूबसूरती है।

आखिरी लकड़ी आग में कब डालनी है, सेल्फ इन्क्वायरी कब बंद करनी है? जब सब लकड़ियाँ जल जाएँ, सारे विकार भस्म हो जाएँ, जब आप स्वयं में स्थापित हो जाएँ।

माला का उदाहरण बताया गया, अँधेरे में टँगे हुए कोट का उदाहरण बताया गया कि ये चीजें दिखती हैं, पर हैं नहीं। असल में क्या है, इसकी इन्क्वायरी की जानी चाहिए। अंकल जॉन कौन हैं? यह इन्क्वायरी करें। पार्टी में पूछताछ करें कि यह घुसपैठिया लड़कीवालों की तरफ से आया है कि लड़केवालों की तरफ से। रोजमर्रा की जिंदगी में इस तरह पूछताछ करने की आदत डालें।

दरअसल राक्षसों की कहानियाँ तो तोलू मन की ही कहानियाँ हैं। भस्मासुर की कहानी भी आपको बताई गई। राक्षस (तोलू मन) को काम दो तो ठीक है वरना वह

आपको ही मारेगा।

इस तोलू मन को कुछ काम दो, भक्ति दो, इन्क्वायरी दो। मन को कुछ काम दे दिया, दिशा दे दी तो वह नुकसान नहीं करेगा। वरना यही खाली मन शैतान बन जाता है। सभी इस मन पर विजय प्राप्त करना चाहते हैं लेकिन अगर विजय प्राप्त करने का तरीका ही गलत होगा तो विजय प्राप्त नहीं होती। मन को जिताकर जीतने का तरीका आप सीख रहे हैं। मन को हराकर नहीं बल्कि जिताकर ही जीतें। इसीलिए आपको यह सिखाया गया कि भक्ति, प्रेम और समझ के साथ इस मन से कार्य कैसे करवाया जाए।

आपको ध्यान की मिसिंग लिंक भी बताई गई। विचार ज्यादा हों तो बीच में अपना विचार जोड़ना सीखें और अपना विचार क्या है? 'मैं कौन हूँ?' यह विचार जोड़ना सीखें। जब भी आप कहीं पर उलझ रहे हैं तो उस समय तुरंत अपने आपसे ये सवाल पूछें, 'मैं कौन हूँ? यह किसके साथ हो रहा है?' इस तरह सेल्फ इन्क्वायरी करके आप स्वयं पर स्थापित हो सकते हैं।

यहाँ आकर आपने जो सेवा का मौका दिया, उसके लिए आप सभी को बहुत-बहुत धन्यवाद।

हॅपी थॉट्स।

भाग ५

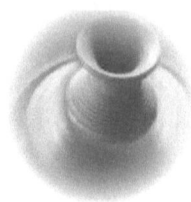

ब्रह्माण्ड का खेल ऐसे जीओ जैसे अभिनय

१५ जून २००१ को सरश्री द्वारा लिया गया प्रवचन

21

सुनने का सबसे महत्वपूर्ण तरीका

प्यारे खोजियो,

आप सभी को शुभेच्छा, हॅपी थॉट्स।

आपके जीवन में आए दिन तरह-तरह के लोग आते हैं। कुछ लोग आपसे मिलकर सिर्फ दूसरों की बुराई ही करते हैं। चुगली करना उनका स्वभाव होता है। कुछ लोग आपसे मिलकर सीधे आपके मुँह पर ही आपके अवगुण बताते हैं। कुछ लोग ऐसे होते हैं जो आपके असली मित्र होते हैं, आपके शुभचिंतक होते हैं। इन अलग-अलग लोगों को किस तरह से सुनना है, यह अधिकांश लोग नहीं जानते।

आइए इन लोगों को सुनने के चार तरीके समझते हैं। उसके बाद पाँचवें तरीके को समझेंगे। यह सबसे महत्त्वपूर्ण है क्योंकि जब आप सत्संग में जाते हैं तो वहाँ अपने गुरु की बातों को किस तरह सुनना चाहिए, यह पता होना चाहिए।

लापरवाही से सुनना और लापरवाही से छोड़ देना: पहली तरह के लोग वे होते हैं, जो आपस में बातचीत करते समय हरदम दूसरों की बुराई ही करते रहते हैं। इस तरह वे झूठा आनंद प्राप्त करना चाहते हैं। आपको ऐसे लोगों को लापरवाही से सुनना है

और उनकी बातों को लापरवाही से छोड़ देना है। ऐसी बातों को कभी भी अधिक महत्व न दें। कई बार ऐसा होता है कि कुछ लोग यहाँ-वहाँ की बातें सुनते हैं, उसे महत्व देते हैं और बाद में वे खुद भी औरों की बुराइयाँ करने लग जाते हैं। ऐसी गलती आपसे न हो इसलिए बताया जा रहा है कि इन बातों को ज्यादा महत्व न दें।

लापरवाही से सुनना मगर उसे महत्व देना : दूसरी तरह के लोग वे हैं जो मुँह पर आपकी बुराई करते हैं, आपको आपके अवगुणों के बारे में बताते हैं। वे आपको आपके बारे में फीडबैक (विचार सेवा) देते हैं कि 'आप बोलते समय कुछ शब्दों का गलत उच्चारण करते हैं, आपका बोलने का तरीका सही नहीं है; इससे सामनेवाले को चोट पहुँचती है, आप औरों को अपने से हीन समझते हैं' आदि।

कोई आपको आपकी गलती के बारे में बताए तो उसे लापरवाही से सुनें मगर उसने जो बताया उसे महत्व दें। उसकी बातें सुनते समय कहें, 'ठीक है... ठीक है...' इस तरह उसे लापरवाही से सुनें। अकसर इंसान लापरवाही से सुनते समय इधर-उधर देखता है या नाखून कुरेदता है। इस तरह की कोई भी क्रिया आप करें मगर उसकी बातों को महत्व दें। अकेले में सोचें कि 'वह इंसान मेरे बारे में जो बता रहा था क्या वह सही था?' ईमानदारी से अपनी पूछताछ करें। उस इंसान की बातों पर गौर करें, 'कहीं वह सही तो नहीं कह रहा है? क्या वाकई यह गलती मुझसे हो रही है? क्या इस गलती को सुधारा जा सकता है?' इस तरह दूसरी तरह के लोगों को लापरवाही से सुनें मगर उनकी बातों को महत्व दें। उनकी बातों को लापरवाही से कदापि न लें।

महत्व देकर सुनना मगर लापरवाही से छोड़ देना : तीसरी तरह के लोग ऐसे होते हैं जो आपको कहते हैं, 'कल मिलना, आपसे महत्त्वपूर्ण बात करनी है।' अब आप सारी रात सोचते हैं कि 'पता नहीं वह क्या बताना चाहता है?' कभी कहते हैं, 'मेरे पास आओ, तुम्हारे कान में कुछ बताता हूँ।' फिर वे आपको बाजू में लेकर जाते हैं और आपके कान में किसी की चुगली करते हैं। हालाँकि उनकी बात में कोई दम नहीं होता मगर वे अपनी बात को बढ़ावा देकर सुनाते हैं। ऐसे लोगों को महत्व देकर सुने मगर उनकी बातों को लापरवाही से छोड़ दें। जिन लोगों की बातों में दम नहीं होता वे अकसर कानाफूसी करने पर जोर देते हैं। जिसके कान में कहा जा रहा है उसे भी यह सुनकर अच्छा लगता है कि मुझे महत्व दिया जा रहा है। बाकी लोग इन दोनों को देखते रहते हैं। कई लोगों को रहस्यमय रहना पसंद आता है। वे हर काम काम गोपनीय रखना चाहते हैं। इस तरह के लोगों की बातों को आप बहुत महत्व से सुनें मगर लापरवाही से छोड़ दें।

महत्व से सुनें और महत्व दें : चौथी तरह के लोग हमारे असली मित्र हैं, शुभचिंतक हैं। बाकी तरह के लोग सिर्फ जान-पहचानवाले होते हैं। वे गप्पे लड़ाते हैं, यहाँ-वहाँ की बातें करते हैं, इनकी बुराई, उनकी बुराई करते हैं। आप उन्हें मित्र मानते हैं मगर वे आपके मित्र नहीं होते।

चौथी तरह के लोग वाकई आपके मित्र होते हैं। मित्र यानी दोस्त, 'दोस्त' शब्द का बहुत गहरा अर्थ है। 'दोस्त' का अर्थ है, दो-सत् यानी दो लोग जो सत्य की राह पर चल रहे हैं। इस तरह चार प्रकार के लोग होते हैं।

आपने चार प्रकार के लोगों के बारे में जाना तथा उन्हें कैसे सुनना है, यह भी जाना। पहली तरह के लोग वे हैं, जिन्हें लापरवाही से सुनकर छोड़ देना है। दूसरी तरह के लोग सेवक होते हैं, जिन्हें आप लापरवाही से सुनते हैं मगर उनकी बातों पर ध्यान देते हैं। उन्हें सेवक इसलिए कहा गया है क्योंकि गलतियाँ बताकर वे आपकी सेवा करते हैं। फिर भले ही उन्होंने नफरत की वजह से या घृणा की वजह से, आप उन्हें पसंद नहीं इस वजह से, सबके सामने वे आपकी बेइज्जती करना चाहते थे इस वजह से आपको आपकी गलतियाँ बताई हों। कारण कोई भी हो सकता है मगर उन्होंने आपकी सेवा की। जब कोई आपको आपकी गलतियाँ बताता है तो आप उन गलतियों को सुधारने के बारे में सोच पाते हैं। हर एक के पास ऐसे सेवक मौजूद हैं – आपके घर में, मित्रों में, आस-पड़ोस में, ऑफिस में, स्कूल-कॉलेज में।

तीसरी तरह के लोगों को आपने बहुत महत्व देकर सुना मगर लापरवाही से छोड़ दिया। ऐसे लोगों को देखकर पता चलता है कि ये अपना महत्व बरकरार रखने के लिए किन चीजों का सहारा ले रहे हैं! अहंकार की गुलामी में ही उनका जीवन खत्म हो जाता है। ये लोग आपके लिए निमित्त हैं। क्योंकि जब हम गुलामी देखते हैं तो आज़ादी का आनंद जान पाते हैं। लोग अपना महत्व जताने के लिए, अहंकार को पुष्टि देने के लिए क्या-क्या करते हैं, ये तीसरे प्रकार में हमने जाना।

हर जगह पर ऐसे लोग होते हैं जो जताना चाहते हैं कि हम महत्वपूर्ण हैं। वे आपसे कहते हैं कि 'मुझसे मिलने के लिए आप कल आएँ, परसों आएँ।' ताकि दूसरों को दिखा सकें कि मुझे मिलने के लिए कितने लोग आते हैं। ऐसे लोग किसी को भी सही तरीके से मार्गदर्शन तो नहीं करते, हाँ, अलग-अलग समय पर लोगों को बुलाने का काम जरूर करते हैं। इसे एक उदाहरण से समझें।

एक प्रोफेसर इसी श्रेणी के थे। हमेशा विद्यार्थी उनके बारे में एक-दूसरे से पूछा करते थे। प्रोफेसर हमेशा विद्यार्थियों को मिलने के लिए बुलाते और कहते कि 'आज

तो समय नहीं है, कल आओ।' वह विद्यार्थी दूसरे दिन आता तो फिर उसे कहते, 'अभी मेरे पास समय नहीं है, तुम परसों आओ।' यदि वह परसों आ जाता तो उसे नरसों आने के लिए कहते। सालों-साल ऐसे ही चला आ रहा था। उनसे मिलने के लिए हमेशा लोगों की भीड़ उनके पीछे लगी रहती थी। हालाँकि वे कुछ भी नहीं बताते थे मगर माहौल ऐसा बनाकर रखते थे मानो वे कितने महत्त्वपूर्ण हैं। ऐसे लोग आपको कुछ सिखाने के लिए निमित्त हैं, उन्हें निमित्त करके लें।

चौथी तरह के लोग वे हैं जिन्हें महत्व देकर सुनना है और उनकी बातों पर अमल करना है क्योंकि वे आपके असली मित्र हैं।

आइए, अब सुनने का सबसे महत्त्वपूर्ण तरीका – 'पाँचवाँ तरीका' समझें।

गुरु को महत्व देकर सुनना, उनके द्वारा लापरवाही से कहे गए शब्दों को भी महत्व देना : जब आप सत्संग में आते हैं तो आपको पाँचवें तरीके से सुनना है। यहाँ पर आपको हर बात को महत्व देकर सुनना है और जो कहा गया है, उसे महत्व देना है। गुरु द्वारा लापरवाही से कहे गए शब्दों को भी महत्व देना है। यह अलग तरह का सुनना है। उदा. गुरु लापरवाही से कुछ कह रहे हैं, 'आप कैसे हैं? आपका बिजनेस कैसे चल रहा है? घर में सब कैसे हैं?' इसे भी हमें महत्व देकर सुनना है।

जब लापरवाही से कहे गए शब्दों को भी महत्व देकर सुनना होता है तब आप तेजमित्र को सुन रहे हैं, गुरु को सुन रहे हैं। गुरु को महत्व देकर सुनना है क्योंकि बिना कारण वहाँ से कोई पंक्ति नहीं आती है, फिर चाहे वह लापरवाही से ही क्यों न कही गई हो। वरना जब लापरवाही से कोई पंक्ति कही जाती है तो सामनेवाला उसे महत्व नहीं देता है। जब आपको यहाँ पर बुलाकर कोई चीज दी जाती है, शिविर में बुलाकर कोई बात बताई जाती है तब आप उसे महत्व देते हैं। जब आपको पता चल जाएगा कि आपको जो मार्गदर्शन मिल रहा है, वह कहाँ से मिल रहा है तब आप गुरु की हर एक बात को महत्व देकर सुनेंगे और लापरवाही से कही गई बात को भी महत्व देंगे।

पहला शिविर करने के बाद लोगों से, 'आप कैसे हो? (How are You?)' यह सवाल पूछा जाता है। दूसरा शिविर करने के बाद, 'आप कौन हो? (Who are you?)' यह सवाल पूछा जाता है। सही समय पर पूछा गया सही सवाल परिणाम दायक होता है। कई लोग बहुत आगे के सवाल पहले से ही पूछते हैं। हालाँकि उनके पहले के सवाल अभी तक सुलझे नहीं होते हैं इसलिए उनकी यात्रा सही ढंग से नहीं हो पाती है। लेकिन टी.जी.एफ. की यही विशेषता है कि जैसी आपकी तैयारी

होती है, वैसी ही समझ आपको दी जाती है।

22

खेल के नियम

जब आपकी सत्य के प्रति समझ बढ़ती है और आगे की बातें सुनने की तैयारी हो जाती है, तब आपको इस ब्रह्मांड के खेल की सही जानकरी दी जाती है। यह खेल क्या है और यह कैसे चलता है? इसके नियम क्या हैं? इसे समझें।

सारा खेल हमारे अंदर : इस खेल के कुछ नियम आपको मालूम नहीं थे इसलिए आप दुःख भोग रहे थे। जब नियम समझाए जा रहे थे तब आप देर से आए इसलिए इसके बारे में आपको कोई भी जानकारी नहीं है। अगर आप समय पर आए होते तो कोई दिक्कत नहीं होती। जो समय पर आए हैं, उन्हें नियम मालूम हैं क्योंकि उनके सामने ही पूरे नाटक का निर्माण हुआ है। जो लोग उस समय उपस्थित थे, उन्हें सिर्फ याद दिलाना पड़ता है। कुछ लोग सही समय पर उपस्थित तो होते हैं मगर उनका मन कहीं और होता है। उनके कान पर शब्द तो पड़ते हैं, नियम भी समझ में आते हैं, सिर्फ उन्हें याद दिलाने की जरूरत होती है। सब हमारे अंदर ही है, सिर्फ उसे याद किया जाए। जब सामनेवाला आपको दुःख दे रहा है, तब आपको बताए गए नियम याद आएँ तो आप हमेशा आनंदित ही रहेंगे। बस सही समय पर नियम याद आना ही महत्त्वपूर्ण है।

कई लोगों को नियम तब याद आते हैं, जब वे अपना शरीर त्याग रहे होते हैं। इंसान को मरते वक्त भी नियम याद आए तो उसका फायदा हो सकता है लेकिन अधिकतर लोगों को उस समय भी नियम याद नहीं आते। बहुत से लोगों को मृत्यु नजदीक आ रही है यह भी पता नहीं होता क्योंकि उनकी अचानक मृत्यु हो जाती है। अचानक यानी जैसे भूकंप आने से बड़े पैमाने पर मानव हानि होती है। भूकंप आने पर इंसान को पता भी नहीं चलता है कि मौत ने उसे दबे पाँव आकर दबोच लिया है।

इसे एक उदाहरण द्वारा समझें। एक इंसान ज्योतिषी को अपना हाथ दिखाने के लिए गया। ज्योतिषी ने उसका हाथ देखकर कहा, 'तुम्हारा भविष्य बहुत उज्वल है, आगे तुम्हारा व्यापार बढ़नेवाला है, तुम्हारा अगला सप्ताह ऐसा-ऐसा जाएगा, यात्रा की भी संभावना है।' फिर ऐसा हुआ कि दूसरे ही दिन भूकंप आ गया और उसमें पंडित और उस इंसान की मौत हो गई। अब आपको यह समझ में आया होगा कि

यात्रा की संभावना तो दोनों की भी थी मगर किस यात्रा की संभावना थी, यह उन्हें समझ में नहीं आया था।

पूरा ज्ञान न होने की वजह से लोग ऐसी ही बातों में फँसे हुए हैं। वे पूछते हैं 'क्या नक्षत्रों का असर होता है? क्या मैं यह अँगूठी पहनूँ?' तब उन्हें कहा जाता है, 'पहनो, अँगूठी पहनने में कोई दिक्कत नहीं है। शादी में तो लोग क्या-क्या पहनते हैं तो अँगूठी भी पहन सकते हैं।'

इस धरती का भी असर आप पर हो रहा है मगर इससे आपके काम पर कोई फर्क नहीं पड़ता है। धरती भी आपको खींच रही है मगर उससे फायदा ही होता है। धरती का आकर्षण नहीं होता तो न्यूटन ने कैसे अविष्कार किया होता? धरती के गुरूत्वाकर्षण का असर आप पर हो ही रहा है मगर उससे कुछ फर्क नहीं पड़ता। आप पर बहुत सारी बातों का असर होता है मगर आपके अंदर जो नकारात्मक विचार चल रहे हैं, उसका सबसे ज्यादा असर आपके कार्य पर होता है।

नक्षत्रों की वजह से आपके काम में कोई बाधा नहीं आती है बल्कि यह तो एक चुनौती है, मौका है कि चाहे दस लोग आपको खींचें फिर भी आप काम कर पाएँ। जैसे पढ़ाई करते वक्त लोग शोर करें तो उस समय आपको अपनी एकाग्रता बढ़ाने का मौका मिलता है। यही समझ आपको बढ़ानी है। फिर कोई भी चीज आपको तकलीफ नहीं दे पाएगी।

समय के अनुसार एक-एक कदम बढ़ाते हुए आपको अंतिम समझ प्राप्त करनी है। आगे की चीजें पहले ही बताई जाएँ तो उलझन बढ़ जाती है। एक उलझन शुभ होती है और एक उलझन बाधा बनती है, रुकावट बनती है। एक उलझन तोलू मन को होती है, जिससे वह गिरता है, मरता है। यह उलझन शुभ है। जब एक इंसान कहता है कि 'अध्यात्म हमारे लिए नहीं है, वहाँ तो पचास साल के बाद जाना चाहिए।' तब यह उलझन बाधा बनती है। जब ऐसी शंका आती है, तब यात्रा रुक जाती है। इसलिए उन्हें कहा जाता है, 'कम से कम प्रार्थनाएँ चालू रखें क्योंकि उससे सत्य के प्रति प्यास बढ़ेगी और प्यास बढ़ी तो सत्य विश्व में जहाँ कहीं पर भी है, आप तक पहुँच जाएगा।'

लेखक का दृष्टिकोण : सत्य की प्यास के लिए लोग प्रार्थनाएँ करते हैं, 'कृपा करो, माया से हमें मुक्त करो।' यह प्रार्थना आपके जीवन में बहुत पहले से चल रही है, जिसकी वजह से ये सब बातें पढ़ने का मौका आपको मिल रहा है। सभी को यह मौका नहीं मिल पाता। जैसे-जैसे यह समझ बढ़ेगी, वैसे-वैसे धन्यवाद के

भाव निकलेंगे, आश्चर्य भाव बढ़ने लगेगा कि यह जीवन कितना सुंदर है! इतने सारे लोगों की व्यवस्था कितने बढ़िया ढंग से हो रही है। कितनी खूबसूरती से सब चल रहा है। हालाँकि कुछ लोगों को ऐसा नहीं लगता कि सब कुछ खूबसूरती से चल रहा है। उन्हें लगता है कि यह गलत हुआ... वह गलत हुआ... ऐसा तो नहीं होना चाहिए था...वैसा तो नहीं होना चाहिए था...। इसका कारण यही है कि अभी हमें उस रचयिता का, लेखक का, चित्रकार का दृष्टिकोण नहीं मिला है।

किसी लेखक को अगर आप कहेंगे, 'आपने अपनी पुस्तक में ऐसा पात्र क्यों बनाया? खलनायक क्यों बनाया?' तो वह कहेगा, 'क्यों न बनाऊँ? खलनायक नहीं बनाया तो पुस्तक कैसे बनेगी? पुस्तक में तो सब तरह के पात्र होने चाहिए।' यह दृष्टिकोण जब तक नहीं आता तब तक आश्चर्य भाव भी नहीं आता। तोलू मन आश्चर्य भाव में गिरे और खत्म हो जाए। तोलू मन यह समझकर बैठा है कि वह सब जानता है मगर जब आश्चर्य भाव बढ़ने लगता है तो वह गिरने लगता है। जब तक उसके पास यह शब्द है कि 'मैं सब जानता हूँ' तब तक उसकी प्रगति नहीं हो पाती।

23

भाषा ही मन है

जब आप किसी को आनंद में देखते हैं तो आपको लगता है कि जरूर कुछ बात होगी, जरूर कुछ ऐसा सुना होगा जिस वजह से वह इतना आनंदित है। यह आनंद आपके अंदर भी मौजूद है। यही सत्य है। अच्छा है, सत्य जल्दी पता चले वरना जीवनभर आप उसी तरह जीते, जिस तरह बाकी लोग निमित्त का काम करते हुए जी रहे हैं। जब आप कुछ लोगों को मान्यताओं में उलझते हुए देखते हैं तब आपको पता चलता है कि आप मान्यताओं से बाहर आ चुके हैं। इसलिए जो लोग मान्यताओं में जी रहे हैं, वे भी आपके लिए निमित्त का ही काम कर रहे हैं। इस तरह मान्यताओं में फँसे हुए लोगों का भी महत्व है और मान्यताओं से बाहर आए हुए लोगों का भी महत्व है। इस विश्व में सभी कार्य बड़ी खूबसूरती से चल रहे हैं। इसमें कोई भी श्रेष्ठ या निम्न नहीं है।

ये सारी बातें आपको समझानी हैं इसलिए भाषा का इस्तेमाल करना पड़ता है। भाषा की मजबूरी है क्योंकि आज समझाने का और कोई तरीका उपलब्ध नहीं है। भाषा में उस अनुभव को बताने की कोशिश की जाती है जो भाषा बनने के पहले

था, मन के पहले था। मन का अर्थ ही है 'भाषा' या 'भाषण'। अगर आपको भाषा का ज्ञान नहीं होता तो आप कैसे विचार करते? आपको भाषा ही मालूम नहीं है तो आप सोच भी नहीं सकते इसलिए कहा गया है कि भाषा ही मन है। भाषा अगर एक ही तरह की होती तो सुविधा होती मगर वैसा नहीं है, समय के साथ भाषा बदल जाती है।

किसी ने शब्द कहा था 'नालायक' लेकिन आज यह शब्द गाली लगता है। पहले किसी को यह शब्द कहा जाता था तो इस अर्थ से कि 'इस काम के लिए तुम लायक नहीं हो, ना-लायक हो' तो उसे बुरा नहीं लगता था। आज किसी को कहा जाए कि 'इस काम के लिए तुम ना-लायक हो' तो वह बहुत नाराज हो जाएगा कि 'मुझे नालायक कह रहा है।' जबकि नालायक का बहुत सीधा सा अर्थ है, ना-लायक यानी जो लायक नहीं है।

अगर किसी से कहा जाए कि 'इस शिविर के लिए तुम नालायक हो' तो वह यह सोचकर बहुत नाराज हो जाएगा कि 'हमें नालायक कहा, खुद को क्या समझते हैं?' उसके अहंकार को चोट पहुँचती है। इसलिए टी.जी.एफ. में आनेवाले लोगों को शुरू में ही यह बताया जाता है कि 'देखो, आपको ऐसा कुछ कहा जाएगा तो आपको बुरा लगेगा। आप यहाँ सत्य प्राप्त करने के लिए आए हैं। अगर अहंकार के साथ आएँगे, पुराने ज्ञान को पकड़कर आएँगे तो आपके जीवन में सत्य नहीं उतरेगा। यहाँ पर सभी को सत्य की समझ दी जाती है। पहले प्रवचन से ही इसकी शुरुआत हो जाती है मगर उस वक्त लेने की तैयारी नहीं होती है इसलिए समय लगता है। जब भाषा के साथ तालमेल होता है, तब वह समझ प्राप्त होती है।'

भाषा के साथ तालमेल बिठाना बहुत आवश्यक है क्योंकि आपकी गीता आपको तब बताई जा सकती है, जब तालमेल बैठ जाता है। हर एक की गीता अलग है। पहले सभी को एक साथ बताया जाता है, बाद में जब आपसे बात होती है तब आपको आपकी गीता अनुसार मार्गदर्शन दिया जाता है। यह तालमेल होने के लिए ही भाषा का उपयोग है इसलिए आज के युग की भाषा आवश्यक है।

कई लोगों की यह जिद होती है कि 'हमें पुरानी भाषा में बताया जाए क्योंकि हमने इतने-इतने वेद पढ़े हैं, उपनिषद् पढ़े हैं तो वह भाषा हमें ज्यादा समझ में आएगी।' मगर उन्हें मालूम नहीं है कि आज उन शब्दों के अर्थ बदल चुके हैं। कुछ शब्द अच्छे थे, जो आज गाली लगते हैं और कुछ शब्द गाली थे, जो आज अच्छे लगते हैं। दोनों तरह की बातें होती हैं और आज जो शब्द अच्छे लगते हैं, हो सकता है कल गाली लगें। समय के साथ भाषा में बदलाव आता है।

अगर यह सोचा जाए कि भविष्य में गाली लगनेवाला शब्द कौन सा होगा, जो आज आपको गाली नहीं लगता है? वह शब्द है 'भाई'। कोई कहेगा कि 'वह भाई है' तो सामनेवाला डर जाएगा कि 'अरे! यह भाई है।' 'भाई' शब्द कितना अच्छा है मगर उसका अर्थ बदल गया। आज इस शब्द का अर्थ बदमाश या गुंडे से जोड़ा जाता है। इसलिए आपको आज की भाषा में बताया जाता है। लोक भाषा है इसलिए पुराने शब्दों का अर्थ खो गया है। उनका कोई और ही अर्थ पकड़ा जाता है। आपको बताया कुछ जाएगा और आप कुछ अलग ही समझेंगे, फिर उस पर एक और अनुमान लगाएँगे। उस अनुमान के आधार पर आप निश्चित करेंगे कि यह सत्संग हमारे लिए नहीं है और एक बहुत बड़ी गलती करेंगे। ऐसा न हो जाए इसलिए बार-बार चौकस किया जाता है।

इसी तरह भविष्य में कौन सा शब्द गाली होगा? कोई किसी को कहेगा 'पड़ोसी' तो 'पड़ोसी' का अर्थ गाली हो जाएगा। 'अरे! मुझे पड़ोसी बोल रहा है, पड़ोसी क्यों कहा?' जैसे आज किसी को नालायक कहा तो बुरा लगता है, उसी तरह भविष्य में 'पड़ोसी' शब्द गाली लगेगा क्योंकि समय के साथ उस शब्द का इस्तेमाल किस तरह होगा? जब आप क्रोध में होते हैं तब यदि कोई शब्द इस्तेमाल करना शुरू कर दें तो वह शब्द धीरे-धीरे लोगों के दिमाग में बैठ जाएगा कि यह शब्द गलत है। जब आप गुस्से में किसी को कहेंगे, 'तू तो नलका है।' नलके का अर्थ नल है। मगर जब कोई बार-बार सुनेगा तो समझेगा कि यह गाली दे रहा है। जब भी आप कोई शब्द गुस्से में बोलेंगे तो वह शब्द गाली हो जाएगा। शब्दों का जैसे इस्तेमाल होता है, वैसे ही शब्द वेश बदलते हैं।

प्रेम, आनंद, मौन का अनर्थ : आज ज्ञान (अध्यात्म) के शब्द अर्थहीन हो गए हैं। पुराने आध्यात्मिक शब्द आज लोगों के नाम बन गए हैं, जैसे भक्ति, परमानंद, शांति, श्रद्धा, साक्षी, स्वानंद इत्यादि। किसी को यदि यह कहा जाए कि 'सत्य श्रवण करेंगे तो आपको आनंद मिलेगा, नित्यानंद मिलेगा, परमानंद मिलेगा, सदानंद मिलेगा' तो वह कहेगा, 'ये सब तो हमारे पड़ोसी हैं। सत्संग में ये लोग मिलनेवाले हैं तो हम नहीं आएँगे।' जैसे ही आप कुछ नाम सुनते हैं तो आपको तुरंत उस नाम से जुड़े लोगों के चेहरे ही दिखाई देने लगते हैं। जिन्हें आप पहचानते हैं, उनके चेहरे ही सामने आते हैं इसलिए शब्दों के अर्थ बदल जाते हैं।

'आनंद' कितना अच्छा शब्द है, शब्दकोष में इससे बढ़िया शब्द और क्या हो सकता है! इससे बढ़िया शब्द है ही नहीं क्योंकि इस शब्द की जो संभावनाएँ हैं, वे खुलती ही जाती हैं। मगर अध्यात्म के ऐसे शब्दों का अर्थ आज खो गया है।

आनंद और प्रेम ऐसे शब्द हैं, जिनका पूरा अर्थ आज खो गया है। शब्द सुना नहीं कि लोग अपना अर्थ बना लेते हैं इसलिए 'तेजप्रेम' और 'तेजआनंद' जैसे शब्द आते हैं। शब्द के पहले कुछ जोड़ा जाता है ताकि जब भी वह शब्द कहा जाए तो आप उसका पुराना अर्थ न लें। तेजमौन का अर्थ चुप बैठना या कुछ नहीं बोलना नहीं है। इस तरह के मौन की बात नहीं की जा रही है।

एक खोजी ने यह सवाल पूछा, 'हमें मौन में रहने के लिए क्यों कहा जाता है?' तब उन्हें बताया गया, 'मौन ही तो लक्ष्य है।' मगर वह मौन कौन सा मौन है? वह वाणी का मौन नहीं है, चुपचाप बैठनेवाला मौन नहीं है, हमारा लक्ष्य यह नहीं है लेकिन अकसर कुछ गलत अर्थ पकड़ लिया जाता है। 'तेज' शब्द कहते हैं तो इंसान सोचता है कि 'ये कुछ और बताना चाहते हैं। तेजमौन कोई और बात है।' ऐसे शब्द सुनकर कोई झट से अलग अर्थ निकालकर अपना नुकसान न करे।

जब भी आप किसी शब्द के आगे 'तेज' शब्द सुनते हैं तो समझ जाएँ कि इस शब्द का कुछ अलग लेकिन गहरा अर्थ है। तेजसंसारी कहा तो इसका अर्थ आप समझ जाएँ। तेजसंसारी एक अलग तरह का विचार है। इसमें जरूरी नहीं है कि वह इंसान शादी-शुदा हो। अगर वह शादी-शुदा हो और उसके बच्चे हों तो वह बच्चों को भी तेजसंसारी माता-पिता की तरह प्रशिक्षित करेगा। अगर आपको तेज संसारी माता-पिता नहीं मिले तो आपके बच्चों के साथ ऐसा नहीं होना चाहिए। उन्हें तेजसंसारी माता-पिता मिलने चाहिए ताकि उनका सही ढंग से विकास हो पाए।

दुःख, दुःख देने के लिए नहीं आता : यदि तेजज्ञानानुभव (स्वअनुभव) के बारे में आपको बताना है तो उसके लिए भाषा का उपयोग करना ही पड़ता है। जो अनुभव भाषा बनने के पहले था, मन बनने के पहले था, उसे भाषा के द्वारा ही वर्णित किया जा सकता है और उसे पाने के लिए प्रेरित किया जा सकता है। भाषा की वजह से यह पूरा नाटक तैयार हुआ है, जिसकी वजह से आनंद का निर्माण हो रहा है और आनंद के विपरीत (दुःख) का भी निर्माण हो रहा है। यह विरोध (दुःख), आनंद को बढ़ाने के लिए ही है, उसे कम करने के लिए नहीं है। दुःख कभी भी दुःख देने के लिए नहीं आता मगर हम यही सोचते हैं कि दुःख, दुःख देने के लिए आता है। आपको दुःख मिला है यह और बात है मगर वह दुःख देने के लिए नहीं आया है।

जैसे-जैसे यह समझ बढ़ेगी तो आप कहेंगे, 'अब हमें दुःख, दुःख नहीं देता, यह तो बहुत सुंदर बात हो गई है। दुःख अब भी आता है मगर हमें दुःखी नहीं कर पाता क्योंकि अब हमारे देखने का ढंग, दृष्टिकोण ही बदल गया है।' अब आप उसे अलग होकर देख पा रहे हैं। अब आपको दुःख को एक अलग दृष्टिकोण से देखने

में मजा आ रहा है क्योंकि आप उसे मौका करके ले रहे हैं। किसी बात पर कुछ लोग खुश होते हैं, कुछ लोग उलझते हैं, तो अलग-अलग चेहरों पर कैसे भाव रहेंगे! ऐसा सुंदर दृश्य देखने को मिलता है तो यह मौका है। पूरा जीवन एक बड़ा मौका है। यह मौका आप खो न दें। सब बहुत बढ़िया ढंग से चल रहा है, उसका आनंद लें।

असत्य श्रवण का असर : इस आनंद को प्राप्त करने के लिए सत्य का श्रवण होना जरूरी है क्योंकि जब वह बंद हो जाता है तो सब बातें बंद हो जाती हैं। अगर सत्य श्रवण बंद करना ही है तो बाहर जो असत्य श्रवण चल रहा है, वह भी बंद करें। क्योंकि लोग आकर एक-एक समाचार दे रहे हैं और उस खबर से आपके अंदर कितनी सारी मान्यताएँ बन रही हैं, यह वे नहीं जानते। कुछ लोग कहते हैं कि 'विश्व युद्ध होगा' और बाकी लोग अपने विचारों से उसे खींच रहे हैं, अशांति को ला रहे हैं क्योंकि असत्य श्रवण असर करता ही है। जो लोग जाग्रत हुए हैं, उन पर इसका कोई असर नहीं होता। वे तो जंग के खिलाफ जंग करेंगे लेकिन प्रेम से करेंगे। मगर जाग्रत लोग कम हैं, बेहोशी में जीनेवाले लोग ज्यादा हैं।

24

आपकी (सेल्फ) इच्छा पूर्ण हो

तोलू मन की वजह से ही आसक्त भाव पनपता है। आश्चर्य भाव, सेवा भाव, धन्यवाद भाव, श्रद्धा भाव, प्रेम भाव में ही इस तोलू मन की मौत हो सकती है। तोलू मन की मौत होगी तो सहज मन और सहजता से जोरदार काम करेगा।

तोलू मन और सहज मन दोनों ही इच्छा रखते हैं मगर दोनों में बड़ा फर्क है। सहज मन की इच्छाएँ पूरी हों तो उसे कहा जाएगा कि 'ज्यादा से ज्यादा इच्छाएँ रखे। व्यक्तिगत ही नहीं बल्कि पूरे विश्व के लिए इच्छा रखे, उच्चतम प्यास रखे।' इच्छाएँ रखनी ही हैं तो छोटी-छोटी इच्छाएँ न रखें। जिस उच्चतम इच्छा को पूरा करने के लिए आप इस पृथ्वी पर आए हैं, वह इच्छा रखें।

तोलू मन बहुत छोटी-छोटी इच्छाएँ लेकर और उन इच्छाओं के साथ चिपकाव रखकर बैठा हुआ है इसलिए उसे दुःख है। इच्छाओं से जो चिपकाव है, आसक्ति है, वही दुःख है, इच्छाओं का होना दुःख नहीं है। इस बात को समझने के लिए सभी पंद्रह मिनट का एक प्रयोग करेंगे।

पंद्रह मिनिट यह सोचकर देखें कि इस वक्त कुछ भी हो जाए, हमारी कोई

भी इच्छा नहीं है। प्रवचन अभी बंद हो जाए या सुबह चार बजे तक चले, ऐसी कोई इच्छा नहीं है। प्रवचन बंद हो जाए यह भी इच्छा नहीं है, और चलता रहे यह भी इच्छा नहीं है। इस तरह कुछ क्षणों के लिए तो आप इच्छा मुक्त होकर देखें। रोशनी बंद हो जाए या शुरू हो जाए, ऐसी कोई इच्छा नहीं है। भूकंप आ जाए या हवाई जहाज गिर जाए, कुछ भी हो जाए, कुछ देर तो हम सारी इच्छाओं से मुक्त हो सकते हैं। अगर पाँच मिनिट के लिए भी यह मुक्ति की अवस्था महसूस हुई तो एक अनोखा स्वाद मिलता है।

यह स्वाद मिलना बहुत महत्त्वपूर्ण है। स्वाद मिला तो लगेगा कि हम जीवनभर इस मुक्ति का आनंद ले सकते हैं क्योंकि इच्छाएँ तो रहेंगी लेकिन उसके साथ चिपकाव बंद हो जाएगा। फिर इच्छाएँ रहेंगी भी तो कौन सी? अब सिर्फ उच्चतम इच्छाएँ ही रहेंगी। शरीर की इच्छा अलग है, मन की इच्छा अलग है, बुद्धि की इच्छा अलग है और आपकी इच्छा अलग है। जब कहा जाता है, 'आपकी इच्छा पूरी करो' वही इच्छा महत्त्वपूर्ण होती है। आप अपने नाम पर कुछ और इच्छाएँ पूरी कर रहे हैं इसलिए गड़बड़ है, तकलीफ है, दुःख और परेशानी है।

इच्छाओं से मुक्त नहीं होना है बल्कि उन्हें जोरदार ढंग से पूरा करना है। मगर उन इच्छाओं को पूर्ण करें, जो आपकी इच्छाएँ हैं। अब यह फर्क जानें कि आप जो हैं उसकी इच्छा क्या है? सिर्फ यह पता चल जाए कि आप सेल्फ (चैतन्य) हैं और शरीर तो अभिव्यक्ति का माध्यम है। कुछ बातें अभी समझ में नहीं आएँगी, उन्हें छोड़ दें और आगे की बातें समझने की तैयारी रखें क्योंकि कुछ शब्द अभी से पढ़े जाएँगे तो आगे की बातें समझने में आपको दिक्कत नहीं होगी।

ज्ञान-अज्ञान दोनों जरूरी हैं : एक समय था जब आप सभी बच्चे थे, अपने आपको जानते थे। तब आपको सत्संग में जाने की जरूरत नहीं थी। फिर जो माँ-बाप तेज संसारी नहीं थे उन्होंने अपने-अपने ढंग से बच्चों को प्रशिक्षण दिया। माँ अलग प्रशिक्षण देती है, पिताजी अलग प्रशिक्षण देते हैं। माँ कहती है, 'बेटा, किसी की पिटाई नहीं करनी चाहिए, किसी को मारना नहीं चाहिए' और पिताजी कहते हैं, 'तू पिटकर क्यों आया?' बच्चा बड़ा परेशान होता है। पिताजी के प्रशिक्षण का असर होता है तो बच्चा बदमाश बनता है। माँ के प्रशिक्षण का जब असर होता है तो वह बेचारा जिंदगीभर पिटकर ही आता है, अपने आपको कमजोर महसूस करता है। जो बच्चा बदमाश है, वह अपने आपको शेर समझता है। दोनों की नैया डूबती है क्योंकि माँ-बाप को पता ही नहीं है कि ये दोनों बातें बच्चे में एक साथ हो सकती हैं। पिटना और पीटना यह दो अलग बातें नहीं हैं, एक ही है। मगर यह हमारे तर्क

में, बुद्धि में नहीं बैठता है। जब बुद्धि में नहीं बैठता है, तब आप किसी को नहीं बताते हैं। ये दोनों एक साथ कैसे? यह बात पकड़ में नहीं आती।

उसी तरह ज्ञान-अज्ञान दोनों का रोल है, दोनों जरूरी हैं। असली ज्ञान जब मिलता है तब पता चलता है कि अज्ञान भी जरूरी है। अज्ञान अच्छा है, बुरा नहीं है, यह समझना तेजज्ञान है, तेजज्ञान की रोशनी है। यह रोशनी सभी को मिले। जब बच्चे का सही ढंग से मार्गदर्शन किया जाएगा, तब उसके अंदर दोनों बातों का विकास होगा। वह क्षमा भी कर पाएगा और समय पर अपनी सुरक्षा भी कर पाएगा क्योंकि उसे मूल चीज मालूम है।

25
संतुलित समझ

स्त्री का अर्थ शक्ल-सूरत से स्त्री, ऐसा न समझें। कई पुरुष ऐसे होते हैं, जिनके अंदर स्त्री के गुण होते हैं। कई स्त्रियाँ ऐसी होती हैं, जिनके अंदर पुरुष के गुण होते हैं। ऐसी भी जोड़ियाँ होती हैं, जिनमें बीवी पति का काम करती है और पति बीवी का काम करता है। मगर बच्चे के लिए दोनों विरूद्ध होते हैं। बच्चे के लिए बहुत तकलीफ होती है। अगर दोनों के अंदर समझ है तो वे बच्चे को सही ढंग से मार्गदर्शन दे पाएँगे कि 'तुम किसी को मार रहे हो तो मारो मगर इतना मालूम होना चाहिए कि कितना मारना है। ऐसा न हो कि कहीं मारने का आनंद ही मिलने लग जाए।' क्योंकि एक बार बच्चा पिटाई करने लग जाए तो फिर हर काम वह ताकत से करना चाहता है और उसकी बुद्धि बंद होने लगती है।

आप कुछ ताकतवर लोगों को जानते होंगे, जिनकी बुद्धि कम होती है क्योंकि वे बुद्धि का इस्तेमाल करना बंद कर चुके होते हैं। वे हर जगह ताकत का इस्तेमाल करते हैं। सामनेवाला नहीं मान रहा है तो जरा अलग ढंग से बोलकर देखेंगे, ऐसा नहीं सोचते। वे सीधा प्रहार करते हैं। वे कभी बुद्धि का इस्तेमाल नहीं करते और आप जानते हैं कि जिस चीज का इस्तेमाल नहीं किया जाता, वह चीज समय के साथ लुप्त हो जाती है। इसलिए यह कहा जाता है, 'इस्तेमाल करें वरना खो जाएगी (Use it or Loose it) ।' यह कुदरत का नियम है।

बच्चे का पूर्ण विकास करना है तो उसे यह बताएँ कि 'मारो, मगर यह समझ रखो कि कितना मारना है और नहीं मार रहे हो तो यह समझ रखो कि कितनी हद तक सहन करना है।' जब ये दोनों बातें उसे मिलती हैं तब वह अपनी सुरक्षा भी

करता है और अगर पिटाई करता भी है तो उसे मालूम होता है कि कब हाथ रोकना है। वरना कोई पीटते जा रहा है और उसे पता नहीं कि कब रुकना है तो मामला बहुत बिगड़ जाता है। जिससे दुश्मनी बढ़ती है, युद्ध होते हैं, बहुत कुछ हो जाता है। सही प्रशिक्षण न मिलने का यह नतीजा होता है। अगर सभी को अप्रशिक्षित माँ-बाप मिले तो युद्ध ही होगा।

जब दोनों तरह के गुणों का विकास होता है और उसके साथ समझ जुड़ती है तब बच्चों के अंदर एक संतुलन तैयार होता है। स्त्री और पुरुष के गुणों का जब संतुलन होता है तब एक पूर्ण इंसान तैयार होता है, जिसकी यात्रा बहुत सुलभ होती है। वह सत्वगुणी बनता है। यह सत्वगुण उसे उसकी आगे की यात्रा में बहुत मदद करता है।

कई लोग ऐसे होते हैं, जो सिर्फ इस वजह से सत्संग में नहीं जा पाते क्योंकि वह उनके ताश खेलने का समय होता है। इंसान के अंदर कुछ ऐसी आदतें, वृत्तियाँ तैयार हो जाती हैं, जिनकी वजह से वे अटक जाते हैं। तेजसंसारी माता-पिता आपस में सलाह-मशवरा करके बच्चे को प्रशिक्षण देते हैं। बच्चे को कब क्या बताना चाहिए, कौनसी समझ देनी चाहिए, इसकी उन्हें पूरी जानकारी होती है। ऐसा बच्चा जब बड़ा होगा तो वह विश्व में एक नई क्रांति ला सकता है। आपको ऐसे माँ-बाप न मिले हों मगर आपके बच्चों को तो ऐसे माँ-बाप जरूर मिलने चाहिए।

'तेजसंसारी' का अर्थ है, संन्यास और संसार से परे। 'तेज' शब्द की संकल्पना यहाँ बताई जा रही है। उस सत्य (अनुभव) को शब्दों में नहीं लाया जा सकता। जो बताना है, वह शब्दों में बैठेगा नहीं। फिर भी एक प्रयास किया जाता है कि आप वही समझें, जो आपको बताया जा रहा है। हर प्रवचन ताल-मेल बढ़ाने के लिए होता है, हर शिविर झटका देने के लिए होता है, जिससे वह अनुभव पकड़ में आए, जो आपके अंदर ही है।

जब बच्चा छोटा होता है तब वह जल्दी नई-नई बातों को सीख लेता है। बच्चा जब एक साल का होता है तो उसका जन्मदिन मनाया जाता है, उसे नए कपड़े पहनाए जाते हैं। बच्चा बड़ा परेशान होता है। उसे नए कपड़े बिलकुल पसंद नहीं आते मगर माँ-बाप बच्चे को नए कपड़े पहनाकर बड़े खुश होते हैं। बच्चे को नए कपड़ों में खुशी नहीं मिलती मगर यही बच्चा कुछ साल के बाद नए कपड़े नहीं मिलने पर रोता है। यही बच्चा बड़ा हो जाता है तो वह इंतजार करता है कि मेरा जन्मदिन कब आएगा। हर दिन उसे कैलेण्डर दिखाया जाता है तो वह कल्पना करता है कि इस बार जन्मदिन पर यह उपहार मिलेगा, नए-नए कपड़े मिलेंगे। मगर जब आप

बच्चे थे तब यही चीज आपको अखरती थी क्योंकि उस वक्त आपके लिए अनुभव ज्यादा महत्त्वपूर्ण था। बाद में अनुभव का महत्व कम हुआ और आकार ही ज्यादा महत्त्वपूर्ण हो गया। अपना चेहरा ही ज्यादा महत्त्वपूर्ण लगने लगा। 'यही मैं हूँ' ऐसी मान्यता बन गई।

26
तेजपारखी ऐक्टिंग स्कूल

बाहर के ऐक्टिंग स्कूल में आपको अभिनय करना सिखाया जाता है ताकि आप नाटक या फिल्म में अपना किरदार बेहतरीन तरीके से निभा सकें। वहाँ का मार्गदर्शक कहता है कि 'अभिनय करें तो ऐसा लगना चाहिए कि आप उस किरदार को जी रहे हैं। वही किरदार आप हो गए हैं। इस तरह अभिनय करें जैसे वही आपकी असली जिंदगी है।'

मगर तेजपारखी ऐक्टिंग स्कूल में आपको बताया जाता है, 'जीयो तो ऐसे जैसे अभिनय ही हो', यह बड़ा फर्क है। यह तेजपारखी अभिनय शाला भी है और तेजपारखी ब्यूटी पार्लर भी है। बाहर के ब्यूटी पार्लर में आपको बाहर से खूबसूरत बनाया जाता है मगर इस ब्यूटी पार्लर में आपको अंदर की खूबसूरती दी जाती है। यह ब्यूटी पार्लर अलग है। यहाँ आपको बच्चे का चेहरा दिया जाता है, नाम नहीं दिया जाता। कई सत्संगों में ऐसी प्रथा है कि वहाँ आपका नाम बदल दिया जाता है। जो इंसान वहाँ जुड़ जाता है, उसका नाम बदल दिया जाता है। अगर कभी ऐसी प्रथा बनी और जरूरत पड़े तो उनके नाम टिल्लू, चिंकू, पिल्लू, रखे जाते। लेकिन नाम बदलने से कोई काम नहीं होनेवाला है। क्या आप अंदर से बच्चा जिस अनुभव में होता है, वह अनुभव महसूस करते हैं? यह जानना जरूरी है। अगर यह महसूस कर रहे हैं तो सही मायने में आपका अंदर से बदलने का, तेजपारखी ब्यूटी पार्लर का काम हो रहा है।

इस ऐक्टिंग स्कूल में सही मायने में काम तब होता है, जब किसी का जीवन ही अभिनय बन जाता है और हकीकत यही है। मान्यता न होती तो आप इसी वक्त समझ जाते कि वाकई अभिनय ही चल रहा है। आप जब किसी से कहेंगे कि 'मैं बोर हो रहा हूँ' तब आप अंदर से यह जान रहे हैं कि मैं तो आज तक कभी बोर हुआ ही नहीं। हालाँकि बोर होने का अभिनय तो करना पड़ता है। सामनेवाला दूसरी कोई भाषा नहीं समझता है इसलिए उसे कहना पड़ता है, 'अरे! बहुत बोर हो गए...

बड़े खुश हो गए...' यह तो बोलने के लिए बोला गया है क्योंकि और कोई भाषा लोग समझते ही नहीं हैं मगर यह सिर्फ अभिनय ही है।

अपने आपको शरीर मानना अभिनय नहीं है। अभिनय वह जब आपने स्वयं को जाना, उसके बाद आप जो भी करेंगे वह अभिनय ही होगा। खुशी या दुःख का अभिनय करना हो तो कोशिश करनी पड़ती है मगर समझ प्राप्ति के बाद आप जो भी करेंगे वह अभिनय ही होगा। आप अनुभव से जानेंगे कि जो भी बात हो रही है, वह अभिनय ही है। जो भी प्रवचन चल रहे हैं, वे अभिनय ही हैं। हर शब्द कहने के बाद पता चलेगा कि अभिनय के अलावा और कुछ नहीं हो सकता। क्योंकि जो आप कह रहे हैं वह आप नहीं कह रहे हैं, आपका मनोशरीरयंत्र कह रहा है। ऐसे अभिनय में न कोशिश करनी पड़ती है, न कोई तकलीफ है। बिना कोशिश के यह अभिनय चल ही रहा है। यह बात अनुभव के बाद ही समझ में आ सकती है मगर उसके पहले आपको कुछ इशारे किए जाते हैं।

तेजपारखी ऐक्टिंग स्कूल किस प्रकार का होगा? इस स्थान पर किस प्रकार का अभिनय सिखाया जाएगा? अगर अभिनय सिखाना ही है तो रोज एक नया किरदार लेना पड़ेगा कि अगर पड़ोसी आपके घर के सामने कचरा फेंके तो आपको ऐसा अभिनय करना चाहिए... कोई रास्ते में आप पर कीचड़ उड़ाकर जाए तो ऐसा करना चाहिए... अचानक घर में मेहमान आ जाएँ, जो आपको पसंद नहीं हैं तो आपको ऐसा करना चाहिए...। रोज एक-एक घटना लेनी पड़ेगी और उनके अभिनय पर बात करनी होगी। इस तरह पूरा जीवन एक-एक घटना में बीतता जाएगा क्योंकि एक इंसान के जीवन में सुबह से लेकर रात तक बहुत सारी घटनाएँ होती हैं।

इस ऐक्टिंग स्कूल में एक-एक किरदार के बारे में बताने के बजाय आपको सीधा बताया जाएगा कि 'आप यह हैं और यह जानने के बाद जो भी करेंगे, वह अभिनय ही होगा। फिर ऐसे जीएँ जैसे जिंदगी में अभिनय ही कर रहे हैं।' ये बातें जब तक आपका अनुभव नहीं बन जातीं तब तक लगेगा कि यह बहुत कठिन है मगर यह कठिन नहीं है। सिर्फ मान्यताओं का परदा हट जाए तो सब आसान हो जाएगा।

अगले अध्याय में एक उदाहरण द्वारा इसे समझेंगे।

27
चार किरदार

जरा सोचें कि आपके चारों तरफ चार तरह के लोग जीवन जी रहे हैं, तब आपकी जिंदगी में क्या-क्या होता है? उनमें से पहले तीन किरदार तो आपको मुख्य लगते हैं मगर चौथा किरदार मुख्य नहीं लगता। कभी-कभी उसकी उपस्थिति आपको अच्छी लगती है। अगर चौथा किरदार नहीं है तो आपको लगता है कि कुछ तो अधूरा है इसलिए आप उस चौथे से कहते हैं, 'तुम भी रहा करो।' क्योंकि चौथे किरदार का रहन-सहन सभी से अलग है। सारे लोग जो कर रहे हैं, वैसा वह कुछ नहीं करता। उसका अभिनय हमेशा अलग ही होता है। वह कभी पागलपन का अभिनय करता है तो कभी जहाँ कुछ बोलना चाहिए, वहाँ बोलता ही नहीं। इन्हीं बातों की वजह से चौथा किरदार आपकी जिंदगी में आपको मुख्य नहीं लगता। मगर आपके जीवन में एक ऐसा समय आएगा जब वह चौथा किरदार आपके लिए सबसे मुख्य बन जाएगा।

ये चार प्रकार के किरदार आपके जीवन में आते हैं और आप पाँचवें किरदार हैं- इस तरह पाँच लोग हैं। ये पाँच लोग किस तरह जी रहे हैं, आइए इसका थोड़ा विश्लेषण करेंगे।

पहला किरदार : इसे इस तरह समझें कि सभी लोग अपने सिर से दो इंच ऊपर वजन उठाकर चल रहे हैं। आप भी सिर के दो इंच ऊपर कोई वजन उठाकर चल रहे हैं। आपके जीवन में जो पहला किरदार है उसके भी सिर पर कुछ वजन है, जो आपके वजन से ज्यादा है। यह किरदार आपके लिए बहुत मुख्य है क्योंकि इसके पास जो वजन है, उसे देखकर आप सोचते हैं कि मेरे सिर पर रखा हुआ वजन तो इससे कम है। जब भी शिकायत उठे तो देखें कि पहला किरदार कितना बोझ उठाकर चल रहा है, तब आपको इससे प्रेरणा ही मिलेगी।

पहला किरदार इस प्रकार का किरदार है। आपके रिश्तेदार, माँ-पिताजी, चाचा, बुआ ये सभी पहले प्रकार में आते हैं। आप देखेंगे कि इनके ऊपर ज्यादा बोझ है।

दूसरा किरदार : इसमें ऐसे रिश्ते आते हैं जो उतना ही वजन उठाए हुए हैं, जितना आपने उठाया है। ये हैं आपके भाई, बहन, मित्र, सहपाठी इत्यादि। आपको लगता है कि सभी के ऊपर एक जितना ही बोझ है।

पहले किरदार से आप बड़ी प्रेरणा लेते हैं, उससे आपको प्रोत्साहन मिलता है। दूसरे किरदार से आपकी बातचीत होती है, विचारों का आदान-प्रदान होता है कि 'तुम्हारे ऊपर भी उतना ही बोझा है, जितना मेरे ऊपर है। मुझे यह बताओ कि तुम कैसा महसूस करते हो? और मैं कैसे महसूस करता हूँ यह मैं बताता हूँ इत्यादि।'

कॉलेज में जहाँ पर कुछ लोग मिलते हैं तो वहाँ उनकी बातें चलती हैं, 'तुम्हारे घर में कैसा चल रहा है? हमारे घर में इस तरह चल रहा है।' एक-दूसरे से वार्तालाप करके उन्हें लगता है कि हमारा बोझ थोड़ा कम हो गया। यह दूसरे तरह का किरदार है।

तीसरा किरदार : तीसरा किरदार वह है, जिसके पास आपके वजन से कम वजन है। ये लोग आपसे छोटे हैं, बच्चे हैं। आपको लगता है, इन पर वजन कम है तो आप उनके लिए प्रेरणा बनते हैं। वे लोग आपको देखते हैं और आप से प्रेरणा लेते हैं।

चौथा किरदार : चौथे किरदार के पास सभी किरदारों से ज्यादा वजन है मगर उसका रहन-सहन ऐसा नहीं दिख रहा है कि उसके पास ज्यादा वजन है क्योंकि उसकी बातचीत हमेशा अलग होती है।

उच्चतम राय : आपको जब कोई समस्या आती है तब आप सभी किरदारों को बुलाते हैं और अपनी समस्या बताते हैं। आपको यह अच्छा लगता है कि चारों किरदार आपके साथ हैं ताकि आप अपनी बात कहें और हर एक किरदार से अलग-अलग प्रेरणा ले पाएँ। इसलिए आप चारों किरदारों को बुलाकर अपनी समस्या बताते हैं। हालाँकि आप चाहते हैं कि चौथा किरदार उपस्थित नहीं भी रहेगा तो चल सकता है। मगर फिर आपको लगता है कि उसकी उपस्थिति भी जरूरी है क्योंकि उसके बिना आपको कुछ कमी महसूस होती है।

जब आप अपनी समस्या बताते हैं कि 'फलाँ इंसान आया और मुझे गाली देकर गया, उसने मुझे थप्पड़ मारा तो मुझे क्या करना चाहिए?' तब हर एक किरदार अपनी-अपनी राय बताता है।

पहला किरदार कहता है, 'किसी ने आपको एक गाल पर थप्पड़ मारा तो दूसरा गाल भी आगे करना चाहिए था।' दूसरा कहता है, 'उसने एक थप्पड़ मारा तो आपको उसे दो थप्पड़ मारने चाहिए थे। आपने क्यों सहन किया?' तीसरा कहता है, 'अरे! उन्हें गलतफहमी हुई होगी। वह गलतफहमी दूर करनी चाहिए थी वरना वह आपको गाली क्यों देता? थप्पड़ क्यों मारता ?' चौथा किरदार समस्या के बारे

में कुछ बोलता ही नहीं। जब आप बहुत जिद करते हैं कि वह भी कुछ जवाब दे तो वह उलटे-पुलटे जवाब देता है। जैसे वह कहता है, 'सामनेवाला आपको गाली देकर गया यानी वह बड़ा दानी लगता है। आज दुनिया में देनेवाले लोग बहुत कम हैं। लोगों के अंदर देने का जो भाव है, वह कम हो गया है।'

दान का अर्थ असल में क्या है? किसी को कुछ चीज दी तो दान हो गया, ऐसा नहीं है। जिस शरीर में देने का भाव तैयार हुआ है, वह दानी है। भले वह कुछ दे रहा हो या नहीं मगर वह दानी है क्योंकि वह देने का आनंद जान गया। फिर वह क्रिया हुई या नहीं, यह अलग बात है। वह आनंदित होता है इसलिए वह दानी है।

तीन किरदार आपको जो बता रहे हैं, उससे चौथे का जवाब अलग ही होता है। आप कहते हैं, 'फलाँ ने मुझे चाँटा मारा' तो चौथा कहता है, 'तुम मूर्ख हो। अपने आपको जानो तो तुम्हें चाँटा कौन मार सकता है?' ऐसा जवाब सुनकर आपको लगेगा कि इससे अच्छा तो यह चुप बैठा होता। मगर फिर भी आपको लगता है कि उसके जवाबों में कोई बात हो सकती है इसलिए यह भी उपस्थित रहे। उसे आप सबसे कम महत्व देते हैं। मगर हो सकता है कि एक समय ऐसा आएगा वही किरदार आपके लिए सबसे महत्त्वपूर्ण हो जाएगा। जिस दिन से उसकी बातें आपको समझ में आने लगेंगी तब से वह आपके लिए सबसे महत्त्वपूर्ण हो जाएगा। तब वह सारे रहस्य खोल देगा।

अब आपको समझ में आ रहा होगा कि कौन से किरदार के बारे में बातें हो रही हैं, कौन से ऐक्टिंग स्कूल की बात चल रही है, कौन आपको ऊटपटाँग जवाब दे रहा है। असल में जवाब ऊटपटाँग नहीं हैं, वे बहुत सीधे हैं मगर बाकी लोगों की ऊटपटाँग बातें सुन-सुनकर ये जवाब आपको ऊटपटाँग लगने लगते हैं। चौथा किरदार तो बहुत सीधे-सीधे कह रहा है कि 'कौन गाली दे रहा है? किसे गाली दे रहा है? कौन चाँटा खा रहा है? कौन चाँटा मार रहा है? इसकी पहले पूछताछ करें, मूल गलती को पकड़ें।'

अगर मूल गलती नहीं पकड़ेंगे तो जिंदगीभर समस्याएँ आती ही रहेंगी और आप सबसे पूछते रहेंगे कि 'तुम बताओ, आज मेरे साथ ऐसा हो गया कि एक इंसान ने मेरी टोपी छीन ली तो मैं क्या करूँ?' सामनेवाला जवाब देगा, 'टोपी छीन ली तो आप उसे कहते कि 'भाई साहब, यह मेरी टोपी है।' दूसरा कहेगा, 'अरे! जरा उसे डराते कि मैं पुलिस को बुलाऊँगा।' तीसरा कहेगा, 'बेचारे को जरूरत होगी, कोट भी उतारकर देते तो अच्छा होता। कुछ लोग महापुरुषों के वचन से प्रभावित होते हैं। जैसे जीजस का एक वचन है कि 'कोई तुम्हें कहता है कि मेरे लिए यहाँ तक

चलो तो उससे ज्यादा ही चलना, शायद उसे ज्यादा की जरूरत हो।' इस प्रभाव की वजह से वे सामनेवाले को कहते हैं कि 'टोपी के साथ कोट भी दे देते तो अच्छा होता।'

अलग-अलग लोगों ने अलग-अलग समय पर, अलग-अलग लोगों के लिए कुछ कहा और आज लोग उसकी नकल करने में लगे हुए हैं। लोग सोचते हैं, 'ऐसा-ऐसा करने के लिए कहा गया है तो वैसा ही करना है।' मगर चौथा किरदार आपको कहेगा कि 'पहले यह बात समझें कि ऐसा करना भी आपके हाथ में नहीं है। इन जवाबों में से जो भी उचित लगता है, वह करें। सिर्फ देखें कि आपसे कौन सी क्रिया होती है, आप समझाते हैं या पुलिस का डर दिलाते हैं या कोट उतारकर हाथ में देते हैं। ये अच्छा हुआ या बुरा हुआ, ऐसी तुलना नहीं करनी है। मुझे ऐसा नहीं करना चाहिए था, वैसा करना चाहिए था, इन बातों में नहीं उलझना है।'

समझ प्राप्ति के बाद यह बात आपको समझ में आएगी कि चौथा किरदार जो कह रहा है, वह ज्यादा सही है और यही हकीकत है। यह जो कह रहा है वही सत्य है। सिर्फ एक मान्यता की वजह से आप उसे गलत समझ रहे थे। अब आप उसे सुनने के लिए तैयार हो जाएँगे।

28
आप अभिनय कर रहे हैं

कई लोग ऐसा मानते हैं कि जैसे एक पारिवारिक (फैमिली) डॉक्टर होता है, वैसे ही एक पारिवारिक गुरु भी हो। वे वैसे गुरु करते भी हैं मगर उसका फायदा नहीं होता है। जब आप सुनने के लिए तैयार हो जाएँगे तब आगे का रहस्य पता चलेगा कि आप जो बोझ उठाकर चल रहे हैं, उसकी कोई जरूरत ही नहीं है। आपको ऐसा लगता है कि बोझ है मगर आप तो सिर्फ अभिनय कर रहे हैं। असल में आपने कोई बोझ नहीं उठाया है। जिसे लग रहा है कि मैंने ही बोझ उठाया हुआ है, उसे कितना तनाव आता होगा? उसके दिमाग में पक्का बैठ गया है कि यह बोझ मुझे ही उठाना है और आजू-बाजू में सभी यह बोझ उठाए हुए हैं।

फिर जब विश्वास जगेगा कि यह अभिनय है तो ही आप हाथ ढीला करके देखेंगे। तब पता चलेगा कि कोई तनाव या दबाव नहीं है। हम सिर्फ मानकर बैठे हैं और उसके साथ जुड़ गए हैं। हाथ के साथ ही पीड़ा और दर्द थे। जब हाथ हटा दिया तो भी बोझ वहीं है। यह नाटक ही चल रहा है, अभिनय ही चल रहा है। इस

समझ के बाद वह किरदार निभाने में जो मजा आएगा, वैसा मजा कभी नहीं आ सकता था। आप वैसे ही जी रहे हैं, वही सब काम कर रहे हैं मगर अंदर से सब बदल गया है – यह मुख्य बात है। लोगों को तो आप पहले जैसे ही दिखाई दे रहे हैं। शायद लोगों को लगे कि आप पर ज्यादा बोझ है, आप दूसरों से ज्यादा काम कर रहे हैं मगर आप जानते हैं कि करने के लिए कुछ बचा ही नहीं है। यही बात आप यहाँ पर समझने का प्रयास कर रहे हैं।

फिर चौथे के साथ जो रिश्ता बनता है वही सबसे महत्त्वपूर्ण हो जाता है। वाकई में गुरु और शिष्य का रिश्ता इसी तरह का होता है। यही रिश्ता सबसे ज्यादा महत्त्वपूर्ण है क्योंकि आज तक आप जिस आभास में जी रहे थे, जिस भ्रम में जी रहे थे, उससे मुक्ति मिल जाती है।

शब्दों की पूजा ज्ञान नहीं है : अगर आपसे यह पूछा जाए कि 'आज तक आपने कितनी कुल्फियाँ खाई हैं?' आप कहेंगे, 'बचपन से मैंने बहुत कुल्फियाँ खाई हैं।' फिर आपसे कहा जाए कि 'कृपया खाई हुई कुल्फी की कुछ डंडियाँ दे दें।' तब आप कहेंगे, 'वे तो नहीं हैं, हमने कुल्फियाँ खाईं और डंडियाँ फेंक दीं क्योंकि उनका काम हो गया।' ऐसी ही गड़बड़ 'ज्ञान' शब्द की वजह से हो गई है। लोग शब्दों के ज्ञान को ही असली ज्ञान समझते हैं इसलिए आज नई शब्दावली में बात की जाती है। पुराने उपनिषदों से बातें नहीं बताई जाती हैं।

उपनिषद् में बताया गया है कि जो इंसान अविद्या में है यानी जो विद्या नहीं जानता वह अज्ञान में है, वह अंधेरे की तरफ जा रहा है। मगर आज ऐसी बातें नहीं होती हैं। आज बताया जाता है कि 'जो विद्या की पूजा कर रहा है, वह और ज्यादा अंधेरे में जा रहा है।' आप कहेंगे, 'यह क्या बात हुई? जो अविद्या में है वह अंधेरे में जा रहा है और जो विद्या की पूजा कर रहा है वह और गहरे अंधेरे में जा रहा है, ऐसे कैसे हो सकता है? कुछ तो गड़बड़ है। पहली बात तो समझ में आती है मगर दूसरी बात कुछ अलग लगती है।'

इसे यूँ समझें– जो इंसान विद्या की पूजा करता है यानी बुद्धि से वह कुछ सुनता है और उस अविद्या की पूजा करने लगता है यानी शब्दों को पकड़कर बैठ जाता है। इस तरह वह इंसान और ज्यादा अज्ञान के अंधेरे में चला जाता है। लोग ज्ञान के शब्दों को पकड़कर उनकी पूजा कर रहे हैं। आप लोगों को कहते हुए सुनेंगे, 'मैंने ऐसा पढ़ा है, असल में ऐसा है... कृष्ण यह कहना चाहते हैं... चौथे श्लोक में उन्होंने यह कहा है... कृष्ण ने यही कहा है कि मेरी शरण में आ जाओ... ।' फिर जिसे जो बात उठानी है, वह उसी श्लोक को बताता है। गीता में बहुत कुछ लिखा

है। आज किसी को अपनी बात साबित करनी हो तो वह कहता है, 'फलाँ जगह पर ऐसा कहा है।' पर वहाँ और भी बहुत कुछ कहा गया है, जिसकी बात नहीं की जाती है। मगर उसे अपनी बात सिद्ध करनी होती है इसलिए वह चार बातें लेकर आता है और सभी को बताता है।

कोई यह भी कहता है, 'कृष्ण ने कहा है कि कर्म करना तुम्हारे हाथ में है, फल तुम्हारे हाथ में नहीं है।' लेकिन कृष्ण और बहुत कुछ कहते हैं, वह कब समझेंगे? कोई कहता है, 'जीज़स ने कहा है, मैं ईश्वर का पुत्र हूँ। अब हम सब ईश्वर से प्रार्थना करेंगे कि जीज़स हमारे लिए कुछ करे।' मगर जीज़स ने आगे कहा, 'मैं ईश्वर का पुत्र हूँ और तुम भी हो। मैं जो कर सकता हूँ वह तुम भी कर सकते हो और उससे ज्यादा कर सकते हो।' लेकिन इस बात को बाजू में रख दिया गया। जीज़स ईश्वर का पुत्र है, इस आधी बात को पकड़कर आज लोग चल रहे हैं। यह अधूरा ज्ञान है और अधूरा ज्ञान हानिकारक होता है। बात को पूरी तरह समझने का प्रयास करेंगे तो ही सही अर्थ जान पाएँगे। शब्दों को ही पकड़ेंगे तो सिर्फ ज्ञान की ही पूजा होगी।

मुक्ति और अनुभव : जब ज्ञान की पूजा होने लग जाए तो लोग उसमें ही उलझ जाते हैं और अपने आपको ज्ञानी समझते हैं। इसलिए ऐसे ज्ञान से छुड़ाने के लिए कोई आता है। गुरु का यही महत्व है कि जब इंसान ऐसी बातों में अटक जाए तो गुरु उसे ऐसी बातों से छुड़ाएँ। इंसान पहले अज्ञान पकड़कर बैठा था और अब ज्ञान पकड़कर बैठा है। शब्दों का ज्ञान छोड़ना है और असली चीज़ पर स्थापित होना है क्योंकि ज्ञान या तो सौ प्रतिशत होता है या तो शून्य प्रतिशत होता है। एक बार संपूर्ण समझ मिलने के बाद आप ज्ञान से, विद्या से अलग नहीं हो पाते। शब्दोंवाली विद्या को विद्या समझकर बैठ जाते हैं इसलिए गड़बड़ हो जाती है। असली अनुभव मिलने के बाद आप उससे अलग नहीं हो सकते। तैरने की पुस्तक पढ़कर पानी में उतर गए तो क्या होगा, यह आप जानते हैं। क्या उस वक्त आप पुस्तकों में बताई गई तकनीक याद करेंगे? नहीं। आप पानी में उतरने के बाद सीधा हाथ-पाँव मारने लगेंगे। जब आप तैरना सीख जाएँगे तो आपको पुस्तक में लिखी बातें याद करने की जरूरत नहीं पड़ेगी। अब उस ज्ञान की पूजा करने की क्या जरूरत है, सीधा उस ज्ञान पर रहें। अन्य बातों में उलझने की जरूरत नहीं है।

जैसे, आपको किसी ने खाने पर बुलाया और वहाँ बड़ा स्वादिष्ट भोजन सजाकर रखा है। उसे देखकर आपके मुँह में पानी आ रहा है मगर आपके चारों तरफ कुछ लोग अलग-अलग पुस्तकें लेकर आए हैं। कोई पाक कला की पुस्तक लेकर

आता है और कहता है, 'देखो, इसमें क्या लिखा है... कितना महत्त्वपूर्ण बताया है... इससे शरीर को यह फायदा होता है...।' आप कहेंगे, 'ठीक है, मुझे खाना खाने दो।' वह कहेगा, 'नहीं-नहीं तुम्हें इसका महत्व मालूम है क्या? मैं आपको दूसरी पुस्तक भी दिखाता हूँ, इस भाग में क्या लिखा है। इसे बनाने के लिए कितनी मेहनत करनी पड़ती है। खुद पढ़ेंगे तो यकीन आएगा।' आप कहते हैं, 'अरे! ठीक है मगर मैं खाना तो खा लूँ।' वे कहते हैं, 'तीसरी पुस्तक देखें।' इस तरह कोई आपको खाना खाने ही नहीं दे रहा है।

एक से एक पुस्तकें लेकर लोग आते हैं, 'देखो, सामवेद में क्या कहा है... अथर्व वेद में क्या कहा गया है... उपनिषदों में यह लिखा है... ये १०८ उपनिषद् हैं, पढ़कर देखें... वेदांत में क्या लिखा है... आदि शंकराचार्य ने क्या लिखा है... इत्यादि।' एक से एक पुस्तकें लेकर लोग आपको बता रहे हैं। एक हटता नहीं कि दूसरा आकर खड़ा हो जाता है। वे लोग कहते हैं कि 'हमें सेवा का काम दिया गया है। हमें बताया गया है कि यहाँ जो लोग आएँगे उन्हें इन पुस्तकों का पूरा-पूरा महत्व बताओ इसलिए हम एक से एक पुस्तक लेकर आ रहे हैं।' अध्यात्म पर बहुत सारी पुस्तकें लिखी गई हैं। फिर कोई गीता लेकर आएगा कि 'देखो, कृष्ण ने जो कहा है, आप भी वही कह रहे हैं।' शुरू में तो यह ठीक है लेकिन अब समय है कि आप अपने आप पर रहें, उसका स्वाद लें। स्व का स्वाद लेना और उसके बारे में पुस्तकों में पढ़ना अलग बात है।

जब ज्ञान की पूजा होने लगती है तब लोग और गहरे अंधेरे में चले जाते हैं। फिर कोई आपको रोकता है कि कहीं आप उन जवाबों में तो नहीं उलझ गए? फलाँ संत ने यह-यह बताया मगर वह जिसके लिए बताया, उसकी समझ का स्तर क्या था, यह कभी सोचा ही नहीं। उसकी पात्रता क्या थी, अपनी पात्रता क्या है, इस पर तो कभी ध्यान ही नहीं दिया।

ये जो मुख्य बातें हैं, इन्हें समझने का प्रयास करें। आगे चलकर जब वाकई आप अनुभव पर रहने लग जाएँगे तब शब्द अपने आप हटते जाएँगे। अनुभव आँखों से नहीं देखा जा सकता। अगर आँखों से दिखता तो बेचारे दुनियाभर के अंधों का क्या होता? यानी उनके लिए कोई मार्ग ही नहीं बचता इसलिए दृश्य के साथ उस अनुभव को जोड़ा ही नहीं गया। अगर अनुभव आवाज होता तो बहरे क्या करते? अगर वह चीज गाकर ही बताई जा सकती तो बेचारे गूँगों का क्या होता? अगर वह चीज तीर्थों पर जाकर ही मिलती तो अपाहिजों का क्या होता? अंदर की दुनिया एक अलग ढंग की दुनिया है। जब आप खुद अनुभव करेंगे तो वाकई आप कहेंगे कि

'यह नजारा तो अंधा भी देख सकता है, यह नगाड़ा बहरा भी सुन सकता है। यह ऐसा गीत है जो गूँगा भी गा सकता है और यह ऐसा स्थान, तेजस्थान, तीर्थस्थान है जहाँ अपाहिज भी जा सकता है। जब अनुभव होगा तब उसका महत्व आपको समझ में आएगा।

29
सपने का टूटना

जब आप पहली बार सत्संग में आते हैं, कुछ बातें सुनते हैं और उन बातों पर सोचते हैं तब पता चलता है कि पहले की समझ और सत्संग में आने के बाद की समझ में बड़ा फर्क है। पहले कुछ वाक्य, कुछ पंक्तियाँ सुनते थे, जैसे 'सब कुछ स्वचलित हो रहा है, हमें कुछ करने की जरूरत ही नहीं है।' ऐसी बातें सुनकर मन में शंका होने लगती थी कि ऐसा कैसे हो सकता है? हमेशा यही लगता था कि हम नियोजन करते हैं तब ये काम होते हैं। मगर जब सत्संग में आते हैं, प्रवचन सुनते हैं तब बात पकड़ में आती है कि क्या बताया जा रहा है और इसका असली अर्थ क्या है। तब छूटी हुई कड़ी पकड़ में आती है।

कई तरह की साधनाओं और विधियों में ऐसा होता है। शुरूआत में जब कोई सुनता है कि सत्य श्रवण द्वारा सत्य की प्राप्ति हो सकती है तो उसे यकीन ही नहीं आता क्योंकि बाहर की दुनिया में इंसान ने बहुत कुछ सुन रखा है कि 'सत्य को प्राप्त करने के लिए आपको ऐसा करना पड़ता है, वैसा करना पड़ता है, जप करना पड़ता है, तप करना पड़ता है।' ये सब सुन-सुनकर उसे पूर्ण विश्वास हो जाता है कि वाकई सत्य की प्राप्ति के लिए बहुत कुछ करना पड़ता है। मगर कोई कहे कि 'आपको कुछ भी नहीं करना है क्योंकि जिस चीज की तलाश आप बाहर कर रहे हैं, वह चीज आपके पास ही है इसलिए आपको कुछ करने की जरूरत नहीं है।' इस बात पर इंसान विश्वास ही नहीं करता।

उदा. कोई इंसान पिंपरी में सपना देख रहा है कि वह अमेरिका में है। फिर उसी सपने में वह देखता है कि बहुत साल हो गए हैं, अब गाँव जाना चाहिए। वह हवाई जहाज की टिकट का बंदोबस्त करता है और तीन दिन के बाद अमेरिका से निकलता है। हवाई जहाज से वह मुंबई पहुँचता है। मुंबई पहुँचने के बाद टैक्सी पकड़कर वह पूना आता है। फिर वह ट्रेन द्वारा पिंपरी पहुँचता है। अब वह अपने घर के इमारत की सीढ़ियाँ चढ़ रहा है। जैसे ही वह हॉल में प्रवेश करता है तो उसका सपना टूट

जाता है। वह अपने आपको वहीं, उसी हालत में पाता है। वह कहता है कि 'शुरू से मैं यहीं पर था, कहीं गया ही नहीं। फिर इतने प्रयास और तकलीफें हुईं, वह किसने सहीं?' इसी तरह रात को जब इंसान सपना देखता है तब वह अपने पलंग को छोड़कर दुनिया की हर जगह पर पहुँच जाता है। सिर्फ वहाँ पर ही नहीं पहुँचता जहाँ उसे पहुँचना चाहिए। अगर कोई इंसान अपने ही सपने में, उसी पलंग पर आ जाए जहाँ वह सोया था तो वह क्षण सपना टूटने का होता है। सपने में ही वह देख रहा है कि अभी आँखें बंद करके सोया और जाग गया यानी जब पता चला, 'मैं कहाँ हूँ?' और 'मैं कौन हूँ?' वही 'वह' क्षण होगा जब पूरे ब्रह्माण्ड का रहस्य आपको समझ में आएगा।

एक विद्यार्थी गणित का प्रश्न हल करता है तो उसे कितनी खुशी होती है! वह बहुत दिन से उस प्रश्न को हल करने का प्रयास कर रहा था और उसे आज सफलता मिली। एक साधारण से गणित का सवाल हल होने के बाद इतनी खुशी होती है तो आप सोचें कि जब ब्रह्माण्ड का रहस्य आपको पता चलेगा तब आपको किस तरह का आनंद आएगा! तब समझ में आएगा कि 'आपने कुछ नहीं किया' उससे ही आनंद आ रहा है, जो तनाव आ रहे थे वे तुरंत खतम हो गए। परंतु तनाव पर तनाव नहीं आया क्योंकि तनाव अपने आपमें गलत नहीं है। लोगों ने तनाव की गलत परिभाषा देकर बड़ी गड़बड़ की है। तनाव या चिंता बुरी नहीं है, चिंता की चिंता, तनाव का तनाव गलत है। तोलू मन चिंता की चिंता और तनाव के तनाव को लाता है। वह आकर कहता है, 'तुझे तो चिंता नहीं होनी चाहिए थी, तू तो सत्संग में जाता है।' तनाव आया है तो शरीर काम करेगा। तनाव का आना जरूरी है मगर तनाव पर तनाव आता है तो वह ठीक नहीं है।

इंसान कहता है, 'मुझे चिंता नहीं करनी चाहिए' तो चिंता न करने का काम वह करने लगता है, यही उसकी मूल गलती है। यह गुत्थी कैसे सुलझे? कैसे इंसान पहले प्रयास करता है, वह बहुत प्रयत्न करता है और प्रयत्न करते-करते उसे एक बात समझ में आ जाती है कि प्रयत्न करने से कुछ प्राप्त नहीं होगा। जो चीज हम पाना चाहते हैं, वह प्रयास से प्राप्त नहीं होगी।

ईमानदार गौतम की कहानी : गौतम बुद्ध अपनी साधना के वक्त कुछ वर्ष जंगलों में जानवरों जैसा जीवन जी रहे थे। उनके साथ कुछ और लोग भी थे जो उस वक्त की मान्यताओं के हिसाब से जी रहे थे। उस वक्त ऐसी मान्यता थी कि पाप करने पर अगले जनम में तुम्हारा जनम कुत्ते की योनि में भी हो सकता है इसलिए पाप कम करें और जो हो चुके हैं उन्हें नष्ट करने के लिए पुण्य बढ़ाने का काम करें। इसी

जनम में जानवर जैसा जीवन जी लेंगे, कष्ट भोग लेंगे तो शायद अगले जन्म में कुत्ता न बनना पड़े। आज आपको यह सुनकर हँसी आएगी क्योंकि वह मान्यता टूट गई है। मान्यता टूटने पर हँसी आती है। दस साल के बाद लोग चाँद पर रहने लगेंगे तो आपको चाँद को जल चढ़ाने में शर्म आएगी कि वहाँ के लोग सोचेंगे- एक गाँववाले दूसरे गाँववालों को पानी दे रहे हैं। मगर आज यह मान्यता है तो लगेगा कि यह ठीक है। एक समय ऐसा आता है, जब कुछ मान्यताएँ खतम हो जाती हैं और कुछ आगे बढ़ती हैं। बुद्ध काल में लोगों की ऐसी मान्यताएँ थीं। वे बेचारे मान्यताओं के हिसाब से वैसा कर रहे थे।

गौतम बुद्ध ऐसे इंसान थे कि किसी ने उन्हें कुछ करने के लिए कह दिया तो वे पूरी ईमानदारी के साथ वह कार्य करते थे। उन्होंने इतने उपवास रखे कि उनका पेट पीठ के साथ जुड़ गया था। उनका शरीर इतना कमजोर हो गया था कि उन्हें चक्कर आने पर वे बेहोश हो जाते थे। तब उन्होंने समझा कि इस मार्ग से सत्य प्राप्त नहीं होगा। क्योंकि जब उपवास रखा तो क्रोध नहीं आता है, बुरे विचार नहीं आते हैं, वासनाएँ नहीं आती हैं। मगर जैसे ही शरीर को भोजन मिलता है तो वे सभी क्रिया-कलाप फिर से शुरू हो जाते हैं इसलिए शरीर को कष्ट देने से क्या फायदा? व्रत रखने से विचारों से छुटकारा तो हो जाता है मगर जब शरीर को फिर से खाना मिलता है तो विचार दोबारा आ जाते हैं। यह सोचकर उन्होंने भोजन ग्रहण करना शुरू कर दिया। उन्हें ऐसा करते देखकर उनके साथियों ने उनका त्याग कर दिया।

अप्रयत्न का प्रयत्न : इस तरह इंसान प्रयत्न और अप्रयत्न के चक्र में घूमता रहता है। मगर बाद में यह बात समझ में आती है कि दोनों एक ही चीज है। पहले प्रयत्न कर रहे थे, अब अप्रयत्न का प्रयत्न कर रहे हैं। बात बदली नहीं है। प्रयत्न को छोड़ने का प्रयत्न है। फिर एक समय ऐसा आया जब बुद्ध से सब छूट गया और मोक्ष प्राप्ति की घटना घटी। जिसके बाद सात दिन तक बुद्ध ने कुछ कहा ही नहीं क्योंकि उन्हें बात समझ में आई कि जिस चीज की तलाश में वे भटक रहे थे वह चीज तो उनके पास ही थी। तब उनकी आवाज चुप्पी में बदल गई। सत्य प्राप्ति के लिए उन्होंने कितने कष्ट किए और पता चला कि वे हमेशा से उस चीज के साथ ही थे। स्वअनुभव को, सत्य को प्राप्त करना कितना आसान था।

कोई प्रयत्न करते-करते अप्रयत्न करने लग जाए तो उस अप्रयत्न को भी कैसे छोड़ें? उसके लिए कुछ विधि मिले तो फिर से प्रयत्न शुरू हो जाता है। यह क्रिया साइकिल (Cycle) हो गई। कोई कहेगा, 'मैं अप्रयत्न का प्रयत्न कर रहा था, जो मुझे नहीं करना चाहिए था, उसके लिए मुझे कुछ बताएँ ताकि मैं प्रयत्न करके

उसे भी हटाऊँ।' वही खेल चल रहा है। मगर उसे छोड़कर समझ का मार्ग अपनाया जाए। इस प्रयत्न-अप्रयत्न को दूर रखें। ऐसा होता है और ऐसा नहीं होता है, उसे देखें ही नहीं। कर्ता-अकर्ता इस बात को छूएँ ही नहीं, उसे अलग ही रहने दें। यह बात आप सिर्फ समझ लें फिर सब अपने आप होने लग जाएगा। अकर्ता बनने की कोशिश करेंगे तो कुछ नहीं होगा।

जब इंसान वर्तमान में रहना चाहता है और कहता है कि 'मुझे वर्तमान में रहना है' तो वह अपने आपसे ही पूछता है कि 'क्या मैं वर्तमान में था?' वह देखना चाहता है। जब वर्तमान में देखने जाता है तो वह क्षण कितना छोटा है। वह अतीत बनकर ही आता है। विचारों में सोचेंगे तो वह क्षण अतीत और भविष्य बनकर ही आएगा। वह क्षण इतना छोटा होता है कि आपको या तो उस वक्त होना पड़ता है या सोचना पड़ता है। वर्तमान का क्षण क्या है? आप वहाँ पर हैं या उसके बारे में सोचते हैं? अगर आप उस क्षण के बारे में सोचते हैं तो वर्तमान में नहीं हैं। 'मैं कैसा था?' यह सोच रहे हैं तो वर्तमान में नहीं हैं। यह विचारों के परे की चीज है, बुद्धि के परे की चीज है। यह विचार से सोचनेवाली या देखनेवाली बात नहीं है, वह होनेवाली बात है। आपको उस क्षण वहाँ होना होता है।

30

सब अतार्किक है

लोगों को ज्ञान का अर्थ यही लगता है कि ज्ञान यानी जो हम बुद्धि से जानते हैं। ऐसे बहुत से लोग हैं जो कहते हैं, 'मैं सब जानता हूँ, मैंने उपनिषद्, वेदांत पढ़े हैं।' यह तो बुद्धि से जानना हुआ। मगर यह बुद्धि से जाननेवाली बात नहीं है, होनेवाला ज्ञान है। उस ज्ञान को आप विचार में नहीं सोच पाते। विचार में गए यानी आप वर्तमान में नहीं रहे, न ही वह क्षण वर्तमान का रहा। आपको लगेगा कि जहाँ पर अतीत खतम हो रहा है, भविष्य शुरू हो रहा है वहाँ पर वर्तमान है लेकिन यह वर्तमान नहीं है। वर्तमान तब है, जब अतीत खतम हो चुका और भविष्य अभी शुरू नहीं हुआ है- वह क्षण है वर्तमान का क्षण। उस क्षण को जीया जा सकता है, जाना नहीं जा सकता। आप जानने की कोशिश करेंगे तो उसे खो देंगे । मन उस क्षण को पकड़ना चाहता है मगर उस क्षण को पकड़ना बुद्धि से संभव नहीं है। मन चाहता है उसे पकड़ें, उसे जानें, देखें मगर धीरे-धीरे उसे गहराई से बात पकड़ में आएगी कि वह देखना नहीं है, वह होना है।

आपके पास पहला हास्य : शुरुआत में यह शब्द बहुत कठिन लगेंगे कि होना यानी क्या? मन फिर से सोचेगा कि 'होना यानी क्या?' मगर यह सब समझ में आए इसके लिए ही समझ का मार्ग है। समझ बढ़ाएँगे तो अकर्ता भी स्वयं होते जाएँगे। जिस साक्षी को प्रकट होना है, वह स्वयं ही प्रकट होने लगेगा और मन की जो आदतें हैं, रुकावट डालने की वृत्ति है, वह टूटने लग जाएगी। कुछ आदतें ज्यादा प्रभावशाली होती हैं, जैसे अहंकार और मैंने किया (कर्ता) का भाव। ये सब धीरे-धीरे पकड़ में आएगा। फिर अहंकार को ठहरने का मौका नहीं मिलेगा। उसके लिए जगह ही नहीं बचेगी तो वह गिर जाएगा। मन कहेगा 'यह बात समझी, यह बात नहीं समझी।' मगर जो बात नहीं समझी है, वह काम करेगी। मन कहेगा, 'यह मैंने समझा इसलिए फल मिला।' लेकिन ऐसा नहीं है। श्रवण का मार्ग अलग ढंग का है। एक-एक करके हर बात स्पष्ट हो जाए इसलिए कुछ बातें बताई जाती हैं। उसके बाद गणित स्वयं ही हल होने लगता है और जब गणित हल होने लगता है तब पता चलता है कि असल में सब हास्य ही था। जैसे किसी कहानी में रहस्य भी होता है और डर भी होता है। फिर जब रहस्य समझ में आता है तब पता चलता है कि सब हास्य ही था। जिस चीज की तलाश आप कर रहे हैं वह आपके पास ही है, यह पहला हास्य (कॉमेडी) है। अगर आप सोचकर देखें तो हँसी आएगी।

क्या आज तक आपने घर में कोई ऐसी कोई चीज ढूँढ़ी है, जिसके बारे में आपको मालूम ही नहीं हो कि आप क्या ढूँढ़ रहे हैं? आज तक आपने ऐसा नहीं किया मगर अध्यात्म में आप ऐसा ही कर रहे हैं। हास्य यहीं से शुरू होता है। अगर किसी की घड़ी खो गई हो तो उसे मालूम होता है कि मुझे घड़ी ढूँढ़नी है। उसे मालूम है कि उसकी घड़ी कैसी है, कौनसी कंपनी की है, उसका रंग कैसा है। ऐसा आज तक नहीं हुआ कि आपको ही नहीं मालूम कि आप क्या ढूँढ़ रहे हैं। कोई आपसे कहे, 'क्या कर रहे हैं?' और आप उससे कहें, 'ढूँढ़ रहा हूँ मगर मालूम नहीं क्या ढूँढ़ रहा हूँ, पर ढूँढ़ रहा हूँ' तो उसे अजीब लगेगा।

जब आप सत्य ढूँढ़ना शुरू करते हैं तो ऐसा ही करते हैं। आपको सत्य के बारे में कुछ भी मालूम नहीं है लेकिन आप उसे ढूँढ़ रहे हैं। जब यह बात स्पष्ट होगी तब समझ में आएगा कि असल में क्या ढुँढ़वाया जा रहा है। जब आपको मालूम नहीं कि क्या ढूँढ़ रहे हैं, तब आपका पूरा ध्यान साक्षी पर आ जाता है। तब आपको पक्का हो जाएगा कि आप नहीं ढूँढ़ रहे थे, आपसे ढुँढ़वाया जा रहा है। यह बहुत अतार्किक लगता है, इसका तर्क बैठता नहीं क्योंकि और किसी चीज के साथ ऐसा नहीं होता है। आप सत्य ढूँढ़ते हैं, आपको मालूम नहीं कि सत्य कैसा दिखता है,

कोई तर्क नहीं है पर मन उसे तर्क में बिठाता है। मन को आपने नौकरी दी है कि हर काम को तर्क में बिठाए। कोई पूछेगा, 'आपको आने में देर क्यों हो गई?' तो मन तर्क में बिठाकर जवाब देगा, 'मेरे घर मेहमान आ गए थे... मेरी गाड़ी खराब हो गई थी... मेरी घड़ी बंद पड़ गई थी...' आदि। यह तर्क में बिठाने का काम है।

जब भी आप सत्संग सुनते हैं तो क्या कोई सोच समझकर बोलता है? नहीं, That is happening, वह स्वघटित हो रहा है। आप यहाँ हैं, श्रवण चल रहा है, सब अतार्किक है। हालाँकि तर्क में आप बता रहे हैं कि 'मैं सत्य की खोज कर रहा हूँ इसलिए मैं आया हूँ। यहाँ सत्य मिलेगा।' असल में यह सब मन तर्क में बिठा रहा है पर सब अतार्किक है। हास्यपूर्ण कहानी चल रही है, जिसका कोई तालमेल नहीं है। मन बाद में कुछ जोड़ देता है। आपको पता नहीं है कि आप यहाँ क्यों आए हैं? मगर मन को ऐसा कहा कि 'मुझे पता नहीं है मैं क्यों आया हूँ?' तो वह कहेगा, 'ऐसा कैसे हो सकता है? ऐसा हो ही नहीं सकता, तुम्हें कुछ तो मालूम होगा।' वह चाहता है कि अपने आपको कुछ न कुछ जवाब दे ताकि उसे तसल्ली हो जाए कि मैं जानता हूँ कि मैं क्या करने जा रहा हूँ। मन नहीं चाहता है कि बिना श्रेय लिए जीए। वह चाहता है कि कम से कम तर्क में बिठाने का काम तो उसे मिले। इतना भी काम उसके पास है तो वह उसका श्रेय ले लेगा।

अंग्रेज जब भारत आए थे तब उन्होंने कहा था कि 'हमें तुम्हारे चूल्हे में से सिर्फ एक जलता हुआ अंगार चाहिए ताकि हम अपना चूल्हा जला सकें।' मगर अंदर आकर वे कहने लगे कि 'यह हमारा ही चूल्हा है।' फिर उन्हें बाहर निकालने के लिए डेढ़ सौ साल लग गए। तोलू मन के साथ भी ऐसा ही है। मन किसी कारण से आता है और वहीं टिक जाता है। कभी-कभी मन एक मिनट के लिए घुस आता है और शुरू हो जाता है। फिर जिंदगी खतम हो जाती है मगर वह बाहर नहीं निकलता। हर तरह से समझ में आएगा कि सब अतार्किक चल रहा है। किसी भी चीज के पीछे तर्क नहीं है।

आप किसी से कहते हैं, 'मेरा छाता लेकर आए क्या?' तो वह कहता है, 'मैंने तो आपका छाता वापस कर दिया था।' फिर आप यह सोचकर वहाँ से चले जाते हैं कि शायद दिया होगा। मगर उसने सुना था कि मेरा रजिस्टर लेकर आए क्या? आपने छाता कहा और उसने रजिस्टर सुना क्योंकि वह वही सुनना चाहता था। इंसान वही सुनता है, जो वह सुनना चाहता है। फिर उस चीज को तर्क में बिठाता है कि तुमने यही कहा था। वहाँ से अभी वैसी आवाज आई इसलिए मैंने ऐसा सोच लिया। जब भी आप कहें, 'मुझे ऐसा लगा' तो समझ जाए कि मन यह तर्क में बिठा रहा

है क्योंकि यह समझ के परे है। ऐसी बातें आपने कभी सुनी नहीं हैं मगर यहाँ आप हकीकत में समझ रहे हैं। फिर आप जीवन में भी देखेंगे कि वाकई ऐसा ही है।

आपको एक बात समझ में आएगी कि वाकई हँसी भरी फिल्म चल रही है। इस कहानी में रहस्य भी है, हँसी-मजाक भी है, दु:ख भी है, सुख भी है लेकिन अंत में सिर्फ हँसी बचती है। Life is a joke but who will tell to whom? जिंदगी एक चुटकुला है मगर कौन किसे बताएगा, यह सवाल आता है। यह बहुत बड़ा सवाल है कि कौन, किसे बताएगा? हम धीरे-धीरे उस चुटकुले की ओर ही जा रहे हैं मगर उसके पहले समझें कि वाकई वह चुटकुला क्या है? क्या ढूँढ़ना है, यह आपको मालूम नहीं और आप उसे ढूँढ रहे हैं।

एक लड़के ने अपने दोस्त से कहा, 'जब तू चश्मा पहनता है तब मुझे उल्लू दिखता है।' यह सुनकर दोस्त उसे कहता है, 'मैं क्या करूँ क्योंकि मैं जब चश्मा उतारता हूँ तब तू मुझे उल्लू लगता है तो यही अच्छा है कि मैं ही चश्मा पहनूँ, तू भी खुश और मैं भी खुश।' आखिर यह तो चुटकुला ही है, आप पर हो या मुझ पर हो, एक ही बात है।' सामनेवाला बर्दाश्त नहीं कर पाता है इसलिए हार्ट अटैक की बीमारी होती है। असल में यह हार्ट अटैक नहीं, हेड अटैक है। आज संबंधों में इतनी दरारें हैं कि इसने यह नहीं किया, वह नहीं किया, सोच-सोचकर लोगों को हार्ट अटैक (हकीकत में हेड अटैक) हो जाता है। कोई कहता है, 'सिर्फ यह इंसान मेरी जिंदगी से निकल जाए तो मेरी ९९ प्रतिशत तकलीफें कम हो जाएँगी।' हर एक की जिंदगी में कोई न कोई ऐसा इंसान है।

हँसी-मजाक के साथ चुटकुला हो रहा है। आपके साथ हो रहा है या किसी और के साथ हो रहा है, एक ही बात है। मगर इसका अर्थ ऐसा करने के लिए कोई नहीं कह रहा है क्योंकि यह आपके हाथ में नहीं है। हँसी-मजाक होता है तो भी ठीक है, नहीं होता है तो भी ठीक। किसी ने एक गाल पर थप्पड़ मारा तो दूसरा गाल आगे करते हैं तो भी ठीक और नहीं करते तो भी ठीक है। जवाब में सामनेवाले को खींचकर मार देते हैं तो भी ठीक और वहाँ से चुपचाप चले जाते हैं तो भी ठीक है। क्योंकि लोगों ने तो इस पर बहुत कुछ करने के लिए बताया है कि जब आपको कोई थप्पड़ मारे तो क्या करना चाहिए? हर एक ने अपने-अपने जवाब बताए हैं। किसी ने कहा है, 'एक गाल पर थप्पड़ पड़ा हो तो दूसरा गाल सामने कर देना चाहिए।' किसी ने कहा, 'वहाँ से चले जाना चाहिए।' किसी ने कहा, 'एक से दस तक गिनती गिननी चाहिए।' किसी ने कहा, 'ठंडा पानी पीना चाहिए।' किसी ने कहा, 'अपने गुस्से को देखना चाहिए कि अंदर क्या हो रहा है, क्या संवेदना हो रही है' इत्यादि।

इस विषय पर बहुत कुछ बताया गया है। हर एक को अलग-अलग जवाब अच्छा लगता है लेकिन यहाँ आपको बताया जाता है कि इन सभी के परे अंतिम जवाब है।

ऊपर जो भी बताया गया वह आपके द्वारा होता है तो करें, यह जानते हुए कि आप कुछ नहीं कर सकते, सिर्फ होते हुए देखें। किसी ने आपको थप्पड़ मारा तो देखें कि क्या होता है। इस तरह करने के साथ ही अनावश्यक चीजें अपने आप हट जाती हैं, किसी को कुछ करना नहीं पड़ता। इस बात को आप धीरे-धीरे समझते जाएँगे।

31

हर घटना एक इशारा है

मौन का महत्व समझने के बाद जो मौन उतरेगा, वह जबरदस्ती वाला मौन नहीं होगा, समझवाला मौन होगा। फिर हर इशारा अपना काम करने लगेगा। आपको भाषा समझ में आने लगेगी। जब हम बच्चे को उँगलियों से इशारा करके कोई चीज देखने के लिए कहते हैं, 'वह चीज देखो, वह अलमारी देखो' तो वह उस चीज को देखने की बजाय हमारी उँगली की तरफ देखता है। फिर हम उसकी गर्दन घुमाकर कहते हैं, 'उधर देखो' तो वह फिर से उँगली की तरफ देखता है। इस तरह बच्चा हर बार उँगली देखकर कहता है, 'मैं समझ गया।' मगर जब उसे समझाया जाता है कि उसे कहाँ देखना है तो उसे समझ में आता है और वह सही तरीके से देखना सीखता है।

ठीक इसी तरह एक बार भाषा समझ में आ गई तो फिर सब बहुत आसान हो जाता है। अभी वही चल रहा है, सिर्फ भाषा के साथ तालमेल बिठाया जा रहा है। जिस तरफ इशारा किया जा रहा है, क्या आप उसी तरफ देख रहे हैं? या किन्हीं विचारों में उलझ गए हैं? क्या विचारों के परे जाना हो रहा है? हर उदाहरण इशारा ही है। जैसे कोई इंसान गुजर जाए तो उसके घरवाले रोते हैं। उनसे कोई पूछता है कि 'अगर आज तक तुम्हारे खानदान में कोई भी नहीं मरा होता तो क्या हुआ होता? सोचकर देखो कि तुम्हारे दादाजी, परदादाजी, उनके दादा इत्यादि आज जिंदा होते तो तुम्हारे घर में कितने लोग होते? रहने के लिए कितनी जगह मिलती? साँस लेना भी मुश्किल हो जाता।' इस तरह एक-एक बात पकड़ में आती है तो समझ में आता है कि असल में सब घटनाएँ अपने आप हो रही हैं। हर घटना एक इशारा है।

आश्चर्य की आँख, सरहाना की जुबान : इस पृथ्वी पर जो भी चल रहा है उसे देखकर तो आश्चर्य होना चाहिए, सराहना होनी चाहिए। आप जब कोई अजीबो-गरीब चीज देखते हैं तो उसकी सराहना करते हैं। आज सराहना बंद हो गई है क्योंकि हमारे पास बच्चे की आँख नहीं रही। आप जैसे-जैसे बड़े होते गए तो तोलू मन (तुलना, तोलना, तोड़नेवाला मन) आप पर हावी हो गया। लोगों की आँखों में देखते हैं तो तोलू मन दिखाई देता है। तोलू मन अपनी मान्यता के हिसाब से देख रहा है इसलिए जो असली चीज दिखाई देनी चाहिए, वह दिखना बंद हो जाती है। जब आप बच्चे थे तब अनेक प्रयोग करते थे। चींटी की कतार देखते थे तो उसके पीछे यह जानने के लिए चले जाते थे कि वह कहाँ जा रही है। उसके ऊपर प्रयोग भी करते थे लेकिन अब आप ऐसा नहीं करते। चींटी के बारे में सोचेंगे तो बहुत से सवाल उठेंगे कि उसकी जीवन शैली कैसी है? आपके चारों ओर न जाने कितने आश्चर्य हो रहे हैं मगर आप उस आँख से, बच्चे (अनुभव) की आँख से नहीं देखते। तोलू मन आने के बाद सब बंद हो जाता है मगर वह भी जीवन का एक अंग है क्योंकि तोलू मन आएगा तो ऐसी बातचीत होगी। उसका भी अलग ही मजा है।

असली आनंद हमारे अंदर ही है : जिंदगी में हुई दस घटनाएँ देखें और अपने आपसे पूछें कि 'ये घटनाएँ कैसे हुई थीं? या किसे करनी पड़ी थीं?' देखेंगे तो समझ में आएगा कि घटनाएँ सहज हुई थीं। घर बदली किया, पहले यहाँ रहते थे बाद में वहाँ गए, ये सब बहुत सहज हुआ। जीवन की हर बड़ी घटना देखें कि यह कैसे हुई थी? तो पता चलेगा कि वह बहुत सहज हुई थी। लेकिन मन सभी बातों का क्रेडिट लेना चाहता है। सेहरा अपने सिर पर बाँधना चाहता है। वरना आपकी तारीफ कौन करेगा? अगर आप कहेंगे कि 'इंटरव्यू में मुँह से कुछ अच्छे शब्द निकल गए और नौकरी लग गई... पता नहीं आज इतनी अच्छी सब्जी कैसे बन गई... पता नहीं परीक्षा में इतने अच्छे नंबर कैसे आ गए...' तो आपको तारीफ नहीं मिलेगी। असलियत में तारीफ की जरूरत ही नहीं है क्योंकि आपके अंदर ही भरपूर आनंद उपलब्ध है। तारीफ से जो आनंद मिलता है, वह झूठा आनंद है। असली आनंद कैसे मिले? इस बात को एक कहानी द्वारा और गहराई से समझें।

एक राजा था, जिसके दरबारी हमेशा राजा की झूठी तारीफ किया करते थे। वह इस झूठी तारीफ से तंग आ चुका था। एक दिन वह परेशान होकर बोला, 'सब मेरी झूठी तारीफ करते हैं, मुझे जानना है कि मैं असल में कौन हूँ? वाकई मुझमें कौन से गुण हैं? ऐसा परखनेवाला कोई तो मिले।' एक दिन रात को वह भेस बदलकर महल से निकल पड़ा। ठंढ का मौसम था इसलिए राजा ने स्वयं को कंबल से लपेट

लिया था। रास्ते में राजा को ठंढ से काँपता एक फकीर बैठा मिला, जिसके कपड़े फटे हुए थे। राजा ने सोचा कि यह इंसान कौन है और ठंढ में ऐसे फटेहाल क्यों बैठा है? उसने फकीर से जाकर पूछा, 'क्या तुम्हें ठंढ नहीं लग रही है? मुझे तो बहुत ठंढ लग रही है।' फकीर ने मुस्कुराकर जवाब दिया, 'देखो, तुमने जो कंबल ओढ़ा है उसके अंदर जो सर्दी घुस गई है, वह तुम्हें परेशान कर रही है। मेरा क्या है, मेरे कपड़ों में इतने छेद हैं कि ठंढ एक छेद से अंदर आती है और दूसरे से निकल जाती है। ठंढ लगने का सवाल ही नहीं उठता।'

यह सुनकर राजा को थोड़ा मजा आया। उसने सोचा कि 'यह इंसान कुछ गहराई में सोचनेवाला लगता है। यह मेरे अंदर के गुण बता सकता है।' तब राजा ने फकीर से पूछा, 'मेरे पास सौ सिक्के हैं, उसमें से मैं तुम्हें पच्चीस सिक्के देता हूँ तो क्या तुम मेरी तारीफ करोगे?' फकीर ने कहा, 'सिर्फ पच्चीस सिक्कों के लिए मैं तुम्हारी तारीफ क्यों करूँ? मैं ऐसा नहीं करूँगा' तो राजा ने कहा, 'अच्छा ठीक है, मैं तुम्हें पचास सिक्के देता हूँ तो क्या तुम मेरी तारीफ करोगे?' फकीर ने कहा, 'मैं तुम्हारी तारीफ क्यों करूँ? अब तो हम दोनों एक समान हो गए क्योंकि तुम्हारे पास भी पचास सिक्के हैं और मेरे पास भी पचास सिक्के हैं इसलिए मैं तुम्हारी तारीफ नहीं करूँगा।' राजा ने सोचा, 'यह मेरी बात नहीं मानेगा।' यह सोचकर राजा वहाँ से जाने लगा। राजा को लगा शायद पीछे से फकीर उसे बुलाएगा। पचास सिक्के कौन छोड़ेगा! मगर फकीर ने उसे बुलाया ही नहीं। राजा आगे चल दिया मगर फिर उसने सोचा कि 'यह फकीर कुछ काम का लगता है। उसे पचास सिक्के मिल रहे थे फिर भी वह नहीं माना, इसका अर्थ मामला कुछ और है।' राजा ने लौटकर फिर फकीर से पूछा, 'अगर मैं तुम्हें ७५ सिक्के दूँ तो क्या तुम मेरी तारीफ करोगे?' फकीर ने तुरंत जवाब दिया, 'मैं तुम्हारी तारीफ क्यों करूँ? तुम मुझे ७५ सिक्के दोगे तो मेरे पास तुमसे ज्यादा पैसे होंगे। फिर तो तुम्हें मेरी तारीफ करनी चाहिए।'

इस कहानी द्वारा आपने समझा कि इंसान हमेशा अपनी तारीफ, प्रशंसा सुनना चाहता है। वह तारीफ का गुलाम बनकर रह गया है। जब वह कोई बात बढ़ाकर बताता है तो लोग आश्चर्य से कहते हैं कि 'तुमने ऐसा किया! तुम कितने महान हो।' इस तरह उसमें श्रेय लेने की भावना और तीव्र हो जाती है। फिर आती है सूक्ष्म तारीफ की बात। जब सूक्ष्म तारीफ भी नहीं रहती तब अहंकार पिघलते जाता है और समर्पण होता है। समर्पण भी ऐसा होता है, जिसमें अहंकार नहीं रहता क्योंकि वहाँ पर झुकनेवाला मन ही नहीं रहता। सिर्फ समझ के द्वारा वह घटना हो जाती है क्योंकि यह पक्का हो जाता है कि सेल्फ का विचार आए बगैर कोई काम नहीं

होता। फिर स्वीकार भाव और धन्यवाद भाव बढ़ते जाता है और जीवन रहस्य की छूटी हुई कड़ी पकड़ में आती है।

सेल्फ की ही इच्छा पूर्ण हो रही है : छूटी हुई कड़ी यह है कि हर एक सेल्फ की इच्छा पर ही काम कर रहा है। अगर कोई इंसान सेल्फ की इच्छा के हिसाब से काम करने के लिए राजी नहीं होता और कहता है कि 'मैं राजी नहीं हूँ' तो उसे यह समझ में नहीं आता कि राजी न होकर भी वह सेल्फ की इच्छा ही पूर्ण कर रहा है क्योंकि सेल्फ यही चाहता है कि वह इंसान राजी न हो यानी राजी न होकर भी वह राजी है– यह छूटी हुई कड़ी है। अस्वीकार करके भी उसने स्वीकार किया है क्योंकि सेल्फ चाहता है कि यह इंसान अस्वीकार करे। हर इंसान हर वक्त सेल्फ की ही इच्छा पूर्ण कर रहा है।

बुद्ध ने रास्ते में किसी बीमार इंसान को तकलीफ में देखा और सारथी से पूछा, 'क्या मैं भी एक दिन बीमार पड़ जाऊँगा?' सारथी बोला, 'हाँ, तुम भी बीमार पड़ सकते हो।' बुद्ध ने उसके बाद इतनी खोज की कि आज २५०० वर्षों के बाद भी लोग उनकी शिक्षाओं का लाभ ले रहे हैं। यदि उस बीमार इंसान को यह मालूम होता कि भगवान बुद्ध उसे देख खोज में जुट जाएँगे तो वह और जोरों से बीमारी का अभिनय करता ताकि बुद्ध को जल्दी पता चल जाए और वह घर छोड़कर भाग जाए। अगर उसे मालूम होता तो उसे अपने दर्द का अभिनय करने में और भी मजा आता। इंसान को भी मालूम हो कि राजी न होना भी सेल्फ की इच्छा पर ही काम करना है।

लेखक पुस्तक लिखता है तो उसकी पुस्तक में खलनायक भी होता है। वह खलनायक भी तो उस लेखक की ही इच्छा पर काम करता है। किताब लिखनेवाले ने ही नायक और खलनायक बनाया। पुस्तक के सभी किरदार उसकी इच्छा से काम करते हैं। इसका अर्थ है, राजी न होकर भी आप सेल्फ का ही काम कर रहे हैं क्योंकि सेल्फ की यही चाहत है कि आप राजी न हों। इसलिए सत्संग में कहा जाता है कि स्वीकार हो रहा है तो भी यह श्रेय आपका नहीं है और अस्वीकार हो रहा है तो भी आप सेल्फ की ही इच्छा पूरी कर रहे हैं। आप उसकी इच्छा के खिलाफ जा ही नहीं सकते, यह संभव ही नहीं है। जब यह समझ गहरी होती है तब असल स्वीकार भाव आता है। तब पता चलता है कि सब तनाव खतम हो गए।

अतार्किक खेल और समझ का मोड़ : फिर आप इस खेल का मजा लेने लगेंगे क्योंकि आपसे ढुँढवाया जा रहा है। कैसे ढुँढवाया जा रहा है? आप अलमारी खोलकर देखते हैं तो इस देखने को भी देखते हैं। फिर सिर्फ साक्षी बचता है और

उसका आनंद शुरू होता है। सिर्फ बात समझ में आए। अगर कोई बात आपको बताई जाए और उस पर आपको कुछ विचार आएँ तो आपको लगेगा कि मैंने सोचा मगर हकीकत में आपसे ऐसा सुचवाया गया।

उदाहरण- आप किसी फिल्म में कोई खून होता हुआ देखते हैं और खून करनेवाला अपने दो मित्रों में से किसी एक मित्र की कोई चीज सुराग के रूप में जान-बूझकर उस जगह पर छोड़कर जाता है। कुछ समय बाद उन दो मित्रों में से पहला मित्र वहाँ आता है और अपने दूसरे मित्र की वस्तू देखकर सोचता है कि यह खून उसने ही किया है। इस बात की जाँच-पड़ताल करने के लिए पहला मित्र अपने दूसरे मित्र के घर जाता है। उसके वहाँ पहुँचने से पहले ही कोई दूसरे मित्र को फोन करके बताता है कि 'तुम्हारा मित्र हत्या कर चुका है और वह तुम्हें फँसाना चाहता है। अब वह तुम्हारे घर की तरफ ही आ रहा है।' इस तरह दोनों मित्र एक-दूसरे को कातिल समझते हैं। फिर उन दोनों के बीच झगड़ा होता है। उन दोनों को यह नहीं मालूम है कि वे जो सोच रहे हैं असल में वे नहीं सोच रहे हैं, उनसे सुचवाया जा रहा है। हालाँकि उन्हें लग रहा है, 'यह मैंने सुना... सोचा... देखा... मैं समझ गया...।' लेकिन आप समझ सकते हैं कि परिस्थिति ही ऐसी निर्माण की गई कि आदमी वही सोचे, दूसरा कुछ सोच ही न पाए। यह तो एक छोटी सी फिल्म का उदाहरण था। मगर जीवन की इतनी बड़ी फिल्म में भी आप वही सोचते हैं, जो आपसे सुचवाया जा रहा है।

आइए इसे एक और उदाहरण से समझते हैं।

किसी अदालत में एक इंसान का कोई केस चल रहा है। केस जीतने के उद्‌देश्य से इंसान अपने वकील से कहता है, 'मैं जज के घर पचास हजार रुपये भिजवा देता हूँ।' वकील कहता है, 'ऐसा मत करना, जज अपने उसूलों का पक्का है, वह कभी रिश्वत नहीं लेता। पैसे देने पर वह नाराज हो जाएगा।' तब इंसान कहता है, 'ऐसा नहीं होगा, हम उसके घर पचास हजार रुपये भेजेंगे मगर यह कहकर की विरोधी पक्ष ने भेजे हैं। तब जज विरोधी पक्ष पर नाराज होगा। रिश्वत देने का आरोप तो उन पर लगेगा।'

इस उदाहरण में आपने समझा कि उस इंसान को ऐसा सुचवाया गया है। यह तो केवल एक उदाहरण था मगर इस उदाहरण से पूरे ब्रह्माण्ड के खेल का पता चलता है। इंसान को लगता है कि 'यह मैं सोचता हूँ, ये मेरे विचार हैं।' मगर हकीकत में ऐसा नहीं है। इंसान से सुचवाया जा रहा है। ऐसी स्थिति तैयार होती है, आप वही सोचते हैं, जो आपसे सुचवाया जाता है।

आज आपकी जिंदगी में समझ का मोड़ आया है। उस मोड़ के बाद जिंदगी पूर्ण रूप से बदल जाएगी। तेजज्ञान फाउण्डेशन में कई लोग यह देख रहे हैं, जान रहे हैं। अलग-अलग तरह से एक ही बात समझाई जा रही है क्योंकि जब तक समझ पूरी तरह से नहीं उतरेगी तब तक इंसान अज्ञान से बाहर नहीं आ सकता। अगर ऐसा हो तो संसार की पूरी चिंता मिट जाएगी।

इससे आपने समझा कि किस तरह सेल्फ हर शरीर से अभिव्यक्ति कर रहा है। वह जो सोच रहा है, हम वही सोचते हैं। इस जीवन रूपी खेल को जल्द से जल्द समझें, यही शुभेच्छा आपके लिए रखते हैं।

यहाँ आकर आप सभी ने जो सेवा का मौका दिया उसके लिए सभी को बहुत-बहुत धन्यवाद।

हॅपी थॉट्स!

सारांश

आइए, इस प्रवचन द्वारा समझी गई महत्त्वपूर्ण बातों को सारांश में समझें।

१. आपने चार प्रकार के लोगों के बारे में जाना तथा उन्हें कैसे सुनना है, यह भी जाना। सबसे महत्त्वपूर्ण जब हम सत्संग में जाते हैं तब गुरु को कैसे सुनना है, यह भी आपने समझा।

२. जब लापरवाही से कहे गए शब्दों को भी महत्व देकर सुनना होता है तब आप तेजमित्र को सुन रहे हैं, गुरु को सुन रहे हैं।

३. जब आपकी सत्य के प्रति समझ बढ़ती है और आगे की बातें सुनने की तैयारी हो जाती है, तब आपको इस ब्रह्माण्ड के खेल की सही जानकरी दी जाती है।

४. इस खेल के कुछ नियम आपको मालूम नहीं थे इसलिए आप दुःख भोग रहे थे।

५. जब सामनेवाला आपको दुःख दे रहा है, तब आपको बताए गए नियम याद आएँ तो आप हमेशा आनंदित ही रहेंगे।

६. इंसान को मरते वक्त भी कुदरत के नियम याद आएँ तो उसका फायदा हो सकता है लेकिन अधिकतर लोगों को उस समय भी नियम याद नहीं आते।

७. भाषा में उस अनुभव को बताने की कोशिश की जाती है, जो भाषा बनने के पहले था, मन के पहले था।

८. आज ज्ञान (अध्यात्म) के शब्द अर्थहीन हो गए हैं।

९. जब भी आप किसी शब्द के आगे 'तेज' शब्द सुनते हैं तो समझ जाए कि इस शब्द का कुछ और लेकिन गहरा अर्थ है।

१०. दु:ख कभी भी दु:ख देने के लिए नहीं आता मगर हम यही सोचते हैं कि दु:ख, दु:ख देने के लिए आता है।

११. इच्छाओं से जो चिपकाव है, आसक्ति है, वही दु:ख है; इच्छाओं का होना दु:ख नहीं है।

१२. ज्ञान-अज्ञान दोनों का रोल है, दोनों जरूरी हैं। असली ज्ञान जब मिलता है तब पता चलता है कि अज्ञान भी जरूरी है।

१३. तेजपारखी ऐक्टिंग स्कूल में आपको बताया जाता है, 'जीओ तो ऐसे जैसे अभिनय ही हो।'

१४. खुशी या दु:ख का अभिनय करना हो तो कोशिश करनी पड़ती है मगर समझ प्राप्ति के बाद आप जो भी करेंगे वह अभिनय ही होगा।

१५. गुरु और शिष्य का रिश्ता सबसे ज्यादा महत्त्वपूर्ण है क्योंकि आज तक आप आभास में जी रहे थे, भ्रम में जी रहे थे। मगर जब गुरु जीवन में आते हैं तो उससे मुक्ति मिल जाती है।

१६. जिस चीज की तलाश आप बाहर कर रहे हैं, वह चीज आपके पास ही है।

१७. वर्तमान का क्षण इतना छोटा होता है कि आपको या तो उस वक्त होना पड़ता है या सोचना पड़ता है।

१८. वर्तमान तब है, जब अतीत खतम हो चुका और भविष्य अभी शुरू नहीं हुआ है।

१९. मौन का महत्व समझने के बाद जो मौन उतरेगा वह जबरदस्ती वाला मौन नहीं होगा, समझवाला मौन होगा।

२०. छूटी हुई कड़ी यह है कि हर एक सेल्फ की इच्छा से ही काम कर रहा है। हर इंसान हर वक्त सेल्फ की ही इच्छा पूर्ण कर रहा है।

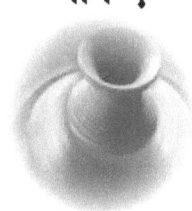

भाग १

परिशिष्ट - १
प्रज्ञा की शक्ति

अंदर-बाहर के बाहर

भीतर के चैतन्य को प्रकट करना आसान है। आपके भीतर के कुदरती लीडर को बाहर निकालना आसान है। आपके भीतर के कुदरती सफल व्यक्ति को मुक्त करना संभव है। और आपके भीतर का कुदरती वक्ता अपने बंधन खुलने का इंतजार कर रहा है। पलभर में ही आपके भीतर का कुदरती नवाचारी मुक्त हो सकता है। भले ही ये सारी बातें ऊँची लगती हों – लेकिन ये सब आसानी से और सहजता से सचमुच संभव हैं। लोग बेहतर वक्ता, लीडर, सफल व्यक्ति या साधक बनने में बरसों का समय लगाते हैं। लेकिन इसके लिए तो इंसान को प्रज्ञा के उस स्त्रोत तक पहुँचना भर है, जिसका वास हममें से प्रत्येक के भीतर है। उस तक पहुँच गए, तो जीवन की परतें खुलने लगती हैं। इस प्रज्ञा को तेजज्ञान कहा जाता है और इस कॉलम में आनेवाले लेख आपको इस तक पहुँचने का तरीका बताएँगे।

यह शाश्वत प्रज्ञा हर इंसान के लिए उपलब्ध है, बशर्ते वह अपने भीतर शांति के स्त्रोत तक पहुँच जाए। यह प्रज्ञा नि:शब्दता के बिंदु से उत्पन्न होती है, जो आपके भीतर भी है और जिसके भीतर हम सबका अस्तित्व भी है – आपके अस्तित्व का स्त्रोत या केंद्र। जब आप इस अवस्था को प्राप्त कर लेते हैं, तो उत्पन्न होनेवाली प्रज्ञा ज्ञान और अज्ञान के परे होती है। लोग यह मान लेते हैं कि ईसा मसीह और बुद्ध बहुत शांत थे, इसलिए उन्हें भी शांत होना चाहिए। वे नहीं जानते कि 'प्रज्ञा' हासिल करने की वजह से ही बुद्ध इतने शांत थे। ईसा मसीह ने एक विशेष प्रज्ञा हासिल की और उसके बाद दयालुता के कार्य अपने आप होने लगे। यह विपरीत क्रम में नहीं हुआ था। इसलिए मनुष्य को इस 'विशेष प्रज्ञा' को हासिल करने की कोशिश करनी चाहिए।

आइए, एक छोटी कहानी द्वारा प्रज्ञा की शक्ति को पहचानें, जो आपके लिए उपलब्ध है।

एक जंगल में कुछ लोग रहते हैं। उनकी आँखों पर हमेशा एक पट्टी बँधी रहती है। वे झोपड़ियाँ बनाते हैं, फल तोड़ते हैं, जानवर पालते हैं और ऐसी ही कई गतिविधियाँ करते हैं। बहरहाल, वे अपने सारे काम आँख पर पट्टी बाँधकर करते हैं। परिणाम यह होता है कि काम करते समय वे लड़खड़ाते हैं, गिरते हैं और चीजों से टकराते हैं। यह उनके लिए बहुत मुश्किल होता है, लेकिन उन्होंने हमेशा ऐसे ही जीवन जिया है।

एक बार उनमें से एक व्यक्ति ऐसे स्थान पर जाता है, जहाँ उसकी आँखों की पट्टी हटा दी जाती है। वह देखने लगता है। वह हैरान रह जाता है और लौटकर अपने साथियों को बताता है कि उन्हें उस जगह जाना चाहिए, जहाँ आँखों पर बँधी पट्टी हटा दी जाती है। उन्हें भी अपनी आँख की पट्टियों को हटवा देना चाहिए, क्योंकि इससे उन्हें बहुत फायदा होगा। अगर उनमें से कोई जवाब दे, 'मुझे नहीं लगता कि इसकी कोई जरूरत है। इसके अलावा, मेरे पास इसके लिए समय नहीं है।' तो आप क्या कहेंगे? आप कहेंगे, 'तुम मूर्ख हो! अगर तुम्हारी आँख की पट्टी हट जाएगी, तो तुम्हारे सारे काम ज्यादा तेजी से और बेहतर ढंग से पूरे हो जाएँगे।'

आध्यात्मिकता की प्रज्ञा ही आपको सत्य देखने की अनुमति देती है। यह आपके मूल तत्व को जानने में आपकी मदद करती है और यह पहचानने में भी कि आप सचमुच क्या हैं। अध्यात्म का अर्थ है अंदर-बाहर से भी बाहरी वास्तविकता, जिसका अस्तित्व इस संसार के सृजन से पहले भी था। जब सर्जक और सृजन अलग नहीं थे, तब केवल एक था।

प्रश्न यह है कि इस प्रज्ञा तक पहुँचें कैसे? प्रज्ञा प्राप्त करने का सबसे अच्छा तरीका है, आत्म-साक्षात्कार प्राप्त गुरु का मार्गदर्शन। लेकिन जब तक आपको गुरु न मिले, तब तक प्रारंभिक कदम है, ध्यान करना और मौन तक पहुँचना। उस मौन से प्रज्ञा उत्पन्न होगी। इस प्रज्ञा तक पहुँचना शुरू करने के लिए एक छोटासा अभ्यास बताया जा रहा है। इसे गुड मॉर्निंग पीस कहा जाता है : अपनी आँखें बंद कर लें और खुद से 'गुड मॉर्निंग पीस' कहें। शांत रहें और आपके विचार गायब हो जाएँगे। अगर कुछ दूसरे विचार प्रकट होते हैं, तो उनका स्वागत भी 'गुड मॉर्निंग पीस' मंत्र से करें और वे भी गायब हो जाएँगे। इस तरह आप विचारहीन अवस्था की ओर बढ़ने लगेंगे। आप विचारहीन अवस्था में जितने ज्यादा रहेंगे, प्रज्ञा के आपके जीवन में प्रकट होने की संभावना उतनी ही बढ़ जाएगी।

भाग २

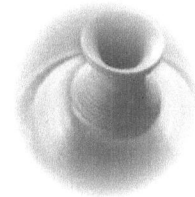

सबसे आध्यात्मिक दिन
१ अप्रैल

१ अप्रैल पूरे संसार में मूर्ख दिवस के रूप में मनाया जाता है। आज के दिन लोग दूसरों से झूठे मजाक करते हैं और उनसे उत्पन्न होनेवाली हास्यास्पद परिस्थितियों पर हँसते हैं। लेकिन अगर मजाक आपके साथ ही हुआ हो, तो क्या करें? १ अप्रैल को सृष्टि के मजाक का दिन मान लें। सृष्टि का सबसे बड़ा मजाक है माया... सत्य की मायावी प्रकृति। इसलिए यह मजाक मानवता के साथ किया गया है और इसका जश्न मनाने के लिए १ अप्रैल से बेहतर दिन भला कौनसा हो सकता है? १ अप्रैल को मनाने से पहले यह समझ लें कि सृष्टि का यह मजाक है किस बारे में?

संसार और कुछ नहीं सक्रिय सेल्फ (शक्ति) है, जिसका सृजन विश्रामावस्था में सेल्फ (शिव) ने किया है। शरीर और मन के निर्माण का उद्देश्य ही यह है कि चेतना अपना अनुभव करे। लेकिन सृजन की सुंदरता यह है कि मन को भी आत्म-जागरूक बनाया गया है। इसलिए मन अपने मूल उद्देश्य को भूल जाता है और बाहर की चीजों पर ध्यान केंद्रित करके संसार की माया में उलझ जाता है। यही सृष्टि का मजाक है... मन स्वयं को और संसार को वास्तविक मान लेता है और संसार को नियंत्रित व अनुभव करना चाहता है। सच्ची आध्यात्मिकता मन को गिराना है, ताकि चेतना अपना अनुभव कर सके। बहरहाल, मजाक इतना वास्तविक होता है कि मन अपने उद्देश्य को ही भूल जाता है।

यदि आप हर दिन एक खास दर्पण के सामने एक दर्पण तोड़ें, तो वह खास दर्पण यह भूल जाता है कि वह भी एक दर्पण है और क्षणभंगुर है। वह भूल जाता है कि उसे भी एक न एक दिन टूटना है। मन के साथ अप्रैल फूल का मजाक किया

गया है। हर रात जब मन सपने देखता है, तो यह स्वयं को वास्तविक मान लेता है। चेतना की अभिव्यक्ति के लिए जो माया रची गई है, वह स्वयं को सत्य मान बैठती है। मन भूल जाता है कि वह भी स्वप्न का हिस्सा है और चेतना का सृजन मात्र है। मन (मानवता) को अप्रैल फूल बना दिया गया है। यही सबसे बड़ा मजाक है।

एक व्यापारी ने अपनी सारी दौलत से हीरे खरीद लिए और एक जौहरी को उनका मूल्य आँकने के लिए बुलाया। जौहरी ने उसे बताया कि 'उसके सारे हीरे नकली हैं।' व्यापारी अपनी बदकिस्मती पर अफसोस करने लगा। जौहरी ने उसे तसल्ली देते हुए एक सलाह दी, 'मैं जानता हूँ कि ये हीरे नकली हैं लेकिन दूसरे लोग नहीं जानते हैं। इसलिए तुम एक काम करो, एक बम्पर सेल लगाओ और एक तिहाई कीमत में हीरों को बेच दो।' चालाक व्यापारी को यह सलाह जँच गई। उसने सोचा कि कम से कम कुछ तो मिल ही जाएगा। उसने सेल लगाई और जब भी कोई उसका हीरा खरीदता था, तो व्यापारी हर बार खुश होकर हाथ मलता था। 'देखो, एक और व्यक्ति मूर्ख बन गया। मैं इन हीरों को एक तिहाई दाम में बेचकर भी काफी पैसे बना रहा हूँ।' व्यापारी को यह बात पता नहीं थी कि दरअसल मूर्ख वह बन रहा है। जौहरी ने उससे झूठ कहा था कि हीरे नकली हैं, दरअसल वे सारे हीरे असली थे। जिन लोगों ने एक-एक करके व्यापारी के सारे हीरे खरीदे, वे उसी जौहरी के आदमी थे, जिन्हें उसने सस्ते में हीरे खरीदने के लिए भेजा था।

इसलिए इस अप्रैल फूल के दिन दूसरों पर न हँसें। इसके बजाय इस बात पर मनन करें कि सृष्टि का मजाक आपको किस तरह मूर्ख बना रहा है। १ अप्रैल को वर्ष के सबसे आध्यात्मिक दिवस के रूप में मनाने के तीन खास तरीके ये हैं :

१. जश्न मनाने के लिए मनन करें : सत्य की मायावी प्रकृति पर मनन करके यह खास दिवस मनाएँ। इस बात पर मनन करें कि माया ने आपको किस तरह मूर्ख बनाया है।

२. जश्न मनाने के लिए ध्यान करें : ध्यान करके और अ-मन अवस्था हासिल करके यह अनूठा दिन मनाएँ। जब मन गिर जाता है, तभी सेल्फ चमक पाता है। फिर मन के सृजन का उद्देश्य पूर्ण हो जाता है, क्योंकि चेतना शरीर और मन द्वारा स्वयं का अनुभव करती है। तब मन अप्रैल फूल नहीं बनता है।

३. जश्न मनाने के लिए जाँच-पड़ताल करें : अपनी मूर्खता की जाँच-पड़ताल करके यह अनूठा दिन मनाएँ। आपमें कौनसी मूर्खताएँ हैं? कौनसी झूठी

मान्यताएँ आपकी आध्यात्मिक प्रगति में बाधा डाल रही हैं? आप पूछ सकते हैं, 'जश्न क्यों मनाएँ?' जवाब है, 'क्यों न मनाएँ?' जश्न इसलिए मनाएँ, क्योंकि १ अप्रैल सृजन का प्रतीक है... जब सृष्टि का मजाक शुरू हुआ था। जश्न इसलिए मनाएँ, क्योंकि आप प्रसन्न हैं। हिंदी में इसका उच्चारण अप-रेल (पटरी के ऊपर) किया जाता है। संसार एक यात्रा है, जहाँ जीवन की पटरियाँ नीचे की नहीं, ऊपर की ओर प्रगति करती हैं। इस सृजन की माया के कारण पटरी से नीचे गिरने, हताश होने या निराश होने के बजाय मनन करें, ध्यान करें और जाँच-पड़ताल करें। फिर इस १ अप्रैल को आप सर्जक बनकर सर्जक के साथ हँस सकते हैं।

भाग ३

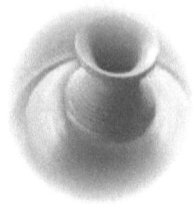

आश्रम की ओर जाएँ

मजदूर दिवस

इस मजदूर दिवस पर हम यह जानेंगे कि श्रम की विभिन्न अवस्थाएँ कौनसी होती हैं और आप किस प्रकार का श्रम कर रहे हैं। आप चाहे सीईओ हों या कारपेंटर, आप किसी न किसी प्रकार का श्रम कर रहे हैं। सीईओ को केंद्रीय आँख खोलनेवाला बनना चाहिए। सीईओ का सही अर्थ है सेंट्रल आई ओपनर। पूरे संगठन और उससे जुड़े लोगों की आँखें खोलना सीईओ का श्रम है। इसी प्रकार हममें से हर व्यक्ति श्रम कर रहा है - चाहे वह घर सँभालनेवाली माँ हो या ऑफिस सँभालनेवाला मैनेजर हो। वास्तविक प्रश्न तो यह है कि आप किस प्रकार का श्रम करते हैं? आध्यात्मिक दृष्टिकोण से देखा जाए, तो किसी कार्य को करने की चार अवस्थाएँ होती हैं।

पहली अवस्था को आजीविका श्रम कहा जा सकता है। यहाँ पर व्यक्ति अपने या अपने परिवार की आजीविका की खातिर काम करता है। पूरा ध्यान जीवित बचे रहने पर केंद्रित रहता है। जो लोग अपने काम को केवल पैसा कमाने का साधन मानते हैं, वे इसी श्रेणी में आते हैं। उनका एकमात्र सूत्रवाक्य होता है, 'स्वयं के लिए जियो।'

इसके बाद प्रेरक श्रम की अवस्था आती है - जहाँ ध्यान आजीविका कमाने पर तो केंद्रित रहता है, लेकिन अपने काम में गर्व का अहसास भी होता है। इसे एक उदाहरण से समझें। एक बार तीन मजदूर पत्थर तोड़ने का काम कर रहे थे। वे तपती

धूप में एक बड़े हथौड़े से दिनभर अपने राजा की प्रिय इमारत बनाने में योगदान दे रहे थे। तीनों से यह पूछा गया कि 'वे क्या कर रहे हैं?' पहले मजदूर ने जवाब दिया, 'मैं तो वही कर रहा हूँ, जो मेरी फूटी किस्मत में लिखा हुआ है।' दूसरे मजदूर ने जवाब दिया, 'मैं इमारत बनाने के लिए पत्थर तोड़ रहा हूँ।' जब तीसरे मजदूर से यह सवाल पूछा गया, तो उसने जवाब दिया, 'मुझे इस बात पर गर्व है कि मुझे मंदिर बनाने का अवसर मिल रहा है, जो हमारे राजा की प्रिय इमारत है।' तीसरे मजदूर को अपने काम पर गर्व था। यह प्रेरक श्रम है, जहाँ आप अपने काम से प्रेरित हो जाते हैं और जहाँ आपकी शारीरिक भाषा दूसरों को प्रेरित कर देती है। इस अवस्था के लोग अपने काम से प्रेम करने लगते हैं। श्रम की दूसरी अवस्थावाले लोगों का सूत्रवाक्य होता है, 'अपने काम के लिए जियो।'

अधिकांश लोग आजीविका या प्रेरणा के स्तर पर ही अटके रहते हैं। वे इससे परे नहीं देख पाते हैं और वहीं फँसे रह जाते हैं। आइए, इसे समझने के लिए एक और उदाहरण देखते हैं। चार मित्र अगले गाँव तक जाने के लिए एक नाव पर सवार हुए। वे अँधेरे में नाव में बैठे और रातभर चप्पू चलाते रहे। सुबह जाकर उन्हें इस बात का एहसास हुआ कि उनकी नाव तो जहाँ की तहाँ थी। उन्होंने अपनी नाव की रस्सी ही नहीं खोली थी। श्रम की पहली या दूसरी अवस्था में यही होता है। हालाँकि प्रयास तो नजर आता है, लेकिन आप जीवन में सचमुच आगे नहीं बढ़ पाते हैं। आगे बढ़ना महत्त्वपूर्ण होता है।

श्रम की तीसरी अवस्था है अव्यक्तिगत श्रम। अव्यक्तिगत श्रम यानी वह श्रम, जो व्यक्तिगत लाभ के लिए न किया जाए। यह स्वयं के हित पर नहीं, बल्कि दूसरे लोगों के हित पर केंद्रित होता है। इसकी प्रकृति व्यक्तिगत नहीं, बल्कि सर्वजनहिताय, सर्वजनसुखाय होती है। इस अवस्था के लोगों का सूत्रवाक्य होता है, 'दूसरों के लिए जियो।'

दूसरों के लाभ के लिए किया जानेवाला काम अव्यक्तिगत श्रम होता है। लेकिन यहीं पर न रुक जाएँ। प्रगति करके अगली अवस्था तक पहुँचें। चौथी और अंतिम अवस्था है मोक्षदायक श्रम। यह अवस्था तब आती है, जब आप अपनी सच्चे स्वरूप को पहचान लेते हैं। आत्म-साक्षात्कार के बाद ही आत्म-अभिव्यक्ति होती है। यहाँ पर काम बिलकुल भी काम जैसा नहीं लगता है। इस अवस्था में श्रम मोक्ष से उत्पन्न होता है। यह प्रयासरहित प्रयास होता है। सेल्फ में स्थापित (जो आपकी सच्ची प्रकृति है) होने के बाद आप हर शरीर में मौजूद सेल्फ के अनुभव

को स्थापित करने के लिए कार्य करते हैं। तब आप स्वार्थी या सेल्फिश जीवन नहीं जीते हैं। वास्तव में, तब आप 'सेल्फ का जीवन' जीते हैं – जहाँ व्यक्ति से परे निकलकर आप सेल्फ में स्थापित हो जाते हैं। इस चौथी अवस्था का सूत्रवाक्य है, 'दूसरों के लिए जियो, क्योंकि कोई दूसरा है ही नहीं।' आश्रम शब्द इस अवस्था के मोक्षदायक श्रम का सटीक वर्णन है। आश्रम का अर्थ है श्रम का अभाव।

इसलिए इस वर्ष मजदूर दिवस पर आश्रम की ओर बढ़ने का निर्णय लें। इसका यह अर्थ नहीं है कि आप शारीरिक रूप से आश्रम में रहने चले जाएँ। इसका अर्थ तो यह है कि आप कम से कम श्रम के अगले स्तर तक प्रगति करने का फैसला करें – चाहे आप इस वक्त किसी भी अवस्था में हों। पहली अवस्था में अपने श्रम पर दुःखी होने के बजाय प्रेरक श्रम के स्तर पर पहुँचने का इरादा करें। यदि आप पहले ही दूसरी अवस्था पर पहुँच चुके हों, तो श्रम के लोभ से आगे बढ़कर अव्यक्तिगत श्रम के अगले स्तर पर पहुँचें। यदि आप पहले से ही तीसरी अवस्था पर हों, तो दूसरों के लिए श्रम करने के परोपकार से आगे बढ़कर मोक्ष तक पहुँचने का इरादा रखें। इस मजदूर दिवस पर उस मोक्षदायक श्रम की दिशा में प्रगति करने का प्रयास करें, जो आत्म-साक्षात्कार से उत्पन्न होता है।

यह पुस्तक पढ़ने के बाद आप अपने अभिप्राय (विचार सेवा) इस पते पर भेज सकते हैं : Tej Gyan Global Foundation,
Pimpri Colony Post office, P.O. Box 25,
Pune- 411017. Maharashtra (India).

परिशिष्ट- २

सरश्री

अल्प परिचय

स्वीकार मंत्र मुद्रा

सरश्री की आध्यात्मिक खोज का सफर उनके बचपन से प्रारंभ हो गया था। इस खोज के दौरान उन्होंने अनेक प्रकार की पुस्तकों का अध्ययन किया। इसके साथ ही अपने आध्यात्मिक अनुसंधान के दौरान अनेक ध्यान पद्धतियों का अभ्यास किया। उनकी इसी खोज ने उन्हें कई वैचारिक और शैक्षणिक संस्थानों की ओर बढ़ाया। इसके बावजूद भी वे अंतिम सत्य से दूर रहे।

उन्होंने अपने तत्कालीन अध्यापन कार्य को भी विराम लगाया ताकि वे अपना अधिक से अधिक समय सत्य की खोज में लगा सकें। जीवन का रहस्य समझने के लिए उन्होंने एक लंबी अवधि तक मनन करते हुए अपनी खोज जारी रखी। जिसके अंत में उन्हें आत्मबोध प्राप्त हुआ। आत्मसाक्षात्कार के बाद उन्होंने जाना कि अध्यात्म का हर मार्ग जिस कड़ी से जुड़ा है वह है- समझ (अंडरस्टैण्डिंग)।

सरश्री कहते हैं कि 'सत्य के सभी मार्गों की शुरुआत अलग-अलग प्रकार से होती है लेकिन सभी के अंत में एक ही समझ प्राप्त होती है। 'समझ' ही सब कुछ है और यह 'समझ' अपने आपमें पूर्ण है। आध्यात्मिक ज्ञान प्राप्ति के लिए इस 'समझ' का श्रवण ही पर्याप्त है।'

सरश्री ने ढाई हज़ार से अधिक प्रवचन दिए हैं और सौ से अधिक पुस्तकों की रचना की हैं। ये पुस्तकें दस से अधिक भाषाओं में अनुवादित की जा चुकी हैं और प्रमुख प्रकाशकों द्वारा प्रकाशित की गई हैं, जैसे पेंगुइन बुक्स, हे हाऊस पब्लिशर्स, जैको बुक्स, हिंद पॉकेट बुक्स, मंजुल पब्लिशिंग हाऊस, प्रभात प्रकाशन, राजपाल ॲण्ड सन्स इत्यादि।

तेजज्ञान फाउण्डेशन – परिचय

तेजज्ञान फाउण्डेशन आत्मविकास से आत्मसाक्षात्कार प्राप्त करने का एक रास्ता है। इसके लिए सरश्री द्वारा एक अनूठी बोध पद्धति (System for Wisdom) का सृजन हुआ है। इस पद्धति को अन्तर्राष्ट्रीय मानक ISO 9001:2008 के आवश्यकताओं एवं निर्देशों के अनुरूप ढालकर सरल, व्यावहारिक एवं प्रभावी बनाया गया है।

इस संस्था की बोध पद्धति के विभिन्न पहलुओं (शिक्षण, निरीक्षण व गुणवत्ता) को स्वतंत्र गुणवत्ता परीक्षकों (Quality Auditors) द्वारा क्रमबद्ध तरीके से जाँचा गया। जिसके बाद इन पहलुओं को ISO 9001:2008 के अनुरूप पाकर, इस बोध पद्धति को प्रमाणित किया गया है।

फाउण्डेशन का लक्ष्य आपको नकारात्मक विचार से सकारात्मक विचार की ओर बढ़ाना है। सकारात्मक विचार से शुभ विचार यानी हॅपी थॉट्स (विधायक आनंदपूर्ण विचार) और शुभ विचार से निर्विचार की ओर बढ़ा जा सकता है। निर्विचार से ही आत्मसाक्षात्कार संभव है। शुभ विचार (Happy Thoughts) यानी यह विचार कि 'मैं हर विचार से मुक्त हो जाऊँ।' शुभ इच्छा यानी यह इच्छा कि 'मैं हर इच्छा से मुक्त हो जाऊँ।'

ज्ञान का अर्थ है सामान्य ज्ञान लेकिन तेजज्ञान यानी वह ज्ञान जो ज्ञान व अज्ञान के परे है। कई लोग सामान्य ज्ञान की जानकारी को ही ज्ञान समझ लेते हैं लेकिन असली ज्ञान और जानकारी में बहुत अंतर है। आज लोग सामान्य ज्ञान के जवाबों को ज्यादा महत्व देते हैं। उदाहरण के तौर पर– कर्म और भाग्य, योग और प्राणायाम, स्वर्ग और नर्क इत्यादि। आज के युग में सामान्य ज्ञान प्रदान करनेवाले लोग और शिक्षक कई मिल जाएँगे मगर इस ज्ञान को पाकर जीवन में कोई बड़ा परिवर्तन नहीं होता। यह ज्ञान या तो केवल बुद्धि विलास है या फिर अध्यात्म के नाम पर बुद्धि का व्यायाम है।

सभी समस्याओं का समाधान है तेजज्ञान। भय से मुक्ति, चिंतारहित व क्रोध से आज़ाद जीवन है तेजज्ञान। शारीरिक, मानसिक, सामाजिक, आर्थिक और आध्यात्मिक उन्नति के लिए है तेजज्ञान। तेजज्ञान आपके अंदर है, आएँ और इसे पाएँ।

यदि आप ऐसा ज्ञान चाहते हैं, जो सामान्य ज्ञान के परे हो, जो हर समस्या का समाधान हो, जो सभी मान्यताओं से आपको मुक्त करे, जो आपको ईश्वर का साक्षात्कार कराए, जो आपको सत्य पर स्थापित करे तो समय आ गया है तेजज्ञान को जानने का। समय आ गया है शब्दोंवाले सामान्य ज्ञान से उठकर तेजज्ञान का अनुभव करने का।

अब तक अध्यात्म के अनेक मार्ग बताए गए हैं। जैसे जप, तप, मंत्र, तंत्र, कर्म, भाग्य, ध्यान, ज्ञान, योग और भक्ति आदि। इन मार्गों के अंत में जो समझ, जो बोध प्राप्त होता है, वह एक ही है। सत्य के हर खोजी को अंत में एक ही समझ मिलती है और इस समझ को सुनकर भी प्राप्त किया जा सकता है। उसी समझ को सुनना यानी तेजज्ञान प्राप्त करना है। तेजज्ञान के श्रवण से सत्य का साक्षात्कार होता है, ईश्वर का अनुभव होता है। यही तेजज्ञान सरश्री महाआसमानी शिविर में प्रदान करते हैं।

महाआसमानी शिविर (निवासी)

क्या आपको उच्चतम आनंद पाने की इच्छा है? ऐसा आनंद, जो किसी कारण पर निर्भर नहीं है, जिसमें समय के साथ केवल बढ़ोतरी ही होती है। क्या आप इसी जीवन में प्रेम, विश्वास, शांति, समृद्धि और परमसंतुष्टि पाना चाहते हैं? क्या आप शारीरिक, मानसिक, सामाजिक, आर्थिक और आध्यात्मिक इन सभी स्तरों पर सफलता हासिल करना चाहते हैं? क्या आप 'मैं कौन हूँ' इस सवाल का जवाब अनुभव से जानना चाहते हैं।

यदि आपके अंदर इन सवालों के जवाब जानने की और 'अंतिम सत्य' प्राप्त करने की प्यास जगी है तो तेजज्ञान फाउण्डेशन द्वारा आयोजित 'महाआसमानी शिविर' में आपका स्वागत है। यह शिविर पूर्णतः सरश्री की शिक्षाओं पर आधारित है। सरश्री आज के युग के आध्यात्मिक गुरु और 'तेजज्ञान फाउण्डेशन' के संस्थापक हैं, जो अत्यंत सरलता से आज की लोकभाषा में आध्यात्मिक समझ प्रदान करते हैं।

महाआसमानी शिविर का उद्देश्य :

इस शिविर का उद्देश्य है, 'विश्व का हर इंसान 'मैं कौन हूँ' इस सवाल का जवाब जानकर सर्वोच्च आनंद में स्थापित हो जाए।' उसे ऐसा ज्ञान मिले, जिससे वह हर पल वर्तमान में जीने की कला प्राप्त करे। भूतकाल का बोझ और भविष्य की चिंता इन दोनों से वह मुक्त हो जाए। हर इंसान के जीवन में स्थायी खुशी, सही समझ और समस्याओं को विलीन करने की कला आ जाए। मनुष्य जीवन का उद्देश्य पूर्ण हो।

'मैं कौन हूँ? मैं यहाँ क्यों हूँ? मोक्ष का अर्थ क्या है? क्या इसी जन्म में मोक्ष प्राप्ति संभव है?' यदि ये सवाल आपके अंदर हैं तो महाआसमानी शिविर इसका जवाब है।

महाआसमानी शिविर के मुख्य लाभ :

इस शिविर के लाभ तो अनगिनत हैं मगर कुछ मुख्य लाभ इस प्रकार हैं...

* जीवन में दमदार लक्ष्य प्राप्त होता है।
* 'मैं कौन हूँ' यह अनुभव से जानना (सेल्फ रियलाइजेशन) होता है।
* मन के सभी विकार विलीन होते हैं।
* भय, चिंता, क्रोध, बोरडम, मोह, तनाव जैसी कई नकारात्मक बातों से मुक्ति मिलती है।
* प्रेम, आनंद, मौन, समृद्धि, संतुष्टि, विश्वास जैसे कई दिव्य गुणों से युक्ति होती है।
* सीधा, सरल और शक्तिशाली जीवन प्राप्त होता है।
* हर समस्या का समाधान प्राप्त करने की कला मिलती है।
* 'हर पल वर्तमान में जीना' यह आपका स्वभाव बन जाता है।
* आपके अंदर छिपी सभी संभावनाएँ खुल जाती हैं।
* इसी जीवन में मोक्ष (मुक्ति) प्राप्त होता है।

महाआसमानी शिविर में भाग कैसे लें?

इस शिविर में भाग लेने के लिए आपको कुछ खास माँगें पूरी करनी होती हैं। जैसे –

१) आपकी उम्र कम से कम अठारह साल या उससे ऊपर होनी चाहिए।
२) आपको सत्य स्थापना शिविर (फाउण्डेशन ट्रुथ रिट्रीट) में भाग लेना होगा, जहाँ आप सीखेंगे- वर्तमान के हर पल को कैसे जीया जाए और निर्विचार दशा में कैसे प्रवेश पाएँ।
३) आपको कुछ प्राथमिक प्रवचनों में उपस्थित होना है, जहाँ आप बुनियादी समझ आत्मसात कर, महाआसमानी शिविर के लिए तैयार होते हैं।

यह शिविर साल में तीन या चार बार आयोजित होता है, जिसका लाभ हज़ारों खोजी उठाते हैं। इस शिविर की तैयारी आगे दिए गए स्थानों पर कराई जाती है। पुणे, मुंबई, दिल्ली, सांगली, सातारा, जलगाँव, अहमदाबाद, कोल्हापुर, नासिक, अहमदनगर, औरंगाबाद, सूरत, बरोडा, नागपुर, भोपाल, रायपुर, चेन्नई, वर्धा, अमरावती, चंद्रपुर, यवतमाल, रत्नागिरी, लातूर, बीड, नांदेड, परभणी, पनवेल, ठाणे, सोलापुर, पंढरपुर, अकोला, बुलढाणा, धुले, भुसावल, बैंगलोर, बेलगाम, धारवाड, भुवनेश्वर, कोलकत्ता, राँची, लखनऊ, कानपुर, चंदीगढ़, जयपुर, पणजी, म्हापसा, इंदौर, इटारसी, हरदा, विदिशा, बुरहानपुर।

आप महाआसमानी की तैयारी फाउण्डेशन में उपलब्ध सरश्री द्वारा रचित पुस्तकों, सी.डी. और कैसेटस् सुनकर कर सकते हैं। इसके अलावा आप टी.वी., रेडियो और यू ट्यूब पर सरश्री के प्रवचनों का लाभ भी ले सकते हैं मगर याद रहे, ये पुस्तकें, कैसेट, टी.वी., रेडियो और यू ट्यूब के प्रवचन शिविर का परिचय मात्र है, तेजज्ञान नहीं। आप महाआसमानी शिविर में भाग लेकर ही तेजज्ञान का आनंद ले सकते हैं। आगामी महाआसमानी शिविर में अपना स्थान आरक्षित करने के लिए संपर्क करें :**09921008060/75, 9011013208**

अब एक क्लिक पर ही शिविर का रजिस्ट्रेशन !

तेजज्ञान फाउण्डेशन की इन शिविरों के लिए
अब आप ऑनलाईन रजिस्ट्रेशन भी कर सकते हैं-

* महाआसमानी महानिवासी शिविर (पाँच दिवसीय निवासी शिविर)
* मैजिक ऑफ अवेकनिंग (केवल अंग्रेजी भाषा जाननेवालों के लिए तीन दिवसीय निवासी शिविर)
* मिनी महाआसमानी (निवासी) शिविर, युवाओं के लिए

रजिस्ट्रेशन के लिए आज ही लॉग इन करें

www.tejgyan.org

महाआसमानी शिविर स्थान

महाआसमानी महानिवासी शिविर 'मनन आश्रम' पर आयोजित किया जाता है। यह आश्रम पुणे शहर के बाहरी क्षेत्र में पहाड़ों और निसर्ग के असीम सौंदर्य के बीच बसा हुआ है। इस आश्रम में पुरुषों और महिलाओं के लिए अलग-अलग, कुल मिलाकर ७०० से ८०० लोगों के रहने की व्यवस्था है। यह आश्रम पुणे शहर से १७ किलो मीटर की दूरी पर है। हवाई अड्डा, हाइवे और रेल्वे से पुणे आसानी से आ-जा सकते हैं।

मनन आश्रम : मनन आश्रम, पुणे, सर्वे नं. ४३, सनस नगर, नांदोशी गाँव, किरकट वाडी फाटा, तहसील - हवेली, जिला : पुणे - ४११०२४. फोन : ०९९२१००८०६०

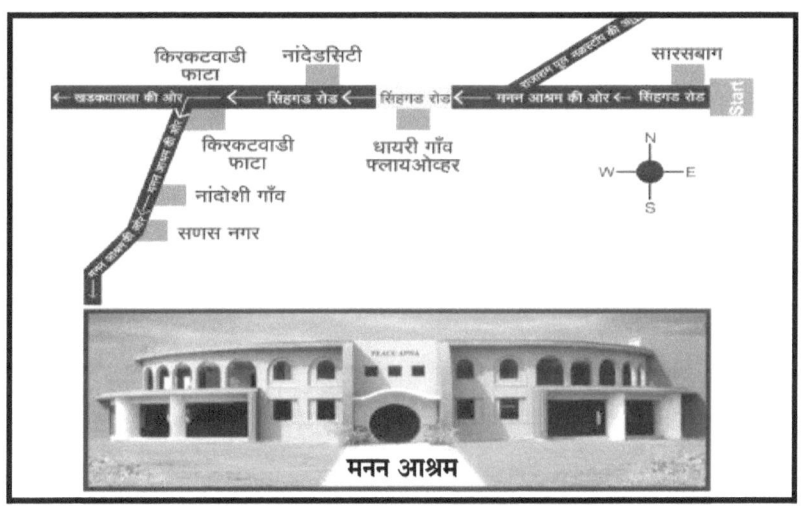

पुस्तकें प्राप्त करने के लिए नीचे दिए गए पते पर मनीऑर्डर द्वारा पुस्तक का मूल्य भेज सकते हैं। पुस्तकें रजिस्टर्ड, कुरियर अथवा वी.पी.पी. द्वारा भेजी जाती हैं। इसके लिए नीचे दिए गए पते पर संपर्क करें।

WOW Publishings Pvt. Ltd.

* रजिस्टर्ड ऑफिस - इ- ४, वैभव नगर, तपोवन मंदिर के नज़दीक, पिंपरी, पुणे - ४११०१७

* पोस्ट बॉक्स नं. ३६, पिंपरी कॉलोनी पोस्ट ऑफिस, पिंपरी, पुणे - ४११०१७ फोन नं.: ०९०११०१३२१० / ९६२३४५७८७३

आप ऑन-लाइन शॉपिंग द्वारा भी पुस्तकों का ऑर्डर दे सकते हैं।

लॉग इन करें - www.gethappythoughts.org

३०० रुपयों से अधिक पुस्तकें मँगवाने पर डाक-व्यय के साथ १०% की छूट।

तेजज्ञान ग्लोबल फाउण्डेशन द्वारा प्रकाशित श्रेष्ठ पुस्तकें

तुम्हें जो लगे अच्छा
वही मेरी इच्छा

संपूर्ण ध्यान

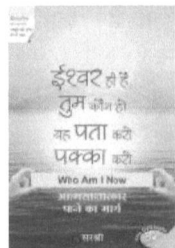

ईश्वर ही है तुम
हो कि नहीं पता
करो पक्का करो

रामायण
वनवास रहस्य

ऑरगैनिक अनुभव
अपनी क्षमता पहचानो

महापुरुषों के
जीवन से

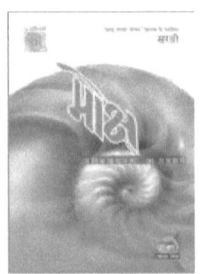

मोक्ष

कर्मयोग नाइन्टी

भगवान बुद्ध

बेस्ट सेलर पुस्तक 'विचार नियम' शृंखला के रचनाकार
सरश्री द्वारा सत्य संदेश का लाभ लें

सोमवार से शनिवार शाम 6:35 से 6:55
और रविवार शाम 8:10 से 8:30

www.youtube.com/tejgyan

पर भी सरश्री के प्रवचनों का लाभ ले सकते हैं।

For online shopping visit us - www.tejgyan.org
www.gethappythoughts.org

हर मंगलवार, शुक्रवार, शनिवार, रविवार सुबह ९.१५ रेडियो विविध भारती, एफ. एम. पुणे पर 'तेजविकास मंत्र'

हर शनिवार सुबह ८.५५ रेडियो एम. डब्ल्यू. पुणे,
तेजज्ञान इनर पीस ॲण्ड ब्यूटी कार्यक्रम

नोट : उपरोक्त कार्यक्रमों के समय बदल सकते हैं इसलिए समय पुष्टि करें।

तेजज्ञान इंटरनेट रेडियो

२४ घंटे और ३६५ दिन सरश्री के प्रवचन और भजनों का लाभ लें,
तेजज्ञान इंटरनेट रेडियो द्वारा। देखें लिंक

http://www.tejgyan.org/internetradio.aspx

तेजज्ञान फाउण्डेशन - मुख्य शाखाएँ

पुणे (रजिस्टर्ड ऑफिस)

विक्रांत कॉम्प्लेक्स, तपोवन मंदिर के नज़दीक,
पिंपरी, पुणे-४११ ०१७.
फोन : ०२०-२७४११२४०, २७४१२५७६

मनन आश्रम

सर्वे नं. ४३, सनस नगर, नांदोशी गाँव,
किरकटवाडी फाटा, तहसील - हवेली,
जिला- पुणे - ४११ ०२४. फोन : ०९९२१००८०६०

e-books

•The Source •Complete Meditation •Ultimate Purpose of Success •Enlightenment •Inner Magic •Celebrating Relationships •Essence of Devotion •Master of Siddhartha •Self Encounter, and many more

Also available in Hindi at www. gethappythoughts.org

Free apps

U R Meditation & Tejgyan Internet Radio on all platforms like Android, iPhone, iPad and Amazon

e-magazines

'Yogya Aarogya' & 'Drushtilakshya'

emagazines available on www.magzter.com

e-mail

mail@tejgyan.com

website

www.tejgyan.org, www.gethappythoughts.org

- नम्र निवेदन -

विश्व शांति के लिए लाखों लोग प्रतिदिन
सुबह और रात ९ बजकर ९ मिनट पर प्रार्थना करते हैं।
कृपया आप भी इसमें शामिल हो जाएँ।

www.ingramcontent.com/pod-product-compliance
Lightning Source LLC
LaVergne TN
LVHW040152080526
838202LV00042B/3123

Acknowledgements

Thank you to my sister Pauline for your unconditional love and support that never wavers. To my best friend Jenny Richards, thank you for your help and the laughs when I needed them.

Special thanks also to my friends Erin Furner, Jane Bevan, Amanda Pole and Alison Babbage for your friendship and enthusiasm. To Jenny Howarth and mum Moyna for your incredible support in providing goods for my market stall so that I could raise the funds to publish my book.

Gratitude to Julie and Dennis Clancy for teaching me how to be a marketeer – you have shown me nothing but kindness and friendship. Thanks to Wendy Craib for your generous sharing of ideas and materials sparking more of my creative side.

My immense gratitude goes to Barry Eaton for the amazing and wonderful foreword, and for instantly agreeing to write it when asked. Barry has given freely of his time, expertise, wisdom and support.

To my editor and publisher Jenny Mosher for your approachability and good humour and brilliance at what you do. To Ally (Mosher) Taylor, thank you for the awesome cover design. Both Jenny and Ally have given me full support in getting this book published. The professionalism of these two women is outstanding and I look forward to our next venture together.

Connie Howell

To my son Jason who lovingly spreads the word about his mum's books and to my darling Walter for always being loving and supportive.

Finally I offer the deepest gratitude to my Spirit helpers: thank you for your input and guidance.

Connie Howell
Blue Mountains

Introduction

I am not a mystic or a guru. I have always thought of myself as an ordinary woman who has had extraordinary experiences, and yet the truth is that none of us are ordinary. However, it's what we tend to believe unless we have a high profile or have been lucky enough to have had enlightened parents or others that know we are all extraordinary beyond our comprehension.

    I climbed the ladder of spiritual development through hard work, sincere inquiry and by going on pilgrimages around the world to wherever spirit directed me to go.

    I always heeded the call, though sometimes reluctantly, but in the end I experienced growth that I could not have had any other way than to go where the journey led me.

    I have come to trust spirit even when it throws me curve balls and I wobble with frustration or anxiety about what to do next.

    Like me, the Universe has a great sense of humour and I love that about it. Rather than being pious and severe I find it to be awesome, loving and sometimes firm in its resolve to get me to be the best I can be and to carry out the mission that I agreed upon before coming into this finite world.

    I am grounded but open. Sharing experiences of bringing the unknown into the known for anyone willing to listen gives me great joy. I can talk about it all day for it is my passion. Passing on my knowledge and wisdom is what I love

Connie Howell

to do most and it gives me the greatest satisfaction.

I don't care for superficial conversations. I feel that my time is better spent opening the doors of awareness for those who seek the truth. Therefore, I feel that I am an illusion buster. I awakened from the dream and now it is my turn to wake you if you are ready and willing. If not, then you will slumber on a little longer until it is time to come out of the deep sleep of believing that we are simply human beings having only a human experience. That is not my truth for I know that we are spiritual beings learning through human experiences and that we are mightier and more beautiful than we can imagine.

Chapter 1:
What's it like to be psychic?

Some people remember being able to see the invisible worlds at a young age. I don't have any specific memory of being psychic as a child but I did have a good imagination and I'm led to believe that I talked to myself quite a bit. Perhaps I wasn't alone after all.

I mainly kept busy doing what children do best which is playing and exploring the environment each day. And by weaving my way through the daily minefield of volatile family dynamics the best way I could.

I regularly had nightmares of vampire-like monsters trying to capture me and suck out my blood which, for a little child, was frightening in the extreme but I would wake up in the morning to see that everything in my world was still there and that I had just had a bad dream. Even though my heart had been pounding with fright it was soon forgotten as the new day adventuring began. *Children are resilient and for me that resilience has been a blessing.*

As I grew into my teenage years the dreams were no longer of those kinds of monsters but of the devil trying to lure me and catch me by the hand. I sometimes woke up with my hand clenched so tightly that it went numb. In a bid to evade capture and being taken away in my sleep I prayed to Jesus to keep me safe and kept a cross above my bed.

Religious studies at school taught me to be afraid of evil and the supernatural and that in order to be saved and go to Heaven I would have to repent my sins and become born again. If I wanted protection from evil beings I would have to strive to be good and not fall into temptation.

I didn't exactly know where Heaven was located but I knew that people always indicated that it was high above us somewhere and that the other place was below and had an everlasting fire that tortured souls who had been bad.

During the day none of these things bothered me so much; it was only in the dark and in dreamtime that I would be really concerned. There was something about the dark that frightened me more than anything and I didn't grow out of my fear of the supernatural and bewitching hours until well into my adult years, and only then because I began to understand that *what you fear can become your reality and that nothing can harm you unless you think it can.* This knowing was gradual and came with experience and teachings from the invisible worlds that I was originally taught to fear.

I was twenty-eight years old before I had my first conscious encounter with other realities. Having attended my first spiritualist church meeting by invitation from a friend I awoke the next morning to an inner view of my spirit guide. It was an exciting and intriguing event that set me on a quest to discover as much as I could about spiritual and psychic matters. I joined a development group run by the spiritualist church that I attended and I occasionally did platform work which meant that I was one of the budding mediums who would demonstrate clairvoyance by giving messages to those in attendance.

The discovery of spirit and the worlds beyond our normal level of consciousness continues for me even now as there is no end to what there is to know and experience.

In the beginning I felt like a child in kindergarten where new and wonderful things were revealed to me. Then as time went on and I progressed through the different grades of learning and had finished serving my spiritual apprenticeship, I went on to higher education. I compare it to school and university because that is exactly how it seemed to be.

One of the experiences I had taught me discernment. *This is a crucial lesson when you are dealing with other realities.* With my inner vision I saw a woman whose face was half in shadow. She gave me some information for a friend of mine then laughed as she disappeared from sight.

Being a novice I readily passed on the information which turned out to be completely wrong. I began to think back to the encounter and realised that the first clue that this woman was not giving me true information was that her face was partly hidden, and the second clue was that she laughed inappropriately.

This became a valuable lesson, the impact of which stayed with me for months to come. My integrity and vulnerability were at risk and I felt angry that my guide had allowed it to happen. Of course I realised in time that in fact he had done me a great service by teaching me that not all spirits that come to us have our best interests in mind. The woman that appeared to me was mischievous and, just as it is in ordinary reality, there are honest ones and dishonest ones. In the spirit world, especially in the lower dimensions, there are those who want to deceive.

Being psychic is alluring and heady stuff, so it is important to stay grounded rather than getting lost in the excitement of it all. In time I became less interested in the phenomenon because I wanted to go deeper into the mysteries of life itself, and since I knew firsthand that there were other dimensions and life after death, my real interest was to find out why we come into a physical reality at all.

When I had my third eye opening (the awakening of psychic ability) I was totally unaware that my paternal grandmother had been a psychic and that she used a deck of playing cards as her gateway to receiving information. I was also not aware that she had been a member of the local spiritualist church. While I don't believe it is a necessity to have a family member that has abilities for you to have them it does seem to be a frequent thing. I have often heard people comment that psychic ability runs in the family.

I believe everyone has the ability to tune in to other frequencies given the right conditions and desire to do so. It is either not recognised or shrugged off as coincidental. You don't have to be special or gifted; it is the birthright of us all to have these acuities.

When dealing with other realities it is important to have a firm grip on this one. For me, having psychic ability wasn't the end of the story, it was just the beginning. The spiritual beings that were my teachers knew that I get bored easily, and so needed something jaw dropping to get my attention and to keep me interested enough to move forward. Many people have psychic ability and accurate intuition but do nothing with it other than think it interesting and amusing.

We don't all have the same path to follow in our development but for me, beyond the initial excitement and intrigue, there was an ever-present drive to know more, to grow in depth of understanding and to be of service.

I cannot switch it off; it is innate, passionate and it is my life. My sense of reality was tested several times during my initiate days and my belief in what I could see, hear and feel as being the only reality became challenged so that I would wake up from the illusion. Many people believe, as I did, that only what can be seen with our physical eyes is there, and that anything else is purely speculative or the vivid imaginings of susceptible and gullible people.

After five years of attending the spiritualist church monthly I left and went my own way. It had given me good grounding and great friends but it was time to move on.

Sometimes we refer to knowing things as a sixth sense, a gut feeling, a hunch or intuition. *One of the purposes of being able to see or hear other worlds is to remind us that we are not only human but that we have a spiritual essence that does not die with the physical body and that this essence is immortal, unlike the physical body.* Everything on Earth has a life cycle of birth, growth and death and life here is finite.

To be a psychic, clairvoyant or a medium brings with it the responsibility to be honest and have integrity when dealing with vulnerable people who come for answers or reassurance, especially when letting people know that a deceased loved one is still with them in some way.

Many people seek out psychics when in crisis or someone they love has passed away and they are grieving. Others seek help because of some problem they are facing for which they need direction, and then there are those who just want to know the future because they are curious.

I would always tell the latter that nothing is set in stone and that the future is malleable therefore not necessarily certain. Though there may be probabilities, ultimately no-one should rely on what has been predicted to the extent of giving up all other options, even if the prediction is a positive one. *There is no guidance better than your own inner guide if you can tap into it.*

However, there are many committed and sincere men and women who work as psychics and mediums with the desire to give good service. Mediums provide comfort to grieving people and give proof of life after death.

For me there is no greater guidance than our own inner voice of wisdom. It is great to have fun, get predictions and reassurance but nothing compares to cultivating a direct link that needs no intermediary. This does not mean that I am suggesting that you never seek help but rather that it is good to develop your own ability and go directly to the source to get your own answers. This is empowering and helps you develop a strong link between you and the divine part of yourself.

I sought help from others at times when I couldn't or didn't know how to go straight to the source and in my earlier days I took what they said seriously. Some of what I was told came true whilst some did not.

It took me quite some time to feel comfortable in trusting the unknown and unfamiliar world of spirit but when I did I got greater results and smoother interactions with those *other world teachers*. I let go of the need to know what other people could tell me and I turned inwards to discover a whole new reality and new ways to look at life. I had a driving urge to know more about the nature of life and what its purpose is.

Why are we born only to die after a life of suffering or unpleasantness? This was a question I often asked myself.

There were endless things that I just couldn't get my head around and as with all my intellectual queries I wanted definitive answers.

Letting go of the intellect and need for satisfactory answers when inquiring was hard for me, but it was necessary so that I could connect with my intuitive side and find the deeper meaning that I was looking for.

I also let go of the desire to do readings for other people and instead began to show them how they could find the answers for themselves and become self-empowered, rather than relying on me.

So instead of making predictions for the future I would ask people to look at the beliefs and ideas that could be preventing them from having the life they wanted and together we would explore how to make positive changes that could impact them in a more loving and supportive way.

We all have the answers we seek inside us but sometimes they need to be unravelled. A little help in coaxing them to come to the surface is an advantage so that a clear view of the emotional filters that block the way forward can be seen and the accumulated baggage from life can be dispensed with.

I read copious amounts of books to feed my constant desire to know and I remember a series of four books which spiked my interest beyond most others at the time. They talked about Masters of the Far East who had lived a physical life but who now were in a higher form and could still appear as if they had physical bodies.

These masters could walk through walls and do many other amazing things that we consider impossible. The writer was a reputable man, well-educated and scientific in approach. This series ignited my spirit and the desire to engage with these kinds of beings. I had to wait many years before I began to hear more about ascended masters and who they are.

I believe we all come under the auspices of a master but don't necessarily have direct contact with them unless they initiate it. One of my first opportunities to see the master that oversees my life was less than satisfactory.

I was in a lucid dream state rather than dreaming in an ordinary way when two males came to me. They took me by the arms and asked me if I wanted to go and meet my master. I was terrified at the thought because I knew that I could not withstand his powerful energy at that time so I declined.

When I came back to normal consciousness I was in disbelief at having refused the offer and was disappointed and regretful at having said no to this privileged opportunity even though I believed I had good reason. I reprimanded myself daily if not hourly for a long time after.

I do believe, however, that if I had been able to be in the powerful presence at that time then nothing would have stopped me from accompanying the two males but I instinctively knew that I needed to raise my vibration much higher to be able to get close to such refined and purified energy.

Ascended Masters are beings who have transcended the limitations of Earthly life and all its vices and challenges and become enlightened. They help humanity directly or indirectly and each master has a different role and area of expertise. All are immensely loving and compassionate and want to serve humanity in the highest way to help all of us evolve. I don't know all there is to know about them but there are books written by individuals who have had more exposure to them than I have. Explore any self-help or esoteric section of bookshops to find them.

During my years of attending the spiritualist church I had an encounter with three masters who appeared to me, sitting together side by side, in a translucent form. They did not show me their facial details or other distinguishing features but simply said telepathically that they were the council of three and that I was working with them.

I found this intriguing, especially as I had no conscious knowledge of this. I had a sense of who they were but my mind began to question how *I* could be working with such wonderful beings and what role did I play. Soon after my experience and without any knowledge of my vision, a psychic medium friend of mine rang me and said that I had paid him a visit during his dream state, informing him that I was on my way to a council meeting comprising three other members. He felt that I was the fourth.

I have no conscious knowledge of my work in this capacity but I do trust and allow whatever guidance I am given to be implemented. I suspect that writing this and other books is part of my work as a council affiliate. Perhaps I am one of their scribes and serve as a mouthpiece?

The three beings that I encountered are part of the Great White Brotherhood which consists of masters that work with our world to spread love and wisdom. They understand the rigours and pitfalls of being human so they have great compassion and patience for us.

After I stopped going to the spiritualist church my ongoing journey took me into learning various forms of healing. I had previously done spiritual healing but wanted to broaden my knowledge.

I studied several body therapies including aromatherapy, remedial and Swedish massage and Bowen technique, all of which taught me about the different systems of the body and how they interact. This showed me that the body has an intelligence and innate ability to heal itself but that sometimes it needs a little help from a therapist or medical professional. Other techniques I learned took the form of energy healings, teaching me about the fields of energy around the body and between them the whole of the mind/body systems seemed to be covered.

I studied many interesting methods, one of which was a healing technique that had been channelled from the Chinese Ascended Master Quan Yin, sometimes referred to as the female Buddha. I didn't have much knowledge about her but was drawn to the beauty of the healing technique and took part with my friend Jane who had also felt the call to learn it. We decided that it would be nice to each have a little statue of Quan Yin for our respective rooms. We found the statues we wanted and were very satisfied with our purchases. Jane said that she had heard that the eyes of the statue could be opened, not literally but spiritually. I put this little thought to the back of my mind for several months, without really giving it much time or consideration. I later discovered a Buddhist monastery close to where I lived and thought that I would go and ask one of the monks if they had heard of this apparent opening of the eyes.

The monk I approached listened while I made my inquiry and then laughed a gut-roaring laugh. He said, 'It is a statue. You cannot open its eyes.' I hotly retorted that I didn't expect it to literally have its eyes opened and departed feeling dejected and ridiculous. Many months later a group of visiting Tibetan monks were due to create a sand mandala in our area and a Rinpoche from overseas was scheduled to give a talk. Not one to be so easily discouraged I decided I would attend and take my statue.

I dragged a few of my friends and my husband along and we sat on the hard floor along with a hundred or so others. The Rinpoche spoke for about twenty minutes and paused while it was translated into English. I moved from cheek to cheek as my backside grew number by the minute and wondered what the heck I was doing there.

A Buddhist monk came by where I was sitting and I instinctively lifted my Quan Yin statue up to him. He enquired if I would like to have it blessed and eagerly I said yes. He placed it on a shrine behind the Rinpoche while the talk continued. I have to admit relief when it was finally over and we could all get up off the hard, uncomfortable floor. My backside is built for comfort.

I retrieved my statue and we got in the car to go home. I felt something rough on the knee area of the statue but without my glasses I couldn't make out what it was. I was feeling a bit annoyed that it was scratched, even though it hadn't been handled once it was placed on the shelf, and I couldn't understand how it could have happened.

My husband took a look and told me that it had the shape of a flower etched into it. My heart raced. I took a closer look and saw that the shape of a flower had indeed been created, as if by magic, and I knew that I had been given my own little miracle because I had stood firm in my belief that something special could occur with my statue.

She still sits on my shelf in my consulting room to

remind me of that day. I have had a couple of visions of Quan Yin. She is the master of compassion and mercy. Without prior knowledge of this I had attracted her presence into my life when I called on the angel of mercy and compassion to help me to deal with severe migraines.

I didn't know if there was such an angel but desperation made me appeal for help and it came from this beautiful master. *When you call for help it is heard even if there is no immediate evidence of it.*

I have received a few non-materialised gifts from master beings all of which have come through either the dream state or during meditation. The Dalai Lama came to me during a meditation in a workshop I attended and he presented me with a string of prayer beads.

In dream time the avatar Sai Baba (now deceased) gave me a silver locket with Chinese symbols on it. During a six-day workshop on colour therapy I saw the master Kuthumi reflected in one of the coloured bottles that I was working with.

All this may sound like whimsy and fantasy but working within higher dimensions is usually experienced with an altered state of consciousness, not with the rational mind.

I cannot prove any of these things in a logical way nor do I feel the need to. I can tell you that I have experienced them and that far from being someone who escapes into fantasy my feet are firmly planted on the ground. My mind questions the validity of things as much as the next person. I do, however, have full trust in other dimensions because of my interactions with them and through long and varied training.

I have felt the love and peace of beings that I cannot

see yet am in no doubt that I have been basking in their energy for a short time. *Being healed in whatever way is appropriate for me is a gift that I cherish and don't take for granted.* It doesn't happen every day, most days are as mundane and ordinary as they are for the majority of us, but I am always aware that worlds can be traversed when necessary.

To enter into other dimensions takes a different state than our everyday rational problem solving one. It happens internally. Everything in the external environment stays the same for me. I leave this time and enter a no-time space where everything is known and possible.

I once felt my spirit leave my body during the period just before falling asleep and was so excited by it that instead of allowing myself to really experience the process of what was happening my excitement brought me immediately back into my body and I couldn't replicate the experience. The points just before sleep and before waking are powerful and potent times and are when other interactions happen more easily. They are referred to as hypnogogic and hypnopompic states.

The harder I try the less happens for me. When I do have experiences it is because I have let go and relaxed rather than being actively involved. Most of the time my life is as humdrum as the next but I am always aware of the fact that life as we know it isn't all there is and messages or visits can come at any time, sometimes when least expected.

When my mother was terminally ill with cancer I went over to England to spend time with her. I felt incredibly blessed to have the opportunity to spend nine weeks with her.

My sister visited every day and helped out with what needed to be done for our mother and one evening after I had gone to bed she had an experience in my mother's room before she left for the day. She told me that a little while after I had retired for the night the door to my mother's room opened and I stuck my head in and smiled at her. I had no recollection of doing this as I was in bed fast asleep but it proved that some part of us leaves the body at night to go travelling or visiting and healers often work during their sleep time helping others in need.

I cannot imagine life without interacting with the spiritual dimensions and I feel blessed to have been given so many wonderful opportunities for growth and understanding. *I don't know everything and I am not an expert in anything. I have become accustomed to and accepting of not knowing. I simply trust.*

Chapter 2:
Who am I?

Have you ever asked yourself the question, 'Who am I?' One thing is for sure, you are not who you think you are. You are not your body and you are not your brain or personality. All these are components of your physical self *but if they are not you then who are you really?*

The real you, *the ever present immortal self*, dwells within you and when the physical body dies this real essence of you still exists, has always and will always exist. It cannot die.

When each of us is born we are still connected to the spiritual dimensions from which we emerge and we usually have the ability to see them and converse with them whilst we are still little.

Many children have invisible friends but parents sometimes dismiss them as fantasy so the child learns that perhaps it isn't a good idea to see them or talk about them anymore. Or traumatic life events cut off the connection and it soon becomes forgotten as ordinary life takes precedence.

The natural ability to be aware of the other worlds becomes dormant until and unless it is triggered again or sought after. For some the shutting down promotes identity only with the physical world. Anything outside of the five senses is put into a box labelled *imagination*. We then enter into the illusion that only the physical world is real and if that thought is not challenged it becomes the perceived truth. *This is called being asleep.* To wake up again we have to be open to other kinds of experiences and question the validity of the belief that only the physical realms constitute reality. We need to investigate ways to help ourselves interact more consciously with other dimensions and live fully.

Sometimes it can take many lifetimes to wake up and we usually need help from others that have already made the journey from the deep sleep state to becoming awake and enlightened. Thankfully at any given time in history there have been people who have achieved this and could point the way.

In the early days of developing I had my Chinese spirit guide. He had a great sense of fun and good humour which suited me perfectly, though sometimes I think I was the butt of his humorous demonstrations, but I learnt a lot from him. One of the most profound things he told me was that I was a multidimensional being. I had no prior knowledge or understanding of what that could mean and have since learned that we are all multidimensional.

What does this mean? Apart from our physical body we have subtle bodies or subtle anatomy called either the luminous energy field or, more commonly, the aura and chakra system. Each chakra is like a spinning disc of colour situated close to but not on the body, and each gives a different level of interaction and awareness. The chakras are in alignment with the centre of the body in a line starting from the base of the spine to the crown area of the head. There are chakras above the crown and below the feet and other minor ones but for the main I will concentrate on the seven chakras that relate to the body.

We have seven layers of subtle anatomy, each of which corresponds to a chakra and, though different schools of thought may vary slightly in what they call the upper layers of this subtle anatomy, the description of the functionality is usually the same. These energy systems connect us to the larger field or Universe.

The physical body is our interface with the material world but the chakras also relate to other realities such as the mental, emotional and spiritual aspects of us. The physical body is the densest in vibration and therefore the more visible.

The first field of awareness surrounding the physical body is called the etheric layer; it relates to the first chakra and connects our physicality with the higher fields of energy. The chakra lies close to the body and is placed at the base of the spine. This layer is where the indication of disease can develop if it becomes adversely affected and it is usually described as a replica of the physical body in the way it appears.

The second field of awareness is the emotional body and relates to the second chakra situated at the navel. This is where negative emotions such as fear and resentment can be stored and for those that can *see* auras these emotions may appear as holes or dark spots.

The third field is called the mental body and corresponds with the third chakra at the solar plexus and is influenced by the ego and willpower. If this layer is unbalanced there may be lack of mental clarity. The solar plexus is also a major nerve plexus and is easily affected by thoughts and unresolved feelings from the second chakra.

Each chakra can influence the one above or below so it is

important to try to keep each one clear and healthy.

The fourth field is called the astral and corresponds to the heart chakra which is the bridge between the lower three that relate purely to the physical aspects and the higher three chakras and auric layers relating to spirit. The heart is where we feel compassion and love. If it is out of balance we may experience a lack of those feelings or inability to express them. It is also where we judge others and ourselves.

The fifth field of awareness is called the etheric template by some and is related to the throat chakra. This area is where we speak our truth and if we are unable to do that physical throat problems may manifest.

The sixth subtle body is the celestial layer where the ability to perceive and intuit and to see spirit resides. We may be more able to understand illusion with this centre.

The seventh field of awareness is known by some as the ketheric or causal layer and is our connection to the field of all that is. It corresponds to the crown chakra and it holds the other layers together and contains the blueprint of our spiritual path.

All seven layers are interlinked and the frequencies progressively increase in vibration from the lowest to the highest levels. The physical body is the lowest and densest vibration and the causal body has the highest and fastest frequency.

All matter vibrates at different rates. The longest and slowest wavelength related to the seven chakras is red and the highest and shortest is violet. Each chakra has a colour which from first to seventh is like the rainbow. In fact, we could refer to ourselves as rainbow people when all chakras are in harmony and not polluted. White light contains all the colours and colour itself comprises energy and is part of an electro-magnetic spectrum. This spectrum includes both long and short wavelengths. Light is the visible part of the spectrum.

The chakras each relate to the wavelength of a particular colour and state of awareness. Consciousness is not in the brain but rather within the fields of awareness outside of and surrounding the physical body and ordinary perception, transcending time and space. As we grow in understanding and spiritual awareness our consciousness rises higher through all of the subtle anatomy.

Collectively the chakra system informs the nervous system about the different states of being. If we have unhealed issues from this or other lifetimes they can affect the harmonious flow of our energy. Energy enters our field from above, below and through the chakras.

As I explained earlier the chakras align with the centre of the body and lay just off it. There are seven major cone-shaped chakras that go from the front to the back of the physical body with others above the head and below the feet. We also have minor chakras and a network of nadis which are like little rivulets of energy.

The medical symbol of the caduceus represents the intertwining of the male and female forms of energy that traverse the sushumna, which is the central column that allows the flow of energy up through the spine and nervous system.

The kundalini energy, known also as the sleeping serpent, lies at the base of the spine and when awakened pierces each chakra until it reaches the summit and exits through the crown. This can take a lifetime and is safer if done slowly. It can be activated by spiritual growth, yoga, meditation or by a master teacher.

Chakras metabolise energy and feed us with light and other forms of subtle energy. If any of them become clogged with toxic emotions or thoughts this cannot be done efficiently. We may get health issues, depression or just feel low in vital energy.

The chakra system gives us nourishment on an energetic and subtle level. It brings in light and information and when all chakras are healthy we have a luminous energy field. They are an interface with other dimensions as well as with the physical world.

Because we are vibrational beings we register things on the subtle level before we feel them on the physical level. We are all connected by an invisible but vibrant field of energy. Our own personal auric field interacts with that of others.

Have you ever had a feeling about someone you just met but can't put your finger on why you feel that way? Your energy system has picked up information already from the other person's field of energies. You may get the feeling that you don't want to interact further with them or conversely you may feel comfortable with them without fully understanding why.

The intellect is only one aspect of consciousness yet we often rely solely on it for reasoning and making judgements. We have been taught by others who likewise rely only on their intellect for answers and problem solving and this is how society works in the main.

We are much more than our intellectual surmising. We need to allow the intuitive, creative parts of our brain to be expressed and to counteract the unrelenting stream of chatter, most of which is unproductive and can keep us stuck when we are choosing to move forward.

There are many books on the chakra system and I suggest you read about what the chakras mean, what colours they are and how they affect your day to day life. It is not for me to do here and I am not an expert on the subject; what I want to do is let you know that you are much more than a physical being. We are not purely at the mercy of whether we are lucky enough to have good genes concerning health and wellbeing.

The auric field encapsulates all the information of this life, past lives and even future ones. So much knowledge and information is available if you know how to access it. Sincere request for help will result in being given some of the keys to higher consciousness. This may differ from person to person.

We each have our own path and destiny and need to honour that rather than trying to follow someone else believing that their way is our way. There are different teachers and guides for each of us but we all reach the same destination in the end. Sometimes we may share the same teacher such as a particular master but we also have our individual guides and tutors dedicated to us individually.

What you need to do is to connect with your own network of guidance and establish a relationship with it. *It is about self-empowerment and mastery of your life and blazing your own trail.*

I am not advocating that you can never share a class with others; in fact a group session is often fruitful and fun such as when you go to see an enlightened speaker or someone successful that you admire. Those people can point the most productive way to follow and teach you what they know but you still have to take the journey.

I am promoting the idea of self-mastery as the ultimate goal. The time comes when you have to take up the mantle of master for yourself. This can be quite a frightening prospect but we cannot side step our destiny forever. If we are to evolve and grow we need to take risks and trust that the Universe will always lead us in the right direction.

We are much more magnificent than we can imagine. We get caught up in playing small and may feel that to imagine ourselves any other way is conceited or egotistical. Unless we can even entertain the idea of being immensely powerful and beautiful spirits we miss the joy of being creative in the way of receiving the best of both worlds.

It is undeniable that as humans we are mortal but we are *intrinsically immortal*. Together the two give us the opportunities to experience this world of limitation as well as the dimensions of limitlessness. When we marry the two together it brings evolution to the Universe as well as to our own individual expression of the Universe.

The Universe is always listening to us even if we don't know or believe that it is. We are part of it and cannot be separated from it except by our thoughts and beliefs of separation. Inside us at a deep level we all have a drive to find that connection again; for some it may be a low priority whilst for others like me it is the driving force behind life. Evidence of the cooperation that comes from the Universe is obvious if you know what to look for and subtle if you don't. *Either way the signs are there.*

Why is it then that we often don't get what we want in life? Again it is a matter of belief and awareness. We are in human form to learn human lessons. We are here to learn mastery over the physical aspects and challenges that we face and to wake up to the fact that in reality we have never been separated from the source that created us, *we just think we have.*

I think we all take life too seriously and too personally and we have forgotten the real reason we are here. If we could remember then perhaps we could approach life from a different angle and enjoy the classes even more knowing *that there aren't any exams or failures, there are just lessons.*

I realise that it is easy to say these things but when you are going through crises or traumas, saying that these are just lessons is neither comforting nor welcome news. I believe though that life is what it is. It is neither geared to be for or against us. It is how we deal with what life presents us with that really counts. That is where the mastery comes in and if we don't want to obtain mastery we will not have signed up for the Master's degree this time round.

When you can detach from the emotions you have about life, whether past present or future, you are able to become the observer and see it as it is without the toxicity of accumulated beliefs, most of which are false. As an observer life becomes more depersonalised therefore allowing you to view it with all its facets. Just like a flowing river or stream there may be rocks, tree branches or other debris under the water but the river finds a way to flow around them or over them.

It doesn't stop to think that the rocks are deliberately put there to impede it, it doesn't worry how to get over them or ask why they are there; it simply goes on its way. The force of it keeps the momentum going and if for some reason it does become dammed up the natural fluidity of the water allows it to cope. It does not resist life; it goes with it.

How many different roles do you play in life? A role is something you have identified with, such as being a parent, a brother, sister, fireman, cleaner and so on. Each role brings its own set of expectations or beliefs as to how that role should be played. When we add up all the roles we play it is easy to see just how many expectations are placed on us by others and ourselves.

It is not only in the family but also in the workplace and social environments that we encounter pressure as to how we are expected to behave and we tend to believe that each of these individual roles make us who we are.

The thing is *they are just roles*. In essence we are none of them, but we have forgotten and so believe that we are the characters we play. They consist of a set of factors and beliefs that enable us to experience life with all its different faces but when we die all that is left is *our essence*.

When you know this fact at a deep level of understanding the roles you play become less dominant and less important. It doesn't mean you abdicate the roles or render them meaningless but rather that you see them for what they are and can choose to let some of them go. This shatters the belief that you are a slave to your perceived scripts of behaviour and it means you get more input in the writing of the story of your life and the way you act it out. *We are all actors on the stage of life and we are capable of choosing and learning new scripts with better outcomes and more interesting dialogue.*

When one play or movie is complete we will sign up for another one but at the end of a day it is still only a play or movie being acted out on a different set with a different support cast. Some of us love epics, others love dramas and thrillers. We get to play them all over many lifetimes.

Visualisation: Flowing river

Relax; breathe deeply for a few moments. Feel your body letting go of the day to day worries and just let yourself be calm. Let the struggles go for now. Make sure you won't be disturbed for a little while so that you can really let yourself experience the visualisation.

Imagine you are sitting by a river. You can hear the sound of the water flowing gently by. You can see rocks jutting out of the water and maybe a tree branch or leaves are visible too.

You dip your hands in the water and feel the coolness of it and the fluidity of how it slips through your fingers. You can't contain it or hold onto it. It feels good to feel it and let it go.

When you feel that you are ready you slip into the water and allow it to support your body and you let go and gently flow with the water letting it take you where it will.

You are not worried about the rocks or other obstacles because you know the water will find a way around them but if you find yourself against them stay peaceful and see if any images come to mind. If so, do they have a message for you? Remember the message then let the water once again take you into the flow. Enjoy the weightlessness and freedom of being supported and carried without effort. Let thoughts come and go and simply enjoy the feeling of being supported without any effort from you.

Stay as long as you wish. Enjoy the freedom of not having to do or be anything; this is your time to relax and feel at peace.

Connie Howell

When you feel ready to go to the river bank see yourself being carried there and slip out of the water and back onto the earth. Stay for a moment until you are ready to return to daily life and back to full consciousness. Bring any messages or insights back with you and stretch, yawn and become fully present in the here and now.

Write down any insights that came to you so that you can revisit them later.

Chapter 3:
Thoughts are things

Thoughts can take form especially if they are repetitive. If you think the same thoughts repeatedly they become hard wired in your brain after following the same well-worn pathway multiple times. It becomes like a well-practised routine – easy to execute on automatic pilot – which means you let go of the controls and stop paying attention. So instead of halting the thoughts and checking to see if they are valid, you let them speed on by without a second glance.

To change the route you have to change the pattern. This means taking the time and effort to question the validity of those thoughts now. *Are they relevant or not? Are they in fact true?* Catching thoughts can be done but it takes awareness and the desire to change the way you think. You can reprogram your mind and with time and dedication you will find that you become healthier in mind and body.

When you start to practise noticing, you will realise just how much of your thinking has become automatic and how you have just accepted it without question until now. You will also come to know just how many thoughts you have in a day and that can be overwhelming. You may start out trying to catch them all. Don't worry – you won't get all of them nor do you need to. That would drive you crazy and isn't necessary. Watch out for the ones that say the same thing repeatedly and you will see that most of them are outdated, stemming from the past and having little or nothing to do with *the now*.

Unfortunately you are the only one with control over what you think at any given moment, so you have to save yourself. Others can give you strategies and support but you have to do the work.

Don't let what other people have said about you in the past determine who you are now and who you are to become in the future. Derogatory and negative opinions offered by family, friends, school teachers or co-workers are *opportunities* to decide for yourself what is true and what is false. And it often says more about them than it does about you. This is because all of us offer opinions and judgements based on our previous experiences and how we have interpreted them.

If you allow judgements from others to take root then it is harder to dig them out later but not impossible. It just takes more time and effort so why not practise *not taking them on board at all?*

Thoughts are just thoughts until you attach meaning to them. We have trillions of thoughts every day. We cannot prevent them. We can only stop hooking into them and making up stories around them that simply aren't true.

For instance, if someone is angry with you, it may have nothing to do with you but everything to do with some issue within them. They simply could be having a bad day. If you take it personally you start a series of reactions as to why they are angry and before you know it you have a motion picture running in your head.

Once the movie has started it's hard to hit the pause button and stop for intermission because by now the movie will have piqued your interest. Your mind loves a good drama. Even if you do manage to pause for a bit you will pick it right back up unless you consistently work at changing how you react.

Anger and fear are two toxic emotions that can fester if left untouched. Anger usually covers up some other feeling such as hurt. Anger may be easier to acknowledge than hurt. It is a fiery, volatile emotion that gives off strong energy and can make you feel powerful.

If anger has been held for a long time and not dealt with it can cause illness, as can any strong, unresolved feeling or emotion. It can spill out inappropriately if left bubbling away and, like a volcano, when the pressure builds enough it will blow and spew out destruction.

Repeated thoughts become beliefs and beliefs get ingrained and hard to shift. Learning to deal with things appropriately and in the moment means that we don't have to hide them away or be a slave to our thinking. The relationship needs to shift so that we become the master and the ego becomes the servant. The brain is like a computer. It is the hardware and it is up to you to decide what programs to upload and which ones to delete or upgrade.

Repetitive and habitual thinking become your reality and you live accordingly. Energy always follows thought so what you focus on you create. The subconscious mind can be a powerful ally but it will carry out the instructions you give it indiscriminately. It doesn't delineate between positive and negative, it just says, 'Okay, I will do that'. It is very amenable to suggestion.

The way in which you program your subconscious is vital to being healthy and abundant. This is how hypnosis works. When I trained to be a clinical hypnotherapist I was shown how to quieten the conscious mind so that the subconscious mind was easily accessible to receiving positive suggestions. This new input allowed for productive and beneficial change to occur in the lives of those undergoing hypnosis.

There are many who believe hypnosis is only for entertainment value, such as when it's used on stage. The other common misunderstanding is that it can make people do things against their will. Nothing can make you do something that you really don't want to do.

In clinical hypnosis, if any suggestion were to be made that you didn't agree with you would simply come back to the conscious state. You are not in a trance during hypnosis; you are in a relaxed state where your subconscious mind is more accessible and your conscious mind is quiet. Your reasoning powers are not disabled. You are aware of everything that is being said or suggested.

As the subconscious is so open to suggestion it is also easy to see how affirmations can work so well. If you plant seeds in fertile ground then a positive outcome has to follow. With both hypnosis and affirmations it is necessary to use positive language containing words that encourage the changes you want to make.

The reverse is also possible: program your mind with negativity and you will get more things to be negative about. We are not just prone to our own negative way of thinking – we also have to contend with other sources such as family, friends or the environment. Just watch the news and see how negative you feel.

Even well-meaning medical professionals delivering

diagnoses of terminal or incurable conditions can have a devastating effect as they implant indelible thoughts on the mind and subconscious. Though I respect the medical professions enormously and would turn to them in a heartbeat if necessary I believe in a much higher authority and know that the Universal Source that created us can cure anything, anytime, for anyone. I understand that other factors have to be considered such as whether or not it is in the person's destiny to heal or not, but the fact is many individuals who have been given a life sentence, so to speak, have astounded doctors by not only recovering against the odds but by also being cured.

Self-fulfilling prophecies are well documented, for example in indigenous cultures where people who believe they have been cursed proceed to die. Other people who have been given a prognosis that leaves no avenue of hope die within months of the diagnosis, believing that they are doomed.

The mind is powerful beyond our understanding so it is important to get to know your own way of thinking and dealing with life so that you can change what needs to be changed and strengthen what empowers you.

If you send out bad thoughts then you will attract the same vibration back to you. In the same way positive thoughts reap positive responses. This is the law of attraction. Remember that wherever your thoughts are intended your energy is right behind them. Malicious thoughts and words can wound others through their auric field if it is weak or damaged. Thoughts become things and can take the form of etheric knives, spears, hooks and other forms of weaponry.

If you have ever felt like you have been stabbed in the

back by someone then quite literally you may have an etheric knife or sharp object embedded in your energy field. These implements cause disharmony and need to be removed by either a shaman or a trained healer who knows how to remove them.

As a shamanic healer I have seen these things for myself and have successfully removed the results of careless or malicious thinking from the auras of my clients. It is also possible for entities to attach themselves to your aura which can be equally distressing and unhelpful.

Not all entities are evil or malicious. Often deceased loved ones attach themselves because they cannot bear to let go. Alternatively, we hold them to us because of our inability to let them move on. *Neither one is ideal and needs to be resolved.*

Hanging on to a loved one is often due to either misplaced loyalty or our own need to have them close. It is not helpful to them or to you to have them tied to you in any way. This does not mean that they cannot ever make contact again. They may come at times to support you but the difference is the choice and freedom to do so. *We must never try to impede someone else's progress because of our own needs.*

Being trained in many modalities and traditions has enabled me to have unique and greater insights into how the body holds and stores memories, how the aura collects thought forms and how our thinking has relevance to our overall health and abundance.

Auric health is equally important to physical and mental health and it is advantageous to find ways to keep it healthy. Cleaning the aura by using colour therapy, bathing in Epsom salts, unwinding the chakras with your hands and scooping out stagnant energies as well as countless other techniques are all useful and successful ways to keep the aura healthy. If you cannot do this yourself find someone who can help you or teach you how to go about cleaning up your energies.

You wouldn't normally go to bed without cleaning your teeth or carrying out your daily cleansing rituals so it is not too difficult to regularly check into the more subtle parts of yourself to see how healthy they feel.

It just takes awareness and a desire to make these things a routine part of your life, but ultimately it is you who either suffers or benefits from being conscious of the fact that there is more to you than the physical body and mind. If you wish to be healthier and more abundant you need to contribute time and effort rather than waiting for the genie to pop out of the bottle or the magician to wave the magic wand to bring you what you want.

You have to speak the words and retrain your brain. You become the genie. You have the power within you so find ways to activate it and use it to its full potential and the wishes will be granted and the magic can start to happen.

Whenever you give in to thoughts of fear and anxiety you may not only lose power but you actually give it away. You give more credence to the negative aspects of thinking than you do to the belief that you possess incredible intelligence and creative powers within the nature of your true self.

Most fears are an illusion and though they may feel real and enormous it is a stimulus provoked by misbelief. Some fears of course are meant to keep us safe and alert us to danger. I am not addressing those. I am talking about the psychological misinformation that has been programmed into you by feeling that either you do not have power over your life or by the belief that the things you fear have more power than you do.

The reason fear is so potent is because you have even more fear about facing it. Imagine being suddenly confronted by a grizzly bear or some other ferocious animal that can kill you or cause great harm. The natural inclination would be to run as fast as you can to get away from it rather than stand your ground and stare it down.

It is often not an actual event that causes great distress but rather the thoughts about it that become attached to it. These thoughts become bigger and fiercer the more you think them. Thoughts become things in the sense that they create mental and emotional barriers that can become as hard and concrete as walls. Though they may be invisible they are none the less real. Because you cannot see them does not mean they aren't there in some form and if you could see them you would be amazed and appalled at some of the forms they do take and what your fear has created.

It is incredible just how talented we are at coming up with valid and legitimate reasons for not moving forward or for putting things off until a better and more convenient time.

Chapter 4:
Past lives

I am rather unromantic about past lives. I believe knowing about them is relevant only if some aspect of a past life is impacting this present life in a negative way. Then it is beneficial to know about and release the negative influence. There are unique instances whereby individuals have remembered in minute detail past life families and living conditions but for most of us the memories of them lay dormant. This is necessary so that we can concentrate our energies on why we are here now and the life we are meant to lead this time.

Though appealing to think we may have previously been someone famous or royal, for the majority of us the other lives have been ordinary. Sometimes they may have consisted of living in hostile environments, experiencing poverty or other hardships or at best they were pleasant but of no notoriety. Some people remember fighting in wars both in ancient and more recent times. In my case, I have recall of being a soldier in the Roman army, an Incan priest and an Egyptian temple priestess. These are some of the more vivid details of other incarnations that I have remembered.

We will have experienced being different nationalities or colour and had various types of living conditions. There may have been lives of privilege and comfort where we wanted for nothing. All life experiences are eventually covered and whilst we may have been rich in one lifetime we will have also found ourselves in a poorer situation in another. We may have been a philanthropist or a murderer.

If a tragic death or trauma from a past life has not been resolved then aspects of that time can affect present day living. Unexplained pain, nightmares or surfacing memories of a time long ago can be some of the signs that past life experiences are influencing the here and now.

If the recall of a past life is necessary to help you alleviate some physical problem or to remind you of the reason for certain circumstances in the present then information may surface spontaneously without any conscious effort from you. Or you may be led to seek out a past life therapist to help you understand why persistent and unrelated memories or physical symptoms seem to be evident when there is no other logical reason or explanation for them.

The instances of past life recall that I have had were often the result of spontaneous visions or through being in a relaxed state when my mind was at rest. I have received information about the source of physical pain and about why in this lifetime I have had disempowering experiences and what the past life connection is. In that case the memory was to remind me that one of the major lessons for me in this incarnation is the correct use of power as I had previously abused it in another body, time and place.

Knowing this has enabled me to navigate the myriad of experiences I have had in this incarnation, giving me a greater clarity of past life pain following which the condition disappeared completely.

We are so much more than a body and mind. What a complex and wondrous creation we are to be able to live so many different lives in different times and dimensions.

To really stretch your mind I want to introduce you to the thought that you and I may have even lived in other forms with other states of consciousness and in other realities. That in fact we are universal travellers constantly moving through time and space.

I know this is pushing the envelope for many of you and it has been for me, too, but it is worth considering if you want to expand your view of whom and what we are.

In the state of consciousness between sleep and wakefulness I have encountered other beings that came with the aim of taking me with them. I had no inclination or interest in being taken without consent so I sternly told them to go away.

Somehow unconsciously I knew they could not take me without my permission: it is against universal law. They left without me. When I came into full wakefulness I shook with fright at what had taken place but marvelled at my strength and apparent knowledge of universal laws of which I have no such insight consciously.

It also gave me the understanding that I had the power to stay firm with this knowledge, whereas in day to day life I frequently felt powerless. It was a potent lesson.

Several weeks later I had my second encounter with these beings and again told them to go away, this time adding that they must not come back. They never have.

I consider myself as sane as the next person and I don't actively seek out alien contact or past life recall. I can only tell you about my experiences and you must judge for yourself. I have no preference or investment in whether you believe me or not.

I don't believe I am overly gullible or susceptible but I do try to keep an open and enquiring mind. When I recount what has occurred to me over the years I see how extraordinary my life has been and how amazing the revelations and insights are.

They are not specific to me. Anyone can have their own versions of these experiences if they are willing and have faith and trust in the ability to stay firmly grounded and mentally stable. Your sense of reality will be questioned *most likely by you*; I know I have often questioned mine.

As I said previously I can't prove any of these things, nor do I feel it necessary to do so. I simply relate them and offer them for your discernment. Some of you will have had similar if not more extraordinary things happen than I have but you may not have told anyone for fear of sounding crazy. I completely understand this as we live in a world that prizes logic, reasoning, scientific proof and rational judgement above all else. Psychologists and psychiatrists would have a field day analysing such claims.

Unfortunately, other world experiences do not fit into the acceptable categories of human experience and exist outside the normal parameters of what is considered real and while I acknowledge that there are mental conditions that cause voices and visions, *most of us do not suffer from these conditions*.

When in the past I encountered jaw dropping moments such as money mysteriously appearing from nowhere, and a lost crystal appearing on a chair when it had been lost weeks before whilst in another location, my notions of reality were truly tested.

Even though I was dumbstruck with these demonstrations my conscious rational mind tried desperately to make sense of them from the reality that I have grown up in and lived with most of my life. I tried to explain away the demonstrations because my mind wasn't geared to seeing or accepting the impossible.

I am as sceptical as most people and I think healthy scepticism is especially valid in these kinds of areas but we mustn't let irrefutable personal experience go by without open minded enquiry.

Individual assessment is needed and if you do have times where you question the validity of your own experiences know that you are not alone. It is common for the conscious mind to doubt even the most profound evidence as our sense of reality is so ingrained that we have to allow ourselves to grow beyond what we have always been taught to be true. For every extraordinary experience we have there will be people who find some rational interpretation making us question what we have seen or heard. What we need to be able to do I think is become comfortable with the fact that we cannot prove or justify our individual experiences and that some people will call us crazy, unstable or gullible or say that it is all wishful thinking.

If you have ever had any kind of mental instability, *which is most of us at some time in our lives*, then of course this will add fuel to the fire of disbelief and add weight to the argument that it is all a figment of imagination caused by some chemical imbalance or some other form of mental illness.

It takes strength and courage to remain firm in your convictions whilst also being discerning. The spiritual path is

Connie Howell

not for the faint hearted and is akin to the archetypal hero's journey and the quest for the Holy Grail. You need perseverance, persistence and patience. There will be challenges and rewards, ups and downs and friends and foes along the way. *Are you ready to embark on the ride of your life?*

Chapter 5:
Miracles

What constitutes a miracle? The answer is subjective and will depend on what your beliefs are and who you think gets to be the recipients of miracles. The dictionary defines a miracle as: *an event that is contrary to the established laws of nature and attributed to a supernatural cause.*

If you are religious you may equate miracles with religion, Jesus Christ and the documented stories from the bible. If you are spiritual but not religious then you might believe, like me, that miracles happen all the time for all kinds of people and that we can even create our own.

I am often called on by spirit to give alternative views on conventional beliefs and so this is my take on miracles. It may differ from your understanding or it may not. I make no claims.

One thing in common for all kinds of miracles is some sort of faith in them or a willingness to believe that some form of higher power exists. That does not necessarily mean a belief in God. It can mean faith in the Universe, your Higher Self, Great Spirit or whatever else your view is of a higher power. For me it is the Universe. I find it less religious and dogmatic and more spiritual, without rules and conditions that allow some over others to receive help, but that is my personal choice. However, I have visited the crypt and basilica of St Francis and felt the deep sacredness of the shrine and visited other places that hold great and peaceful energies and I believe that Jesus was an *enlightened being* who performed many miracles and tried to demonstrate that not only are they possible but that we can create them also – if we believe we can and know that we are co-creators.

I have listened to the talk given by a visiting Rinpoche and have been in the presence of other enlightened people. I have sat with great healers such as the Qero shamans of Peru and I would go to other holy places in a heartbeat if I felt moved to do so. My belief is in truth and sacredness, not dogma.

There are many places in the world that hold sacred and powerful energies. A power place is where there is an accumulation of vibrant and palpable energy.

You can create your own vortex of energy by using a room in your house or a place in your garden to meditate, pray, worship and give thanks on a regular basis. Over time the energy grows greater and more vibrant so that you may instantly feel it on entering the space. I had a room in my previous house where I used to see clients and it developed a warm and peaceful feeling through the repetitive use and creation of sacred space.

Creating such a space allows spirit to interact with this dimension and to bring healing to those that enter into it. Sometimes this kind of energy is where miracles can occur.

You can create an altar and place objects that are meaningful to you on it. A candle is always a lovely thing to have as it represents the light and brings an ambient feeling of peace to the room. Other things that you could use are flowers, rocks, crystals and pictures of people who you consider to be evolved spiritually and that help you to connect to a higher consciousness. As long as you realise that the objects themselves don't create the feeling, it's you who does so by being connected to the greater consciousness.

The more you use the space the easier it becomes to enter into this higher form of consciousness where miracles are accessible. The shamans say that the only difference between a shaman and a sorcerer is *intent*, so always intend the highest and greatest good for yourself and all others that you either bring into that space or who you pray for.

I respect enlightenment in all its forms. I believe in a source greater than me that is readily available and in fact I know I carry it within me as do you. That is a miracle in itself. *Life is a miracle.*

Imagine for a moment the complexities of your body, mind and consciousness. They are all so intricate and exquisitely created. Do you ever stop in awe at the wonder of it all? I do. You don't have to consciously make your heart beat, your lungs breathe or motivate any other essential component that keeps your body regulated. *Who does, then?* This is a question worth investigating, especially if you want to create miracles for yourself or others.

Trusting this higher power can be an integral part of creating. Often by the grace of that higher power miracles occur for us. But I believe you can take an active part in your own destiny and create the possible from the impossible by aligning your consciousness with divine/universal consciousness.

The first step is to desire a miracle and then ask the source that you believe in to help you connect with the miracle worker within you. *There is no need to overdo the asking.*

Don't plead, beg or bargain. Calmly ask during a quiet, reflective time. Just before going to sleep is a good time, or when you first wake up in the morning.

Give thanks for it. If the miracle you want is better health or a cure from disease then see it as done and imagine how it feels to be restored to health and see how you can change your thinking to thoughts of being healed. If you ask for financial help see in your mind how having that increase in abundance changes your life and situation. If you are asking for a miracle for someone else see them in the desired condition and give thanks. Gratitude is a powerful connector to the source that you are asking for help and you need to have the ability to let it go once you have asked.

In all cases leave it to the Universe to do the work. Do not let the conscious mind interfere by suggesting how it could happen or giving you all the reasons why it can't happen. Your part is to keep the faith. The mind loves to doubt and throw all kinds of dramatic scenarios into the most beautiful dreams. It takes constant practice and diligence for most of us, including me, to remain in the peace that accompanies true faith.

I believe in the power of prayer, although if and when I pray it is more like talking to a friend, *albeit a powerful one*. It demonstrates that we know there is a greater presence and that we wish to be in communion with it. I feel that prayer is a conversation similar to one that I would have with my trusted friends and it doesn't need to be formal, just honest. It is not a religious tool for me. It is a way to talk with the Universal Source and something that I can do anywhere, anytime.

A miracle is something that I can't make happen from

my rational conscious state. That state helps us make day to day decisions, tells us to take our hands away from hot surfaces and judges situations, people and daily routines. When I quieten that constantly critical part of my mind – which is not an easy thing to do – then and only then does my state of consciousness change into a fertile and open channel to make the request for the things that I desire and to have the way shown to me as to what, if anything, I need to do or change to achieve them.

If this all sounds to you like the law of attraction then you are right; I believe they are the same principle. It doesn't matter what terms you use, the result is all that matters; the labels are superfluous.

The difference as I see it is that *some miracles* can be granted without us asking, desiring or even consciously believing. These come through the act of grace which comes from God, the Universe or Great Spirit.

I think the real intention of the law of attraction is to show us that we have the ability to create what we want. It is the connection between us and the Universe that demonstrates that we are not separate but that in essence we are one and that our minds are more powerful than we realise.

I see a miracle as anything that is considered impossible becoming possible and showing up in my world. That blows my mind and sends me into deep gratitude and helps me stay connected to the creative source of all things instead of going back to a sleepy unconscious and unaware state.

I will give you another example of what I consider a miracle concerning the law of attraction. My last book, *Perfectly Imperfect*, was a dream come true – it literally wrote itself. I decided to go down the self-publishing route as I only had one other small book which was also self-published and I wasn't established yet as an author.

Naively I submitted my new work full of promise with no expectation of any problems and as the writing process had been fairly effortless I believed the publishing side would be too.

I struck difficulties at the very first stage of the publishing process as some of the content was considered libellous. I found this really hard to swallow as I had simply told the truth and some of the people I had written about were deceased. I was told that if I didn't remove the so called contentious material I would have to publish under a pen name. This I did not want to do so I adapted my story in part but needed to keep other parts intact although somewhat modified. Three times I was refused and was told to remove all text that could identify me or the other people even though I had not used any names. My book wasn't about naming and shaming so I found this ultimatum preposterous. I actually found the whole thing ridiculous as I had been generous in my descriptions of the people in my past.

Even so I couldn't satisfy the requirements and was pretty much resigned to going with a pen name if I wanted to have my work published but something kept niggling at me because I had actually managed to create what I didn't want (problems with publishing) and I literally tell people about how to create what they do want. I felt frustrated to the point of anger at this seemingly immovable and uncompromising brick wall that I had encountered.

In the end I dug in and held my ground and appealed the process one more time and finally got my book published in my own name. I had initially lost my power through believing that I had to do whatever the publishing company told me to do. When I got frustrated and mad enough I realised that I had succumbed completely to this idea. I began to take back my power, realising that I was a paying client and that they were providing a service and I could say what I wanted within reason and expect to get the results that I asked for i.e. a published book. I compromised to a point until it dawned on me that what was happening was no accident: the Universe brings us lessons all the time, especially when we least expect them.

It is no surprise that people like me usually teach what they most need to learn themselves and I certainly had been on a big learning curve which proved frustrating, disappointing and eventually exhilarating at different points in the process. This particular lesson was a roller coaster ride and then some, and it reminded me of how I sometimes felt intimidated or powerless when faced with people 'in authority'. An old pattern from childhood had resurfaced to be dealt with.

I had often managed to create little things that I wanted which none the less was exciting but mainly my manifesting was small rather than awesome. I found a passion within the process of publishing to *fight* for my right to have my name on my story. I realised it was an opportunity to fine tune my manifesting skills and that manifesting requires much more than merely asking, doing a vision board and waiting patiently for the request to be delivered back in quick time. There was something missing in all of that and I found it to be persistence and passion.

I did let go several times and asked the Universe to sort the problem out for me but found the urge to be proactive nudging me over and over in this case. After all, I am learning to be the master of my life, not the servant. This was a little confusing as it went against everything I had thought about the secret of manifesting. I became frustrated, fatigued and confused as to why I couldn't seem to do what others had been able to do and of course questioned my own ability. However, like a dog with a bone I found myself nipping at the heels of the publishers and finally I got my desired outcome. *Sometimes persistence is such a gift.*

Co-creating with the Universe is part of learning self-mastery and cooperation. Rather than totally relying on the Universe to bring us what we want we can bring our own efforts and creativity to the table forming a mutual alliance and symbiotic relationship with it.

So my advice to manifesting your dreams is firstly be certain that what you ask for is what you want and don't waver in your belief. Then if the Universe indicates that it wants more from you before producing it then give it. *If it were as easy as it initially sounds to manifest our desires we would all be millionaires living in mansions driving flashy cars and living with the perfect partner. Are you willing to move Heaven and Earth to have what you truly desire and do you know what it is that you are really seeking?*

Material goods are great but they don't satisfy the soul, they satisfy the ego. Be sure and ask for things that will not only benefit you but may also benefit others. Know that you contain within you the same power as the Universe so learn how to use it wisely.

If you examined your daily life in detail you would realise how most of your actions and thinking are robotic in nature. Then looking around you at all the other people whose lives are the same you see a lot of other robots unaware of all the possibilities that are available. If only they could just wake up to the fact that they carry the most vital and precious divine presence within them.

This divine presence creates miracles, loves unconditionally and showers us with abundance in all its variations. We are meant to have fulfilled and loving lives expressing our creative ability in every way. We are capable of much more than we think we are and the only thing standing between us and a better life is the belief that we deserve it and have the power to manifest it.

We have our lessons to learn this lifetime, we have our missions and purpose, but the awakening to who we really are is the most miraculous of all things and eventually all will experience it.

The gradual unfolding of the best kept secret about the powerful and divine presence that dwells within is a wonderful and interesting process that just keeps on giving. It happens when we are ready. Not everyone has the plan to wake up this lifetime, it may be the next one or the one after, and only your higher self and higher guidance know the schedule.

Meanwhile let's all try to enjoy the journey. We may travel together for a while then go our separate ways but wherever we go and whoever we accompany we have the benefit of travellers who have gone before us, visited where we are headed and who can point out the scenic routes, the shortcuts, the pitfalls and the beautiful vistas along the way.

Chapter 6:
Judgements

Everyone makes judgements – it is part of growing up and learning to make appropriate choices that will help us to assess situations. Problem solving is passed down through the generations. The right judgements may help to keep us safe, make us successful or advance us in other ways. Sound judgement reflects careful thinking and planning based on facts and expected outcomes.

All too often, though, we judge other people when we come to a conclusion about them *without* knowing the facts. Instead we rely on beliefs and conditioning. This kind of judgement is what I am referring to specifically and would like to explore so that you can see how often we all make unjust assumptions about someone, something or certain groups of people.

Mostly we form opinions based on our own past experiences or those of our family. These opinions will vary depending on the situation and whether or not we still have unresolved feelings or emotions about those experiences. If that is the case we might then project those unresolved and often unquestioned feelings outwards onto another person.

This becomes an injustice not only for the other person, because it is not really about them, but more about us and how we think. It also harms us by fuelling misbelief. This is because we have based our opinion on false or contaminated information rather than on the truth.

Wrongly judging others hurts them and you. Whatever you send out comes back to you. *That is the law of attraction:* like attracts like. We are all connected through a field of energy so if you disturb my string on the web of life the vibratory effect of that disturbance – whether it is anger, judgement or hate – will eventually come back to you, possibly with additional momentum picked up along the way.

We initially make judgements based on the family beliefs and opinions handed down to us combined with what society expects. We have certain cultural beliefs and our own life experiences to this point. We hear the news, and it goes into the melting pot of how we view the world. We form ideas of how we *think* life should be and how people are *supposed* to act. Anything outside of the accepted ideals may be something to be feared, be suspicious of or made fun of.

Most people are *their own worst critics* because they judge themselves harshly too. They feel that they don't measure up to what society or loved ones expect of them. If there are unresolved feelings about issues unable to be faced right now those feelings can get projected onto easy targets without us realising that we are doing it.

Whatever we feel about ourselves is reflected back to us through those we live and associate with or from our families. If you find it hard to love others it is an indication that you cannot feel love for yourself. You can't give from an empty place. I believe that if we all felt love for ourselves, we wouldn't need to judge others. But most of us don't know or understand what self-love is.

Everyone craves love but if we feel its absence or that

it is so deeply buried that we have to keep on digging to find it, we might give up trying. *Fear often closes over the feeling of love, trapping it inside.* Then it can be hard to excavate the lost treasure of lovingness and allow it to be expressed freely.

Showing love involves trust, which many of us have long since abandoned or lost through the hurts and pains of the past. Childhood issues such as feeling unlovable and unworthy or romantic liaisons gone wrong are some of the reasons we tuck love away.

Then there are those who can show love to everyone else but themselves, feeling that others are more worthy. It becomes easier to project love outward towards those we think are more deserving.

It may be that we feel that in the past we have done things that are unforgiveable or unacceptable. If we cannot come to terms with the fact that we simply made mistakes, self-love is always outside our grasp. Mistakes do not make us intrinsically bad and thinking that it is so makes us judge ourselves more harshly than anyone else could ever do.

Fear is the absence of love, and if you have a lot of fear in your life it is because you somehow believe fear is a greater force than love. Nothing is greater than love: *it is the most potent force in the Universe.* When you are able to face your fears, most of which are based on misinformation, then you can find the love that you want and so richly deserve.

Remember the law of attraction: if you have fear then the Universe will bring you more to be fearful of. It simply obeys the law, so why not promote feelings of love so that more loving people will come into your life? *It is a simple law once you get the hang of it.*

The harshest judgements are often saved for ourselves.

The toughest words and the inability to forgive ourselves will keep the wounds fresh and bleeding. It is therefore beneficial to see what issues are still hurting you and cut the chords of suffering by dealing with them. *Deal and heal.*

We live in a troubled world where we are faced with so much hate and anger. Let's not contribute to it by adding our own prejudices to the mix. Looking inward in a candid and responsible way and finding ways to heal our troubles will create an inner peace. Then we can radiate that peace outwards, adding to that of others working in peaceful ways to help the world, rather than being aggressive and competitive.

If enough of us are willing to do this we can eventually make a real difference.

Greed and the grab for power, hatred and lack of respect for other beliefs, lifestyles and modes of living, are root causes of dissent in the world. Change begins with savvy people who know that if you heal yourself you can stop projecting your garbage outwards and start to become peacemakers.

Instead of feeling impotent and overwhelmed by the troubles in the world, start first on your own inner world. Get it up to speed then focus your loving and peaceful energies towards the outside world.

Become less ignorant of the facts and resist shooting from the hip without knowing what it is you are really aiming at or why. Past experience will taint the present moments and send us into stories bigger than Ben Hur if we let them. *Imagination is a dangerous tool if used incorrectly. False assumptions that go unexamined may make good entertainment, but are fiction all the same.*

Sometimes the feelings we have inside are so great we are frightened they might swallow us up and that we had better leave them alone. We hope they will go away if we don't think about them. Even things hidden still affect us in that they have an energy that burns away, whether we consciously stoke the fire or not.

Disease or stubborn habits can result if we are unable to deal with things as they arise. Most of us can't process what happens when we are children because we aren't equipped with the necessary skills to do so at the time. As adults we can start to face those childhood memories and determine what is helpful. It is beneficial to look at what needs to be transformed, let go of or assimilated.

You may need to find a trusted healer or counsellor to help you do this or you might have your own methods to transform the past into a better now. As a shamanic student I followed the path of fire which is considered to be the rapid path of transformation. Fire is used in many cultures. Even in our own society, writing a letter to someone and spelling out all the feelings and emotions we hold towards them before burning the letter is a valuable step towards healing.

Visualisation: Rising from the ashes

Imagine that you are coming home after being out in the cold. You have on a coat to keep you warm. Just inside your front door there is a hook to hang your coat on. As you step inside, take off your coat and hang it on the hook, you suspend all disbelief and judgement for now. You know that you can pick them back up when you put the coat back on, but for now you let them go.

It feels good to take off that heavy coat and be free to move and to sit by the fire, getting warm. It nourishes your whole body and you feel cosy in the glow of the nicely burning fire. Every cell in your body opens to the transformational powers of the fire.

As fears, doubts, troubles or judgements come up, imagine yourself tossing them into the fire. Watch them burn. See them turning into ash.

Allow yourself to get comfortable and stay in this safe and secure environment as long as you wish. Let anything that comes up be transformed. When you have offered the fire all your worries and troubling thoughts and allowed yourself to relax, knowing that they have been taken care of, you can think about going outside again.

When you feel ready, imagine that you are gathering the ashes and taking them outside to the garden. The sun is out and you can feel the warm rays nurturing your body and soul. If you don't have a garden simply visualise being somewhere in nature. You scatter the ashes onto the soil with the understanding that they are fertilising the soil and encouraging new growth. Watch as new green shoots appear, breaking through the soil, and know that soon they will become beautiful flowers, shrubs or trees – new life springing from old, outdated memories.

When you have finished, give thanks for the transformational powers of the fire and bring your awareness back to the present moment. Feel the normal sensations of your body. Stretch and be present now.

Write down any thoughts, feelings or messages in a journal or notebook.

Chapter 7:
The shadow side

Each of us has a dark side, a shadow where we put all the unwanted thoughts, feelings and actions that we don't want the world to see. Often we can't muster up the courage to look at them as they are not considered acceptable by us or the wider community.

The shadow isn't evil but it can consist of some pretty nasty stuff. All our unspoken prejudices, secrets and actions lurk in the depths and we hope that the accumulation of our dark collection doesn't spill out into the open.

Sometimes we have been so adept at storing our *stuff* that it becomes hidden and forgotten *even by us*.

When we do find the courage and the key to unlock the door and peek inside the shadowy world we created it may feel confronting, threatening, embarrassing and overwhelming.

It is hard to look at the murky side of human behaviour. None of us are immune to it. We are capable of a myriad of variations of bad behaviour.

If you decide to investigate your own shadow you need honesty, fortitude and the knowledge that this side of us can only harm us if we are afraid to look and see what is in there.

The shadow side can hold us to ransom by the threat of revealing itself to others, especially those parts of ourselves that we would rather not have exposed to our loved ones or our community.

What sort of things do we hide away that we don't want to share? There could be actions from the past that we are less than proud of, erotic thoughts and feelings that we think we shouldn't have had. Lies we have told; betrayals we have participated in and other things that we feel guilty or ashamed about.

The inability to face your darker side can silently influence how you live life now. No-one else has to see the contents of your shadow unless you project it and so it is advantageous for you to take a peek before that happens.

To be able to see, accept and understand those aspects means you can live without the fear of them being accidently exposed.

Everyone has things in their shadow side that they feel unhappy about and would prefer to keep hidden or stay in denial of, but the fact is life consists of the duality of light and dark; *this is human nature*. A balanced life consists of being in harmony with this duality and knowing that both halves equal the whole.

We are capable of doing great harm and great good. We can be gracious, loving and kind but also have the capacity to be greedy, mean and unloving. Even Mother Teresa admitted that she had a little Hitler inside her. *We all do, but it does not automatically follow that we will commit atrocities.*

To have the awareness of duality and to act with authenticity means accepting that both good and bad exist in humanity and that it is up to the individual to come to terms with it and to always do the best one can, acting from love rather than hate and admitting when we harbour destructive rather than constructive thoughts. To be honest enough to see inner prejudices and judgements and to deal with them is the way to bring light into the dark recesses of human behaviour.

You don't have to go around confessing your innermost thoughts and wrongdoings, but don't hide them from yourself any longer. When you see them, you don't have to punish yourself, but you do need to clean up your act from the inside out. *In short, don't project your shit onto others. Deal with it.*

Whenever you bring light into a dark place it becomes less frightening because you can see everything that is there. The unknown is much more menacing than the known.

I think at some point in life everyone is afraid of the dark. The dark has power because we fear what we imagine to be there and imagination can be more frightening than reality. We may be aware of what we have hidden and stored in our darkness and are afraid others can see it and will reveal it so that everyone will know the worst about us.

Keeping our good reputations and the images we have built up is a powerful motive for keeping the door shut and bolted. We don't want our taboo and illicit contents viewed by anyone else.

When I look into my shadow I don't usually care for what I see. I have embarrassing memories of actions taken in the past. I have prejudices and ideas that I would rather no-one know about but I look at them with eyes wide open even, though I cringe at what I see. I know that they belong to the part of me that isn't always loving and kind and that in fact they are the nasty, obnoxious parts that I would rather disown.

When I shine the light into the corners of my mind and see this ugly part of human nature I wish it were different, but rather than be afraid of it I try to be more loving and accept the fullness of humanity and the complexities therein.

Although I don't go around hitting and kicking people I admit to having abusive thoughts sometimes. I can wound with words if I don't monitor my speech and if I act from aroused emotions things can get heated. Sometimes it feels good to let fly and lash out in the moment but *a wound is a wound no matter how it is delivered or how justified we feel in causing it.*

Words have great power behind them and if we examined more carefully how we speak and interact then we may recognise that *the attributes we condemn in others are to some degree present in us.*

Remember that, apart from our individual unconscious, there is a collective unconscious and as thoughts are things there are a lot of thought forms that can look and feel monstrous. *They didn't appear out of nowhere: we created them.*

Let's stop pretending, become authentic and responsible and live life mindfully. We need to choose our words carefully and if we accidently slip then we can apologise and move on.

Berating ourselves for our mistakes is not productive but learning from the mistake and taking pains not to make the same one again is not only helpful but necessary if we are to promote more peaceful interactions and better communication.

Ignorance often brings misunderstanding so it is good to have facts rather than imaginary and flawed perceptions. We never know what another person is thinking and feeling unless we check it out with them. Assumptions rarely give us a true picture and can send us down a long and winding path that makes us take a detour from the truth.

Once down the path all kinds of other things can occur until we end up in a place that is unrecognisable.

There is so much hate in the world right now that it seems to me that the shadow aspect of humanity is being projected in a major and destructive way. More so now than ever before it is vitally important that each of us is capable of understanding how like attracts like to find peace within ourselves.

I don't want to contribute hate to the world I live in. I want my grandchildren and great-grandchildren to grow up in a peaceful and safe environment.

I still have self-examination to do but my lamp is fully charged and I am prepared to seek out the parts of me that require calm examination and transformation.

What are you prepared to do?

Visualisation: Inner calm

Sit quietly in a place where you won't be disturbed. Allow your breath to become deeper and let the everyday world fade while the inner world becomes more vivid.

As you breathe your body starts to relax and you can feel it soften.

Imagine a beautiful view, somewhere that you love and feel relaxed and rejuvenated. This is your place and there isn't anyone to disturb you or require anything from you.

You feel warmth in your chest area. It feels good, nurturing and calm. Any problems from the day melt away in this warm, safe feeling.

You know that on the outside the world may seem chaotic and troubled but you only feel this warm loving glow in your chest. It grows stronger and starts to move through your whole body, bringing a feeling of wellbeing, and you know that every cell in your body is being filled with this beautiful, warm, nurturing and loving energy.

If there is any particular concern that comes into your mind just let the energy that is circulating melt the concern away. Do this as often as you need to and be renewed and revitalised by this amazing loving and warming source.

Stay in this feeling for as long as you wish and then when ready slowly bring your consciousness and awareness back to the present moment, knowing that you can revisit your beautiful place and recreate that serene feeling anytime that you desire.

Chapter 8:
Energy

It was revealed to me several years ago by my spirit teachers that I transduce energy. At the time I had to look up the meaning of the word as I hadn't heard it before and I certainly didn't know what it meant.

I discovered that it meant that I could take in a high voltage of energy and that it would then become stepped down to suit the needs of those with whom I was working with during a healing session. All of the cells in our bodies have an electrical charge and when a healing frequency is introduced they respond positively to it.

We are all at different stages of growth and development so the energy requirements are different for each of us. Some of you can accommodate higher frequencies whilst others may need a gentler form for now.

The more we grow the greater the vibration we can withstand as our bodies and subtle anatomy become clearer and less toxic from unresolved and ongoing issues.

I no longer work as a healer but there is still an energy transference that happens from reading words that contain truth. In some way you receive healing energy from reading books like this and others that contain higher truths.

I don't produce this healing energy – it comes through me to you if you are open to receiving it. I make no claim to having special powers. I simply allow myself to be a channel for the Universe to use in whatever way it sees fit to help others on their journey.

Neither I nor anyone else can force healing energy onto you, even if it is with the best intention. You have the choice to decide for yourself and you may do this consciously or subconsciously.

There are people you would let into your house and others that you wouldn't. *It is the same with healers and other practitioners.* If their energy doesn't feel right to you then your intuition is telling you that they are not the right person to be working on your physical or subtle energies at this time.

If you have already had a session and don't wish to go back then don't. You are in charge of your body, so don't allow the power of choice to be undermined or taken away by forceful personalities.

Some people are born healers while others are born business people. Make sure you get what you need rather than succumb to the marketing skills of more business focused practitioners.

It is relatively easy to disrupt or influence the auric field by how we speak or behave towards others. If I say something flattering or positive to you then your energy field will expand. If I say something harsh or critical it may retract and feel uncomfortable if my words hit the mark by touching some unresolved issue. That is why it is important to stay mindful of what you say and how you say it.

Each of us has a different level of personal space when meeting and engaging with strangers. Mine can be wide and I don't always like people standing too close unless I feel comfortable with their energy. At times I have physically stepped back to avoid being entangled in energy that I prefer to keep my distance from.

Sometimes I may feel so at ease in the presence of another person that this does not apply. I can sense that they are not trying to invade my personal space.

Our energies meet before we speak to each other so already we have picked up invisible clues as to whether we feel okay or not.

The auric field is like a security camera, it picks up information before we do it consciously, and it is always on. Often the stomach area is the first to show the reaction with all kinds of signals (you probably know this as 'gut instinct') but unless we are attuned to knowing why it is reacting we may override and ignore it.

Resistance is a form of energy that can become stagnant. I think of resistance as stuck energy and anything stuck can dam up the works. It shows itself in many ways such as aches and pains in the body, procrastination, denial or justifying reasons for not making changes.

Energy needs to be kept moving to remain vital and fresh and to nourish us in body and mind. If it does not flow freely the body will reflect the situation and in time could become diseased, unwell or out of balance.

Apart from our own energies there is the energy of the Earth that consists of a grid or matrix, something akin to the invisible acupuncture lines of our subtle bodies. We are a mirror image in many ways. The Earth has power places and vortexes of energy and we have the chakras which are our vortexes, or energy centres.

When we are aligned with the Earth's grid lines we are able to connect to the greater consciousness of light and information and communication with the Universe because the Earth is part of and connected to the Universe. *Nothing is separate, everything is connected.*

Many people can become disconnected for one reason or another and become unplugged from the grid thereby missing out on vital connections to the natural and other worlds. This can be rectified through a variety of methods and need not be permanent.

The invisible meridians of energy that run along the body are meant to flow freely and when they become blocked the energy is disrupted and can result in symptoms of imbalance such as headaches, pain and many other conditions of varying intensity that can affect us.

Acupuncture is one ancient method that deals effectively with restoring balance by placing needles into the skin at certain points of the meridian system. Alternatively there are many other methods that may also suit the requirements and preferences of each person. These days there is some sort of therapy for everyone.

Unblocking the meridians restores good health and the delivery of essential nutrients. When the body is balanced and in homeostasis the energy system is working in the way it is designed to work.

This enables you to take in a higher level of energy that raises your vibration. Everything vibrates at different rates. The physical body vibrates at a slower rate than the subtler dimensions therefore it looks dense and solid.

Everything in the Universe is alive and vibrating at a different rate, even inanimate objects. Science tells us that even the tiniest particles are in a constant state of movement. I cannot explain it in scientific terms, I can only offer you my simplified understanding from the perspective of having been a healer working with vibrational methods of healing.

Healing occurs when the subtle energy of the recipient is brought back into balance and resonates with good health. An analogy of how resonance works is by imagining a string instrument with one of the strings being plucked causing the other strings to vibrate in resonance and become harmonious.

When a higher and more balanced rate of vibration is introduced into the field surrounding the body it begins to harmonise the lower vibration and raise it higher. As the body becomes attuned to the higher rate it becomes more in balance and healing or improvement in some way is the result.

The more you clear the body and the subtler aspects surrounding the physical body the more refined the energy becomes. For the average person like me, remaining healthy requires maintenance in much the same way as you would look after your car. We need regular checks and tweaking to keep us running smoothly and safely. Day to day problems and past issues, the environment, our family and work dynamics all affect our energy system. It requires attention to optimise our health and to maintain it.

Physical, mental, emotional and spiritual aspects all need to be kept healthy so that we can create the lives we want. The higher our vibration the more refined it is, enabling the ability to attract more of what we want. Then life is abundant and fulfilling.

When we harmonise with the Universe we are filled with love and prosperity and life seems smoother, less complicated and more joyous. The more we do this the less difficult it is to recreate it if we get off balance again.

Remembering to be centred when faced with life's challenges is helpful in regaining or maintaining equilibrium. It is so easy to get knocked off balance when having disagreements, facing sadness or disappointment, and when feeling threatened.

If you feel off balance, try to stay calm and focus on bringing your awareness back to being centred. The more you practise this the easier it will be. Energy follows thought so concentrating your thoughts on being calm and balanced helps you to embody those qualities.

If you are very upset or nervous this may take a little while but keep bringing your thoughts back to being calm and centred, rather than letting your mind wander and imagine the worst scenarios.

Visualisation: Become one with the Universe

Allow yourself time to sit quietly without being disturbed. Take some deep breaths. Deep breathing begins the relaxation process so concentrate on it for a few minutes.

Take your imagination to the area just above your belly button and a little way inside your body. Let your breath move into this space and expand the feeling of being deeply connected to it.

Each time you breathe you can feel a growing sense of calm and you feel supported from both below the ground and above your head. You may sense a particular colour. If you do, let it envelop you with its peace and let it take you out into the Universe where only love exists.

You and the Universe are one. It nourishes you and fills you with its ineffable peace. Enjoy exploring what the Universe has to show you. Be playful and childlike in your discovery of space and timelessness. Let it show you the wonders that are there and how you are one with all of creation.

When you are done exploring and revelling in the freedom of timelessness with no restrictions start to allow your consciousness to come back into your body.

Feel your feet firmly on the ground anchored by the Earth. Feel the normal bodily sensations by wiggling your toes and fingers. Hear all the sounds in the room and outside and, when you are ready, open your eyes and reacquaint yourself with your environment before moving back into your daily routine.

Chapter 9:
Creating sacred space

If you are thinking of working as a healer in any capacity it is a good practice to create sacred space before seeing clients. It aligns you and the room with your client and creates the best possible cocoon of healing and inspirational energies. It enables you to enter a place where all things are possible beyond time and space.

It also gives invisible beings that work with healers the space to enter into our dimension to assist in the healings. It is like opening a portal and then when you are done with your sessions for the day you close it again.

A well-designed sacred space facilitates a direct accessibility for healing to occur by providing the optimum conditions. When the space is open, the energy is palpable and it would be hard not to feel it in some way. Even people who aren't overly perceptive will feel a calm or serene atmosphere within the room.

As well as creating space for clients you can use sacred space for yourself. You can use it for meditating, for tuning into your body and aura or for simply contemplating. Once in the space you can receive inspiration and messages, or repair and restore your energy field. It is a protected environment which allows the greater intelligence to be accessed more readily and easily.

There are various methods of creating your sacred space. I will tell you about the ones I know and use but I don't like rigid rules so I believe that if your intention is to create a sanctified place then whatever method you use will be effective.

I have trained mainly in the Inca tradition of shamanism but I did also have some training from a North American shaman. I will begin with that.

In the year 2000 I attended a ten-day course in shamanism run by a Native American shaman called Medicine Crow, who lives in Australia. There were just four or five others taking part so it was quite an intimate gathering.

One of the things we did as part of our ten-day retreat was a vision quest. I was rather nervous in the lead up to it because I didn't really know what to expect. The day we were to start our quest we had to find the place outdoors that we wanted to stay for the next two nights and we began the preparations in the area we had individually selected. We were to sit in our sacred circle alone for two days and nights, completing the vison quest on the third day.

I was fifty-one years old and never been a fan of being out in the bush during the daytime, let alone spending all night in it. I would rather be tucked up safely in my bed at home and comfortable in my safe haven where there were no snakes or other menacing crawly things that live in the Australian bush. I was terrified of snakes and the stories that Medicine Crow told us about what may happen – such as having snakes visit us – worried me enormously. He somewhat exaggerated what we may encounter and had a lot of fun seeing our reactions. However, it did add to my fear and anxiety of being alone in the moonlight. As I have said before, imagination is a potent attribute and mine was going berserk. Though we could return to our dwelling at any time if we really felt the need to, the aim was to stay and complete the allotted time for the vision quest.

We took part in a pipe smoking ceremony before we left to start our quest and this was a moving and sacred moment that I shall never forget.

To create our sacred place we first picked a suitable spot and were shown how to make a circle with salt and cornmeal. We questers couldn't see each other as we all had different parts of the bush that called to us. We were given four ribbons in the colours that represented the directions of north, south, east and west. Each one was tied to a tree branch facing the direction it represented. This was home for the next few days. It was the time of the full moon. The only time we were allowed to step outside of the circle was to relieve ourselves on the ground. Mother Earth was not just our home for the next two nights and three days, but also our toilet.

We had water but no food, a sleeping bag and torch which were a luxury, and a drum that we had made in the days prior to the vision quest. We also had tobacco and cloth squares – one for every prayer we were to dedicate to other people, and the last for ourselves, making twenty in all. Each prayer was to be made as we placed tobacco into one of the little squares of cloth and then tied it onto a long piece of string. The entire string of tobacco pouches would be burned when we returned to our dwelling after the quest.

During the first day I wondered how I could possibly get through it all without going mental, with having absolutely nothing to do but say my prayers, be in my own company and to have no distractions such as books or radios. I was alone with my thoughts. Though the day was long I didn't find it too uncomfortable but was concerned about the coming night time.

Thankfully, I managed to sleep some of the time which I think was probably my way of escaping the dark and what I thought might be in it. When I think back I realise how brave it was for me to do that because anything could have visited during my sleep time. But I must have felt safe enough to let go of the anxieties and hypervigilance to be comforted by the Earth enfolding me and protecting me, like a mother watching over her sleeping baby. At the time, though, I felt like I had cheated by allowing myself to sleep as I had mainly done it to help pass the time and keep my mind off unwelcome visitors.

At about four hourly intervals our shaman and some helpers walked by all of our scared places, drumming as they came to help us on our quest. It was rather beautiful and I welcomed knowing that although I was sitting alone there were people looking out for me and the other questers in other circles. I loved listening to the drumming.

The full moon was looming large but was behind a cloud most of the time and so it was quite dark. I was faced with one of my biggest fears from childhood: the dark. Added to that, I was in the bush. Double whammy!

At one point I heard what seemed like a loud crashing sound coming through the bush, heading my way. I was terrified. My imagination got the better of me and I envisioned a grizzly bear on the direct path to my circle. Of course we don't have grizzly bears in the Australian bush, but during a vison quest anything is possible, whether in this dimension or any other.

As it came closer my heart was pounding. I shone my torch giving profound thanks for being allowed to have one. Looking in the direction of the oncoming noise I saw a little rat-like marsupial staring back at me. I could not believe such a small animal could make such a big noise! It was very cute and probably as stunned to see me as I was to see it but it wasn't afraid. After a short time looking at one another it then went on its way into the night. We had been told that whatever might visit us was part of the quest and had some message for us. I didn't understood what the little critter was trying to tell me until writing this book when my editor gave me an insight that brought forth the elusive message. I realised that imagination fuelled by fear can blow things out of proportion – so much so that a harmless little creature can be mistaken for a grizzly bear! On the other hand it also tells me that even the smallest amongst us can make a loud noise and make a difference.

I got through the first night and again wondered how I would get through another twenty four hours with nothing but my thoughts, which were incessant as always. I still worried about uninvited guests like snakes and spiders and hoped that I wouldn't have one visit me, physically or otherwise.

I made my prayers one by one and slept again, on and off. I never went into an altered state because I was afraid to let go of the conscious state. I did manage to receive messages, though, and one was from a most unlikely source.

In the distance I could see a Gymea lily. These plants grow to two metres or more, towering way above other shrubs and plants, and is how it got my attention – it was higher than anything else around. As I pondered on it I heard the words *'Don't be afraid to stand tall and stand out'*.

I was in awe of how it was reflecting back to me something I was afraid of. I liked being invisible and blending in, not standing tall and standing out.

As the day receded and the night came again, this time the moon was luminous. There were no clouds obscuring its light and I felt a little better having a bit more visibility. Like the night before, after a time I heard a noise emanating from the bush and coming directly my way and I wondered what I would find. To my astonishment the same little animal visited me, but at the time I still couldn't get the symbolic message. However, I was glad it was a friendly face and not something bigger or more mean looking. Again we studied each other before it went on its way.

Once again the comforting drumming came and went and I relaxed a bit knowing that my quest was nearing completion. Early the next morning I scattered my salt and cornmeal back to the Earth, and breaking my circle I ended my quest. I drummed myself back to our dwelling place, both proud and relieved that my quest was over and that I had made it through to the end.

One of the questers had returned after only a day and another had returned just prior to me that morning. One more was yet to come back, which he did a few hours later, and then we were all given a sumptuous feast to celebrate. Rather than being famished after my fasting I found it difficult to eat more than a few tasty morsels.

We were given an eagle feather for our bravery and we put our prayer bundles into the fire and watched them burn as the smoke took our prayers to Great Spirit. We were also given our native names.

After returning home I was a little disappointed that I hadn't been able to let go completely and experience a 'vision' but in time I realised that I had achieved so much by being alone in the bush for two days and nights. Being able to sleep peacefully (even though I believed I might wake up to snakes and spiders) and receiving my important message from the plant kingdom were powerful events and instrumental in boosting my confidence. Given the fact that I was afraid of the dark and the bush but was courageous enough to stay and complete my vision quest was something I was proud of.

My second experience of shamanic training spanned a period of two years and was in the Inca traditions. As part of my shamanic journey I twice went to Peru to join with groups of others seeing the sacred sights and to sit in ceremony with the Qero shamans who are the direct descendants of the Inca people.

The training I underwent is primarily for westerners but includes simply being with and interacting with the shamans. During this time you can also receive healings and blessings from them.

The Qero believe that the new shamans are from the west. It is with this training that I learned about creating sacred space in more depth.

I learnt that there are two kinds of sacred space. One is personal and the other is used for groups or for when you are working with clients.

In shamanic ceremonies, opening sacred space precedes everything else. Within this space the ordinary fades and we can enter into communion with our ancestors. At the conclusion of the ceremony the space is then closed.

Using sacred space to prepare a healing environment for clients creates a protected and respectful setting where expression of pain and its release can be honoured and witnessed.

Luminous beings can assist within this sphere and I have often seen them when I've worked with clients. It is a privileged space to share and bear witness and to see the healings and insights that take place.

When opening sacred space I was taught to call in the four directions (north, south, east and west) and Heaven and Earth. Each direction has an archetypal energy in the form of an animal or bird. These animals and the direction that the ceremony begins with differ slightly between North and South American traditions but the principle is the same.

For personal work, opening sacred space is begun by placing the hands together in prayer pose at the heart and bringing the arms and hands above the head into the eighth chakra and then spreading the hands, palms facing outwards, down either side of the body. This creates a cloak of light where we can be still and aware of our higher energies. When finished with our sacred space we draw the orb of light back up with the hands and place it back into the eighth chakra above the head. With hands together again in prayer pose we bring them back down to the heart.

Another form of working within sacred space is to create a sand painting. Contrary to its name, we don't use sand but rather whatever nature has on hand.

When you have an issue that you would like to work on or when you want to attract better conditions to your life, then a sand painting can be of great benefit as it is a visual representation that you can see daily. It is a magical and profound way to work with your 'stuff'.

To make a sand painting, find a spot in your garden, the bush or somewhere that is convenient to view easily, but out of the way of interference from other people. You create your sacred space by calling in the four directions and Heaven and Earth. You then make a circle in the place that you have chosen with whatever feels appropriate – it could be twigs, leaves or stones.

In the circle you place objects firstly to represent yourself then place other objects where you feel you want to. Again, you can use anything available from nature including feathers, flowers, leaves etc. These items represent the things or people that you intend to be working with to bring change to your circumstances. Usually you speak your thoughts or concerns into the objects before placing them in the circle. Let your intuition guide you.

When you have finished making the sand painting sit with it for a while then leave it and let the Earth deal with transforming your problem.

You can check on it the next day or a couple of days later and in total leave it for about a week at the most, depending on what you feel you need to do. Over the coming days things in your circle may disappear, move, or there could even be additions. Nature has its own way of helping with the transformation.

When you are done with the circle you dismantle it as if it had never been there and close the sacred space by thanking all the directions and Heaven and Earth. For the words to open and close your sacred space I suggest you read *Shaman, Healer, Sage: How to Heal Yourself and Others with the Energy Medicine of the Americas* by Alberto Villoldo, founder of The

Four Winds Society with which I did my training.

Apart from using shamanic means to work with sacred space I think any way that is respectful is acceptable. Sincere intent, respect and honour are the keys to working with higher energies.

I am not an overly ritualistic person and I have used many methods over the years that corresponded to the training that I undertook at that time. Each brought its own special qualities and all were profound. My advice is that you find what feels right for you.

Instead of being of the opinion that there is one ritual you must follow I believe that if you adopt whatever comes from the heart then there is no question of getting it wrong. There is never just one way of doing things.

Sometimes I simply pray as homage to the Universe and though I do not follow a religion I do believe in a higher power that is benevolent and that we can personally relate to without the need to go through another person.

We are all close to spirit. It will not leave any prayer or sincere communication unheard or unanswered. We must, however, know that the answer may be different to what we want or expect and it comes in its own time and its own way.

Creating personal sacred space

Choose a time when you won't be disturbed and light a candle. Stand with your palms together in prayer pose and lift your hands up over your head to the eighth chakra then, like a peacock opening its tail feathers, bring your hands, with the palms facing out, down to your sides.

Once you have your space you can explore it with your hands. Notice any warm or cool spots, or just see how the space feels. Scan your energy body for any places that may need a little mending or cleaning and imagine doing that with your hands.

If you know about the chakras you can feel each one to see how they are feeling. Do they feel sluggish, clogged or bright and energetic?

You can sit for a while in the space and notice anything that happens. You may get messages or you may just feel calm and peaceful.

When you feel that you are done, stand up and scoop the fan up and place it back in the eighth chakra. With palms facing each other in prayer pose bring them back to your heart and give thanks.

Chapter 10:
The natural kingdom

The natural kingdom includes animals, stones, crystals and plants. In my own work I have utilised the energies of all of these but mostly I worked with stones and the archetypal energies of power animals.

Crystals are not a form that I have identified with as much as the others in this lifetime – they have always come and gone rather than staying with me. That being said, I want to acknowledge the inherent and beautiful qualities that crystals bring to healing work or personal use. They have an ancient form of consciousness that can aid in the transformation of conditions and states of mind.

As a shamanic healer I only worked with one crystal. This particular crystal was used for the extraction of entities or energies that were not constructive in the person's auric field or body.

I did, however, work more intimately with stones found in nature and through training and working on my own issues these stones were transformed into kuyas (healing stones), which were then kept in my mesa (a portable altar containing sacred objects).

The kuyas are used as a healing tool. There are three stones for each direction of the medicine wheel plus one lineage stone, making thirteen in all. The person undergoing shamanic training moves around the medicine wheel over a period of time, healing themselves from the perspective of each of the directional patterns. (This is just one of several subjects that full shamanic training covers.)

In western shamanic training people from all walks of life are called to it by spirit. They may be from professions such as psychology, medicine or counselling or they are energy healers. People of varying ages are likely to feel the call and answer it.

I have had the privilege of seeing healings occur through the use of a chosen stone from my mesa, not only for myself, but for those who came to me for a shamanic healing. I learnt that stones serve us by allowing us to blow our stories into them and have them transform it for us. Through additional breath work issues of all kinds can be released.

Before shamanic training I never looked twice at stones on the ground. I did not know they could be utilised to work with humans as the catalyst for such profound change; in fact I paid them no mind at all.

I didn't understand them to be ancient or that they could hold any sort of consciousness because I was pretty much of the opinion that only humans and maybe some of the more domestic and intelligent animals had any real consciousness.

I have since learned that the Earth is a being itself with a unique sound and rhythm and is in the process of evolving, just like us. I learnt to give thanks for all that is provided for us and to give the Great Mother the respect and honour that she so richly deserves. Without her cooperation we would cease to exist. We rely on her yet treat her poorly in so many ways. We are happy to keep on taking but we need to be giving something back.

Like us, the Earth contains different levels of consciousness in the form of various kingdoms such as animals, plants, stones and crystals. The waterways and mountains all have consciousness, albeit of a different nature to ours. We also have the Devic and Angelic realms that look after certain aspects of these other forms of awareness.

If like me you are not an active lobbyist you can still do things to help. It is not for all of us to be at the forefront of change. We each have different roles that we can play.

Make a start in your own backyard, your own personal environment. Treat the land and garden around your house or dwelling in a respectful and conscious way. Planting trees and bushes that support the natural kingdom by providing food for birds and shelter for ground dwellers is a positive and mindful thing to do, especially as we humans have encroached so deliberately into bushlands and forests to fulfil our own desires and material needs.

Life runs through all species; we are not the only consciousness that inhabits the Earth and yet we feel so superior and so blind to nature except when she shows us her might by bringing disasters and destruction to our lives. Then we may bow momentarily to her power.

If we ravage the Earth by our short-term thinking and greed, wanting more and more consumer products, then we sign the death warrant for humanity. Not necessarily for us or our children or grandchildren, but certainly for future generations.

The Earth will shake us off as if we are mere specks of dust if we keep on ravaging and polluting her. Like a symbiotic relationship we need to develop the art of cooperation and, rather than continuously taking, we need to give back.

When I work in my garden the magpies often come alongside, basking in the opportunity to eat bugs and beasties that I dig up whilst weeding. The magpies are unafraid of me and I am fascinated by them. They have a beautiful song so fluently and freely expressed and we coexist peacefully. I have never been attacked in my garden during spring when their babies are born, though outside of my own little environment they do swoop to warn off any perceived threat.

I love birds because they are so free. They come and go when they choose and when the trees and bushes are in flower with the food that they like I see them revel in the bounty of them. Then when they have had their fill they move on to the next smorgasbord of delicious offerings in another garden.

I have a special affinity with owls. I don't see them around our property though they may be there in the distance. My affinity with them is more in the form of a power totem and the feeling that the archetypal energies of the owl permeates my life.

A power animal or totem teaches us qualities that we can develop and rely on either when working with others or on our own personal growth. For me, the owl brings the ability to see through the masks that people wear and hone into the true picture of what goes on. It doesn't always happen in one session but often works as we peel away the layers of subterfuge.

The owl can see clearly in both daylight and the dark giving it the energies of clairvoyance and ability to see into the shadows. As I have grown and developed, these abilities have become stronger in me.

There have been times in my earlier life where it was as if the owl was wearing a hood over its eyes and things that I should have seen became cloaked. I had my own lessons to learn and though I could see things for other people, things that I should have noticed about my own life seemed illusive and I was blind to them.

While we usually each have a main totem, there are others which come at different times – usually when we need those particular qualities to help us in some way. There are some great animal totem books and it is fascinating to go through them. You will find that you may have always had a love for a particular animal or bird which keeps showing up in your life. Then when you read about what working with that totem has to offer you it becomes exciting and intriguing.

When Walter and I first moved into our previous house, two interesting things happened. First, a kookaburra came for three consecutive days and sat on the railing of our front veranda. It never occurred again. The kookaburra is a natural laugher and if you have ever heard one you know that they have a throaty sound that is indeed like hearty, uninhibited laughter. They teach us to lighten up and remember to have fun, and they also welcome the dawn, so it was a beautiful thing to have such a welcoming gift from nature. We were extremely happy there.

The second thing happened shortly after we moved in. I was looking out of our large kitchen window into the back garden at the circle of gum trees there. Standing by the nearest gum tree was a little person the size of a toddler, but he wasn't a child. We looked at each other but I didn't get any real communication. We just studied each other for a moment. I was surprised at what I was seeing and was thrilled that I *could* see him. I didn't encounter him after that initial sighting and wondered if he or any more like him inhabited that garden and what their role is there. I hope one day to see the nature people again and to have a conversation with them.

I did have a more recent unusual sighting in the lounge room one evening while watching TV. For some reason my attention was drawn away from the television and I glanced up into one of the corners of the room where I saw quite a large creature perched comfortably in the corner of the ceiling, seemingly in mid-air. I thought how interesting he looked and had no idea what kind of creature he was but thought he might be a fawn. I didn't feel afraid, just surprised, and he seemed just as curious about me.

After a little while he disappeared. Earlier in the day I had seen a flash of energy out of the corner of my eye but again, I just felt it was interesting as I don't normally get visitations like that in the house.

The next night in bed I felt the bedclothes move near my chest and face. I was in the twilight zone, as I call it, which is just before sleep. As you know I am brave during the day but night time is a different matter so I heard myself calling on God to intervene and then I went to sleep. It always amazes me that even though I hold no religion and am not especially interested in it I seem to call on God or Jesus when frightened. Old habits, I suppose.

The next few nights were uneventful – to my great relief – then once again the bedclothes began moving near my face and God and Jesus were called on yet again. Then I seemed to utterly relax and say *I love you* to whatever was on the bed with me and it totally disappeared and hasn't been back. The power of love is undeniably awesome.

I don't believe I had been visited by anything evil or nasty. I think it was more likely my curious visitor who gave me the opportunity to express deep love to something unknown and different in form to me.

Being in nature, even if it is in my own backyard, gives me the feeling of expansion and freedom – I see new things all the time. New growth and green shoots spring up seemingly overnight and the array of colours during the differing seasons are beautiful, each in their own way. Like most gardeners I am overwhelmed sometimes by the strength and voracity of the weeds and for every one that I pull double the quantity grows in its place. As much as I dislike weeds they remind me of the qualities of strength, tenacity, resilience and persistence.

The garden inspires me with feelings of beauty and the intelligence and power of nature, and watching the antics of the many species of birds it brings into our lives provides laughter and amusement as well.

During autumn and winter I see the changing faces of the trees and plants as they prepare for the different weather conditions and, like me, they ready themselves to rest and be restored until spring once more arrives and new life breaks through.

In nature each season brings special qualities for that particular time. So it is with us. No-one escapes the circle of life so we need to embrace and honour every part of it.

Chapter 11:
Making a difference

You don't have to be a philanthropist and give away wads of cash to make a difference. Even small things given with love and sincerity can impact another person's life in a positive way.

Nourishing the soul with acts of kindness is good for both the giver and the receiver. With the act of giving also comes the joy and satisfaction of knowing that in some way you have helped another person or persons.

If you cannot afford to donate financially then don't. It serves no-one if you, through giving, become a person in need as well. Though self-sacrifice can be seen as altruistic I believe that if our own basic needs are met first then we are more able to help others.

So many people have made a difference in my life in such a variety of ways. Some offered financial help when I was in need while others gave me emotional support or a willing ear to hear me out. Though all ways of giving made a difference to me the most profound and significant help that I have received has been compassion from others. Coupled with using their skills to help me fight my demons and to keep going when I was ready to give up helped me face another day when life was overwhelming.

At different times in our lives we may find ourselves

feeling impotent and overwhelmed by the challenges we face so when someone offers us their strength for a while until we can find our own again it is a blessing.

Blessings come in many forms such as encouragement, sound advice, a caring word or a hug. These things are priceless and the highest form of service to each other.

To turn our backs when we could help is a shame and if we find ourselves doing it then the next time the opportunity to help presents itself we need to step up and be there. However, we first need to look within at the reasons why we did not help originally. Was it because of fear of scarcity? Do we feel that in giving we somehow deprive ourselves? Looking honestly at these things requires no judgement but they do need to be examined.

Feeling guilty for our actions or lack thereof serves no-one, least of all ourselves. Instead, honest reflection helps us to move forward in a positive way.

When we are able to see each other as connected rather than separate and having the attitude of every man for himself, then we realise that by giving we also receive, sometimes proportionately more than we give. Competition for resources and looking out for ourselves becomes unnecessary when we understand that what benefits one benefits all.

When I look back and see times where I could have been more supportive I also see the patterns of behaviour and belief that prevented me from doing so. A scarcity consciousness dominated my thinking and made me behave in ways that caused me to feel shame at the missed opportunities of making a difference. I now have the understanding that I previously lacked and have an expanded awareness and consciousness. Even if I had given back then it would have been with reluctance and a lack of real conviction.

Giving with guilt attached carries an energy that is not clean in the sense that it is not free flowing or with a truly willing heart. I would rather not give at all than attach negative energy for the receiver or for myself as the giver.

We are here to learn through experience and *all* experience is valid. The Universe never judges us: it leaves us to do that until we get the message that it is all unnecessary. Judgements cause us to become self-critical. Rather than do that it is best to see where we can improve and make the necessary changes.

We eventually may come to understand that whatever we choose to give when done with love comes back to us as riches beyond monetary or material value.

Self-sacrifice may feel good and could be a lesson you came to learn during this lifetime, but in order to serve others you don't have to go down the road of poverty. You cannot give from an empty place.

Let's be honest about money: it provides us with the freedom and ability to not only enjoy our own time here on Earth but also to make life better for those we choose to help. Having adequate financial security is not a selfish goal. Being attached to money above all else is where people fall down. Like all energy, money needs to be free flowing, not locked away. If fear is attached to wealth – such as the fear of losing it – what good is it really doing?

In my lifetime I have been shown incredible kindness by people who have little to give but they have given with a heart full of love. It hasn't necessarily been a monetary gift but perhaps a cup of coffee, lunch, a handmade gift or a gift bought especially with me in mind. These people have been my most influential teachers.

Conversely, there are some givers who find it easy to give but cannot allow themselves to receive. If only they realised the gift they would offer the benefactor if they allowed the goodness in.

Let's all work at both giving and receiving so that love in all its forms and expressions can flow undisturbed by obstacles such as fear, worthiness or deservedness. Let's feel gratitude instead.

I'm not talking lovey-dovey, touchy-feely love fests, but if that is your thing and it works for you, then go for it. I am talking about love in its highest and truest form, which is what the Universe itself consists of.

Let's embrace it and allow it to permeate every cell in our bodies and become *one* with the source of all things.

Chapter 12:
The Universe

The Universe is not some distant deity out of our reach and it wants us to know that. It waits patiently for us to make the discovery that *it is us and we are it*.

Instead of pushing away from it by believing that we are supposed to revere and fear it, it longs for us to grow closer and merge with it in consciousness.

All it takes to start the process is the simple act of allowing our minds to accept the possibility that we can not only reach the Universe but that we are an integral part of it. When Jesus declared that he and the father were one it was because he knew the truth of it.

We may feel differently and see statements like that as sacrilege if we were to think them or speak them aloud, putting ourselves in the same category as Jesus. What a shame that would be! As he told us, 'All that I can do you can do also and more', or words to that effect. How long do we need to suffer the consequences of our belief in separation?

Can you imagine loving someone so much your heart is bursting yet the one you love is oblivious to how you feel? Perhaps the Universe feels the same.

I have experienced both the oblivion of being unconscious and the joy of awakening and I would much rather be awake and consciously connected than feeling separate and alone.

I didn't have a spontaneous awakening other than the psychic one which began the process of my waking up. It took me years of diligent effort and searching to come full circle and find what I was searching for right here inside me. By steadfastly removing blocks to my heightened consciousness I got there in the end, but even still there is more to know and learn. Some of these blocks took the form of religious dogma, guilt, shame and feelings of unworthiness. But I have been guided throughout my life by an internal drive to reconnect. However, when I became aware that it is possible for all of us to do that it sometimes felt like it was one step forward and then several steps back.

As I grew in my ability and willingness to trust by consistently working at improving things like doubt and disbelief, they transformed into love and a willingness to keep moving forward, despite the fact that I had no idea of where it would lead me. *You can't really know the Universe until you are ready to know more and be open to the truth.*

This may seem odd but it is how it is. Human conditioning will get in the way and veil the true essence of who we are and what our relationship to the Universe is. As we raise our consciousness and understanding to higher levels then more can be revealed to us, little by little.

This is the age of enlightenment. Never before have we had such an opportunity as a species to transform ourselves. But enlightenment is not the end of our growth – it is another beginning.

The Universe tends to teach me by direct experience. Sometimes I feel a bit like a crash dummy like those used in test cars. I am not one for research, I learn on the job.

Life is the ultimate teacher and nothing is more potent to me than direct experience concerning aspects of life that touch me most. Though we all may have some experiences in common, the way we perceive them is uniquely our own. The Universe constantly brings each of us challenges and opportunities.

I am more at peace with things from my past now, especially those things that I often wished I'd done differently or better. The sum of my life events is woven as if in a tapestry, and some parts are more interesting and colourful than others.

I prize being at peace more than I prize anything of material value. It feels like taking that first amazing breath after holding on for as long as I can. After the angst and anxiety of life's earlier delivery of lessons, being peaceful is the ultimate reward, even when it only lasts for a moment or two. Those moments get more frequent and last a little longer each time.

To be in the flow of life itself – no matter how brief it may be – is magnificent. To know that the Universe consists of unconditional love feels like coming home after being homeless and destitute for years.

At the centre of it all; *There I Am*. Not the little I of the ego, the one that looks out on the world with flawed beliefs, but rather the *I Am* that creates all that is.

Beyond the earthly comings and goings, beyond all distractions of which there are many, *there is that which we seek*.

When you come to know that for yourself you become conscious and blissful in the knowledge that you never left the garden at all, except in your consciousness. You didn't sin; you simply forgot who you are.

Chapter 13:
What is my purpose?

This is one of the most frequently asked questions by people delving into spirituality and higher awareness. It is also one of the hardest things to find the answer to. I searched my soul for years trying to connect with something that made my heart sing and that I could offer to others and feel like I was making a difference. I didn't want to have my life on Earth end without having played my part in the raising of consciousness. That is necessary for evolution and sought after by many who want to expand their understanding of the true nature of who they are.

Finding *your purpose* may be equally elusive for a while as it is sometimes hard to connect with it. It isn't as easy as just sitting down and thinking for a moment then going, 'Oh yes, that's it!' It may take many earnest enquiries and many moments of reflection.

I skirted around my life purpose for what felt like forever. I got close several times but never quite *got there*. After feeling initial enthusiasm for some new activity, the excitement would quickly wear off and disappointment would take its place. It wasn't that I didn't like what I was doing, it just didn't make me want to leap out of bed in the mornings to get started. The main ingredient of *passion* was missing.

I believed in what I was doing – especially some of the healing techniques which were both amazing and wonderful – and I got great results, but still I was not totally satisfied.

Life constantly mirrored passion and purpose through the people it brought into my life who were doing what they loved and getting paid for it. This only made my discontent more palpable. I could see their passion and their ability to make a good living from their chosen field while I was still floundering in frustration, doubt and my lifelong companion: *boredom*.

Finally, after years of looking, listening and searching, I found that elusive passion which became ignited after talking with a kindred spirit and good friend, Erin Furner. She made me look at what it is that I am good at, what I love doing and what can help others by asking me the right questions at the right time.

In some form or another I have been a writer most of my life but have never done anything much with it. In some way or another I have loved writing since I was about eleven. I loved English classes at school more than any other subject. Later in life I tried to have a book published, to no avail. I was an unknown and did not seem to have what the publishers were looking for.

One publisher remarked that my manuscript didn't have the necessary thumb print! Plus unsolicited manuscripts are hard to get read and it all eventually tarnished my interest in trying and so I held the opinion and belief that I just didn't have what it took to be a published author. I threw my efforts into the 'too hard basket'.

At school I had written poetry which came easily and I

loved to express myself in the written word. I found it to be a more fluent way for me to say what I felt rather than vocalising things, especially if they were emotional in nature.

I dabbled with minor success, I had a poem published in an Australian anthology after entering a competition, then years went by without me penning anything new.

Eventually I came across the website of a local publisher (now my book publisher) who published poems and short stories of both budding and established writers and I started to contribute pieces here and there. I contributed frequently to narratorINTERNATIONAL, which showcased the work of individuals from around the world, not just Australia. It was a fabulous opportunity to venture into the world of published material and have my work read.

It was immensely satisfying to see my works in print and have readers comment on them if they so wished, but I still didn't have any thoughts of writing books. That idea had been well and truly quashed. I had really bought into the idea that I didn't have what it takes to become an author.

The ever present disquiet of not having truly found my passion lived inside me and after my discussion with Erin the pieces finally fell into place. I had just returned from an amazing European holiday with Walter and we had included a short stay in England to see my sister and brother.

The week before we were due to arrive my brother had unexpectedly died, so it was with sadness that the holiday ended, but it turned out to be a precipitating event to me writing my self-published book, *Perfectly Imperfect*.

Combined with my discussion and honing in on what I love doing and am good at, I immediately got the title of my book and began writing. In twelve weeks the manuscript was finished and submitted for self-publishing and the rest is history. *Perfectly Imperfect: How to be Imperfect and Remain Lovable* was born and presented to the world.

Even though I had struggled for years trying to find the song of my soul it had to be when the time was right and I was ready and dedicated enough to follow it through that I finally 'got it'. It took the death of my brother for the timing to be right as he was featured in the first chapter in a way that could have been embarrassing for him had he lived. It was as if I suddenly felt free to discuss what happened without causing any negative impact.

However, I had trouble getting my manuscript through content evaluation. I had mentioned a few people who were still alive and this had to be done without defamatory remarks; not that I felt I had defamed anyone as I had been more than generous in my coverage of events and in fact left out quite a lot, including names, but of course I have no legal training.

There was also some toing-and-froing about whether I should use a pseudonym or not, which I did not want to do as this was *my* story and I felt people needed to know that I wasn't hiding from my truth. I felt that a pseudonym would have made the reading disjointed and pointless.

So I have to admit that I did find the process somewhat frustrating and felt that some of their requirements were overly strict, but after several passes through their legal team and some compromises, we got it there.

I am telling you this to demonstrate the passion that was ignited in me, a passion that I had only rarely felt before. I fought for what I believed in and got there in the end. I now embrace the title of *author*. I embrace it as a reality, rather than wishing it was so.

Nothing gives me greater pleasure than sharing my life experience through writing about the universal truths that I have learned and lived firsthand. I write in an honest and open way as I feel this is the most beneficial way I can make a difference. My writing is just the way it comes and reflects how I am.

For the prior twenty years I had identified as a healer as that was the avenue of work that I felt led to pursue. I had gone from welfare work and counselling to study hypnotherapy, colour therapy and all forms of massage before delving into the more esoteric vibrational methods of healing.

I had to completely let go of this 'healer' identification before my true purpose appeared, but even so I knew that all I had done in the past had led me too this point. Nothing I did was wasted – it all built on the foundation of my life's work.

I decided to dispose of most of my diplomas, certificates and records of academic achievement. Doing that gave me a sense of freedom and a clean slate to begin the next phase of my life. And I believe that this phase, which started at age 65, is the most important one of my life.

So I have talked about me and how I got to where I am, but how can *you* find *your* purpose?

Like me, it may take you some time to really connect with the passion that will indicate that you have found your life's purpose, and maybe just living the best life you can is purpose enough. We can't all be geniuses, famous celebrities or out there speaking and writing.

There will be a main concept or theme that runs

through your life. It may contain elements of being in service in the form of love, forgiveness or making life more acceptable for other people, or it may not. Every one of us has a unique skill set to offer the broader community. Some will find it and demonstrate it and others may never find it or they might discover it but not act on it for a variety of reasons. Many will stay in a job they don't enjoy or love because it offers financial security.

Being passionate about life and your purpose doesn't mean plain sailing and having it easy. Quite the contrary – challenges will still happen. But in the end it is worth it and life becomes more enjoyable in the long run. You have to be brave, hang in there and be committed to yourself and your life plan. To fulfil your purpose and destiny is an unequivocal joy and one that not everyone gets to experience. I am grateful to have found mine.

Chapter 14:
A new teacher appears

In mid-November of 2014 a new teacher appeared in my life. It was one that I didn't welcome with open arms but rather feared. The implications of its presence were alarming. Its name was early stage invasive melanoma. I couldn't quite believe the news of it, especially as my life was just about to finally take off in a really positive and exciting way.

I had just self-published my book, *Perfectly Imperfect: How to be Imperfect and Remain Lovable*. Things were going great. I was in the throes of marketing myself and my book to those that could help promote it.

It never occurred to me to ask 'Why me?' because I know I am not a victim of circumstance, but I did wonder 'Why now?' The news couldn't have come at a more inopportune time; I was already scheduled to have a simple operation to correct a minor problem so it seemed overwhelming to have to face this new, more menacing situation as well.

Though the Universe brings unexpected problems such as this it also provides help and one week before my scheduled operation was due I heard from the hospital that they had a cancellation the next day, so would I like to go and have my procedure done one week early? Of course I said yes as this would then give me one week's grace to recover before seeing the next specialist about the melanoma. Thank you, Universe!

I was extremely nervous about having anaesthetic as I don't usually fare well afterwards. My body is sensitive to many things, particularly drugs of any kind, and I rarely take even simple pain killers. The day of my operation my blood pressure rose and my heart rate increased just from the stress and anxiety that I was feeling. To my great surprise and delight when I regained consciousness I did not vomit once, thanks to the skill and diligence of the anaesthetist. Again, thank you, Universe.

After being discharged the next day my energies went into recovering, ready for the next step of seeing about the melanoma which had already been biopsied by the local skin cancer clinic doctor. As per standard the procedure done under local anaesthesia was to ensure that all traces of the melanoma were removed.

At the initial consultation, the professor explained that though the melanoma was only minutely cancerous I would have to have tissue from the area around and underneath it removed. However, I was relieved to hear that in the scheme of things this melanoma was minor and no further treatment would be required once the extra tissue had been taken.

So what was this event telling me? I thought hard and long about the metaphysical purpose of this experience as well as the physical one. The physical reason was easy: I live in Australia and though I was neither born here nor ever languished on the beach in my youth it is undeniable that the sun here is fierce. It is a country with a high incidence of melanomas and skin cancers; I was just one of many diagnosed. I had managed to get to the age of 65 years without incident and had lived in Australia for 41 of those years. Having been born in England I did not have the consciousness that worried about skin cancer. I never gave a thought to the possibility of it ever happening to me.

Lesson one: no-one is exempt from the rigours of the sun.

Lesson two: even spiritual people get cancer.

Lesson three: sometimes things happen to get our attention.

So what now? Well it confirmed something that had been on my mind for some time, which was that my garden was proving difficult for me to manage. My garden is large and needs attention. Normally I would only garden during spring and autumn but had found over the last year in particular that it needed more attention than that. I usually wear a hat but found that I would sometimes just go to pull a few weeds out and then an hour or so later I'd still be weeding, without covering my head and without sun screen.

I also knew that with the launch of my book life would be getting busier and I wouldn't have the time to do everything so I would have to give up a few things. Getting older has slowed the body down and though I still have more stamina than many others of my age I do feel less able to do manual work for hours on end.

I needed to conserve and redirect my energies into pursuits that I found exciting and interesting and which I loved to do. Letting go of control of some of the physical aspects of having a large home and garden were things that I really needed to address so that I could focus on my real passion in life.

That passion is the dissemination of spiritual and universal truths; it gives me most joy and ignites the fire in my belly. This fire took a long time to get started as I had meandered through life, never really finding what made me want to gleefully greet the day each morning. I was an adult before I learned how to identify and pursue an overall passion for life.

I would regularly hear people refer to how once they found their passion work was no longer just work and a means to earn money, but that it became a joy as well as a service to others and that is was a life lived fully.

I searched and searched for this kind of passion as I desperately wanted to find it within myself and live the kind of life I could see others living. Not only did it bring them joy but it also brought them financial rewards, too. I had neither in that aspect of my life.

It was mirrored for me not only by my husband but by many of my friends who were successful and happy, making it all the more frustrating not to be able to connect with my own purposeful creativity.

After my brother died in 2014 and following the conversation with my friend Erin, I touched and ran with it, finally understanding exactly what people had been referring too. I began to write my book and had it self-published and also published an e-book of work that I had written years ago and shelved. The fire was lit and burning well at last, so the melanoma showing up now seemed counterproductive.

I felt blessed, though, to have detected the suspicious mole early and to have acted swiftly, to have my scheduled operation brought forward by one week and to have had no ill effect from the anaesthetic. Someone was looking out for me and I knew it was the Universe with all its love and power to manoeuvre the right people and situations in my favour.

Even though I initially felt shock at the news I remained cognisant of the fact that I was being guided and protected. I understood that nothing happens by accident so this teacher was 'on purpose'. As a result we moved to a smaller house which is easier to look after and beautiful to live in.

It does not matter how spiritual or dedicated to spirit we are, we still have lessons to learn and being human means we are sometimes vulnerable to human conditions.

The human me reacted as anyone would – with shock, disbelief and anxiety, while the spiritual me wondered at the nature of these events and what they meant for me at this time in my life.

Accepting the dichotomy of being both human and spiritual is not always easy, especially when the body is under some kind of threat.

I had also recently been shocked to the core by the news of a former shamanic teacher that I had admired who had died of terminal cancer. I had a hard time reconciling the fact that she was a health conscious and mindful person close to spirit and the wisdom of shamanic traditions. It made me feel vulnerable knowing that someone so aware had succumbed to not only physical illness but such an unpleasant one. She however, died with grace and dignity.

Death is only a concept until we meet it head on, then it becomes an accepted part of life, another step to be taken. Death still impacts me in a profound way even though I know it is a transition from one state to another. The human part of me reacts to death like most others would, with sadness and sometimes disbelief, for part of my consciousness is in the physical dimensions and part is in the higher realms. Indeed, I live between two worlds.

I cannot repeat it enough that life is an unknown adventure full of surprises and that it can only be truly experienced moment by moment.

I have lived with anxiety and stress for most of my life, which prevented me from living in the 'now'. I either projected into the future or dwelled in the past, frozen and traumatised. The internal pressure of anxiety and worry can be debilitating or, conversely, the effects of the adrenaline rush that accompanies panic and anxiety attacks can cause hypervigilance.

From birth I was exposed to a traumatic environment as our house was rife with domestic violence and sexual abuse. Double trouble! Like all children sensitive to their surroundings this left an indelible imprint on my psyche.

I often worried that my mother would die, most likely because of the fact that she was physically attacked by my father on numerous occasions. Issues of safety were a factor in my upbringing and though I was spoilt by my oldest sister and reaped the benefits of my three older siblings working and therefore providing extra income, the other things stayed in my memory bank and affected my life in several ways.

One memory which has stayed with me dates back to infant's school. The teacher forbade me to leave the room to go to the toilet because I had forgotten to add the word please to my request. To add insult to injury she made me clean up the inevitable puddle during the break and then I had to run home and change my clothes before returning to class to finish the lesson.

You would be surprised at the frequency that I hear this same or similar story from other people.

It is a gross violation to humiliate a child with this type of behaviour and power play. *Humiliation is a feeling I know well. I have experienced many instances of it in varying degrees.* Sometimes I retreated inside of myself to question what was wrong with *me*. Only after years of soul searching did I realise that perhaps it wasn't so much what was wrong with me but more a case of why did others feel the need to humiliate me? Was I an easy target or were they so insecure themselves that to project their own stuff on to me was a form of feeling better about themselves and more powerful?

I can still fall into periods of heightened anxiety and worry but have better ways to deal with it now. The knowledge that the root cause of it is a deeply ingrained pattern helps me to not only deal with it but also to work at letting the pattern go.

My body learned from a very early age what the stress response felt like as I lived with a high degree of insecurity and felt I was in an unsafe family.

In adulthood a lot of my anxieties were indeed focused on the body as it can be so vulnerable at times. But at the same time I realise what a magnificent and intelligent organism it is with the propensity and capability to heal itself. This absolutely astounds me and earns my admiration and sense of awe.

I speak out about anxiety because most don't. Those that feel it would no doubt describe it as a deep, powerful and often overwhelming feeling. So many people suffer in silence from all kinds of variations of it.

Being privy to spiritual understanding has helped me enormously in dealing with my own inner demons and I can counteract the more frightening aspects of anxiety and fear because I educated myself to some extent about the nature and symptoms of it. However, I can still be prone to it.

But knowledge is power; it gives you the ability to apply intellect to the feelings. It helps you to understand and know that you won't die from the frightening symptoms even though at the time you may think you will. With the right help you can overcome them and move on with your life. Most of us will experience some form of anxiety in our lives – it comes with modern day living. These days it isn't fierce animals which may eat us that we fear, it is more likely the concern of losing a job, not being good enough, physical harm from others and emotional abuse.

Even if you don't have a conscious memory of events that took place in your early years they are still in your energy field and subconsciousness so they have an effect on how you view life today. These things take their toll on the body and mind and though the mind can be a powerful attribute it can also be a destructive force, from the inside out.

We cannot avoid life, though many try to through various addictions and distractions, but ultimately every day that we wake up is another day that we have to face life and therefore the stressors that come with it.

When we learn to embrace ALL aspects of living then we can become more balanced and able to deal with what we are presented with in a mature way.

I was recently taking a train trip when it occurred to me that as a child I had been a feeling and sensitive kind of girl but I had learned to bury the feelings and try to hide them in order to keep getting up in the morning to face the day. It wasn't a conscious or deliberate thing that I did, it just happened automatically as a protection. However, along with my feelings my passion for life got buried too and my biggest bugbear for years and years was boredom. I didn't know at the time that boredom was helping me to avoid engaging in life.

If I didn't engage in life I thought I could avoid coming to any great harm or ridicule. I wasn't good at receiving compliments and though I loved getting them I would readily dismiss them by counteracting with a negative response.

When the melanoma showed up and I was at the hospital waiting to see the professor who was the leading authority on them, a young female Brazilian doctor came into the consulting room to take notes and give me the opportunity to ask questions. She was gorgeous.

She was busy taking notes and looking through them she must have seen my age written down and she asked me if I was really 65 years old. I answered yes and she looked at me and said, 'Wow, you look amazing!'

I was flabbergasted. I was not wearing any make up, was pale and drawn with concern, and yet she saw me as amazing. I was touched and somewhat pleased at her compliment and over the next few days her words echoed in my mind and I knew something profound had taken place.

Many friends had told me previously that I looked good for my age but I always deflected it by saying things like 'Put your glasses on and have a better look'. I realised how dishonouring it was to them and to myself to do that and from that moment on I vowed not only to receive compliments with gratitude but that when I look in the mirror I would say 'You look amazing', rather than 'Oh boy, those lines and saggy skin are really showing today'.

How often do you deflect compliments from your friends dismissing

Connie Howell

them as 'just saying that to make me feel better'?

That day at the hospital I finally received the gift I needed and had the added bonus of being told that I wouldn't need any extra treatment for the melanoma. It had been thin and apparently only a small percentage was cancerous so other than a wider incision to make sure all traces were gone it wasn't necessary to have any invasive treatments such as chemotherapy.

Once again, thank you, Universe.

Chapter 15:
Life

I often wonder about the nature of life and though sometimes I gain deep insight into my own, in the main it remains unfathomable. Perhaps that is the way it is meant to be.

I cannot imagine the depth and intricacies that lay beneath it all. I don't understand fully the purpose of the Universe other than knowing that it desires expansion and continual growth and movement.

My mind can wrap itself around many things but it always comes to a point of incomprehension when it comes to things universal.

As I learn and surrender more to the not knowing and just experience life itself, it relieves me of the burden of trying and striving to know the unknowable. Like the ebb and flow of the tides I have times of letting go and can float along undisturbed by the currents of life. At other times I am completely engaged in the quest for more knowledge, more experience, and then many more questions arise.

I find life to be both frustrating and thrilling, and the inner me, like the Universe, wants to keep moving forward, taking in all things and then letting them go.

The more I learn to let go the more I want to let go, to just be, to experience without attachment. But I am not fully there yet.

To feel the power and peace of movement without impediment is exquisite. Conversely, I sometimes find myself gripping tightly and embracing the complexities of the known and familiar until I once again can breathe out and let go. To stop meddling and struggling and relax into the stream of pure consciousness, even if only for a moment, is pure bliss.

Struggle takes such energy to maintain and keeps us going in circles, getting nowhere fast. I have struggled a lot in the past so I know it well and can recognise it in others that I know and love, and in humanity itself. Struggle, like many other emotional and mentally based phenomenon, is a shared experience that knows no boundaries of race, colour or gender.

I recently came to the understanding that life is simply life. It is neither for us nor against us; *it just is!*

What is important is what we do with it.

Once the attachment to taking things personally is dropped the struggle loses its hold and the experience becomes just the experience, nothing more, nothing less.

We can learn to surf the wave rather than fighting to the point of exhaustion and the risk of drowning. *Then life becomes exhilarating.*

Judgements are less frequent or less noisy in our heads as we learn to step outside of ourselves and simply observe. This is the ultimate freedom whilst being embodied in human form.

Enlightenment is not what I expected it to be. I am not claiming to be enlightened though I am on the trail of it. Rather than the complete realisation of everything in one single flash of insight it is an ongoing unfoldment. Neither is it the end point but more a midpoint between here and there.

It is not a destination but perhaps a resting point between two worlds.

Some may experience a sudden and complete awakening but for the majority of us it is a gradual thing.

The realisation that the Universe (or God, if you prefer) is within you and you are within it is both profound and simple, but cannot be gained by the mere wishing of it. In my experience it is a gradual and natural progression of ardent and diligent seeking, the desire of which is innate in us all so that eventually we will all discover it when the time is right.

Nothing will get you there sooner and nothing can delay you from arriving precisely when you should. So buckle up, enjoy the scenery, take in the views and live life fully and completely.

Perceptions vary from person to person, making us all unique while still sharing commonalities. If several individuals see the same view or picture then each will see a similar common denominator whilst also adding their own perceptions and descriptions.

So can we rely on our perceptions? As long as we realise that our own perceptions are filtered by past experiences and by social conditioning and standards, then we can be open to escaping the pitfall of becoming locked into one view.

If we all see an elephant, for instance, but describe it differently, does that mean that some descriptions are right and some wrong? Not at all! It means that we all saw the elephant and processed the information in a different way, in a way that is unique to us.

Unfortunately human nature and *the desire to be right* will make people argue that their view is the correct one and that any other must be wrong. This can cause power struggles and sets up boundaries between us. Let's allow for every possibility to help us maintain an equilibrium that celebrates and promotes the differences we see as necessary in obtaining the whole picture, rather than being limited by a single view.

If we can drop the need to compete and be right then we can learn to cooperate, benefitting us all instead of just the individual.

When you understand that there is always enough of everything to go around, including praise and recognition, then the need to grab and hoard becomes redundant. It serves no purpose.

Ego demands that we take as much as we can before someone else gets it first. This mentality is what causes disharmony, resentment and feelings of inequality. *Let it go!*

The Universe will always provide but if you grasp too tightly the energy cannot flow properly and *you* become the obstacle that prevents you from having all that you desire. If you do manage to acquire the things you want, then you may have difficulty holding onto them. Or you may have difficulty staying in the flow of receiving countless other possibilities and they may bypass you.

As your grip tightens and you clutch at what you have then you are faced with the decision of either opening your hands and losing what is in your grasp or trusting and letting go, not knowing if you will receive more.

The fear of loss, whether of material things or of people we love, drives us to tighten our grip and the fear can be so consuming as to blind us to new opportunities. Trusting the premise that if you let go now then other better things will appear is one that many cannot face.

Knowing that letting go doesn't mean being worse off

empowers us to keep the flow going. What we let go of can become useful to someone else and we can receive whatever else is to come our way. Everyone then benefits in some way.

We never really own anything – *and we certainly cannot own another person* – but we can get joy from the pleasure of it now, especially if we don't fall into the trap of projecting our thoughts into the future or back into the past. *When we die we leave everything behind so the only time to actually enjoy it is now.*

The world does not belong to us. We belong to the world. We are its children and our bodies are made of elements found within the Earth. When we pass from this life to the afterlife those elements get reabsorbed, ready to be recycled and used again. The body is transient, it does not last forever. Only our spirit is eternal.

To get the most out of life it is important to live in the present moment which requires focus and awareness. By living in the now you let go of worrying about the past or future. The past has gone and the future is yet to come. Living in the present means that every moment is a new moment that is happening right here, right now, and only now.

Projections both back and forward prevent you from living mindfully and getting the best out of each and every day.

To give up the illusion of the past and future being important means you have to let go of fixed ideas. Thinking outside the box of limiting beliefs and concepts about life requires relinquishing the ego in order to see the truth and break free of the collective belief that what the ego tells us is who we are, so it must be true.

When you realise that you are one with the Universe you can then experience life in greater totality. That means all of it, including the good, the bad and the ugly, for it all constitutes life. It is the ego that puts labels and restrictions on it. Every judgement we make about life comes from ego. Until we recognise ourselves as coming from and being part of the Universal Source of energy and consciousness, we remain a slave to old ways and habits. This recognition comes from self-reflection and persistent inquiry. I am not here to give you all the answers. I don't have them but I can point the way so that you can find out for yourself and in that way you can become empowered and attain self-mastery.

Once you have done this you can then help others by showing them that it is possible to wake from the illusion that we are mere mortals who have few choices in a life seen to be a struggle to overcome.

True friends forgive you for acting like an ass when you behave in ways that are less than your true potential. Everyone has vulnerabilities that can be triggered by people that make us angry or who touch a raw nerve, even when we know better. Being human means we are susceptible to the wily ways of the ego and to taking things personally. The ego loves to create drama and will do so at every opportunity which is why it is important to stay present rather than get dragged back and forth between the past and the future, into old grudges and grievances, or onto creating new ones.

I can still find myself travelling down the fast lane to times gone by, especially if I am not paying attention to my thoughts. The mind is a happy wanderer so being aware and awake gets you back on track at a faster pace and shows you where healing and attention is still required.

Revisiting old patterns of dysfunction is something the ego is expert at and it loves to stir the pot of indignation, resentment and all the other self-righteous feelings and emotions. And once in that pot, you'll find yourself cooking from the inside out.

I remember recent events where I realised I had been harbouring resentments for two years; meanwhile, I missed out on embracing life because of an old pattern of thinking that had been triggered by other people.

I felt a little sad when the situation was resolved by those people moving out of my life, not because they were going, but because I had not dealt with it in the time I had available and that was a missed opportunity. It showed me that I had projected some of my old issues onto them and been less friendly than I could have been. Being philosophical I knew that it was another valuable lesson in my life and that it carried no judgement from the Universe. It left the judging up to me and my conscience.

Often hindsight allows you to see clearly the things that you are unable to recognise at the time. Then it becomes more obvious how deeply entrenched some patterns of behaviour are. When seen with the eyes of awareness you can move forward and try harder. I have been embarrassed many times at my own past behaviour and it would have been much easier to deal with had I known then what I know now, but life is about learning from mistakes, misleading thoughts and ideas, and doing better next time.

It is only when you recognise certain behaviours that you can change them. Never forget that life is about learning and experiencing, not about getting it right every time.

Chapter 16:

You create your own reality

How do those words sit with you? Are you comfortable with the idea that you have the power to create your reality or do you believe that reality just happens and that you have no control over it?

Perhaps you believe that it's all down to the luck of the game or that you get whatever is predestined for you and you just have to deal with it. Some of it is good and some of it is bad and that is just how it is.

But supposing that isn't true. Let's suppose that what you think, say and believe all have a profound influence on what transpires and that by changing all of those thoughts, words and beliefs you can change your reality and create a new and better one that supports you and works in your favour, rather than against you.

Thoughts and the spoken word have an energy and vibration attached to them that can either enhance or deplete your wellbeing. Though they may be invisible they contain great power and can be either constructive or destructive, depending on how they are focused.

Negative thoughts bring negative results; positive thoughts bring positivity and create a better internal and external environment which in turn can create better health and better circumstances. To change your internal world you must change how you think and view your life and the world in general.

So, have I got you interested yet? I hope so because this is life changing. Once you get the hang of changing your thinking the world opens up into a more exciting and fun place to be.

The more you know about and understand the correlation between thoughts, energy and subsequent effects the more interesting and exciting life becomes.

If you think the same thoughts over and over again they become like a well-worn path across your brain. It becomes an automated response to things which can then lead to habits. This is the case for both positive and negative thought patterns. Automation may be good for machines but if you don't challenge negative thoughts and instead leave them unchecked, they become unconscious and go into a default setting for anything that invokes similar thoughts and feelings.

As a child you may not have had any control over how life treated you but as an adult you do. You can control how you think, what you choose to believe and how you react or respond to things.

When I was first introduced to the concept that thoughts are things and that the spoken word is powerful I found it an interesting and somewhat liberating idea. I read more on the subject and found it fascinating. This was forty years ago, before all the modern literature available today on manifesting and abundance was in print, and so looking back I see how visionary and advanced those books were. Now there is a mind-boggling array of literature on the subject, of how changing your thinking changes your life.

Through my own experiences of delving into the many aspects of energy fields and how we are all connected through a web or matrix of energy I began to see how what I think affects you and how what you think affects me. It made me more mindful of what I *put out there* and more conscious about the fact that most of our thoughts are on constant replay, because we don't pay attention to them, all sorts of things get sent out and, conversely, all manner of things come in.

This is both empowering and at first frightening until you find ways to monitor what you think and what you let in. You don't have to do this 24/7 – that would be exhausting – but it is good to check in several times a day to see where your thinking is at.

When you consciously tune into your thoughts you will see that most of them are repetitive and unchallenged; you just accept them even if they don't feel good. You may even come to believe them and allow your life to be defined by them. For instance, you may have thoughts that rich people have it all and you will never achieve any financial gain except through hard work. Most of your beliefs are passed down through your parents and your environment as you were growing up and so they then become yours, unquestioned and untouched. Thoughts can be constantly recycled and replayed, eventually becoming your reality.

In his books *Evolve Your Brain* and *You are The Placebo*, Dr Joe Dispenza gives us the science behind the power of the mind and how to change it into a more productive and supportive ally. At a workshop I attended several years ago he showed slides of how repetitive thoughts created a pathway at lightning speed and how if you change the thoughts the new neurones break away from that path to create a new and different one. This literally demonstrated the way the brain's messengers, the neurones, work and made the idea of thoughts and thinking more real for me. He and other forerunners in the field of neuroscience have shown us huge shifts in knowledge about the brain itself and how our genes, which were once the gods of how our health, in particular our inherited propensity for illness, are not in fact the brains of the outfit. Epigenetics and neuroplasticity are areas now known to have more to say about whom and what we are as human beings. I recommend that you read Bruce Lipton's book *The Biology of Belief* as well as Dr Dispenza's books to understand more.

So for the lay person such as you and I, where does that leave us? How do you go about changing your thinking, your beliefs and ultimately your reality?

First, identify your own thought patterns. What do you tell yourself every day? Look at all the possible areas of thought: money, health, relationships, career and spirituality.

What do others say about you that add to your own opinion of yourself?

What isn't working for you?

What good things said about you do you not let in? What good thoughts aren't you able to accept, and why not?

Are these your own thought patterns or conditioning from childhood, school or a religion?

These are all questions to begin the process of changing your thoughts to change your reality: you have to know exactly what it is that you are dealing with in order to change it.

Once you have become familiar with your patterns of thinking then ask the question of every belief that you uncover: *Is this really true?*

I think you will be surprised at the answers you come up with and how you will start to understand that these are not your beliefs at all. They are not your anger, not your worry. You are most likely carrying them over from either family members or others closest to you and who influence you most.

Sometimes we carry patterns of health related issues such as 'cancer runs in the family', 'all the men in my family have heart attacks' and so on. This may well become a self-fulfilling prophecy if left unchallenged, especially if you buy into the theory that it is all in the genes.

Fear is an unproductive source of anguish and is destructive if it is allowed to run unchecked and unharnessed. In some circumstances fear can motivate us to move forward and take action, to be courageous when courage is called for and to find ways to deal with the monkey on our back. This is when fear can be the very thing to get us going on the road to taking better care of ourselves.

How do you deal with destructive fear?

I am not saying that you will breeze through life when you change your thinking but you will change your choices and become more in charge of your life and how you respond to it. I am not the first one to say it but *it isn't what happens to you that matters, it is how you respond to it that does.*

Change can happen quickly or it might take a little time before you start to see results, but it *will* happen. The outer circumstances may look the same for a while but your inner world will become richer and more satisfying and you will have more control about what you allow to influence you. The power is within.

If you feel unworthy, unloved, always fearful, timid and shy, it won't matter how many times others tell you otherwise; the change in thinking has to come from you. Only you can wield that power. If you allow the opinions of others to toss you into powerlessness it really is because you believe that they know more about you than you do; this is not true.

Everyone that is in our life at any given time speaks to us from their own conditioning and judgements. This doesn't make them right, it makes them their baggage not yours, so don't allow yourself to take them on board. Become self-empowered and then if someone says anything disparaging or attempts to disempower you realise that this is their stuff, you don't have to carry it.

Many people still carry emotional wounds from childhood and feel that they are victims of bad parenting. This may indeed be true but the fact is once a victim doesn't mean always being a victim. It is up to each individual to find ways to break away from the victim mentality and into greatness, to find ways to use the lessons learned and become self-empowered and successful in living a love-filled life despite the stresses and griefs of the past. The only way the past still has power over you is by the constant rehashing of stories you tell yourself about it. Become the master that you really are and were meant to be. Stop whipping yourself with tales of *before* and get into the *now*. Be here now, be present, deal with life as it unfolds one step at a time, neither looking back or too far forward.

Don't allow thoughts of *what was* to influence *what is*. Be in charge of your life as much as you can. No-one can control every event that happens. Some things are meant to be so that you can learn and experience whatever you are meant to. Life will throw you curve balls and then wait to see how you deal with them, but the more in tune you become with the power within you the more supported you will be and the more evidence of a greater intelligence guiding your life will appear.

In my own life I have experienced feelings of being powerless. In fact so strong were these feelings that I believed them to be true and I went through life afraid, anxious and vulnerable, believing that I was a victim. This is not a good way to live; in fact it isn't really living at all.

As my awareness grew through reading and educating myself by doing various courses, attaining qualifications in the fields of study that supported an understanding of the body and mind and the energy fields around the body, I became self-empowered and passionate about helping others do the same.

I know you can change your life; I know it because I have lived it and I am no more intelligent, special or different from you. What I have is an unending drive to be more, to live more consciously, with more awareness, and to help you do the same in your own unique way. You don't have to be like me or anyone else. *Being you is good enough*.

Let me repeat: *Being you is good enough*. Just be the best you that you can be and don't settle for anything less. By being *you*, what you offer me and everyone else in your world is the gift of who you are and the unique qualities that you have to offer us. Each one of us is special and holds a piece of the jigsaw and when it is all put together the bigger and more beautiful is the picture of *us*.

Enjoy creating a new and better reality. Have fun with it! Lighten up and learn to be a co-creator with the Universe. You came here to do that but, like me, you forgot. Now it is time to remember. Wake up from the dream, dear friend.

One wrong move, a bad decision, a diagnosis – these things can change our reality instantly. We cannot take anything for granted. We need to live every moment as best we can without worrying about the past or the future. Harder done than said, I know. The mind loves to dally with disaster that either could or has already eventuated.

I naively used to believe that if you were 'spiritual' and had raised your consciousness that you became immune to all of the usual mishaps of life, such as disease and accidents.

Like always, spirit woke me up from that dream with indelible shocks to my system.

I once fell down concrete stairs at a railway station narrowly missing serious injury. With bags of shopping in each hand, I tripped and started to descend the stairs uncontrollably at a fast running pace while desperately trying to regain my balance. Fortunately for me a man coming up the stairs could see the panic on my face and he half caught me, breaking my fall. I tore the ligaments in my ankle pretty badly and hurt my knees which all resulted in me being taken to the emergency department of a local hospital. I ended up on crutches but had my fall been complete, I dread to think how many bones I would have broken.

I have had friends and spiritual teachers die from disease and others get seriously ill. I have had a personal brush with melanoma and I have recently had two minor operations with a third scheduled. There is nothing like general anaesthetic and surgical intrusion to wake you up from the 'I am immune' delusion.

I guess I have always held some fear around the physical body as it can break down in spectacular ways, causing such severe and intolerable pain and suffering. I have tried to be as healthy as I can and indeed I am as fit as a flea in so many ways. My body is undeniably ageing though and the rigours of life have created some physical dysfunctions and challenges. What I have found is that although I am not exempt from these things I do seem blessed with early intervention or the kind of interventions that make a difference and add to my quality of life, so though the Universe does not protect me from life itself (nor should it) it does support me in extraordinary ways.

The body is an interface between life and the divine; it is a complex and amazing collection of cells, organs and systems that has an innate intelligence running through it. It can repair, recover and regenerate, sometimes against all odds. The divine energy beats our heart and pumps our lungs, all without any conscious input from us. The creator and intelligence that is behind it are awesome beyond our understanding.

When we come into alignment with this superior intelligence miracles can happen and displays of obvious interactions between us and the Universe can blow our minds.

One night recently I thought about a deceased friend of mine, Rhonda, who died in 2002. I miss her and haven't really felt her presence or had too many signs from her, and went to sleep with thoughts of her. The next morning my husband began telling me about a new drug he had heard about on the news that is having amazingly positive effects on melanomas and other forms of cancer and he mentioned Rhonda by name as she had died of a very rare form of cancer. Now he and I have not spoken about her for many years so I knew that Rhonda was giving me a sign to say not only had she heard me, but that she is with me looking out for me as she promised me she would be.

We can increase our chances of good health by thinking about being healthy, rather than focusing on the things that are wrong with us. Remember: what we focus on expands. It is all too easy to get bogged down in negativity when we are suffering and, like most other people, I can get dragged into a negative energy pool of calamity thinking, too. When I remind myself of how awesome the body is at healing and recover my equilibrium I am able to thank it for its amazing ability to do so. I remember to trust it and treat it with respect. After all, it houses my true essence and gives it the gift of bodily and emotional sensations.

Now that science and medicine have progressed and advanced so much we know that even our brain cells can regenerate, whereas once we thought that if brain cells die they are gone forever.

Our bodies truly are amazing beyond our belief and so when we tap into that knowledge we can relax a bit more and let our body do what it knows best, which is to repair, regenerate and recover. We can help it by feeding it good food, good thoughts and good habits, but chocolate always helps!

So I wish you well on your journey through life. I hope you find your passion and let it ignite your spirit into expressing the beauty that lies within you.

I hope you remember to have fun, and to find the balance necessary to experience walking between two worlds.

Connie Howell

About the author

Connie Howell lives in the Blue Mountains, Sydney, Australia with her husband, Walter. She is an author and mentor. Her great love is to disseminate spiritual truth to those willing and able to hear it.

Writing has been her passion since she was a teenager but it was not until her sixties that she began her career as an author. Her previous books, *Perfectly Imperfect: How to be imperfect and remain lovable* and *Portable Snippets of Wisdom* were self-published, enabling Connie to get her foot in the door of making her work available on a wider scale. She also contributed regularly to *narratorINTERNATIONAL*, where many of her short stories and poems were published. (See http://www.narratorinternational.com/?s=connie+howell)

Connie was interviewed by Barry Eaton on http://www.radiooutthere.com in March 2015 where she discussed her book *Perfectly Imperfect: How to be imperfect and remain lovable*.

Connie spent many years studying and experiencing techniques in body work and energy healing which she then offered in private practice. She also gained experience as a counsellor and welfare worker before venturing into alternative methods of helping clients such as hypnotherapy, colour therapy and shamanic healing.

At the age of 28 she experienced a spiritual awakening and found that she had clairvoyant and mediumistic abilities.

For a time she gave clairvoyant readings but found that she wanted to empower people to find their own answers and insights, which she now does through her books and private coaching consultations.

You can find out more about Connie and contact her via her website http://www.conniehowell.com. Connie is also on:

Goodreads:
https://www.goodreads.com/author/show/12101913.Connie_Howell

Amazon:
https://www.amazon.com/Connie-Howell/e/B00PO771WY/

and on Facebook:
https://www.facebook.com/theowls05

Connie Howell

Suggested reading

Afterlife: Uncovering the Secrets of Life After Death
  Barry Eaton
  Allen & Unwin 2011

Evolve Your Brain: The Science of Changing Your Mind
  Joe Dispenza, DC
  Health Communications, Inc. 2007
  www.hcibooks.com

Letting Go: The Pathway of Surrender
  David R Hawkins, MD, PhD
  Hay House 2012

Many Lives, Many Masters: The True Story of a Prominent Psychiatrist, His Young Patient, and the Past-Life Therapy That Changed Both Their Lives
  Brian L Weiss, MD
  Simon & Schuster 1988

Moving Through Parallel Worlds to Achieve Your Dreams: The Epic Guide To Unlimited Power
  Kevin L Michel 2013

No Goodbyes: Insights from the Heaven World
  Barry Eaton
  Allen & Unwin 2014

Shaman, Healer, Sage: How to Heal Yourself and Others with the Energy Medicine of the Americas
   Alberto Villoldo, PhD
   Bantam Books 2000

The Biology of Belief: Unleashing the Power of Consciousness, Matter, & Miracles
   Bruce H Lipton, PhD
   Hay House 2011

www.ingramcontent.com/pod-product-compliance
Lightning Source LLC
LaVergne TN
LVHW040152080526
838202LV00042B/3124
* 9 7 8 1 9 2 5 5 9 5 4 2 0 *